蟋蟀本纪

『新津味』中篇小说集

肖克凡 著

天津出版传媒集团
百花文艺出版社

图书在版编目（CIP）数据

蟋蟀本纪 / 肖克凡著. -- 天津：百花文艺出版社，2017.11

ISBN 978-7-5306-7366-9

Ⅰ. ①蟋… Ⅱ. ①肖… Ⅲ. ①中篇小说–作品集–中国–当代 Ⅳ. ①I247.5

中国版本图书馆CIP数据核字(2017)第235487号

责任编辑：于静筠

出版发行：百花文艺出版社
地址：天津市和平区西康路 35 号　邮编：300051
电话传真：+86-22-23332651（发行部）
+86-22-23332656（总编室）
+86-22-23332478（邮购部）
主页：http://www.baihuawenyi.com
印刷：天津海顺印业包装有限公司分公司
开本：880×1230 毫米　1/32
字数：310 千字
印张：12
版次：2017 年11 月第1 版
印次：2017 年11 月第1 次印刷
定价：38.00 元

目　录

津门谍影

第一出

半夜坐得久了，初春时节还是觉得脚冷，仿佛穿了一双马口铁的鞋。青年教师俞明喜放下一摞作文卷子，起身离开写字台去找寻御寒的袜子。他的中等身材被灯光投映到墙壁上，一下被放大为巨人。巨人轻轻拉开壁柜，看到隔板上贴着一张隶书小纸条：厚线袜子和鞋套在左边第二格里。

心头嗡的一热。吴荣成赤脚不畏寒，却给我备了厚线袜子，这是兄长的体贴啊。俞明喜猫着腰穿好这双紫色厚线袜子，下肢渐渐暖和起来，反而觉得肚子饿了。小步儿踩着榻榻米穿厅过室来到厨房，老鼠似的寻觅着食物。

俞明喜和吴荣成都在私立淑德女中任教，两个人合租这套地处华界善邻里的日式公寓，每月租金八元。俞明喜教小代数和三角，吴荣成教国文和地理。性格温和的吴荣成年长俞明喜八岁，三十出头独身未娶，然而在课堂上讲起“氓之蚩蚩，抱布贸丝”的诗篇，却是神采奕奕，很受女生欢迎。

吴兄，您告假未归，翟白丁校长让我给您代课，半夜饿肚子替您判卷子呢。眉清目秀的俞明喜找不到充饥的东西，并不焦急反而微笑着。

厨房水槽旁贴着一张小纸条:炒面在磨口瓶里。这又是吴兄的隶书小字,亲切地引导着俞明喜找到那只蹲在大瓮里的玻璃瓶子,这是半瓶炒得微黄的小麦粉。他越发感到吴兄留下的温暖弥散在夜半的空气里。

大瓮旁边有一只小瓮，小弟弟似的。俞明喜参加了地下学运组织,平时却不留心生活细节。此时萌动好奇心,他掀起小瓮盖子看到里面盛着混浊的液体,一股暧昧的味道扑鼻而来。

吴兄,您是国文老师,怎么把厨房弄得跟化学实验室似的,想改行啊?俞明喜自言自语地边说边放下小瓮。可能出于内心孤独,他养成自言自语的习惯。此时,他又忘了华文书店经理老燕的告诫:“必须改掉自言自语的习惯,有时候小毛病会泄露组织大机密的。”

洗了洗手冲了一小碗炒面,却意外品出淡淡的杏仁味道。哦,去年夏天私立淑德女中杏树落果,吴兄攒了几只杏核儿,敢情做了炒面调料。吴兄不光热爱旅行,也是居家男子。

脚暖了,肠胃也暖了。窗台上放着半盒“艳美人”牌香烟,这是吴兄剩下的。平素不吸烟的俞明喜抻出一根，小顽童似的划亮洋火点燃,笨拙地抽一口,将烟雾含在嘴里,不敢往嗓子里送。他终于憋不住气,噗地喷了出来。吴兄的身影便烟雾似的站在眼前。俞明喜不敢再吸,手里举着这根烟卷好似庙里的香客。

缭绕的青烟里透着吴兄的亲切气息。俞明喜起身走进厕所。平日里公寓杂役把这里拾掇得很干净,便池的白色瓷釉泛着暗光。紧靠水箱的墙角放着一只印有日文商品标签的小瓶子，其中两个汉字很是醒目:绝灭。

俞明喜记起来了。寡居的嫂子徐凤珍住在堤头贫民区平房里,饱受臭虫侵袭。吴兄不言不语弄来这瓶特效杀虫药“绝灭”,日本货。只施了两次药,臭虫就像宣统皇帝一样退了位,从此嫂子不再遭受臭虫困扰。尽管徐凤珍痛恨小日本儿,对这瓶日本货却称赞不已,说啥时中国能做出这么灵的臭虫药,咱们就强了。吴兄很有同感,说不光是臭虫药，还有军舰大炮。

嫂子徐凤珍明理懂事，知道这东西不好淘换，便把用了半瓶的“绝灭”送还吴荣成。俞明喜至今记得，他问吴兄“绝灭”这两个汉字的日文读音，吴荣成礼貌地对徐凤珍说，我也不懂日文，就按汉语叫它“绝灭”吧。嫂子眨着一双杏核儿眼笑了，说你的“绝灭”就是厉害，把臭虫都轰到爪哇国去了。

走出厕所重新坐到台灯前，身心通泰的俞明喜继续批阅作文试卷。吴荣成是级任教师，高一甲班女生的作文能力普遍很强。这次作文题目是《论读书》，有五张试卷俞明喜已然判了“甲中”，七张判了“乙上”。伸手取出序号15的丁小夏的作业袋子，看到里面夹着一张十元面额的法币，他笑了。这位女生把钞票错放进作文考卷里，真是太马虎了。

丁小夏的作文，开篇匆匆论了几句读书的益处，使人觉得她要拎着行李去赶火车。之后笔锋骤转，她写出这样一堆文字：

“你是一册厚重的大书，打开扉页我阅读着，字里行间的伤感弥散在黑暗里，更使我滑向虚空，不知身居何处。心儿变得扁平，在光影的间隙里疾疾跳动。黑夜动机不明地包容着我，等待梦的解救。然而梦被小虫儿蛀了，残片被小猫儿叼走，挂在风铃旁边，无言地晾干了。我以为你是一片片甲骨文，你却读不懂我的白话文章。”

这好像是一篇私人日记。俞明喜笑着伸出手指插进头发里，从容地挠着。然而，丁小夏并未因此停笔，她在试卷结尾处附言，读罢令俞明喜倒吸一口凉气。

“俞先生：您代课辛苦了。十分抱歉，近来我彻夜失眠神情恍惚，这次国文考试肯定考砸了。假若我作文成绩是丙下，我父亲肯定要打断我的腿。可是我没有办法振作自己，兹附茶资十元，略表悔过之意。”

匪夷所思。国民政府官员腐化堕落金钱拜物，一个女学生也学会钞票开路买通老师，真是斯文扫地。热血青年俞明喜愤怒了，眉心紧锁，瞪大眼睛，白皙的脸庞涨得通红。他感觉受到莫大侮辱，气呼呼脱掉厚线袜子扔到角落里，使劲跺着脚。脚下日式榻榻米无声地承接着他的怒气，表现出东洋式的坚忍。

丁小夏，就你这样还能成为国民新青年？明天我就拜访你父亲，看他怎样打断你双腿。俞明喜怒气难消，忍不住再次点燃香烟，一口气吸到肺里，立即被呛得剧烈咳嗽。

这时候，他想起自己是抗日学运组织“民先队”的核心成员，必须克制情绪保持警惕，于是重新落座，再次阅读丁小夏的试卷。

“……然而梦被小虫儿蛀了，残片被小猫儿叼走，挂在风铃旁边，无言地晾干。我以为你是一片片甲骨文，你却读不懂我的白话文章。”

不知为什么，此时俞明喜从中品出几分少女怀春的味道。他是代课教师，只记得丁小夏比同班女生大几岁，亮眼睛，翘鼻子，圆脸蛋儿，那形象容易令人想起早熟的浆果，散发着过度的芬芳。

平心而论，丁小夏还是有文采的，辞藻优美，抒情细腻，有微风拂水的质感，尽管文不对题。他从小心软，往往宽谅别人。此时也不忍痛下狠手，抄起红笔还是给了丁小夏成绩，连同她的十元钞票放回作业袋子。如今十元法币能买八十斤粳米。丁小夏出手阔绰，一定家境殷实，属于吃穿不愁的富家小姐。

咦，以前考试丁小夏也在卷子里给吴荣成夹法币吗？他意识到这种臆断是对吴兄人品的不恭，就暗暗责怪自己有小人倾向。

心情平复，继续阅卷。吴兄的确教学有方，大多数女生作文俞明喜判了“乙上”，也判了几份“甲下”。终于判到最后一份试卷，他伸了伸懒腰——祁秋月的名字跃入眼帘，顿时振作起来。这是坐在后排左侧位置的女生，一双清澈明亮的大眼睛。尤其她专注听课的样子，有时含着坚忍，有时透着凝重，有时甚至显得圣洁。坚忍，凝重，圣洁。一身校服洗得泛白。俞明喜欣赏这样的女孩子。不是浆果是坚果。

祁秋月的作文很好，有论点有论据有论证，把读书论得很透彻。收官结尾，俞明喜读到这样的句子，惊了：

“读书，激励我的志向，流淌我的热泪，澎湃我的心灵，唤醒我的灵魂。”

俞明喜缓缓站起，伸手抓起那半盒“艳美人”香烟，目光紧紧盯住这行文字，不由屏住呼吸。

激励我的志向，流淌我的热泪，澎湃我的心灵，唤醒我的灵魂。这是“民先队”核心组织“孔夫子”小组单线联络的暗语。上联下联，此问彼答，对仗工整。这样机密的暗语，此时居然出现在祁秋月作文试卷上，不啻眼前划过一道闪电。

莫非祁秋月也是“民先队”核心组织“孔夫子”小组成员？她有急事用暗号跟我联络？俞明喜下意识地捻碎手里香烟。如果真是这样，她就是自己人了……这样想着不禁欣喜起来，他不愿孤单，他希望身边有更多的同志。

院子里传来公寓杂役的低声咳嗽声，凌晨天色里拉出一道道光丝，穿窗而入。俞明喜猛地清醒了，警觉地望着窗外。我凭什么认定祁秋月是自己人呢？又犯了小布尔乔亚的主观主义毛病。

这样批评着自己，越发不知如何处理这份卷子了。窗外天光渐渐明亮，他想起告假逾期未归的吴荣成。

素常遇到难题，他爱请教吴荣成。今天遇到这件棘手难题，分明属于“民先队”组织的高度机密，不可与外人道。吴兄仁厚，却是外人。内外有别的。

俞明喜不停地掐着太阳穴，思谋着。天光大放，屋外响起公寓杂役清扫庭院的声音。俞明喜动手将祁秋月的作文卷子锁进抽屉里，好像把自己的隐私收藏起来。上午没课。他快步走进内室拉开被褥，躺下了。

这座日式公寓，完全木质结构，壁橱里都能睡人。这两年俞明喜习惯睡榻榻米了，只是难以适应矮脚“地榻”，便租了中国式写字台。

心里还是想着祁秋月。她作文里出现联络暗语，这或许是巧合吧？这种事情应当及时向华文书店经理老燕报告，可是不到规定接头的日子。既然无法向上级请示,我只能自己想办法了。

祁秋月……心里不断念叨着,渐渐有了两全之策。卯末时分,他进入梦乡。梦里,他在私立淑德女中操场上遇到丁小夏,对方却自称祁秋月,请他把一封信转交俞明喜先生。他惊讶地说我就是俞明喜啊。自称祁秋月的丁小夏反问道,你不是吴荣成先生吗?

倏地醒来,俞明喜觉得睡了半个世纪,洗漱完毕喝了两口水,身穿棉袍夹着书包走出房间,特意走进公寓门房看表,才知道此时早已八点三刻。

公寓杂役老佟头儿慌忙放下手里菜刀,转身躲藏着什么。俞明喜看见案板上一条条生猪肉皮,老佟头儿正在刮掉上面白花花的油脂。

你要做肉皮冻儿啊?俞明喜从生猪肉皮联想到下酒菜。老佟头儿则跟他打听吴荣成的归期。一味想着梦里的古怪情节,他夹着书包径直奔向私立淑德女中。

老佟头儿拎着扫帚走出门房,低头清扫着水门汀说,不是我盼望吴先生回来,是你"缝穷"的嫂子总跟我打听呢。

第二出

俞明喜坐在教师预备室里,从笔筒里抻出一支蘸水笔,一看是坏的,又挑了一支蘸着墨水,填写私立淑德女中高一甲班国文考试成绩单。这是个五官端正、身材匀称的青年男子,无论站在哪面镜子前,都会映出他眉清目秀的脸庞,尤其那轻微翘起的嘴唇,总是显出有话要说的样子,使人觉得他性格外向毫无城府。正是凭借这样的最初印象,华文书店经理老燕一步步将俞明喜发展成为中华民族解放先锋队简称"民先队"的核心组织成员。

一阵轻轻的脚步声,翟白丁校长走进教师预备室,颇为欣赏地望着独自埋头工作的俞明喜。青年教师抬头看见校长驾到,起身问好。

俞明喜师范毕业后四处求职屡屡碰壁,翟白丁校长招收了他。去年俞明喜的哥哥不幸遇难,翟校长亲自到家里慰问,还捐了五十元法币。他心存感激难以言表,只得发奋教书育才,以报答翟校长知遇之恩。

翟校长小背头发型梳得光亮整洁,身穿赭色蚕丝棉袍,一尘不染的样子。

吴荣成先生还没有返校啊,这次是省亲还是访友?不等俞明喜回答,翟白丁校长走近取暖炉说,倒春寒节气,这里还是要生火的。

翟白丁校长素来爱护师生。俞明喜担心校长责怪校工失职连忙解释说,我跟吴荣成先生同住日式公寓,已然习惯耐寒了。

自从殷汝耕在冀东自治,日本人控制开滦煤炭,以后寒冬更不好过喽。翟白丁校长不无忧愤地说罢,告辞走了。

听了校长爱国忧民的言论,俞明喜有些兴奋。半公开的学运组织"民先队"的重点工作,就是扩大抗日爱国阵线,吸收广大师生投身抗日救亡斗争。像翟白丁校长这样的正义人士,理应属于团结对象。

继续埋头工作,俞明喜依照学生序号,逐一填写国文考试成绩单。全班二十一名女生,只有祁秋月的作文考试成绩空着。他连续喝了几口热茶。这茶杯是吴兄送的黑陶。为人低调的吴荣成喜欢暗色,无论衣着还是用具,大多是黑色的。

有人咚咚敲门,俞明喜随口应了一声。身穿烟色薄呢大衣的丁小夏推门走进来——亭亭玉立一棵小水葱。他想起丁小夏的十元法币,又想起她自称面临险境的两条玉腿,年轻的国文代课教师笑了。

俞先生,吴先生什么时候回来啊?略施脂粉的丁小夏好像完全忘记行贿的法币和断腿的危险,目光扫视着摆在办公桌上的高一甲班国文考试成绩单。

令尊在北宁株式会社高就吧?俞明喜为人师表端坐身姿,抬头望着擅自不穿学校制服的女学生。

丁小夏小心翼翼地点点头,说家父是财会科科长,然后打听自己作文考试成绩。俞明喜从作业袋子里抻出那十元法币,放在书案上。

透着几分小妇人气质的丁小夏瞪大眼睛看了看俞明喜，然后低头搓弄着双手——不知是对俞明喜拒贿感到意外，还是对自己行贿感到羞愧。

望着这个讲穿爱吃的女学生，俞明喜内心颇为感慨。从小父母双亡，哥哥十四岁去比国电灯房做工，后来省吃俭用供自己读了师范学校。这个丁小夏一出手就是十元钞票，真是富宅不知寒门苦啊。

你把钱拿回去吧。不知什么缘故，他并没有严责丁小夏，只是无奈地叹了一口气。丁小夏听了，好似小鼠伸爪偷食，嗖地将钞票抓回去。

你这次作文考试写得这么糟糕啊！还精神恍惚？俞明喜把国文考试成绩单朝前推了推说，你不好好读书，将来怎么为国效力呢？

丁小夏伸出目光在成绩单上找到自己名字，兴奋地叫了一声“丙上”，然后疑惑地注视着俞明喜。你退了我钞票，怎么还给我成绩啊？宛若侥幸逃生的小动物，依然不相信哑火的猎枪。

以前……以前考试你也送钞票吗？俞明喜终于发问了。

似乎意识到进入安全区了，这只小动物笑而不答，转身跑了。

回来！青年教师轻轻喊了一声，吓得女学生僵住脚步，缓缓转身，好像身后蹲着一只老虎。

你……你去叫祁秋月，叫她来一下，快去吧。俞明喜催促着丁小夏。

很快，窗外传来女生们的说话声，叽叽喳喳仿佛飞来一群小喜鹊。突然间，窗外渐渐静寂下来，小喜鹊们飞走了。

等候祁秋月的到来，俞明喜有些心虚。自己从小不擅撒谎，一撒谎就脸红。老燕同志说过，对敌人撒谎是斗争策略，对敌人撒谎越成功，说明我们越有智慧。可是……即便祁秋月不是同志，她也不是敌人啊。这样想着心里紧张起来，便下意识地大口喝着热茶。

教师预备室的门被轻轻叩响，俞明喜不由得起身喊了声请进。双扇门被推开了，女生祁秋月走了进来。

祁秋月留着齐耳短发，身穿浅蓝色学生制服，左襟前佩戴“淑德女子中学”圆形校徽，金光闪闪好似一颗小太阳。她中规中矩站定，说了声俞先生好，便双手低垂，等候着老师问话。

俞明喜心里揣测着，还是无法判断她的真实身份，便按照既定对策说，这次作文考试你参加了吗？

祁秋月沉稳地点点头，表示参加了。

你参加了考试，我怎么没见你卷子呢？俞明喜按照既定策略，开始跟祁秋月对话。此时，他多么希望祁秋月立即说出那两句联络暗语，自己便不用对同志动用心机了。

然而，祁秋月并没有说出联络暗语，而是平静陈述着，昨天作文考试题目是《论读书》，我写满了两页纸呢。

可是，我没有见到你的卷子，你就没有成绩啊。俞明喜继续说着谎话，暗暗揣度着对方。

没有成绩？这不应该啊。祁秋月微微皱眉，投来平静的目光。

倘若别的女生遇到这种委屈，已然哭了。女生祁秋月的从容与镇定，给青年教师俞明喜带来冲击。她超越年龄的稳重与沉着，左右着俞明喜的思路。

她应当就是掌握联络暗语的“民先队”核心成员吧？内心还是企盼祁秋月是自己人，这个愿望搅乱了他的心思，露出几分不安的神色。

俞先生，劳您再找找我的卷子好吗？我确实参加了考试，参加考试不应当没有成绩的。

俞明喜回避着祁秋月的大眼睛，违心地点点头。此时，他只能点头应答，没有别的办法。

祁秋月微微鞠躬，转身就走。俞明喜盯着她的背影，头脑嗡的热了。他忍耐不住，自言自语地说出联络暗语的“上联”：读书——激励我的志向，流淌我的热泪。

祁秋月猛然停住脚步，徐徐转过身来，目光倏地投向青年教师俞明喜,流露出足以融化冰雪的灼热。

俞明喜的心弦骤然绷紧，焦虑地期待对方说出那句“下联”:读书——澎湃我的心灵,唤醒我的灵魂。

空气就这样凝固着。俞明喜鼓足勇气抬头看着祁秋月。他的期待落空了,并没有听到对方的“下联”。

俞先生……祁秋月怪异地笑了，脸色惨白。这是我作文里的句子,您分明见了我的卷子,怎么不给我成绩呢?

一时头脑发蒙的年轻教师不知如何答对，一步迈进难以自圆其说的死胡同。他低头挪动双脚,磕磕绊绊地答道,我……我不知道,你作文里有这句话……

祁秋月目光里的灼热骤然熄灭,嘴角猛烈地颤动着。俞先生,传道授业为人师表,您是不能随意撒谎的。

俞明喜意识到自己头脑发热造成失误,一时没有办法挽回,只得撒谎到底说,我……我没有见到你的卷子……

蒙受不公正待遇的祁秋月彻底失望了,转身跑出教师预备室。

一股重重的挫败感,夹杂着自责心理,包裹了俞明喜的心。他意识到又犯了上级多次批评的主观主义错误，一味将祁秋月想象成自己人,冒险行事脱口说出联络暗语。既然联络暗语对不上,说明她只是个普通女学生。

老师跟学生撒谎,一股强烈的羞耻感卡住喉咙,令他呼吸急促,面孔发胀。我必须采取补救措施,平息这件事情,还要主动向组织检讨这次“左倾”冒险行为。

好吧,我明天通知祁秋月作文试卷找到了,成绩甲中,这样就弥补了。心里有了主意,紧张情绪有所缓解。俞明喜走出教师预备室,来到传达室收取信件。

之后走出私立淑德女中，俞明喜看到马路对面摆着卖烤山芋的车子。他一路步行奔向电车道,撩起棉袍跨上红牌电车,打了八分钱车票。

黄昏时分，私立淑德女中放了学。翟白丁校长依照惯例，站在学校大门外微笑着送学生们回家。女学生们背着书包鱼贯而出，出了校门分为东西两支路队，渐渐走远了。

一个乡下打扮的男子远远走来，风尘仆仆的样子。他的黑色粗布棉袄肩头露了棉絮，蓬头垢面地奔向私立淑德女中。

这时候，卖烤山芋的汉子横过马路，从怀里抽出手枪朝翟白丁校长连发三枪。一辆自行车疾驶而来，眨眼间驮着枪手向东边逃窜了。

一身乡下打扮的男子听到枪声，飞快奔跑过来，大声喊着抓凶手，紧紧追赶那辆载着凶手的自行车。飞驰的自行车向南拐入一条小街。这男子追到街口，被迎面飞来的木棍击中腿骨，重重摔在街头“缝穷”女人的马扎旁边。这女人吓得扔掉手里针线，惊恐地叫了一声吴先生。

被“缝穷”女人称作吴先生的男子不顾疼痛，起身奔回私立淑德女中，看到翟白丁校长横身倒在大门口的血泊里，宛若一道血肉筑成的门槛。

被称作吴先生的男子扑上前来跪在地上，棉裤立即沾满鲜血。他双手抓住死者肩膀失声叫道，翟校长，您醒醒，我是吴荣成！我来晚了……

身穿黑色粗布棉袄棉裤的吴荣成两眼血红，扭脸对围观人们说，马上叫车啊，送翟校长去医院！

“缝穷”女人徐凤珍气喘吁吁赶来，看见躺在血泊里的翟白丁就哭了。老天爷，这是哪个挨千刀的害了翟校长啊！

一群女学生跑了回来，看到敬爱的翟校长惨遭杀害，她们尖声哭喊着，活像一群既不会进攻也不能自卫的绵羊。

第三出

下了电车，天光转暗。俞明喜横过马路往南走，找到择仁里那幢结结实实的石头楼，楼外果然挂着北宁株式会社的牌匾。填了会客单,门卫打电话禀报私立淑德女中俞明喜先生拜访丁恩正科长,便允许进入了。

既然给吴荣成代课,自己就要尽教师的责任。俞明喜此行目的一是了解丁小夏精神恍惚连夜失眠的原因，二是敦促丁父认真履行家长职责,勿用武力对待女儿双腿,这社会不需要瘸女孩。

丁小夏的父亲丁恩正,任职北宁株式会社财会科科长。俞明喜上了三楼,对方已然迎在楼梯口。他有一双温暖的圆眼睛,中等身材而且谢顶,额头圆润泛着安详的光泽。俞明喜主动自我介绍,主人操着江浙口音蓝青官话连称久仰久仰,好像早闻大名似的。

财会科科长引着青年教师来到会客室。室内陈设阔气，牛皮沙发,玻璃茶几,一尊落地式座钟,卫士似的立在那里,自负地摇动着钟摆。

落座寒暄几句。俞明喜问贵公司是日本企业吧。丁恩正连连表示,商业无国界,日本制药工业还是很发达的。

这让俞明喜想起吴荣成的高效杀虫剂“绝灭”。不待开口交谈,便有蓝衣绿裤的练习生端茶进来,小声请丁科长接电话。丁恩正说了声抱歉,起身去了。

看来丁科长商务繁忙。俞明喜端起茶杯,慢慢品着。渐渐饮光一杯茶水,主人款款归来。这时俞明喜发现丁恩正走路八字步,不由得想起京戏里的须生,比如《群英会》里的鲁肃,还有《乌盆记》里的刘世昌。

俞先生也喜欢京戏吧？丁恩正笑眯眯地问道,把俞明喜问愣了。我这儿想着须生,他就问我京戏,一眼看到我心里去了？这人真是“高眼”。

俞先生从私立淑德女中来,这一路还太平吧？丁恩正和蔼地打量着来访者。

就是电车上小偷太多，去年腊月掏走我一个月薪水……俞明喜轻轻咳了一声转入正题，谈到国文考试丁小夏作文不切题，询问是否因为身体不适造成学习成绩下滑。

听到女儿学习成绩不佳，丁恩正并不着急，微笑着解释自己酷爱梅派青衣，经常在家里吊嗓子，女儿受了父亲熏陶，这阵子迷上《白蛇传》，半夜都哼唱白娘子，板是板，眼是眼。

看来丁小夏真是思念许仙了。俞明喜发现丁恩正除了京戏之外有物我两忘的趋势，只得直言了。丁科长，您家境宽裕，不可过于溺爱子女，应当在花钱方面约束丁小夏，不要放任自流。

丁恩正连连点头，极力认同青年教师的说法，家贫出孝子，逆境造人才，俞先生年轻明理，也是我的良师。子不教，父之过。我要反省以往的疏忽，不能让小夏沾染一身富家小姐的毛病。

不知为什么，俞明喜觉得丁恩正犹如一块光亮的石板，你只能在它表面滑行而无法深入其中。继续交谈也是内容空泛而已。既然如此，俞明喜不想说出丁小夏以金贿考的行为，尽管他觉得丁科长不大可能打断女儿的双腿。

我记得小夏的国文教师姓吴，怎么俞先生您……丁恩正好像突然想起什么，拍了拍光亮的脑门问道。

吴先生告假未归，我给他代课呢。俞明喜解释说。所以我对丁小夏的情况不太了解，今天特意拜访，希望引起家长重视。

丁恩正向青年教师连声致谢。俞明喜表示教书育人，理应尽职尽责。

蓝衣绿裤的练习生再次敲门而入，谦恭地说约见的客人到了。俞明喜知趣地起身告辞，说了声讨扰。

北宁株式会社财会科科长跟私立淑德女中青年教师握手道别，笑着问他唱什么角色。俞明喜不知对方何意。丁恩正便补充问他票什么戏。俞明喜好奇地反问，您怎么知道我喜欢京戏呢？

丁恩正并不正面回答，亲切地拍了拍俞明喜的肩膀，摆出长辈风范说，我邀请你参加我们兰心票房，咱俩票一出《霸王别姬》。

《霸王别姬》？俞明喜越发纳闷地说，您怎么知道我学俞派啊？

因为，你就姓俞嘛。丁恩正送俞明喜走到楼梯口。俞明喜发表评论说，项羽是君子，刘邦是小人，君子拿小人是没有办法的，所以在乌江自刎了。

丁恩正目送俞明喜下楼，高高在上地说，君子归君子，妇人之仁害死人啊。

同情项羽反感刘邦的俞明喜走出这幢石头楼，信步来到电车道。天色大黑。两个乞丐迎面走来，各自怀里抱着几块烤山芋，一边走一边对话，大意是不花钱的烤山芋，不拿白不拿。

俞明喜在华文书店地下室里跟老燕同志读过《共产党宣言》，知道天下大同才是共产主义社会，各尽所能，各取所需，而且取消货币。此时听到两个乞丐大谈不花钱的烤山芋，顿时觉得怪异。九一八事变日本占领东北，六年来不断增兵关内，逐步推行华北自治，妄图彻底灭亡中国。如此兵荒马乱的年头，哪里有白吃白拿的道理呢。

一辆电车到站。一个学生模样的小伙子哗地撒出一大片传单，人们纷纷伸手去抓。俞明喜故意不去捡。这是地下组织工作纪律，不可以在公众场合随便暴露真实身份。

身边不少人捡着传单，俞明喜看到传单上印着“信仰三民主义”“拥护蒋委员长”，便知晓那个撒传单的学生的来历：不是被 CC 分子蒙蔽了，就是受复兴社特务的教唆，宣传“一个党、一个主义、一个领袖、一个敌人”的口号，以达到反共目的。

一眨眼，又有人挥手撒出写着“打倒日本帝国主义”“民族团结，共同抗日”字样的传单。俞明喜看出这传单来自抗日爱国组织“民先队”，还是不伸手去接。就这样把自己混在普通百姓堆儿里，不声不响登上电车。

下了电车，放开脚步赶回善邻里公寓。黑灯影里老佟头儿无声地打着太极拳，动作轻柔舒缓，很像放映着无声电影。俞明喜躲着这场无声电影，瞅见房间里亮着灯光。他踏上门廊脱了鞋，拉开门，一步迈上榻榻米，随即惊叫一声。

你回来啦？吴兄！俞明喜看到吴荣成侧卧在榻榻米上，一身短打扮，完全没了昔日文人装束。嫂子徐凤珍跪在吴荣成近前，护士似的给他小腿敷抹黑色药膏。

嫂子您……俞明喜没想到她在这里，更加疑惑地问道，吴兄你怎么受伤啦？

吴荣成的粗布棉裤褪到左腿膝盖部位，裸露的小腿一片青紫。嫂子徐凤珍连忙答道，吴先生一路追赶杀人凶手，被那辆自行车投来的木棍砸伤啦。

杀人凶手？俞明喜一头雾水，望着突然归来却意外受伤的吴荣成。

还是徐凤珍抢先答道，你不知道啊？翟校长被人暗杀啦！尸体在仁爱医院太平间，白事铺魏掌柜捐了一口柏木棺材……

什么?！俞明喜不相信这个噩耗，一步扑到吴荣成近前，瞪大眼睛盯着他。

吴荣成缓缓点头，语气斩钉截铁，翟校长的血是不会白流的。

翟校长对我有知遇之恩啊！俞明喜转身冲出房间，撒腿跑出善邻里公寓。一路上气愤地思索着，胆敢光天化日之下杀害翟校长，这是什么人干的？

一路灯光昏暗。仁爱医院后院亮着一盏大灯，小太阳似的。前来吊唁的各界人士排着长队。大多是陌生面孔。身穿蓝色校服的私立淑德女中学生分列两侧守灵，觉民中学一群“民先队”队员现场维护秩序。俞明喜快步走到灵前，只觉得双膝发软不由得跪下了。翟白丁校长的恩德，一桩桩浮现脑海，思来想去悲痛难忍，落泪失声。他想撩开蒙尸布看看翟校长，几个学生上前劝阻，搀扶他到角落里去了。

放眼吊唁现场，他坚信公道自在人心，翟校长的血不会白流。这样想着坚强起来，他急忙赶往私立淑德女中，不知那里情况如何。

路灯照耀着私立淑德女中大门。他听到渐行渐远的抗日救亡歌曲:“上起刺刀来,弟兄们散开,这是我们的国土,坚决不挂免战牌……”

当值校工迎出传达室告诉俞明喜说，前来私立淑德女中大操场集会的各校学生队伍刚刚散去。学生领袖当场宣布,礼拜六举行全市学生大游行，早上八点钟北路队伍抬着翟校长棺材从大经路造币局出发,南路队伍抬着花圈遗像从南开中学出发,南北两路冲破关卡,中午在金刚桥会合!

这样的全市学生大游行,学联有权决定吗?起码要通过“民先队”核心领导的。俞明喜心存疑虑,急切盼望着与组织接头的日子。

学校大操场空空荡荡。一轮明月洒下幽静的光,悄悄镀亮哑言的春夜。

丁小夏满脸焦虑地跑来,问看到吴荣成没有。俞明喜摇摇头,不想跟她多说话。丁小夏满含忧虑地说，听说吴先生回到学校就受了伤,这可怎么办啊!

说着,丁小夏跑开了。望着远去的女学生,俞明喜突发奇想:莫非丁小夏爱上吴荣成啦？瞧她火烧眉毛的劲头,就跟寻找心上人似的。当今师生恋不受待见,这类事情仍有发生,有的还结了婚……

俞明喜站在私立淑德女中大门口，低头还能看到地上残留的血迹。这正是翟白丁校长捐躯的地方啊。一个正直的知识分子就这样被杀害了,而且凶手逍遥法外不知去向。这时候,一位中年妇女走来,询问高一甲班教室在几楼。

我女儿留下纸条就走了,我不识字,只能来学校找她……中年妇女语气焦急。

俞明喜听到“高一甲班”,急问她女儿叫什么名字。

祁、秋、月。中年妇女说出这个名字,从怀里掏出一张纸条。

祁秋月?俞明喜慌忙接过纸条凑向传达室的灯光,看到是首白话诗:

如果,如果有人被迫撒谎,那是出于无奈吧,就像我们告诉孩子,你永远不会死亡一样。如果，如果有人以撒谎为乐趣，那么我的悲哀，将远远大于死亡！

你女儿真的是祁秋月？俞明喜当即把这首诗跟自己联系起来。

中年妇女点点头说，我想见翟校长，求他派学生们找找秋月，这丫头犟着呢！去年跟她姐闹别扭，跑到同学家躲了两天……

你见不到我们翟校长啦，他没啦……传达室校工凑近说，天冷你快回家吧，女孩子爱使小性儿，兴许这会儿在家吃饭呢！

翟校长没啦？祁母惊愕不已。翟校长可是好人！去年免了我女儿学费……

俞明喜愣在原地不动。祁秋月蒙受作文考试不白之冤，离家出走了。她的白话诗充满孤愤，对有人以撒谎为乐表示极大的悲哀。

我不是存心撒谎取乐啊！俞明喜心里有愧，快步追上祁母说，您不要着急，祁秋月不会走远，即使今夜不归，明天肯定回家的。

祁母对他的这种超常关切感到意外，转而问道，翟校长到底怎么死的？

俞明喜简单吐出"暗杀"两个字。祁母吓得瞪大眼睛说，这世道好人本来不多，坏人还把好人杀啦，造孽呀！

善良的祁母走远了。俞明喜认为女孩子受了委屈往往躲到没人的地方哭泣，应当四处找找。这样寻思着朝海河方向走去，希望能够遇到祁秋月，护送她回家。

海河落了潮。黑夜里望着东去流水，俞明喜想起海河浮尸案。前年初夏，海河里先后浮出三百多具男性尸体，其中便有哥哥俞明祥。据说都是被日军抓去修筑秘密工事的华工，完工后全部被杀害。俞明喜是在太古码头寻到哥哥尸体的，从此嫂子成了寡妇。

想起哥哥的死，俞明喜捡起一块石头发泄地投向对岸，那边是日租界。黑暗里看不清河里溅起水花，他的投掷成了无用之功。这座城市有九国租界，他最痛恨杀人如麻的小日本儿。

第四出

翟白丁校长入了殓，停放灵柩三天，继续接受社会各界人士吊唁。吃过晚饭俞明喜跟吴兄打了招呼，说是去灵堂。腿伤未愈的吴荣成叫住他，从兜里掏出几只核桃说，翟校长平时最爱吃核桃，这是河北涞源特产，你替我供在灵前吧。

吴兄素常跟翟校长接触极少，可谓秀才交情纸半张。此时献上这份慈悲，几只核桃胜过千里送鹅毛的情谊。

俞明喜走出公寓院子，老佟头儿及时关了大门。瞅见胡同口蹲着个黑影，俞明喜顿时提高警觉。黑影低声说出那两句暗语，之后催促他往东走。俞明喜听到暗语毫不犹豫，快步奔东走了。

四周漆黑，传来老燕熟悉的低语。俞明喜心头腾地热了，便跟随亲人似的往远处走去。

绕过一个水坑，俞明喜觉得磨了脚掌，猫腰去摸知道左脚布鞋开了绽。又过了一座小桥，右脚布鞋底帮分家了。我早应该买双新鞋，一忙就忘了。怪不得女生们偷偷取外号叫我“穷俞”。

老燕身材高挑但并不壮实，却显得很有力量，走路飞快让人想起《水浒传》里日行千里的戴宗。俞明喜趿拉着两只布鞋跟随着，来到一家偏僻的小工厂，钻进存放铁板的大屋。大屋角落里垒出一间小屋，好像儿子偎在母亲怀里。小屋门缝儿透出微弱的灯光。

小屋里走出一个人，不待看清面目匆匆去了。老燕引着俞明喜走进小屋，桌旁坐着一个陌生中年男子。油灯芯儿不可预测地闪动着，弄得俞明喜不知所措，扭头看着老燕。

小俞同志，今天是你加入中国共产党的日子，今后你就是无产阶级先进分子啦！陌生中年男子起身说道。

太好啦！俞明喜不禁拍手笑着说，前几天我还梦见入党呢，今天成了真！

严肃！脸孔消瘦的老燕表情威严地说，我和老艾做你的入党介绍人，现在履行仪式，你举手宣誓吧。

哦，原来陌生中年男子叫老艾。这个敦敦实实的汉子高高举起油灯，一下照亮临时挂在墙上的党旗。看到金色的镰刀斧头，俞明喜湿了眼窝儿。是啊，镰刀和斧头都是利器，我们就要用它把日本鬼子赶出中国，争取中华民族的自由解放。

老燕带领俞明喜面对党旗宣誓。青年教师激动难耐，不停地抽泣着，念完了自己的誓言。

放下手里油灯，老艾从墙上摘下党旗，快速卷起藏进角落铁皮柜子里。这时老燕惊异地叫了一声。老艾以为有情况，随手抄起藏在桌下的手枪。

你两只鞋都开花了，脚板磨破了吧？老燕心疼地叫起来。

俞明喜解释说忘了买鞋。老艾提醒道，我们搞地下工作四处奔跑特别费鞋，你别拿自己当哪吒啊。

说着老艾跟他握了握手，匆匆走了。小屋里只剩下老燕和俞明喜两个人。油灯碗该添油了，灯芯儿渐弱。俞明喜急于报告情况，却被老燕打断了。

今晚私立淑德女中大操场集会，汇文中学的温铁生过于偏激，究真中学的李锟也不冷静，还有觉民中学的周宗强，当场形成全市学生抬棺大游行的决议，这是无组织无纪律的表现！他们都是“民先队”核心组织成员，却不请示上级组织就擅自决定。老燕略显激动地说，华北局领导多次批评“左倾”盲动主义错误，强调党组织的任务是巩固加强自身力量，以宣传手段激发广大群众的抗日情绪，不要过早地跟国民党当局决战。尤其是我们这座城市，游行绝对不能冲击日租界……

敢情您当时在场啊！为什么不阻止他们呢？礼拜六上午就抬棺大游行啦！俞明喜焦急地望着领导。

时间紧迫，群情激愤，势在必行，礼拜六大游行难以取消，我们要通过各校“民先队”骨干把任务传达下去，只要放弃南北两路会师金刚桥的计划，就不会跟守桥设卡的国民党军警发生冲突。至于日本军警和汉奸爪牙，他们的大本营在日租界，眼下还不敢明目张胆地进华界抓捕学生。

老燕缓了一口气说，近来不少学生加入“民先队”，我们不能因此冲昏头脑，重蹈北平学联盲动主义的覆辙啊。

油灯渐渐熄灭了。黑暗吞没了人的轮廓。俞明喜听见自己的心跳声，反而觉得世界大得无边无际，他更加勇敢起来。

黑暗里，老燕不无忧虑地说，根据我们摸到的情况，有个老牌日本浪人潜伏在华界，多年来为日本官方义务递送常规情报，包括“民先队”队员名单和联络图，咱们不得不防啊。

老牌日本浪人？这人起码六七十岁了，还走得动吗？俞明喜不解地问道。

你要相信人的精神力量。我们组织里有对夫妻，为了给组织筹措活动经费，把亲生孩子都卖啦！后来妻子去世了。老燕平静地讲述，不啻惊雷轰然炸耳，震撼着俞明喜年轻的心。

老燕，有那对夫妻做榜样，今后遇到什么困难我都不怕了！俞明喜表达着内心的感受，浑身微微颤抖着。

黑暗里很安静。老燕唰地划亮洋火点燃纸烟，短暂的光亮勾勒出他消瘦的面部轮廓。俞明喜鼓足勇气说，我有一件事情向组织汇报……

老燕狠狠吸一口烟说，是啊，你认为什么人杀害了翟白丁先生？

我……俞明喜思索着说，翟校长要是民主爱国人士，很可能是日本特务或汉奸狗子开的枪；翟校长要是我们自己的同志，很可能是国民党特务动的手。

我们地下组织单线联系，我也不知道翟校长的真实身份。黑暗里老燕吸着纸烟，一明一灭地说，我们的敌人是日本帝国主义，对国民党反动派也要提高警惕。

俞明喜看到黑暗里烟火熄灭了，再次表示有一件事情要向组织汇报。老燕径自开辟话题说，我们有同志打入敌人内部，争取尽快查找出幕后黑手……

终于按捺不住，俞明喜打断老燕同志急匆匆地说，我犯了主观主义错误！我犯了“左倾”冒险主义错误！

你先不要给自己扣大帽子，仔细讲给我听！黑暗里老燕语气严峻。

俞明喜从头到尾讲述了作文考试引发的事情，之后低头等待老燕的批评。

祁秋月？老燕接连吸了几口烟，伸出手指敲击额头说，我脑子里没这个名字，她应当只是个普通女学生。她作文里出现联络暗语，我认为属于巧合。你冒险使用暗语接头，这是非常错误的行为，你必须深刻检讨！

俞明喜连连点头表示深刻检讨。老燕突然问他穿七寸儿的布鞋。不及回答，黑暗里老燕说你试试这双鞋吧。俞明喜接在手里穿在脚上，尺寸略感紧凑。

俞明喜猛地明白了，伸手摸到老燕的双脚——他果然只穿着袜子。心头灼热难忍，烧得他眼泪滚烫。老燕把鞋脱给我穿，他要赤脚走回华文书店的。

天不早了，你回去吧。老燕用力推开俞明喜说，共产党员服从命令，我要你马上穿鞋离开这里！

俞明喜只得从命，快步走出小工厂。穿着革命同志的鞋，匆匆赶回自己的住处。夜色里踏过小桥，他抹去泪水心里说，这就是革命同志，老燕比亲哥哥还要亲！

叩响公寓大门。杂役老佟头儿睡眼惺忪地卸下门闩说，这兵荒马乱的年头，以后不要回来太晚啊。

他领了老佟头儿的好意，走上门廊脱了鞋，低头看见这是双黑色礼服呢面牛皮底便鞋，挺体面的。伸手拉门走进房间。吴荣成身披破棉袄端坐在榻榻米上。

吴兄……您还没休息啊？俞明喜蹲下身来，打量着吴荣成的伤腿。

古铜色脸庞的吴荣成目光炯炯却不乏温和，向俞明喜挥挥手说，你夜半不归，我等你回来呢。

吴荣成有一双超乎常人的大手，小蒲扇似的。他讲课时大手捏着粉笔写板书，远看好似手里捏着绣花针。这已然成了私立淑德女中的独特景观。

望着从教师棉袍改穿苦力短衣的吴荣成，俞明喜觉出几分陌生。对方似乎看穿了他的心思，微笑地解释说，在涞源县遭遇土匪被剥得精光，跑到县城找慈善堂求得破棉袄破棉裤。一路乞讨赶回学校，可巧遇见凶手当街开枪暗杀翟校长，就放胆追了上去。

徐凤珍从厨房小步走出，手里端着一大碗热汤，家庭主妇似的。

嫂子，您……意外看到嫂子夜半时分在公寓下厨，俞明喜愣住了。

吴先生伤了腿骨，我煮了猪骨头汤，郎中说这样好得快。徐凤珍向小叔子解释着，把一碗骨头汤摆在矮榻上。

毕竟嫂子伺候着另外一个男人，俞明喜有些尴尬。徐凤珍顾不得尴尬，小声催促吴荣成趁热把骨头汤喝了。

徐凤珍询问小瓮里是不是盛着卤水。吴荣成摇了摇头。

返回厨房，徐凤珍端出一盆热水递给小叔子，说泡泡脚睡觉解乏。这时吴荣成把骨头汤递给俞明喜，显然不好意思独享。俞明喜狠狠喝了一大口，强烈感受到嫂子对吴荣成的情意。是啊，年轻女人谁愿意守寡呢，何况遇到的还是人品周正的吴荣成。

嫂子徐凤珍无事可做了，站也不是，坐也不是，终于透出几分尴尬。俞明喜低头不说话，借机观察吴荣成怎样收拾局面。

吴荣成对徐凤珍说，明天你还要上街“缝穷”，辛苦了。这么晚了，我送你回家吧。

徐凤珍急忙摆手谢绝，说你伤了腿不要动弹，我胆大不怕走夜路呢。

我送您回家吧，嫂子。俞明喜起身说。他确实想让徐凤珍赶紧离开这里。

嫂子看了看小叔子，表情踟蹰。吴荣成当即制止道，我让老佟头儿送你回去吧。说着，他从棉袄里掏出两角面额的法币，低声召唤着老佟头儿。

两角钱成功地雇用了老佟头儿，吴荣成低声叮嘱了几句。老佟头儿聋哑人似的呜呜点头，拄着老藤手杖陪着徐凤珍走了。

吴荣成问他饿不饿。俞明喜这才想起没吃晚饭。但是他不能承认空着肚子，因为晚饭时分他在小工厂里宣誓入党呢。

咱们睡吧。吴荣成说着走进里间屋拉开被褥，脱衣躺下了。俞明喜洗脸漱口脱了衣裳，随手关了灯。

翟校长被人杀了，当局必须缉拿到凶手啊。俞明喜钻进被窝儿说。

吴荣成呜了一声，说礼拜六全市抬棺大游行，翟校长死得其所。俞明喜又说，你被土匪剥得精光，一路行乞怎么不给我写封信呢？我去河北接你啊。

不等吴兄回应，俞明喜接着关键话题说，这次国文考试，我把祁秋月的作文卷子忘在抽屉里，已然给她补了成绩……

竟然响起轻微的鼾声，吴荣成好像穿了冰鞋，快速滑入梦乡了。

吴兄多日风餐露宿，疲乏透了。俞明喜起身拉过自己的棉袍嗅了嗅——这是老燕抽烟熏染的味道，烟味儿强烈极了。

听见大门响了，一定是老佟头儿送罢嫂子回来了，于是放了心，打着哈欠。

肚子饿，睡不着。黑暗里，思忖着。这几天经历的事情太多了，一时难以梳理清楚。听着吴荣成细细的鼾声，俞明喜终于睡过去了。

第五出

正午时分，不断有消息在私立淑德女中饭堂里传播着。女生们神色凝重，偷偷议论着。一是南开中学学生领袖楚子才出事了，说是唤他去学校传达室接电话，再没见回来。二是汇文中学“民先队”队员温铁生上街被几个便衣男子揪进小汽车，飞快地开走了。三是究真中学学运骨干李锟外出张贴标语，下落不明。这三个学生领袖的失踪，引起不安的涟漪，越荡越大。

俞明喜坐在教师预备室里吃午饭，碗里六个猪肉包子。这两天委屈了自己胃口，必须补养一下。他拿出高一甲班国文考试成绩单，在祁秋月的作文栏目里填上“甲中”二字，走过去递给吴荣成说，我完成代课任务，现在完璧归赵啦！

吴荣成接过成绩单看了看说，谢谢你给我代课啊，辛苦了。俞明喜说，你腿伤没好就来讲课，更辛苦呢。

这时候，传达室校工敲门进来，走到吴荣成书案前毕恭毕敬地说，这封信是早上送到的。吴荣成接过来信，顺手递给校工一根烟卷，道了辛苦。

校工高兴地把烟卷夹在耳朵上，转向俞明喜说，俞先生！刚才《益世报》来电话催您改稿，说要快呢。

俞明喜向校工道声谢，做出漫不经心的样子，心里却缩紧了。说是《益世报》催改稿子，其实是组织接头的通知。

校工知道俞明喜不会把猪肉包子赏给他吃，依然满脸堆笑地走了。

吴荣成一边嚼着烧饼一边批改学生作业说，明喜文思如泉涌，你又写了小品文啊。

我崇拜《益世报》主笔罗隆基先生，爱看他写的社论，就给这家报纸投了稿，信笔涂鸦呗。俞明喜解释着，故意贬低自己。

吃了四个猪肉包子，留下两个他舍不得吃，悄悄掏出手绢要把包子带给老燕。那位貌似风光的华文书店经理，其实经常饿肚子的。革命工作就是辛苦。想起老燕说的那对革命夫妇为组织筹集经费把亲生孩子都卖了，俞明喜便激动不已。我跟老燕是革命同志，同志比亲兄弟还要亲。

天气比前几天暖了。俞明喜穿起烟色薄棉袍跟吴兄打了招呼，说去《益世报》拿稿子。吴荣成抬手把那封信递过来，说你看看吧，奇文共欣赏。

俞明喜接过信封看到右角写着“内详”二字，抽出信瓤看到几行蚕豆大小的墨字：“就你敢追击那辆自行车是吧？想当英雄很容易，我们送你去找翟白丁校长，他手捧勋章等着你呢。”

他们这是恐吓！年轻气盛的俞明喜啪地拍着桌子说，吴兄，那么多人围观只有你追赶凶手，你就是英雄！写信的人才是懦夫呢。

心里有事，俞明喜走出教师预备室，出了私立淑德女中大门，又遇到祁母。他快步迎上去说，我找到祁秋月的作文卷子，给她补了成绩，她回家了吧？

她的作文卷子？祁母显然不懂他的话，悲苦地摇摇头说，这都好几天了，秋月怎么还不回来啊？

俞明喜再度内疚起来。您不是说过，去年跟姐姐生气她就躲到同学家了吗？女孩子就这样，兴许今天就回来啦。

您还没吃饭吧？他把手绢里的两个包子塞给祁母，转身匆匆走了，恨不得一步迈进华文书店。

进了老城厢二道街，走过小说家刘云若的宅门，前边坐南朝北的铺面就是华文书店。门外挂着“新到蜀山剑侠传”的广告牌子，这是情况正常的信号。华文书店主要出售武侠艳情类小说，也卖大众实用读物比如尺牍和皇历，为了安全从来不售进步书籍，包括鲁迅的书。

俞明喜进门跟伙计对了眼神，径直来到后院，猫腰钻进了地下室。

地下室点着一盏油灯。俞明喜有了情感记忆，见了油灯便想起入党宣誓的情景。老燕和老艾隔桌而坐，表情严肃。

看来情况确实紧急。烟缸里堆满各式各样的烟蒂，俞明喜猜测此前来过一个个同志，抽了烟接受了任务，一个个匆匆离去了。

老燕举起烟袋足足吸了一口，喷出浓烈的烟雾。从烟卷变成烟袋，说明老燕又穷了。粗壮的老艾不吸烟，下意识地躲避着烟雾。

老燕皱着眉头说，时间紧迫，老艾你给小俞讲讲吧。

小俞，确实有几个学生领袖失踪了！老艾下意识地撸起袖子，好像要跟敌人搏斗。不知为什么，俞明喜认为老艾同志是个码头工人。

老艾轻轻拍着桌面说，楚子才读书的南开中学距离“三不管”不远，温铁生读书的汇文中学邻近日租界，他俩失踪肯定是日本便衣队干的。我们在中统的内线报告说……

情况是这样的……老燕认为老艾说话出了格，当即揽过话题说，究真中学的李锟被捕也是汉奸狗子干的。敌人此时出手，就是要削弱全市学运骨干力量，打击广大民众的抗日信念。敌人如此猖狂，反而更加坚定了我们的抗日决心！

老燕继续补充道，我们的内线摸到情况，这次为日本特高科提供学生领袖名单的，仍然是那个老牌日本浪人！此人在天津生活多年，既不联系“红帽衙门”日本宪兵队，也不联系“白帽衙门”日租界警察署，就连日本华北派遣军特务机关长都不知道他是谁。这家伙多年义务提供情况，从不露面，从不留名，从不领取经费，被日本谍报机关称为“大和义士”。据说日本宪兵队菊池大佐每次收到他的情报，都要冲着那封密信脱帽鞠躬，表示深深敬佩。

这家伙肯定擅长伪装，变得比中国人还像中国人！俞明喜气愤极了。

我们必须加强情报工作。老燕收起烟袋低头思索说，曹家公馆附近的兰心票房，各色人等鱼龙混杂，肯定是个获取情报的好地方。你不是喜欢京戏吗？就以票友身份混进兰心票房！无论摸到哪方面的情况，对我们来说都是有用的。

我见过丁小夏的父亲丁恩正，他是兰心票房的主人。俞明喜点头接受任务，略显恳求地问道，礼拜六全市学生大游行……

老燕果断下达命令说，大游行你就不要参加了，为了打入兰心票房，你要尽力褪掉进步色彩，减少在公开场合露面。

杀害翟校长的凶手究竟是……俞明喜起身准备离去，忍不住问道。

老艾毫不犹豫地说，枪手是个外号叫瘦狗的汉奸，当天就逃往北平了。

从书店后门溜出，俞明喜快步走上东马路。一家家店铺的玻璃窗好似一面面镜子。他从镜子里没有发现跟踪者，放心向北走去。经过内联升鞋店，他猛然想起应当把那双布鞋还给老燕同志，便暗暗责怪自己。我是地下党员了，无论公事私事都不可粗心大意。

走近金刚桥，这里正是全市学生大游行南北两路会合的地方。上级领导反复强调游行队伍不要冲击关卡，不要跟守桥的国民党军警发生正面冲突，避免学运骨干们被捕入狱。

心里走神，无意间走了弯路，意外来到大悲禅院门前。猛然想起离家未归的祁秋月，总觉得自己与这个女生之间有了无形的纽带，内心怀有一种不愿推卸甚至故意加载的责任。他在这座津沽名刹山门外徘徊着，进退两难。共产党人是无神论者，《国际歌》唱道："从来就没有救世主，也不靠神仙皇帝。"可是，他不由自主地走进寺院。先叩拜护法韦驮，之后逢佛便拜，最后跪在大雄宝殿石阶前，默默祈祷祁秋月平安无事。

拜了佛发了愿，心情轻松几分。怪不得中国老百姓逢凶遇难就来烧香拜佛呢，敢情可以消除心病。

一路行走来到义和粮栈，他掏出八毛钱买了十斤棒子面，手里却没有盛粮食的家伙什。粮栈老掌柜为人豪爽，据说当年闹过义和团，因此给店铺取名义和粮栈。他拿出写着"义和"二字的小口袋盛了棒子面，递给俞明喜说下次买粮捎回来就是了。

一甲一保地打听着，终于找到锦衣卫桥迤西的这座大杂院。祁家住一间南房，屋里搭了阁楼，屋顶就显得矮了。房间四白落地，拾掇得干干净净，清贫气氛中透着坚忍的力量，支撑着这个家庭的日常生活。

祁母对他的到来感到惊讶，他则对祁秋月仍然未归感到惶恐。递上写着“义和”二字的小口袋，祁母倔强地摆手不收，抹着眼泪说，又让您操心了，秋月这孩子怎么还不回来呢？

这时阁楼上传出响动。祁母说大闺女在恒源纱厂做工，下了夜班睡觉呢。

说话间，已经穿戴整齐的祁家姐姐沿着楼梯下来，冲俞明喜点点头，趋身搬来凳子请他落座。果然一奶同胞的姊妹，祁家姐姐无论眉眼还是身材，都跟祁秋月相像，只是个头儿略矮。

我叫祁春芬。是不是我妹妹有了消息？祁春芬望着不期而至的青年教师，目光里含有无限的期待。

他摇了摇头，告诉对方自己名叫俞明喜，今后还会来探望的。祁春芬听了这话，颇为不解地眨着大眼睛。

祁母哭出声说，秋月从小好强，她要是有个山高水低的，我可怎么办啊。

祁春芬似乎比妹妹更好强，表示自己在恒源纱厂做挡车工，月薪能够养家糊口，请俞先生不要惦记。

我是老师，祁秋月是我学生，她负气出走我是有责任的。俞明喜含蓄地表达着内心的歉意。

记得秋月的级任教师姓吴，您怎么……看到俞明喜出面承担责任，祁春芬越发不解了。

我替吴先生代过国文课，也教过高一甲班小代数。俞明喜转而问道，恒源纱厂是李纯开办的吧？就是捐建南开大学秀山堂的下野军阀。

刹那间，祁春芬眼角闪过几缕快意，又似柳絮般飘散了。俞先生，你怎么知道我们工厂的来龙去脉啊?

看来祁春芬喜欢工厂。俞明喜目光追逐着她那几缕飘散的快意说,因为我是教书的嘛,所以……他蓦然意识到对方是大姑娘,自己不该多言多语,便住了嘴。

祁母擦干眼泪插言道,谢谢俞先生善心,这辈子有大闺女养老,我认命啦。

娘! 秋月就爱使小性儿斗小气儿,过两天就回来了! 您别净往窄里想。祁春芬劝慰着母亲,从怀里掏出一张纸条递给俞明喜说,我参加女工识字班,这两个字念什么? 我忘啦……

俞明喜接过纸条看到"枷锁"二字。识字班为什么教这两个字呢? 他寻思着说,你看,前边这个字念"jiā",后边那个字念"suǒ"。

担心祁春芬不懂,他具体解释说,你看过京戏《玉堂春》吗? 苏三起解脖上戴的就是枷锁。

噢! 祁春芬脸上露出求知的笑容。俞明喜心里咯噔一下,他从这笑容里看到了失踪的祁秋月。

祁春芬接续说,我们识字班老师是南方人,他要我们挣脱套在头上的精神枷锁,自立自强! 就教我们认这两个字。

祁母及时起身送客说,俞先生是大忙人,我们就不耽误您了。一旦秋月有信儿,劳您赶紧告诉我们!

祁春芬送俞明喜走出大杂院,大声说俞先生回见。俞明喜便去了义和粮栈还了小布袋。

下午学校没课,他要去嫂子家取胡琴。上级派我去兰心票房摸情报,这是对我新的考验。以前哥哥在世喜欢胡琴,哥儿俩在家里唱戏,从来没进过什么票房。哥哥拉弦给弟弟伴奏,珠联璧合。要是哥哥活着多好啊。如今没了哥哥,只剩下胡琴了。

走过嫂子经常出摊"缝穷"的地方。另一个中年妇女正给拉板车的苦力补袜子。她抬头认出俞明喜是徐凤珍的小叔子,立即精神抖擞地说,我看你嫂子心里有人啦,这些天总走神呢,给人家裤子缝补丁,大针扎了自己手指头!

这中年妇女说罢哈哈大笑,仿佛听了小蘑菇的相声。拉板车的苦力趁机找乐说,守不住就走呗,天下哪有死心的寡妇。

俞明喜受过新式教育,并不赞成封建礼教思想,但听了这种风凉话还是觉得别扭。是啊,嫂子确实对吴荣成有了感情,否则也不会又敷药又煮汤的,完全不顾旁人风言风语。

心情不熨帖,还是来嫂子徐凤珍家。这里地名叫堤头。嫂子住在一所小院里,只有三四户人家。走进院门便听见咣咣案板响,嫂子在剁肉馅儿。徐凤珍看见小叔子进门,下意识地停住手里菜刀,笑容里含着窘意说,我一会儿就包饺子,晚晌给你送到公寓去。

他知道嫂子是给吴荣成送饺子,自己沾光而已,便故意发坏说,晚晌有事在外边啃两个火烧就成,您就甭往公寓跑了。徐凤珍听罢愣了愣,说了声你没口福啊,继续挥刀剁肉馅儿了。

东墙上挂着哥哥的二胡,西墙上挂着哥哥的遗像。寡嫂就守着亡兄遗物过日子啊。他意识到自己的狭隘。嫂子守寡是她的自由,嫂子再嫁也是她的自由,何况她相中的是好男人吴荣成,我身为弟弟应该高兴才对,怎么心里还别扭呢?

反省着,他对嫂子改口说,我最爱吃您包的饺子,晚饭我赶回公寓吃吧。

徐凤珍听了小叔子这句话, 开心地笑了说, 我连吴先生的也送去,西葫羊肉馅儿,你们哥儿俩都吃。

俞明喜伸手从墙上摘下那把二胡。徐凤珍找出蓝布缝制的琴衣,小心翼翼地装好二胡,不言不语地递给小叔子。俞明喜接过胡琴说,嫂子,只要你过得好,我哥在天之灵也会高兴的。

徐凤珍当然明白小叔子的意思,咬着嘴唇点点头,扭身去包饺子了。

一时战胜狭隘心理,俞明喜兴奋了。他索性脱去蓝色琴衣,拉过凳子落座,把二胡架在大腿上。他没有哥哥的琴艺高超,摸索着拉奏京戏曲牌“夜深沉”，就是《霸王别姬》虞姬舞剑的曲子。

嫂子一边包着饺子一边小声评价道，这段太暗了，就跟要停电似的。

俞明喜觉得嫂子说得有理，就改拉“得胜令”。这段京戏曲牌，把嫂子家拉得亮亮堂堂的。

嫂子担心小叔子拉弦不走在这儿把晚饭吃了，她就没有理由去公寓送饺子了，于是频频催促小叔子赶紧回公寓去。

俞明喜明白徐凤珍的心思，她一定要让吴荣成把西葫羊肉馅儿饺子吃到嘴里。女人心啊，细似针。小叔子及时收弦起立，拍了拍屁股走了。

半路上听见叫卖《大公报》，报童吆喝：“日本人指派汉奸枪杀爱国校长，翟白丁先生血染校门冤魂不散！”俞明喜掏出零钱买了报纸心里道，老艾说暗杀翟校长的是汉奸瘦狗，这跟《大公报》的说法吻合了。翟校长会不会也是中共党员呢？地下组织单线联系，即便是自己同志，也相逢不相识的。

俞明喜猛地一激灵，当即告诫自己不要过度想象，再犯主观主义的错误。

一路回到公寓，杂役老佟头儿又站在黑影里练太极拳。想起那天他追到学校给自己送鞋，心里感动了，便主动打招呼。老佟头儿并不应声，好像变成拳谱里的人了。

吴荣成端坐在榻榻米上，换去短打扮，恢复长装束，重新成为货真价实的国文教师。俞明喜随手将《大公报》递上，问候吴兄的腿伤。

翟校长入殓了……吴荣成接过报纸说，《益世报》和《庸报》也都发了消息，说是汉奸枪手杀了翟校长。

既然真相大白，北平军警应当全力抓捕瘦狗，绳之以法！俞明喜气愤得脱口而出。

你说什么……瘦狗？吴荣成不解地看着俞明喜，显然他不知道这是汉奸凶手的外号。

俞明喜意识到自己失言——瘦狗这外号是老艾告诉自己的。他连忙弥补说，对，走狗！汉奸们都是走狗！

这时候嫂子救了场——她在门外叫着“开门”。俞明喜跑去拽开日式拉门，看见徐凤珍双手捧着摆满白面饺子的圆形秫秸盖板，好像送来一堆银元宝。

嫂子走进厨房煮熟了银元宝，一盘先递给小叔子，一盘再捧给吴先生，还预备了宝坻紫皮大蒜和独流老醋。

我们班的祁秋月走失好几天了……吴荣成盯着热气腾腾的饺子，轻轻叹了一口气说，这是个很有前途的女学生啊，太可惜了。

俞明喜顿时没了食欲。他不能坦白祁秋月离家出走的悲剧是自己酿成的。一时憋得不知如何排遣。心里急躁难当，他起身出门把自己这盘饺子送给公寓杂役老佟头儿，说你吃吧我不饿。

徐凤珍被小叔子的突发行为惊呆了，求援似的看着吴荣成小声问道，我做错了什么吗？

俞明喜难掩沮丧情绪，回屋把空盘子递给嫂子转而对吴荣成说，吴兄慢用啊，翟校长是我的大恩人，今夜我去给他守灵。

说罢，他披起衣裳拉门走出房间。身后传来吴兄和蔼沉稳的叮嘱，俞弟，即便遇到不遂心的事儿，也不要难为自己，今儿出门不要忘了穿鞋啊。

俞明喜低头看到脚上穿着的自己的这双布鞋。老燕同志的那双布鞋则摆在门廊台阶上——好像两只等待泊岸的小船。

第六出

天气大热。这座城市依然笼罩在兵荒马乱的气氛里。俞明喜身穿灰色薄布大褂，赶往新的接头地点——三条石秦记铁铺。一路上汗流浃背，他似乎还能嗅到血腥气息，这是日寇暴行的后遗症。

俞明喜在秦记铁铺小仓库里见到老燕。这个性格刚毅的汉子悲愤地说,究真中学“民先队”队员李锟给前线将士运送慰问品,中弹牺牲了!省立女子师范学院遭到轰炸,学运骨干景秀兰负了重伤。

什么!俞明喜听罢,渐渐矮身蹲在地上,双手抱头。一连多日积累的委屈终于迸发,抽泣不止。

自从七月七号北平“卢沟桥事变”,日军随即大肆攻打天津,向市政府、警察局、火车站、飞机场、造币厂轮番炮击,还出动飞机轰炸南开大学,企图彻底消灭爱国师生。就连大经路择仁里也被夷为废墟。

日军进攻。宋哲元的二十九军爱国官兵拼死反击,一度沿着大和街和福岛街攻入日租界,吓得日本侨民组成“义勇队”,以求自保。然而宋哲元接到上峰撤退命令,只得弃守天津向南去了。

十几万难民无家可归。海河里浮起一具具中国人的尸体,几乎拥塞了河道。除去英法租界,天津城郊沦为占领军地盘。日本“红帽衙门”的宪兵摩托队跨过金刚桥驶入大经路。繁华商埠沦为人间地狱,中国人彻底成了亡国奴。原北洋政府总理高凌霨充当汉奸组建天津维护会,亲自担任会长。

枪炮声停歇了。地处老城厢的华文书店突然遭到日本特高科搜查。幸亏老燕外出,书店小伙计被当作抗日分子抓走,当天就被打死了。这个使用了多年的地下联络点为何暴露,一贯作风严谨的老燕绞尽脑汁也找不出哪里出了破绽。

俞明喜蹲在地上哭得像个大男孩。老燕下意识地抄起一把铁锤说,坚强!组织上有更重要的任务交给你。

他意识到自己的失态,起身擦干眼泪说,没有比当亡国奴更悲惨的,你有任务就交给我吧。

平津两城失守,华北大部沦陷,中共北方局下达了“隐蔽精干,长期埋伏,积蓄力量,以待时机”的敌占区工作方针,平津两市党员和“民先队”骨干主动撤到周边乡村去,拿起武器建立游击区。河北省委已经迁到太原去了!

挥了挥手里的铁锤,老燕继续说道,今后,留城的同志全部转入地下秘密工作，我代号鼓楼，老艾代号炮台，你代号铃铛阁！

鼓楼，炮台，铃铛阁。俞明喜牢牢记在心里，使劲儿朝老燕点头。

铃铛阁！老燕叫着俞明喜的代号说，平津铁路恢复通车了，这几天北平地下党员和“民先队”骨干陆续到达天津，经过法国桥进入英租界，在太古码头乘轮船从海路撤向南方。为了完成这次转移革命骨干的任务，我们必须做好充分准备，甚至不惜牺牲个人生命！

俞明喜压低声音问道，这次转移革命骨干起码好几百人吧？

他们分期分批到津，总共一百三十多人。老燕极其慎重地说，不过你的任务比较简单，负责转移北平知名爱国人士，总共八个人。后天正午十二点029次客车进站，你提前在月台等候。北平交通员右手拿着黑色折扇，扇面上写着“静心”两个金字，左手拎着两盒点心，一定是北平稻香村的包装纸，红线绳捆扎着。

记住接头暗号！你的任务是引导他们走出火车站，通过法国桥直奔太古码头，如果赶不上船班，立即安排住宿，英租界泰来饭店有人接应。老燕掏出两张钞票递给俞明喜说，这二十块钱是组织活动经费，日本鬼子来了法币毛了，不够你自己添吧。好在从火车站到轮船码头不太远，你雇几辆胶皮就行！

从火车站到轮船码头是不太远，可是日本宪兵横眉立目，万一露馅儿就糟了。俞明喜深知责任重大，心里犯了愁。

我的任务是傍晚五点钟那趟车，北平各界救国会成员，一拨三十多人呢。我提前租了英租界工部局大卡车，到时候车上插着英国米字国旗，躲过日本人的耳目！老燕激动地拍着俞明喜的肩头道，这是铁定的任务，你回去准备吧。

我不能肩膀上插满英国国旗吧？那就成了洋鬼子挑滑车，还不把京戏票友们气晕了。俞明喜诙谐地说着，其实是在给自己鼓劲儿。他确实没有单独执行过任务。

我总忘了还你那双布鞋，真不好意思。他跟老燕握手告别。老燕乐观地说，等到赶走日本鬼子那天，你送我一双皮鞋吧！

俞明喜走出小仓库,老燕又叫住了他。嗯……自打全市学生大游行以后,很多学生对你冷淡了,是吧?

俞明喜既惊诧又委屈地说，是啊！就连老师们都不爱搭理我了……

老燕站在小仓库暗影里说,你没有参加这次抬棺大游行,我们四处散布你胆小怕事退缩了,故意把你弄成灰色人物,这是组织对你的保护啊!

噢!敢情这样啊……站在小仓库门外阳光里,俞明喜仿佛看见了智谋高深的诸葛亮,挺崇拜的。

走出三条石秦记铁铺,大街上一派萧条,只有桅灯厂还在发货。日本占领军强令全市街巷晚间亮灯,以便捉拿抗日分子。维持会大小汉奸们挨家挨户催办。桅灯成了俏货。

俞明喜有时性情急躁,但是做事认真。既然接受任务,便有了心思。北平同志们后天就到,我得先去老龙头火车站探路踩点。

老龙头火车站地处意租界与俄租界的间隙里，好像上下齿间露出的舌尖儿。苏俄时代俄租界已然归还中国。意大利跟日本则是盟友,日本人在意租界行动,就跟二弟去大哥家吃顿饭似的。

俞明喜来到老龙头火车站观察地形。出站口对面是行李房。行李房东侧有一条石子小道。他沿着小道走向深处,来到一处空旷清静的小场院,这是邮局后院。从后院进入邮局,穿堂而过从正门走出。

站在邮局正门台阶上,他看见老艾走进大街对面的理发馆。地下工作者在公开场合相遇,彼此都是陌生人。看来同志们都参加了这次转移行动。

一阵尖锐的哨子声,两个黑衣警察追拿一个乡下打扮的小伙子,从邮局门前跑过去。小伙子冲进候车室。俞明喜不由得连连摇头。你跑进候车室等于小鸟进了笼子,往西跑是栅栏门,往东跑是下九股,哪里都有铁路警察把守。

这次转移北平同志的行动难度不小。俞明喜把地形路线记在脑子里，心思更重了。他徒步赶往了兰心票房。

一路上，老燕的叮嘱响在耳畔：你已然打进兰心票房，就要立稳脚跟。丁恩正社会背景复杂，你首先要保证不暴露自己，然后摸清他的脉络。那里肯定有我们需要的情报。

是啊，今后我就单兵作战了。俞明喜在大街上买了两个素馅儿包子。师道尊严。翟白丁校长生前多次叮嘱青年教师们。于是俞明喜躲到老刀牌烟卷广告牌子后面，三口五口吃下两个包子，掏出手绢擦了嘴，沿着便道朝前走去。

几个私立淑德女中的学生迎面走来，其中就有丁小夏。她们远远看见俞明喜，立即横过马路走到对面去了，分明是在躲避他这尊瘟神。俞明喜内心释然。我已经是胆小怕事的灰色人物了，爱国学生们瞧不起我，理所应当。

今天礼拜六。俞明喜奔向兰心票房。“七七事变”以前兰心票房里八面来风，“七七事变”以后兰心票房里来风八面，一切照旧。英法租界的洋行职员，德意租界的报馆记者，比国电灯电车公司的技师，俄国领事馆的厨子……各色人等，你来我往，莫谈国事，进门唱戏，皆为票友。好像从来没发生过战争，堪称世外桃源。其实，这里既不世外，也没有桃。

大街上，一个姑娘从济世堂大药房出来，扭摆着腰肢走在前面。她的布衫被汗水溻透了，看着特别辛苦。俞明喜觉得这个湿漉漉的背影有些眼熟，快步赶了上去。

果然是祁春芬。她面容憔悴，衣裳破旧，几乎没了初次见面时留下的刚强印象，满脸窘迫无助的表情。大街上意外相逢，她立即振作起来，却显得不知所措。打从“七七事变”日军攻占天津，俞明喜就没顾得去祁家探望，但知道祁秋月依然未归。

家里出了事？俞明喜看见祁春芬手里攥着药方子，关切地问道。

祁春芬低头无语。俞明喜急得大声追问。祁春芬猛然抬头说，这不关你的事！说罢转身跑了。

俞明喜快步追赶上去。祁春芬穿过小马路终于被俞明喜堵在街角。过午的阳光照耀着这两个年轻人。

你手里拿着药方子,是不是你病了?俞明喜忘记自己是外人,问道。

祁春芬双肩颤抖着哭泣起来。这时候俞明喜清醒了,东瞅西瞧望着行人们,一时不知所措。

一个拾破烂的老太婆热心地为俞明喜出主意说,大太阳底下,有话跟你媳妇回家说去!

祁春芬听了双手捂脸,羞得不哭了。俞明喜不由得倒退两步,也涨红了脸。

我妈瘫了……祁春芬急于摆脱窘境,主动说了话。日本人打天津,大炮震塌了邻居房子,我妈又惊又吓,半身不遂了。这两个月我辞了工,在家伺候我妈……

那就赶紧看病吃药啊!心急如焚的俞明喜,薄布大褂溻透了,搓着双手。

祁春芬似乎被俞明喜的真情实意打动了,飞快地看了他一眼,又低下头去。

你是没钱抓药吧?俞明喜一下明白了。毫不犹豫地掏出手绢,从组织活动经费里抻出十元法币递给她说,你马上抓药去,别误了治病!

祁春芬好像照片里的人,静止着。俞明喜急声催促,把钞票硬塞到她手里,转身跑开了。

我挪用组织活动经费十元钱,一定尽快补上。胃里装着两个素馅儿包子,俞明喜撩起灰色薄布大褂抬腿迈过门槛,走进兰心票房小院。

藤萝架下,光影斑驳。藤椅里坐着福大命大造化大的丁恩正。日本飞机轰炸择仁里,这位梅派青衣正在地下室寻找那瓶法国葡萄酒,侥幸躲过一劫。那幢石头楼被炸去一层,死了几个同事。如今战事过去了,日本人全面统治天津城。传说梅兰芳沪上蓄须明志。丁恩正却照旧票戏，而且越唱越像梅了。

丁恩正手持紫砂壶，嫩白面孔绽开笑容说，俞先生今天你晚了，是鄙人拿钥匙开的大门。

丁恩正是外场人，他拿俞明喜当“里子”使，却称呼他俞先生，不在嘴上失礼。俞明喜近前说，南方人很少喝香片的，您怎么改了章程？

我早是北方人了。江浙口音的丁恩正说着表情忧伤地问道，你知道日本飞机轰炸南开大学，最后统计炸死多少学生吗？

俞明喜摇了摇头说不知道，光知道南开校长张伯苓和南开五虎篮球队。

丁恩正改变话题说，曹家老太太八十大寿，可巧赶上礼拜天，人家不请名角儿唱堂会，特意邀请诸位票友献艺，戏码都是福禄寿喜的折子，老太太还点了梆子腔，指名道姓让我反串一段《喜荣归》的崔秀英！

丁恩正提前进入坤角状态，跷起兰花指眉飞色舞道，曹家依照贵宾规矩备了两辆奥斯汀小轿车，专程接送。他们知道咱们票房藏龙卧虎嘛。俞先生你是龙是虎啊？

我不是龙也不是虎，是人。俞明喜随即答道，我是属虎的，民国三年闰五月生的。

好！丁恩正笑眯眯地盯着俞明喜，好像嘴里品味着青果。

俞明喜主动报告说，我在大街上遇见令爱，这兵荒马乱的年头，您不要让她到处乱跑啊。

我知道小女患了单相思，喜欢那位国文教师吴先生。女孩子嘛都要经历青春期，随她去吧随她去吧，过了这段光景自然就淡了。丁恩正散淡地说。

俞明喜暗暗惊讶。丁小夏思恋吴荣成不是新闻，丁恩正对女儿放任自流则是令人意外了。

过两天我请吴荣成先生吃饭，劳你替我转呈请帖好吗？聚贤酒家二楼雅间。丁恩正悠然喝着香茶，活脱脱卧龙岗散淡之人。

身为人父不应干涉女儿感情生活，鄙人只想结识吴先生，交朋结友嘛。丁恩正说罢吩咐道，俞先生，劳你准备明天戏箱，都在东厢房里呢。

俞明喜遵命来到东厢房。兰心票房的戏衣有挂着的，有叠着的，有裹在包袱里的，仿佛当铺的仓库。他按照福禄寿喜的戏码，一件件核对着行头。不知为什么突然想起吴荣成，他苦笑了。寡妇徐凤珍对您依恋，女生丁小夏对您思恋，你们一男二女要唱《花为媒》啊。

从屋角找出一只大包袱，里面裹着十几件黄铜色斜襟大袄，抻出一件试试，衣长过腰。这是哪出戏里的行头？就跟来了一群喽啰似的。《拿高登》？不是。《连环套》？也不是。《安天会》？更不是。俞明喜到了也没想出这是哪出戏的行头，只得死了心。

第七出

曹家公馆的堂会下午就开唱了，票友们粉墨登场，有的戴髯口须生唱了段《甘露寺》，有画了粉脸的丑儿念了段《连升店》，还有《天女散花》和《钓金龟》，一折折好戏，各显神通，给寿星老儿增添喜庆。

京戏票友丁恩正登场，反串梆子腔《喜荣归》，一张口“忽听得老崔平一声请，在上房来了我崔秀英”，把老寿星乐得颠儿颠儿的。这一乐大发了，被丫鬟搀回内宅安歇。傍晚时分，主家备了酒席酬谢票友们。俞明喜声称家里有事，卸了装洗了脸，径直返回善邻里公寓。

明天正午火车站转移北平知名爱国人士，我要做好充分准备。赶回公寓脱鞋迈进房间，随手掏出请柬递给吴荣成说丁小夏父亲宴请。吴荣成含笑说做了好几年级任教师，头一次遇到请客吃饭的家长。

吴兄，人家可是北宁株式会社财会科科长啊。日本人把择仁里炸了，不知丁恩正搬到哪儿奥飞斯（office，办公）去了。

聚贤酒家呗。吴荣成随口说出请柬上的地点。他的幽默逗得俞明喜哈哈大笑，忙着去厨房找吃的。吴荣成手捧《大公报》说，这几天日本人强化治安,交通要道设关立卡,连小偷都不敢去火车站了……

火车站……俞明喜听到这三个字,故作镇定地问道,小偷们歇工啊?

法国桥南头儿归法国巡捕管辖,大多都是安南兵。可是法国桥北头儿有日本宪兵巡逻,谁愿意自投罗网啊?吴荣成起身跟进厨房说,今天晚饭有了,你嫂子说送小虾米打卤面来。

小虾米打卤面?俞明喜知道自己又沾了吴荣成的光。打从日本人占领天津卫,便大肆使用“军票”抢购各类物资,弄得物价疯涨。其实“军票”跟日元没有汇率关系,日军等于拿废纸当钞票用。这时候老百姓能吃上小虾米打卤面,可谓口福了。

俞明喜懂得妇女解放的道理,也认为寡嫂有再婚的权利,但听到吴荣成说徐凤珍一会儿送饭来,心里还是疙疙瘩瘩的。心思一窄,他不想吃这顿小虾米打卤面了。

我怎么给忘啦!俞明喜故意拍着大腿说,丁先生让我归置曹府堂会的行头,那戏箱我要整理大半宿啊。

说着,他从厨房拿了两个玉米饼子,做出急不可待的姿态说,吴兄,这月房租你替我垫上,下月发薪还你。我去兰心票房啦!

迈出房间,站在门廊里穿好布鞋,公寓杂役老佟头儿一旁低声说,放着热面条不吃啃冷饼子,年轻人当心胃口啊。

这老头儿对自己特别关心,不论什么事都看在眼里记在心上。俞明喜说了声谢谢,快步走出善邻里。

嘴里嚼着玉米饼子想起生病的祁母,直奔锦衣卫桥去了。大经路上,日本宪兵队的摩托车嘟嘟嘟开过来,老百姓们吓得躲到便道上不敢抬头。俞明喜感到形势吃紧,暗暗加了小心。

天黑了。俞明喜身穿灰布大褂走进祁家居住的大杂院。这里地势俗称“三级跳坑”,大街地面比胡同高,胡同地面比院子高,一下雨就往屋里灌水。住户大多为扛河坝的粗人,俞明喜的文化人装束引发了一阵小声议论。

祁母半瘫在炕上，行动不便，祁春芬立即点亮油灯。俞明喜看到邻家亮着电灯。油灯比电灯省钱。祁母言语不清，句句经过祁春芬翻译。

我妈说你是好人，拿钱给她抓药，特别感激你。祁春芬停顿了一下说，我妈告诉你我被工厂裁了，天天在家缝麻袋赚钱。

俞明喜俯身握住祁母的手说，您安心养病不要发愁，咱们总会有办法的。

祁母嘴里呜噜着，俞明喜听到“秋月”两个字，听出祁母惦念女儿的下落。其实他没有停止打听祁秋月的下落，总是揪着一颗心。

我听说好多学生跑到南边去了，您放心吧。俞明喜安慰着祁母说，四川那边还是国民政府的天下呢。

祁春芬送俞明喜走出大杂院，两个人在胡同口站住，不知说什么好。俞明喜问祁春芬吃晚饭没有，不等回答就把一个玉米饼子塞过去说，我还会来看望你母亲的。

祁春芬疑惑道，俞先生，你为嘛这样帮助我们呢？

因为……因为我想帮助你们，因为帮助你们是我的责任。俞明喜如实表达着心情，语气急迫。

我、我还是觉得你平白无故……祁春芬说不下去了，扭头跑回胡同里。俞明喜看见她站在大杂院门外黑灯影里，好像在抹眼泪。

祁春芬哪里知道，我对她妹妹的离家不归负有不可推卸的责任啊。俞明喜快步走了。祁春芬又追到胡同口，身影融在黑暗里。

俞明喜摸黑来到兰心票房，掏出钥匙打开小院铁门，一步迈进京戏的世界。

径直进了东厢房，摸着拉绳扯亮电灯，一屁股坐在大包袱上，一时失忆，想不起为何跑到这儿来。噢，我不想吃嫂子的小虾米打卤面，就撒谎说去归置戏箱，中途看望了半身不遂的祁母，还跟祁春芬在胡同口说了几句话，最后来到兰心票房。

是啊，难怪都说人生如戏呢，这几天我都在戏里忙活，都快出不来了。明天正午火车站的任务绝对不能儿戏，不怕一万，就怕万一，那是八条人命啊。

假若遇到日本宪兵盘查，我怎样蒙混过关呢？俞明喜顺势躺在一堆幔布里，思索着。

人生如戏？既然这样我接着演呗。他身子腾地弹起，伸手揽过一件黄铜色斜襟大袄，伸胳膊抖袖子穿在身上，起范儿在屋里走了个圆场。

善哉！俞明喜浑身冒着大孩子气，手舞足蹈翻了个"吊毛"，之后从戏箱里抄起一支拂尘，心里闪过一个念头。

嫂子，今天小弟没吃您的小虾米打卤面，但是，明天我要找您借一样东西！俞明喜模仿京戏老生念白，之后啪地打了个"旋风脚"，展示沧州老家的童子功。

过了子时，俞明喜打点停当，身困体乏打着哈欠，去西厢房睡觉了。

第二天上午，俞明喜在街边喝了两碗豆腐脑儿，吃了四个烧饼，外加两个茶叶蛋。吃饱了，有力气。挎起大包袱直奔嫂子家。

离开嫂子家前往老龙头火车站。远远就感觉气氛不同以往，心里有些紧张。挎着包袱径直走进邮局。

邮局东墙下仍然坐着那位代写书信的白胡子老头儿。他不慌不忙走过去说，我要给老家寄东西，忘了带钱回家去拿，先把包袱存您这儿吧。

白胡子老头儿伸手摁了摁包袱说，只要不是烟土就行，昨天日本宪兵队逮着两个倒腾白面儿的，拉到海河边毙了。

说了声谢谢走出邮局。一辆黑色小汽车不紧不慢地驶过去，甲壳虫似的。他看着这辆车停在小广场上，从车里走出三个人，下车就站成"品"字形，观察着什么。他觉得其中身穿驼色西装的人眼熟，便投去目光仔细辨认着。

是丁恩正！俞明喜慌了，下意识地转过身去，躲避着这位梅派票友。

丁恩正来火车站干什么？莫非他也是来接人的……暗暗思忖着，俞明喜一时难以判断对方的真实目的，便佯装懒散偷眼望着——丁恩正进了候车室。

今儿我要进站接人，躲是躲不过去的。俞明喜稳住心神，随后走进候车室，花一毛钱买了站台票，转身发现丁恩正坐在出站口的长椅上。两个身着便服的男子站立两侧，但绝对不是王朝和马汉。

临近正午了，一个铁路职员手持铁皮喇叭大声告知，从北平开来的029次客车晚点十五分钟，请各位稍候。

晚点了。俞明喜感觉时间就像越流越慢的黏稠液体，渐渐凝固不动了。火车晚点，此时也该去站台了。丁恩正好似拦路石，俞明喜不知怎样迈过去。

老艾的身影在候车室门口晃了晃，又消失了。尽管单独行动各自为战，老艾的出现还是鼓舞了俞明喜，毕竟是自己同志啊。

这时候，有人手持站台票去进站口检票，俞明喜猛然醒悟去站台接人是从进站口检票的，便垂手狠狠掐了掐大腿，抱怨自己关键时刻犯了糊涂。

他掏出站台票走到进站口，检了票，深深呼出一口气，踏上天桥去了三站台。

今天果然不同寻常。三站台已然堆满接站的人群。俞明喜知道北平客人坐九号车厢，便站在三站台西侧朝着东侧望去。

三站台东西两侧，中间隔着一簇簇人群。俞明喜中等身材，被遮挡了视线，只得踮起脚尖延伸目光。哦，丁恩正也来到三站台，身旁跟着两个随从。

不知为什么，他饿了。早点加了量，正午还是饿了，这是心情紧张造成的吧。他极力稳定情绪，觉得这样就省粮食了。

北平开来的029次客车喷着一团团蒸汽进站了。心儿咚咚疾跳，他不停地叮嘱自己：俞明喜啊俞明喜，这是你首次单独执行重大任务，千万不能出现差错啊。

列车停稳，等待打开车门。俞明喜挤向九号车厢，人群闪开一道缝隙，他瞥见站台东的丁恩正。

九号车厢迟迟没有开门。丁恩正面对的二号车厢却开了门。两个白衣壮汉夹着一个紫衣男子跨出二号车厢——远远望去仿佛一只大白馍夹着一片酱牛肉。丁恩正和两个随从迎上去，仨人簇拥着“白馍夹牛肉”快步朝东边下九股方向去了。

九号车厢终于开门了，乘客们拥下车来。俞明喜紧张地寻找着北平交通员。

右手拿着黑色折扇，扇面上写着“静心”金字，左手拎着两盒北平稻香村的点心，红线绳捆扎着……俞明喜心里念叨着，一眼看见人群里的既定目标，逆着人流迎上前去。

他笑了笑伸手去接那两盒来自北平的稻香村点心，顺势把一个万顺成的麻酱烧饼塞进对方手里。这就完成了接头暗号。北平交通员也朝他笑了笑，小声说走吧。俞明喜看到总共八位北平同志，六男二女都是中年模样。

出了火车站，俞明喜环视四周没有发现异常情况，大步走在前面。一行人穿过小广场，从行李房东侧小道进去，来到邮局后院外头。

他小声对北平同志们说声稍候，径直从后院进入邮局。代写书信的白胡子老头儿依然坐在条案前，身旁放着那只包袱。拎起包袱道了声辛苦，俞明喜疾步穿过邮局后院，回到北平同志们面前，蹲身打开包袱皮儿，飞快地把八件黄铜色斜襟大袄依次递给他们。包袱底儿露出一个镶着照片的镜框，还有一条半尺多宽三尺多长的白布带子。

你们赶紧穿在身上！法国桥这边有日本宪兵巡逻……俞明喜说着，伸手将蓝布大褂下摆提到腰间，用那条白布带子扎紧，当即就从长衫变成短打扮。

北平交通员不解地问道，你让我们穿这种大袄，这是要出家啊？

对！在家带发修行叫居士，你们就是我从北平请来的居士，现在去海河边超度我哥哥的亡灵，走吧！俞明喜说着，把镶着亡兄遗像的镜框抱在胸前，这是上午从嫂子家取来的。就这样，俞明喜穿堂过厅走出邮局，带领着八个假冒居士向法国桥走去。

白胡子老头儿起身走到邮局柜台交了两角钱，不慌不忙地去拨打挂在墙上的公用电话。邮局里没人听到他低沉的语音：喂，铃铛阁带着八件礼物去看你啦，这会儿还没过法国桥呢。

一行人来到法国桥头，几个日本宪兵跳下摩托车，伸手拦住腰扎白色孝布怀抱亡兄遗像的俞明喜，凶巴巴地说了几句日语，显然是在查问。

低头看见哥哥照片，逢场作戏的俞明喜不禁悲从中来，动情落泪了。北平交通员居然会讲几句日本话，磕磕绊绊地告诉日本宪兵，说有人死在海河里，居士们去捞尸地点超度亡灵，以求西方接引。

日本宪兵来自佛教国家，似乎懂得“居士”的含义。他们对六个男居士逐一搜身，之后反复打量两个女居士，终于放行了。

走过法国桥，一行人来到法租界桥段，俞明喜将早已备好的五元法币塞给身穿短衣短裤制服的安南巡捕，就沿着河坝奔向太古码头了。

来到太古轮船码头，八位北平同志顿时放下久悬不安的心，纷纷露出笑脸。俞明喜收回八件黄铜色大袄说，候船室有人递给你们船票，两点半开船去上海！

北平交通员轻松地说，谢谢你护送我们！那两盒点心就送给你啦。

目送北平同志们进了候船室，顺利完成任务的俞明喜痛快极了，便从心底喊出一声嘎调：叫——小——番！之后一股脑儿把东西裹进包袱里，起身开拔。

一群乘客提着行李奔向码头登轮，说是开往烟台的船班。俞明喜无意间发现公寓杂役拎着提包走在人群后面，惊了。咦！你这是去哪儿啊老佟头儿？

老佟头儿听见喊叫，停住脚步眨着眼睛说，山东老家来信，有事叫我回去。

那你还回来吗？俞明喜平时并未留意老佟头儿，此时发现他确实老了，脸色晦暗，花白头发，脊背微驼，步履缓慢，早到了告老还乡的年纪。

老佟头儿注视着俞明喜，说兴许回来兴许不回来。俞明喜想起老头儿素常对自己的关心，有些伤感。你不要出来做事了，归家养老吧。

开往烟台的船班拉响汽笛，催促老佟头儿登船。老佟头儿朝着青年教师挥了挥手，说以后出门不要忘了穿鞋啊。俞明喜再度被老头儿感动了，一时无语。

送走老佟头儿，俞明喜左手拎着裹着镜框和白布带子的包袱，右手提着点心盒子赶往嫂子家。上午跟嫂子借用哥哥的遗照，撒谎说大悲禅院做道场，给哥哥超度祈福。自从成为地下工作者，他不断地历练，撒谎撒得比较自如了。

嫂子不曾生养，街头“缝穷”糊口，挺不容易的。走进小院来到嫂子家，徐凤珍正在拆洗一件灰布棉袍。俞明喜觉得这件棉袍眼熟，应当是吴荣成的。嫂子放下手里活计给小叔子斟了碗水。他咕咚咕咚喝了，打开包袱皮儿拿出镶着哥哥遗像的镜框，重新挂在西墙上，然后深深鞠了一躬，之后指着两盒点心说，嫂子你留着吃吧，京八件儿。

徐凤珍轻轻推辞着说，这么好的点心你拿回去跟吴先生吃吧。俞明喜确实饿了，还是劝解嫂子不要省吃省喝委屈自己，光照顾别人了。

看见包袱皮儿里的白布带子，徐凤珍疑惑地问大悲禅院做道场还戴孝啊。俞明喜连忙撒谎说，这是票友们唱《小上坟》用的，你留下“缝穷”用吧。徐凤珍接过白布抻了抻说，这是上等“十斤白”，结实着呢。

离开嫂子家，俞明喜走出胡同上了大街，感觉身后有人跟踪。他加快脚步，听到背后有人低声叫他“铃铛阁”。

回头看见老艾从大树下闪出，他笑了。老艾当头批评道，完成转移任务你就跑到嫂子家，是亲人感情第一，还是革命工作第一？

俞明喜颇为不解地反问道，哎！你不会连自己同志都监视吧？

我的工作就是给自己同志望风！老艾狠狠说道，走！跟我去秦记铁铺。

过老北开摆渡，一人一分钱。上岸穿了几条小胡同，很快到了三条石普乐大街。进了秦记铁铺，小仓库门口站着老燕。

小俞，你跟纱厂女工谈恋爱了吧？老燕表情和蔼。俞明喜连连摆手否认。

你一撒谎就脸红。老燕引着他走进小仓库。老艾又望风去了。

真想不到你让北平同志演了这出戏，今天顺利完成了任务，祝贺你！

敢情上级这么快就知道啦？俞明喜感到意外，不好意思地笑了。

老燕随即转了脸色，颇为郑重地说，我们查明情况，华文书店突然遭到日本人搜查，线索是你穿了我那双布鞋……

什么？你那双布鞋还摆在我公寓门廊上呢。俞明喜好像在听一个故事，瞪大眼睛等待老燕继续讲述。

老艾带着两个人走进小仓库，拎着手枪指着俞明喜说，没错！就是你暴露了组织联络点，你不承认今天走不脱的！

俞明喜从未见过这种阵势，被吓住了。他觉得自己在一场噩梦里，盼望快快醒来。

老燕踱步说道，我的那双布鞋里垫了鞋垫。书店小伙计生活节俭，这双鞋垫是他用废旧蓝布书套做的，上面印有华文书店广告，有人把这双鞋垫交给日本宪兵队，它就成了敌人顺藤摸瓜的线索。

大街上店铺招牌广告林立，日本人怎么偏偏搜查华文书店呢？俞明喜仿佛面对一道数学难题，颇为不解。

对！就是你把联络点出卖给日本人，所以暴露了，你快招供吧！老艾挥动着手枪，另外两个人同时撸起袖口，做出准备动武的样子。

俞明喜困惑地望着老燕说,我要是叛变了,根本用不着那双鞋垫嘛！直接报告日本人就是了。

老燕忍不住笑了,抬手指了指老艾说,我不让你上演这出诈戏,你就是不听,现在被人家问住了吧？你回答小俞吧！

老艾确实被问住了,气哼哼翻了翻白眼,蹲在地上不说话了。那两个撸起袖口的同志也蔫了。老燕低声命令道,你们仨出去吧,注意警戒！

俞明喜并不感到委屈,反而觉得好笑。老燕拍着他肩膀说,你回忆一下,前些天谁有机会接触那双布鞋？

谁……俞明喜思忖着,依次说出三个人:室友吴荣成,公寓杂役老佟头儿,嫂子徐凤珍。

你认为谁的嫌疑最大呢？老燕表情严肃地说道,这个人肯定有背景,否则不会留意一双鞋垫,即使发现华文书店字样也不会报告日本人的。

俞明喜认为老燕分析得对,但还是摇摇头说,我觉得这仨人谁都没有嫌疑……

你太善良太正直,今后要学会识别敌我真伪,做一个优秀的地下工作者！老燕略显激动地说,我跟你说过有个老牌日本浪人,早年自费来到中国,长期潜伏天津华界,义务为日本官方搜集情况……

我记得,这家伙被日本宪兵队菊池大佐称为“大和义士”。俞明喜对答如流。

你记忆力很好。看来让你混入兰心票房还是对的。老燕索性揭开谜底说,今天接到上级调查结果,这个老牌日本浪人就在你身边！他显然知道你参加了爱国学生运动,那天看到你穿着别人的布鞋返回公寓,就密切监视了。他在鞋垫上发现华文书店字样,便判断这是有价值的线索,及时把情报转给了日本特高课！

你说这个人……俞明喜核算着老牌日本浪人的年岁,突然冲老燕惊叫道,难道是公寓杂役老佟头儿？

老燕深沉地点点头说，上级除奸队决定明天干掉这个老家伙！

过午我在太古码头瞧见他上船走了，说是回烟台老家去！俞明喜急了。

什么？老燕也急了。这家伙真是老狐狸，我们还没动手，他先跑啦。

我平时觉得老头儿挺好的，敢情他是个豺狼！俞明喜有劲儿使不出来，用力挥着拳头。

老燕冷静地叮嘱道，这件事情高度机密，你不能跟任何人讲，包括嫂子徐凤珍和室友吴荣成。我完成转移北平同志任务之后也要撤离天津的。你的任务是留津潜守，到时候会有人跟你联系的。

听了老燕同志这番话，俞明喜觉得自己成了没娘的孩儿，心里孤单极了。

伸手握别时老燕关切地说，你也该成个家了，有了媳妇就有人照顾你啦。

第八出

私立淑德女中聘请早年留学东瀛的老学究担任新校长。这位资深亲日派上任伊始实行怀柔政策，给教师们加了薪水。俞明喜月薪四十二元了。然而，加了薪水教师们也不买账，联名致函学校董事会，要求树立翟白丁先生铜像，永志纪念。至于翟校长究竟是被哪派势力暗杀，依然云里雾里，没人说得清楚。

日本全面侵占中国。面对华北汉奸政权推行奴化教育，女学生们成熟了许多。她们明显对俞明喜冷淡了，对吴荣成则倍加热情。俞明喜心里明白，自己没有参加那次抬棺大游行，在人格人品方面深遭诟病。反之，那天吴荣成扶柩走在队伍前列，受到好评。女学生丁小夏更是不畏人言，以向吴荣成请教地理课程为名送来水果和茶叶，公开表示爱慕之情。

吴先生，你地理课讲到鄂西土家族群，肤色体貌与汉人无异，尤其那首《一只凤凰两个头》的土家山歌特别好听。你肯定去过那里！山山水水都清楚吧？

吴荣成摇头否认，表示只是课本知识而已。丁小夏不依不饶地说，你肯定去过鄂西，你就承认你去过鄂西嘛……

俞明喜担心丁小夏发力撒娇有碍观瞻，便起身踱出教师预备室，把地方让给这位富家小姐。

自从公寓杂役老佟头儿突然消失，俞明喜内心自责不已。整天盼望抗战杀敌，没想到老牌日本浪人潜藏身边多年，却把老家伙当作好人还送饺子给他吃，我真是有眼无珠。幸亏上级及时查明老佟头儿底细，否则自己永远蒙在鼓里。

老佟头儿不辞而别，房东只得另聘杂役。吴荣成对老杂役的离去与新杂役的到来似乎浑然不觉。两耳不闻事，一心只教书。俞明喜几次想问吴荣成知不知道老佟头儿走了，都忍住了。他牢记老燕同志的叮嘱，跟外人不提老佟头儿的事情。于是，在他与吴荣成之间，那个老牌日本浪人无形地蒸发了，好像从来不曾存在过似的。生活变得比死更静寂。

今天是丁恩正请客的日子。上次发帖宴请可巧赶上突然戒严，饭局只得取消。事后得知日本宪兵队在小王庄枪毙了四十五个铁路工人，全市交通干道禁止通行，连报童们都不敢上街卖报。

一再拖延，拖得天冷了，丁恩正终于再发请帖，请吴、俞两位赏光。此间，俞明喜与丁恩正经常在兰心票房相遇，只票京戏，不涉旁事。俞明喜已然悟出，那天丁恩正率领部下突现老龙头火车站，不是迎接北平来的贵宾而是接收北平落网的逃犯。倘若如此，丁恩正不光是北宁株式会社财会科科长，必然另有真实身份。

老燕同志撤离天津之前，并没有给俞明喜布置具体任务，只要求避免“左倾”盲动主义，伺机发展爱国学生，等待时局好转，恢复“民先队”活动。从此，这位青年教师开始了漫长而乏味的教书匠生涯。

自从地下党组织撤离天津,便再未跟他取得联系。他记住自己的代号“铃铛阁”,也体验到孤儿的处境,心灵陷入深深的孤寂里。他知道,只有为理想而投身的人,才能理解这种孤寂的痛苦。每逢苦闷难以解脱,他便自责沦为平庸之徒无聊之辈。

这次丁恩正重设饭局,地点还是聚贤酒家二楼雅间。过午时分的教师预备室里,吴荣成约俞明喜傍晚结伴共赴聚贤酒家。他说下午有事,商定分头前往。

俞明喜离开私立淑德女中,去祥德斋买了一包小八件儿。物价大涨,原来买两包点心的钱只能买一包了。这就是所谓“大东亚共荣圈”的结果。

提着点心溜溜达达前往祁家。他很久没有快步走路了。快步有什么用呢?没有。那就漫步吧。

走进这座大杂院,几个中年妇女看见俞明喜,大声议论说这小伙子又来了,手里提着点心兴许真是上门姑爷吧。

听见这种议论,俞明喜一步僵在祁家门外,窘得成了红脸关公。祁春芬迎将出来,连声邀请红脸关公进屋。

屋里站着一个身材粗壮的小伙子,满脸憨厚地冲他点头致意。祁春芬介绍这是恒源纱厂保全工李栓。俞明喜对李栓说了声您好。李栓局促地说了声您坐吧,便匆匆走了。弄得祁春芬很难为情。

俞明喜望着瘫痪在床的祁母,打开点心包递到面前说,人是铁饭是钢,您多吃东西病就好啦。祁母咧嘴笑了,含混不清地说着什么。

还是由祁春芬当场直译,一大堆都是感恩戴德的话。说着说着,不知为什么祁春芬停止了,表情窘迫。

祁母不能容忍女儿终止翻译,哇哇怪叫着。祁春芬依然保持沉默。祁母急了,使劲儿挪动身子伸出脑袋向墙壁撞去。俞明喜探身抓住老人肩膀,回头问祁春芬这是为什么。祁春芬只得道出实情,我妈逼着我把她的话说给你听,我没说她就急了,非要撞墙不活了。

你母亲到底要跟我说什么呢?俞明喜不解地追问。祁春芬猛地扭过脸去,低声急语道,我妈怕你以为李栓是上门的,其实李栓不是,我妈说要把我许给你……

祁春芬说完,起身跑到院子里去了。祁母听见女儿转述了她的心愿,咿咿呀呀叫着,对这门婚姻表现出极大的热忱。

俞明喜望着半身不遂的祁母,决定主动坦白自己帮助祁家的真实原因,以求得解脱。可话到嘴边又咽了回去。他没有勇气提起那桩考试冤案,没有勇气承认是自己造成祁秋月离家出走的。俞明喜曾经发誓全力照顾祁家。可是此时祁母要招上门女婿,他蒙了。

快步走出这座令他难堪的大杂院,逃兵似的来到海河边,俞明喜心乱如麻。远望西去的太阳,他感到自己没有亲人。有个嫂子,还随时都要改嫁。改了嫁就是别人的嫂子了。转念想起祁春芬,她的模样跟祁秋月很像,姊妹同心。假如我跟祁春芬结婚,就等于这辈子跟祁秋月的魂灵相伴,这是难以想象的感受。

天色转暗,俞明喜不再胡思乱想,匆匆赶往聚贤酒家。自从张、杨发动兵谏,蒋介石被扣西安,时局变幻莫测。好在西安事变妥善解决,促成国共两党和谈的前景,局势日渐明朗。俞明喜没有忘记老燕同志的话,千变万变,蒋介石攘外必先安内的反共政策不会变。

自从经历了老佟头儿事件,俞明喜开了窍。他不再是思想单纯的热血青年,为人添了几分定力,处世增了几分眼光。今晚丁恩正请吴荣成吃饭,他知道自己是陪客。丁恩正精神抖擞,吴荣成敦厚淡定,正好上演双龙会。

聚贤酒家离择仁里废墟不远。一群泥瓦匠在盖房子,天晚了也没收工。一个身穿白色制服的侍者迎出聚贤酒家,引着俞明喜进入二楼雅间。一张圆桌三把椅子,中西合璧的陈设。

没人。俞明喜笑了,我跑龙套当然要先上场。丁恩正与吴荣成究竟谁先上场呢?他拿不准猜不着,便从兜里掏出一枚五分硬币,轻轻掷到桌面上。蹦蹦跳跳的硬币终于静止了。嗯,硬币说丁恩正先上场。

然而,走进雅间的却是吴荣成。他身穿蓝缎薄棉袍。节气未到,这装束过早了,使人以为他是畏寒怕冷的人。或许正是因为这件蓝缎棉袍吧,俞明喜觉得来者不是吴荣成,而是吴荣成的同胞兄弟。

两个人落座。侍者近前恭问喝什么茶。这时俞明喜看清侍者足有五十多了,显然过了勤行年纪。聚贤酒家为何不用小伙儿侍者呢?俞明喜略感惊诧。

这时候,主人上场了。丁恩正走进雅间拱手道歉说,鄙人俗务缠身来迟,一定罚酒。说着依次与二位客人握手。

吴先生,咱们以前见过面吧?丁恩正主位落座,笑容可掬地问道。

可能见过,也可能没见过。吴荣成答道,每年校董会恭请家长们莅临指导,丁先生赏过光吗?

丁恩正眨着一双充满血丝的圆眼睛,容易让人联想到古董店遗失的两颗朝珠。睡眠不足的他连声招呼烫酒,南人不乏北人豪爽。吴荣成打量着酒瓶转目丁恩正说,我素常滴酒不沾,只能以茶代酒略表谢意。

你素常滴酒不沾,今天不同素常啊。丁恩正打开话匣子,一口蓝青官话道,对酒当歌,人生几何。置身乱世,以酒为乐。素常不饮,今天要喝!

俞明喜听了觉得可乐。丁恩正分明是南方人,说起话来好像北方数来宝。

丁恩正继续说,晚宴我安排好了,饮煎茶,用清酒,喝味噌汁,还在日租界樱花料理店订了寿司,一会儿送到。今晚体验东瀛风味!

丁先生喜欢日餐啊?我认为日本清酒没有中国白酒有力道。吴荣成接过主人话题发表评论。

哈哈!吴先生露了破绽吧。你滴酒不沾怎晓得白酒比清酒有力道?人撒谎要罚酒哟。丁恩正得意地叫道。

从前我是个酒鬼,无一日不醉。已然十几年滴酒不沾了。吴荣成从容不迫地说,倘若今晚丁先生强人所难,吴某只能告退了。

既然如此,今晚我与俞先生对饮,吴先生作壁上观吧。丁恩正召唤侍者给吴荣成端来日式煎茶。

作壁上观。这句成语出自《项羽本纪》吧?“及楚击秦,诸将皆从壁上观。”吴荣成悠悠念出原文,继而解释道,壁是营垒。这个成语是说坐观成败而不肯援手。今晚丁先生以作壁上观形容我,并不恰当啊。

国文教师真是博学强记,随口说出典出何处。俞明喜暗暗佩服吴荣成,主动凑趣道,吴先生并非作壁上观,我与丁先生对饮也并非鸿门宴。否则,孰刘孰项啊。

在下得罪吴先生啦! 丁恩正承认用典不当,自罚一盅清酒说,当今天下大势,请问孰刘孰项?

我记得丁先生是在北宁株式会社任职吧?请问孰华孰日?吴荣成反问。

时下中日交兵,战火不断,我正要请教吴先生对时局的看法呢。丁恩正说着招呼侍者端上日式烤鳗鱼和生切番茄片。

聚贤酒家多年经营鲁菜,今天全然日式,丁恩正这是翻天覆地啊。俞明喜觉得此公不像这里的食客,倒像这里的老板。

年近花甲的侍者静立旁边,注视着客人用餐。吴荣成抄起细脖调味瓶,在生切番茄片上撒了一层细盐,慢慢享用着。俞明喜吃着日式烤鳗鱼,不明白吴兄为何先用番茄开道,而且用盐。

看到俞明喜不解的目光,吴荣成并非卖弄地说,当年哈尔滨的俄国老毛子吃番茄就是用盐调味的。

我听吴先生有东北口音,您赶上日俄战争攻打旅顺口了吧?丁恩正问道。

这时候,从日租界预订的寿司到了。吴荣成放下筷子扭头看着黑色托盘说,这是樱花料理店做的。

丁恩正微笑答道,不是宫岛街那家,是曙街。请吴先生慢慢品尝,我还恭候您的高论呢。

吴荣成打量着多种口味的美食,伸手取了那只顶着鲜亮鱼子的寿司,持在拇指与中指之间,食指微微跷起。老年侍者趋前近身添了日式煎茶。吴荣成下意识地闪动肩头，目光投向丁恩正。

既然丁先生关心时局，我就放胆妄言了。吴荣成徐徐将寿司整个送入口中，那手法好像往容器里放置一枚袖珍炸弹。放置完毕缓缓咀嚼，之后闭目静气说，我听到一种言论，称中国为一片桑叶，日本乃一只蚕，蚕食桑叶，自然天道，这是庸人之论。时下中国局势尚未明朗。九月二十三号蒋介石先生发表“对中国共产党宣言的谈话”，似乎标志着国共合作的开始。我看中国时局到了这步田地，应当说是张学良兵谏误国。

啊？俞明喜颇为意外地注视着吴荣成，觉得他不是国文教师了。

丁恩正呷一口清酒微笑问道，张汉卿将军身为海陆空副总司令，跟蒋委员长又是盟兄弟，他怎能误国呢？

没有张、杨策动西安事变，便没有国共合作，没有国共合作，蒋介石先生剿灭陕北共匪，指日可待。

吴先生见解独到，思想深刻，令人佩服。丁恩正兴趣盎然，示意老年侍者奉上味噌汁。

俞明喜反而觉出鸿门宴的气氛了，开口阻止吴荣成说，你一介书生与世无争，莫谈国事啊。

吴荣成充耳不闻说，我只是个普通国文教师，但中国文人素有文以载道的传统，修身齐家治国平天下，理当关心国家民族大事。

丁恩正再度请教说，一旦国共实现合作，共产党军队整编为国民革命军，他们也算归宗了吧？

吴荣成一边取食烤鳗鱼一边评论道，兄弟阋墙，自古难免。我倒想请教丁先生，你是亲国还是亲共？是亲华还是亲日？

问今是何世，乃不知有汉，无论魏晋。丁恩正讳莫如深地说，我是生意人，不亲国不亲共，不亲华不亲日，只亲钞票。

那你是亲法币呢？还是亲银联券？吴荣成从容追问。

丁恩正举起酒盅说，世界上任何两种货币之间必然存在汇率，你问我亲法币还是亲银联券，我亲汇率就是了。

沉默了一会儿，有些像两出戏之间的换场。你们都记得那次全市抬棺大游行吧？丁恩正转变话题说，中共地下党居然发动南北两路学生给 CC 系分子翟白丁送葬！你们说这是共产党不明死者真实身份呢？还是有意表达国共合作意愿呢？

俞明喜暗暗吃惊，故意做出天真无知的样子。你说翟校长是什么分子，CC？

吴荣成温和地笑了。敢情翟校长是 CC 系分子，怪不得报纸上说日本人派汉奸刺杀了他。

丁恩正突然说，日本人刺杀翟白丁是灭口，是为了保护已经暴露的谍报员！

谍报员？俞明喜当即想起乘船逃走的老佟头儿，同时揣测着丁恩正的真实身份。CC 系？复兴社？肯定不是青洪帮……

一个人的真实身份，那是很难说清楚的。吴荣成扬手招呼老年侍者，给他斟满一盅清酒。

看到客人突然有了酒兴，丁恩正兴奋了，静静注视着吴荣成。

不论翟白丁先生什么政治背景，只要他是中国人，我们就要祭奠他。吴荣成说着将手里的一盅清酒泼洒在地上，然后双手合十。

丁恩正跷起大拇指，连连高声叫好，如同坐在戏园子里捧角儿。

俞明喜低头喝着味噌汁，心里说老燕同志肯定不知道翟白丁的真实身份，否则他是不会同意全市学生抬棺大游行的。

这顿日式晚餐临近尾声，丁恩正意犹未尽，又唱了那段梆子腔《喜荣归》。他兴致勃勃地给吴荣成讲解剧情说，书生赵廷玉考中进士，故意衣衫褴褛回到崔家。岳母嫌贫爱富，不明就里逼他退婚。赵廷玉乔装乞丐，扮得真像啊。

酷爱京戏的丁恩正近来经常反串梆子腔，而且总是这出《喜荣归》。俞明喜以为丁恩正转为梆子腔票友了。

主人送客。丁恩正走出聚贤酒家大门拜托道，小女在贵校求学，还望二位多加教诲啊。说着扬手叫了两辆洋车，还让部下付了车钱。

一前一后，两辆人力车停在善邻里胡同。吴荣成下了车回味道，那位丁先生在北平生活了很多年吧？天津把人力车叫胶皮，北平才叫洋车呢。

噢！北平把胶皮叫洋车啊。看来人的习惯很难改变的。俞明喜附和着，吴兄对人物细节观察入微哟。

去年我在北平西四牌楼叫一辆胶皮，车夫听了就说您是天津人吧。吴荣成详细解释着，抬手叩了叩公寓院门。新杂役应声开了门。

俞明喜趁机问道，老佟头儿走了，也不知道他什么时候回来。

老佟头儿……你是说那个老杂役，他还回来吗？吴荣成走上门廊脱了鞋，进了房间。

洗漱完毕，两个人拉开被褥，闭灯安歇了。黑暗里俞明喜问道，丁先生为什么安排日式晚宴招待咱们呢？

他在北宁株式会社供职，这名字像是日本公司。如今喜爱日本料理的人不少，也是殖民地的时尚吧。

俞明喜接着请教道，吴兄，这顿日式晚餐味道纯正吗？比如那盘寿司。

我又不是日式美食家，囫囵吞枣吃不明白。吴荣成睡意蒙眬地说，想吃北平的炸酱面……

不等说出炸酱面的菜码，俞明喜便听到吴兄入睡的鼾声了。

躺在榻榻米上难以入眠。俞明喜根据丁恩正透露的点滴消息，梳理思路分析着：如果翟白丁真是CC系分子，当他发现了身旁的日本谍报员，必然暗暗监视着。日本特高课得知谍报员暴露的消息，便派出汉奸刺杀翟白丁以灭口……对啊，老燕同志说过那个汉奸外号瘦狗，完成任务逃到北平去了。

北平……丁恩正从029次客车上接的那个紫衣男子正是从北平押解回来的！他不会是在北平落网的瘦狗吧？如果他是瘦狗，那么丁恩正不是CC系就是复兴社，二者必居其一。虽然这两个特务组织历来不睦，却都是国民党鹰犬啊。

再者，丁恩正说日本人杀翟白丁是灭口，那暴露的谍报员是谁呢？是逃走的老佟头儿还是另有其人？

此时，单兵作战的俞明喜面对复杂的敌情，觉得自己好像黑夜汪洋里的一叶孤舟，内心非常想念老燕同志。

第九出

《庸报》头版右下角刊出新闻，日前学运分子景姓秀兰者被日本宪兵队逮捕，翌日即遭杀害。看到这条消息，俞明喜躲到校园角落里哭了。他只知道景秀兰被日本飞机炸伤了，看来也是留津潜守，不幸被捕为国捐躯了。

老燕同志什么时候回来？“民先队”什么时候恢复活动？我跟组织失去联系，只能靠阅读平津两地报纸了解时局。有些汉奸报纸颠倒黑白混淆视听，令人迷雾难辨。

最难辨认的是女学生丁小夏。她几乎判若两人了。以前她迷恋吴荣成，经常往教师预备室送礼物，好像一只衔着花籽飞来飞去的小鸟。这几天小鸟改变了飞翔方向，栖落在俞明喜桌前谈心了。临近西俗圣诞节，丁小夏专门送来贺卡，上面写满“你是爱国青年的楷模，你是国家未来的栋梁，你是我追随学习的榜样”的热烈语言，还邀他去英租界维多利亚咖啡厅共度平安夜。俞明喜担心这只小鸟是猫头鹰孵出来的，只得哼哼哈哈，虚与委蛇。

天气暗冷。俞明喜做着这种假设：倘若丁恩正是国民党方面特工，丁小夏秉承父命潜心观察爱国教师动态。此时，她完成了对吴荣成的考察，自然淡化而出，将重点目标转向我。

当然，这只是假设。俞明喜转念想到，也可能丁小夏只是普通女学生，不过天性活泼喜欢交际而已。

礼拜六下午，吴荣成找老学究校长告假三天，说有事外出。俞明喜问吴兄需不需要代课，吴荣成说校长决定亲自代课。俞明喜叮嘱吴兄天气转冷,外出添加衣裳。

礼拜天。俞明喜在公寓里收拾东西,无意间找出那双布鞋。睹物思人,想起老燕同志,心头暖烘烘的,继而想起从鞋垫里发现线索的老牌日本浪人老佟头儿,不禁咬紧牙关。可惜连老家伙的日本名字也不知晓,将来抗战胜利了都没处抓他。

收起老燕的布鞋装进盒子里存入壁柜。这时候嫂子拉门进来,小叔子起身相迎,说吴先生出门办事去了。

这我知道。徐凤珍显然是有备而来,她盘腿坐在榻榻米上说,那天你给我送了两盒点心,我心里挺热乎的。毕竟你是俞家亲兄弟,我有话就明说了。

我没文化,不懂得妇女解放的大道理。如今日本人来了,也没听说反对寡妇改嫁,因此,我想走一步……

俞明喜明白,嫂子的心思明摆着,只是之前没有捅破这层窗户纸而已。今天把话挑明了,他不光认为嫂子有了出路,自己也解脱了。

徐凤珍接茬儿说,兄弟,你也知道我命苦,这后半辈子我就跟吴荣成共同生活啦。

我也不赞成妇女守寡。我只想问一句,你说跟吴荣成共同生活,是明媒正娶呢还是两个人搭伙过日子?

我又不是黄花大闺女了,人家吴荣成怎样对待我都行。徐凤珍语气坚定。

嫂子真是个好女人。俞明喜谨慎地建议说,不过,还是明媒正娶的好。

我想把现在的房子卖了,搬个新地方住。寡妇改嫁嘛,总不能住在老地方。什么时候卖房什么时候搬家,我听吴荣成的。我一个"缝穷"的娘儿们能寻了教书先生,长了身份呢。

好!嫁给吴兄好,你改嫁了还是我嫂子。俞明喜说着起身送徐凤珍出门。她站在门廊里穿鞋,真诚地注视着小叔子。明喜啊,你也该成家立业啦!

是啊！我也该成家立业啦！俞明喜感叹之余，故作漫不经心地问道，你记得那天半夜送你回家的杂役老佟头儿吧，这阵子吴兄没跟你提起他吗？

没有啊。徐凤珍不解其意地说，我今儿才看见这里换了新杂役，老佟头儿死啦？

送走了即将改嫁的嫂子，俞明喜回到房间，一眼看见吴荣成的被褥，想到这位仁兄即将从这里搬走，心情有些复杂。

走进厨房，他跟吴兄留下的气息交流着。无意间看到那只小瓮，想起里面的生腌猪皮，便好奇地打开盖子，迎着光线察看着。

咦！以前有七八条生腌猪皮，怎么只剩下三条啦？俞明喜笑了。吴兄啊，你何时贪嘴偷偷煮着吃啦。

傍晚外出去了那家熟悉的小饭铺，叫了焖饼和紫菜汤。掌柜说太素了添盘肉皮冻吧，你们吴先生经常买我的生猪皮呢，每次都让把油脂刮干净了拿走。

噢，吴兄从这儿买生猪皮拿回去腌制啊。俞明喜细嚼慢咽地吃了这顿晚饭，问掌柜吴先生还喜欢吃什么东西。

米饭啊！吴先生最爱吃小站稻蒸的大米饭，他说话东北口音却不爱吃面食，真各色。小饭铺掌柜低声抱怨说，日本人不让中国人吃大米，吴先生胃口受罪了。

不对啊！吴兄经常念叨北平炸酱面，来到小饭铺反而爱吃大米饭了。这样寻思着俞明喜问道，日本人不让中国人吃大米，那大米……

他们吃啊！你不知道日本人爱吃饭团还有寿司，那都是大米做的呢。

我就不爱吃大米。俞明喜结了账，信步回到善邻里公寓。房间里冷，他找出一条线毯裹着双腿，坐在写字台前批改数学作业。

丁小夏的数学作业簿不像女孩子的，字母写得很大，笔道很粗，好像营造公司的绘图员。这个女学生其实挺聪明的，无论三角还是代数，稍稍用功就能考出好成绩。从丁小夏想到祁秋月，俞明喜叹了一口气。

天晚了。青年教师闭灯歇息。嫂子改嫁,吴兄娶妻。这场特殊婚礼我送什么礼品呢?干脆,我送只暖水瓶吧,祝福后半辈子热热乎乎,保持感情温度。

半夜时分,有人拉门冲撞进来。睡梦里俞明喜惊醒跃起,打开电灯发现吴荣成仰面躺在榻榻米上,满脸血污。他的右眼窝儿塌陷了,丝丝流淌着血水。

吴兄!你这是怎么啦?俞明喜跑到厨房端来一盆清水。这时吴荣成已经用手绢捂住右眼,翻身坐起,语气镇定。

俞弟,你不要害怕,我走夜路撞上树枝子,一下子扎破了眼珠。

扎破了眼珠!天啊,我马上送你上医院!意租界有家眼科诊所,大夫是犹太人……俞明喜边说边穿衣服。

小毛病不用上医院。吴荣成走近写字台,左手拿手绢捂着右眼,腾出右手在纸片上写出一连串拉丁文药名说,你从我壁柜里拿钱,去万国大药店买这三种西药,我的事先不要告诉徐凤珍!

这药片能行吗?俞明喜觉得扎破眼珠是大病,不能这样疏忽。

我学过两年医科,眼珠扎破了没有救!即使去马大夫医院也白搭!你快去买药吧……吴荣成有气无力地说着,依然不减男人威严。

好吧!俞明喜这次没有忘记穿鞋,冲出公寓朝着大经路上万国大药房奔跑而去。天晚了,大街上没有人。两个巡逻的中国警察拦住他,强行搜身。他手里拿着药方尖声说去买药,警察被他扭曲的面孔吓住了。

万国大药房落了门板灯光昏暗,一个小窗口写着“夜间照常”四个字。俞明喜捅开小窗口递进药方,当班老店员说幸亏我认识拉丁文,你白天来还没人懂呢。

过了一会儿从小窗口递出三个小纸包说三块八。俞明喜问这是什么药。

高效止痛药,强力消炎药,还有击倒型镇静催眠药,这是虎狼之师，一般大夫不敢这样开方子呢。小窗口往外递出两毛钱零头。

吴兄念过两年医科？以前没听他说过。俞明喜跑回善邻里，催促新杂役开门。

房间里，吴荣成已经洗净血污，并且用绷带包扎好右眼，伤兵似的端坐在榻榻米上，极力保持着往昔尊严。心急火燎的俞明喜被这种强硬风度打动了，反而觉得对方更加陌生。

俞明喜斟了一杯水，按照吴荣成吩咐的剂量将八粒药片放在他手心里。吴荣成一饮而尽吃了药，然后说，你为什么不问我究竟怎样扎瞎了眼睛？

你要是愿意说，肯定会告诉我的。你要是不愿意说，我问你也不会讲的。

吴荣成欣慰地笑了。绷带的遮挡使俞明喜只能看到他二分之一的笑容。

疼吗？俞明喜冲了一碗炒面递过来说，止痛药伤胃，空腹更不好。

喝了炒面。吴荣成说不要把受伤的事情告诉校长，免得人家惦记。俞明喜看出他强忍疼痛，便盼望止痛镇静药力快快发作。

不到十分钟，吴荣成说了声我困了，便缓缓歪倒了。俞明喜放好枕头盖好被子，吴兄已然沉沉入睡了。怪不得卖药的说镇静催眠药是击倒型的，跟孙二娘的蒙汗药差不多。

睡吧，睡实了就不知道疼了。俞明喜闭灯躺下，静静听着黑暗里的鼾声。

晨曦扑窗，俞明喜醒了。他以为自己是被窗外的声音惊醒的，便侧耳听着。突然，房间里响起说话声。哦，原来是室友说梦话呢。看来这种镇静催眠剂药力不小，吴兄沉睡不醒。

吴荣成连续说着梦话，一连串怪里怪气的语言，含混不清却不停顿。俞明喜翻身坐起静静听着，不由得惊诧地吸着凉气。他分明听到吴兄说的是日语。

沦陷以来，日方实施奴化教育，学校里强制推行日语教学，尤其是老学究校长到任,更是不遗余力。什么平假名片假名,俞明喜稀里糊涂懂得了不少日语。此时,他从吴荣成的梦呓里听到日语“妈妈,我想念您”“我想吃人形烧”“关西樱花开放了”这样的句子,其余就听不懂了。

吴兄是国文教师, 他从来不懂日本语啊。那次嫂子问他杀虫剂“绝灭”的日文发音,他也说不知道。记得我跟他谈起对日语不要望文生义,比如日文汉字“手纸”是信件的意思,不是擦屁股用的;日文汉字“娘”是女儿的意思,不可弄错辈分。当时吴兄连连点头,说中日文化同源却不同流,日本把中国茶饮提升为茶道,把大米饭精化为寿司。

吴荣成继续说着梦话,好像叫着一个日本歌伎的名字。俞明喜悄悄穿好衣裳,披起棉袍轻轻溜出房间。他站在院子里,心咚咚跳着,好似敲响战鼓。记得念师范学校时听过心理学讲座,那位白俄男讲师操着流利的汉语说,一个人永远属于童年,长大成人即使常年克制不讲母语,也会在梦境中有所流露,尤其在生命脆弱之时,母语会带来安全感。我太太告诉我,我睡觉说梦话都是俄语。

吴荣成是日本人?吴荣成是含而不露的日本人?俞明喜内心惊悚不已,依然困惑不解。日本人以高贵种族自诩,吴荣成为何偏偏伪装成中国人呢?

一个人突然间变成另一个人, 俞明喜不知该怎么办了。上午没课,不用去学校。下午有两堂代数。他走出公寓大门,又不知去向何方,只得来到兰心票房。掏出钥匙,发现大门已经开了。

丁恩正站在院子里,身穿老绿色绒衣绒裤,正在踢腿练功。自从择仁里石头楼被炸,这位梅派青衣经常来到这里。

以前,俞明喜对外不谈及室友。此时不同于彼时,他当头就把昨夜吴荣成负伤的遭遇说了。丁恩正停止晨练惊讶地说,吴先生为人淡泊,与世无争,怎么遭受如此厄运呢! 他不会被人剜了眼睛吧?

一语点醒梦中人。俞明喜暗暗思量,如果吴荣成真是伪装多年的日本人, 那么必然有着复杂背景和特殊身份, 这种人物难免遭遇凶险，肯定不会是夜行撞树枝扎瞎右眼。

这时候，从东厢里走出个男人，也是身穿老绿色绒衣绒裤。俞明喜定睛辨认，此人正是聚贤酒家那位老年侍者。由于对丁恩正的真实身份有所预估，俞明喜面对此人并不惊异。

丁恩正指着老年侍者说，他在日本多年，还是中国人吧？伪装得再像，依然爱吃煎饼果子大麻花。一个日本人在中国生活多年，他伪装得再像，照旧爱吃寿司生鱼片。一旦确定他是日本人，这事就好办了。

你说的话……我听不明白呢？俞明喜牢记自己是中共地下党员，假使国共合作了也绝不能暴露身份。

老年侍者好像自说自话道，日本人吃寿司的姿态，中国人学不来的。

说得对！从小养成的习惯，很难不露蛛丝马迹的。丁恩正继续踢脚道，所以说童子功带终生，今生今世莫放松。

梅派青衣又展示了平津数来宝的语言风采。不过，此时俞明喜从中听出了丁恩正的弦外之音，渐渐佐证了自己的判断。

心里有事，俞明喜象征性地喊了喊嗓子，就告辞了。既然组织不跟我联系，我主动到秦记铁铺附近走两圈。河里没鱼——市上看。

临近正午，俞明喜绕着三条石走了两圈，没人搭腔。他灰心丧气返回私立淑德女中，坐在教师预备室里吃了两个开花馒头。

下午两堂代数课，俞明喜时而思维混乱时而脑海空白，把 X 当作 Y，把等式当作不等式，讲得颠三倒四，同学们交头接耳，以为老师得了大脑炎。

终于熬到下课，女生们一哄而散，只剩下丁小夏身披薄呢大衣面带微笑说，听说西北城角有一座铃铛阁，不知还在不在呢。

俞明喜愣住了。铃铛阁是我的代号啊！他边收拾教案边寻思，这兴许又是巧合，我可不能再犯祁秋月的错误了。

丁小夏目光亮亮地注视着青年教师。俞明喜抱着教案走出课堂，丁小夏跟着。他只得停住脚步答道，早先有民谣说，天津卫，三宗宝，鼓楼、炮台、铃铛阁。如今有民谣说，鼓楼破，炮台老，大火烧了铃铛阁。

噢，我要非想看见铃铛阁怎么办呢？丁小夏略展风情地说，下午两点我在陆家花园后门等你。

俞明喜点了点头，狐疑地望着走路身姿犹如风摆荷叶的丁小夏的背影。

独自坐在教师预备室里，俞明喜飞快地思索着。丁小夏的父亲肯定不是商界人士，北宁株式会社也只是幌子而已。历数丁小夏的诸种表现，除去讲穿爱吃好交际，几乎难以概括这个女学生。不论云里雾里，真相下午两点揭晓。

有人叩门，他认为是丁小夏来了，起身迎将上去，不承想祁春芬走了进来。

俞先生，我、我不愿打扰你，可是我母亲她……祁春芬手帕掩口，语塞了。

你母亲怎么啦？俞明喜以为出了大事，紧张地退了半步。

祁春芬难堪地说，我母亲天天念叨你，非要请你去看看她……

好吧，这两天我抽空去看望她。俞明喜担心错过陆家花园的约会时间，连声许诺。

谢谢你啦。祁春芬知趣地走了，给俞明喜留下一团雪花膏的淡淡香气。

看了看挂钟，俞明喜掐算时间起身赴约。远远看见陆家花园后门，一件米色风衣掩映在蒿草丛间，俞明喜快步走过去，做好各种思想准备。

丁小夏转过身来，米色风衣里露出蓝色校服。她注视着荒芜多年的园林，开门见山地说，绰号瘦狗的汉奸枪手在北平落网被押回天津，他承认刺杀了翟校长。

俞明喜没想到丁小夏当头说出这番话，一时不知如何应答。丁小夏不需要应答低声继续说，你知道被翟白丁发现的日本谍报员用什么写情报吗？生腌猪皮！

啊！心头炸开一道闪电。立即想起公寓里那只小瓮腌制的东西。原来日本谍报员是吴荣成，怪不得他说梦话讲日语呢。俞明喜受到强烈刺激，伸手扶住身边小树。

好多年了，生腌猪皮都是装在罐头盒里通过邮局寄给日本特务机关的，收件人是旭街东亚照相馆小田经理。内线说这种特制的生腌猪皮表面看不出异样，必须上锅清蒸半个钟头，日文才渐渐显现，包括原野踏勘纪录和战略地形图。这是谍报界一大发明呢。

你怎么知道这些情况？邮局内线……俞明喜以攻为守，依然不暴露身份。

丁小夏笑了笑说，当然是我偷听了父亲电话。父亲曾经让我主动接触吴荣成，当时你还认为我患了单相思呢。

俞明喜适时问道，令尊他……

我父亲也是为国效忠，当然政治信仰各有不同，他信奉三民主义。

你呢？中共地下党员俞明喜步步为营，仍然不敢完全相信这个女学生。

我知道你是谁。丁小夏表情凝重地说，其实我跟你不应发生横向关系，这是迫不得已的。

一个灵感闪过脑海，俞明喜猛地转换话题问道，你为什么在作文卷子里夹了十元法币呢？

当时我以为你也是"韩非子"小组的，就夹了钞票试探，结果你不懂这个暗号，我太冒险了。丁小夏说着伸出小手跟他握了握，道了珍重转身走了。

俞明喜没想到对方突然告别，下意识地追了几步。丁小夏停步回头说，你知道那家伙通过邮局寄过多少次生腌猪皮吗？十年了，他足够写一本书啦！

哥哥俞明祥、温铁生、李锟、景秀兰……当然还有翟白丁，一个个死难者的形象冲撞脑海，俞明喜无法抑制冲动，脏话破口而出。那家伙从邮局寄了多少次情报，就等于杀了多少个中国人！我×他小日本儿祖宗！

丁小夏挥手快步走开说，不要不要！你×小日本儿祖宗等于玷污自己的身体，千万不要啊！

真是豪爽！一个女学生居然敢于说出那个脏字，这不亚于巾帼英雄啊！俞明喜久久不能平静，独自留在陆家花园后门，一仰身躺在蒿草堆里，目光直射云天。

第十出

徐凤珍风风火火跑进公寓，连连催促吴荣成上医院。吴荣成强忍疼痛正襟危坐，屁股好像焊在榻榻米上。他脸部斜缠右眼的绷带渗出血迹，干涸了。

俞明喜凑前说，紧邻日租界建物街上有家诊所，小岛大夫军医出身专治眼伤。

我的左眼视力不强，全凭右眼呢。吴荣成陈述着，好像面对书记官。

不要紧，我牵着你嘛。俞明喜说着拿出一根老藤手杖。这是当初老佟头儿的旧物，前几天偶然在门房里发现的，他悄悄留作武器。

去吧！徐凤珍几乎哀求着。看到嫂子如此动情，俞明喜心碎了。寡妇即将改嫁，新夫却是伪装多年的日特分子。嫂子真是苦命人。

我去诊所可以，你不要跟着我。吴荣成军曹似的对徐凤珍下达命令。

你嫌弃我啊……徐凤珍稍显委屈地说，好吧，我不跟着，就让明喜陪你去吧。

不知何时，嫂子做了一件厚厚实实的黑色棉袍，此时给吴荣成穿在身上，下身是夹裤扎裤脚外加棉裤套，暖暖和和去奉天都不冷。

出了公寓大门，俞明喜拎着老藤手杖前面引路。其实他悄悄做好了三种准备：从药房买了砒霜，吃饭前下毒；从马具店买了皮绳，睡着了勒杀；还有这根沉甸甸的手杖，出其不意击打后脑勺。不过，这三种方法都难以掩盖凶杀痕迹。老燕同志曾经叮嘱不许暴露身份。一旦涉嫌谋害室友进了警察局就麻烦了。无论怎么说，杀人这活计对他来说都是生手外行。

徐凤珍追到善邻里胡同口，给吴荣成捂了一顶“三块瓦”棉帽子，大声叫了一辆胶皮，嚷嚷再等一辆。吴荣成固执地坚持步行，径直朝前走了。走了几步被路边砖头绊了个趔趄。徐凤珍惊叫，你别逞能，让明喜牵着走。

嫂子显然进入了吴荣成的贤妻的角色。俞明喜不动声色握着杖头前面牵着，吴荣成攥着杖尾后面跟着，一路朝着日租界方向去了。

吴兄不要着急，离日租界越近越安全。俞明喜话里有话说道。他知道自己关键时刻容易心软，便极力调动内心仇恨，想着东北九一八，还有上海八一三。

吴荣成被厚厚的棉袍裹着，被肥大的棉帽捂着，步履迟缓好像从深山押入都市马戏团的黑熊，身形笨拙显得疑虑重重。俞明喜想到这只黑熊藏有豺狼之心，暗暗骂了句脏话。

前往临近日租界的建物街，俞明喜选择从东浮桥过海河。天气冷了，即将进九。河面覆着薄冰，好似覆了一层糯米纸。他引着吴荣成从左侧人行道走上这座名为东浮桥的钢铁大桥。

这时候的俞明喜，不知道十二年之后，解放天津的中共第四野战军将会师东浮桥；也不知道四天之前，复兴社华北分社天津行动组组长丁恩正派人扎瞎了吴荣成的右眼，以此作诱饵吸引前来援救的日特分子；更不知道此时此刻，东浮桥上叫卖红眼银鱼的汉子是国民党蓝衣社特务，在时刻监视着吴荣成的动态。然而，丁恩正并不晓得吴荣成是志愿者独行侠，永远也不会有同伙的。

苍天有眼。假如从右侧人行道上桥，俞明喜肯定不会遇到那段缺失的桥栏。维修工人拉上一根草绳充当临时桥栏，跑去撒尿了。俞明喜看见草绳，心里打了个冷战。这是哥哥冤魂未散，为我提供杀敌复仇的天赐良机啊。

一步步走向草绳替代的那段桥栏，内心的深仇大恨驱使着俞明喜冷静下来。他牵着老藤手杖暗暗掐算距离，就像小时候玩"侦探拿贼"游戏那样。

你去死吧，吴兄。俞明喜充满戏谑心理，把吴荣成牵到这段草绳中间的位置，猛然回身用力推搡——这位志愿效忠日本天皇的民间特工一头栽了下去。

吴荣成死死握着老藤手杖，黑色躯体垂直落下，扑通砸破糯米纸似的冰层，没了踪影。

你他妈的就是会游泳，棉袍棉裤棉鞋吸水也会让你沉到河底的！俞明喜心里痛骂着，脸色酱紫，目光冰冷，呼吸急促，浑身颤抖，死死盯着冰封河面，忘了应当立即逃走。

一声女人尖叫，好似一只大脚踩了母鸡脖子。俞明喜扭头看见徐凤珍冲上前来——原来她一直远远跟在后面。

徐凤珍跳脚大骂，你这挨千刀的！你为嘛推他下河啊！你淹死他啦……

嫂子一头撞过来。俞明喜仰身跌倒在桥栏前。他从未见过嫂子如此撒泼，头脑倏地清醒了。人群聚拢围观着。一声警哨响起，两个黑衣警察拨开人群挤进来。徐凤珍指着小叔子说，他推人下河！他推人下河！

警察一听是人命大案，押着俞明喜直接送到水阁大街天津警察局。俞明喜挣扎着回头看了嫂子一眼，知道这件事情永远跟她说不清楚了。

被推进小黑屋关起来，俞明喜并不惊慌。今天除掉了潜藏多年的日特分子，我付出多大代价都值得。这样想着颇感欣慰，靠坐墙边睡着了。

不知过了多久,俞明喜被拖了出去。瘦脸警官手里拎着皮鞭,问他是压杠子还是喝辣椒水。他闭口不语。瘦脸警官拿过笔录说,你嫂子告你谋害她未婚夫,你快招供吧。

这番话提醒了俞明喜,他想以小叔子不容嫂子改嫁为由,承认自己推吴荣成下河。转念想到自己是中共地下党员,绝不能给组织带来任何麻烦。索性概不认账,反而指责徐凤珍刁妇诬告好人。

瘦脸警官挥起皮鞭说,你不吃顿皮鞭炖肉不会实招啊!说着两个警察把他摁在地上扒去棉袍,牢牢捆在立柱上。

你们打人逼供犯律条,我要告你们私设公堂拷打良民。俞明喜把舌头磨成刀子,大力施展语锋刺向对方。

你这个教书匠就是能说,我俩共同攒钱买你的嘴!两个警察轮番挥鞭抽俞明喜。打一鞭,叫一声,俞明喜疼得想死,但就是不改口。

遍体鳞伤。两个警察把他扔回小黑屋说,打你打得累坏身子,赶紧叫家属送钱来,让我们哥儿俩滋补滋补。

我没家属!累死你俩活该!俞明喜使足气力喊着。这两个警察嘀嘀咕咕说,这小子挺硬,跟前几天那个共产党差不多。

听到警察拿自己跟前几天那个共产党相比, 俞明喜心里说老子就是共产党,说出来吓死你们!

他疼得昏过去了。醒来又被拖出小黑屋,明亮的光线刺得他睁不开眼睛,却听到熟悉的女声说话,抽泣着要求具保放人。他蒙眬地意识到这是祁春芬的声音。

你们光凭那个有着利益关系的女人口头诉状, 就随意抓人打人残害人,我是律师我要控告你们! 这是操着广东口音国语的男声,据理力争着。

寡妇嫂子状告小叔子,掉河里那主儿兴许是奸夫!这是瘦脸警官的声音,好吧好吧,具保放人! 这些天不许离开天津卫。

光线更强了。他感觉被抬出警察局,晒到阳光下了。一路颠簸浑身生疼，他又昏过去了。再次醒来，睁眼望着熏得微黄的屋顶，外面传来小孩嬉闹声。祁春芬端着小碗一勺勺喂水说，这是白糖水，喝了败火。

我知道你想问我来龙去脉。病人说话伤气，你就听我说好吗？祁春芬凑近他耳畔小声说，一个姓丁的女学生跑来报信儿，叫我去警察局保你。我去了不顶用，就请了律师蔺先生，他在纱厂工人俱乐部教过我们识字。他交涉了两次就把你保出来了。这间屋子是我新赁的，也在这座大杂院里。南屋里躺着我妈，北屋里躺着你，我一天伺候两个人！

谢谢你救了我……俞明喜觉得祁春芬心直口快，忙里忙外挺辛苦的。

你得感谢那个姓丁的女学生，人家要不跑来告诉我，兴许你就死在小黑屋里啦。祁春芬说着把小木盆放在床前说，你要撒尿就说话，我避出屋去。

俞明喜红了脸摇了摇头说，那个女学生叫丁小夏，不知她从哪儿得到我进了警察局的消息。

哦，就是这个丁小夏，她特意让我转告你，说她离开天津啦。

好啊。俞明喜当然明白丁小夏的意思，只是内心存有疑虑。丁恩正肯定是国民党方面的，他女儿会不会是双面人物呢？

伤筋动骨一百天。俞明喜只伤了皮肉，用了金家窑苏先生的药，一个月就试着下地行走了。他突然想起徐凤珍。祁春芬伤感地说，你嫂子疯癫了，整天在大街上乱跑，嘴里不停地叫着什么吴先生。

俞明喜黯然神伤。嫂子不明底细痴迷日特分子，这辈子算是毁了。他忍着伤痛挪到南屋看望祁母，发现老人家病体衰微宛若残灯，看来命不久矣。

你、你不娶春芬，我、我死也闭不上眼……祁母顽强地说出这句话，不拖泥不带水，让俞明喜听得清清楚楚。

俞明喜心里犹豫了。我是中共地下党员，生活大事应当向上级报告的。可是组织在哪里呢?

祁春芬吓得小声说,我妈说话这么清楚,兴许是回光返照吧?

老燕同志撤离天津时特意嘱咐我该成家了,还说娶了媳妇就有人照顾我了。俞明喜想到这里心里踏实了,注视着即将撒手人寰的祁母,俯下身子凑到老人耳边说,您放心吧,我娶春芬!我一定娶春芬!

祁春芬在一旁低声抽泣。祁母心满意足地点了点头。俞明喜扑通跪在地上,祁春芬也随着跪下了。

祁母清晰地吐出最后一句话:你俩人,多般配啊……便缓缓闭上眼睛。

办完丧事,过了"七期",兵荒马乱年头,俞明喜跟祁春芬在大杂院里散了喜糖,接受着邻居们的吉利话,就算是婚礼了。当晚小夫妻睡到那间北屋里。祁春芬表示服丧期间不能合房,便分别躺在两床被窝儿里,形同壁垒。关灯睡觉,俞明喜听到妻子轻声问道,你真的没把那人推到河里?

他不愿新婚之夜就撒谎,沉默不语。黑暗里祁春芬表态道,不论你推没推那人,我都跟你一条心!

想起那条奔腾东去的海河,便想起下落不明的祁秋月。俞明喜心里说,我要把对妹妹祁秋月的愧疚化作对姐姐祁春芬的感情,好好待她。

纱厂工人俱乐部替我跟厂方交涉,争取让我回去上班!祁春芬激动了,忍不住去抓丈夫的手。

工人俱乐部?看来天津工人运动没有停止啊。俞明喜暗暗受到鼓舞,心气儿高涨了。

二月二,龙抬头。吃过蒜汁麻酱煎焖子,祁春芬回纱厂上班了。俞明喜身体复原,重返私立淑德女中教书,还是小代数和三角。丁小夏果然走了,教室里没了她的身影。

校园里弥散着吴荣成落水身亡的各种传闻,弄得俞明喜成了重大嫌疑人。不过他心里有底,日本宪兵队是不会来抓自己的,因为他们从来不知道吴荣成就是那个潜伏多年寄送生腌猪皮情报的志愿谍报员。

老学究校长召俞明喜谈话，了解各种传闻里的真相。他只得撒谎，告诉校长吴荣成去日租界治疗眼伤中途失足落水，人没了。

翟校长不在了，吴先生也不在了，这俩人生前是否属于对立派人物？老学究校长竟然提出这个切入实质的问题。

人生在世，各有志向吧。俞明喜意味深长地答道，起身告辞了。

没到端午节，祁春芬天天想吃粽子，馋得要死。大杂院里的妇女们告诉俞明喜媳妇八成有身孕了。他又惊又喜，恨不得立即向上级组织报告，内心越发想念老燕同志。

时光如流水。祁春芬生了个大胖小子。出了满月，那位蔺先生竟然上门祝贺。他是执业律师，也是恒源纱厂工人识字班兼职教师。趁着祁春芬在屋外烧水，蔺先生低声说鼓楼问候你，炮台约你这月初八晚间六点钟，秦记铁铺见面。

听到这两个代号，俞明喜上前紧紧握住蔺先生的手，激动得说不出话来。蔺先生极其冷静，操着广东口音的国语说，我到警察局保你时，还不知道你真实身份呢，你有个好妻子啊。

不等祁春芬烧开水，蔺先生便告辞了。俞明喜知道从事秘密工作不必客套，也就没有执意挽留。

度日如年。终于熬到约见的日子，晚间六点钟俞明喜准时走进秦记铁铺小仓库。代号炮台的老艾点亮油灯。这灯光再次令俞明喜想起自己入党的情景，泪水充满眼窝儿。

老燕好吗？俞明喜开口就问。老艾明显瘦了，却保持着不苟言笑的习惯，跟他握了握手说，老燕在冀中呢。你的情况我都了解，留津潜守表现不错，还除掉了一个日本奸细。

请组织给我分派工作，我都要憋屈死啦！俞明喜环视着小仓库，真希望老燕同志突然出现。这时老艾开始传达上级指示，一部分同志返回天津，重新组建“民先队”，恢复地下活动。同时，从天津调派一部分同志去迁安、滦县、丰润、玉田四县，准备参加冀东抗日大暴动。铃铛阁的任务是去开滦林西煤矿加入节振国的矿工暴动队，起文化鼓动作用。

太好啦，请组织马上给我开介绍信，我缝在鞋里明天就走！俞明喜攥着拳头，活像盼望过年的孩子。

你还没有吸取鞋垫事件的教训啊！老艾拿起一把小刀，抓起俞明喜左手冲着小臂一划，一道鲜血立即涌出。

这就是最好的介绍信！老艾从衣兜里掏出一包白色药面撒在刀口上，立即止了血。看来老艾早有准备，变戏法似的抻出一条白纱布，包扎了他的手臂。

林西方面看见刀疤，你报出代号他们就接纳你了。老艾突然激动起来说，日本宪兵专门搜查缝在鞋里的东西，火车站抓着五个，都毙啦。

告别老艾，离开秦记铁铺。明天就要去开滦了，他过了摆渡专程去堤头看望嫂子。进门看见徐凤珍坐在炕头，低头缝补着一件对襟短袄。小叔子认出这是吴荣成的遗物，觉得嫂子太可怜了，又没办法搭救他。徐凤珍神志不清，一边缝补一边怪异地笑着，陶醉其中。他给嫂子鞠了一个躬，走了。

回到家里，告诉妻子明天外出办事，兴许十天半月回不来。祁春芬露着乳房给孩子喂奶说，你要是跟蔺先生那样为工人们去办事，我等你一辈子。

俞明喜听了这话，凑上去亲了亲她的脸蛋儿。他是个不善温存的人，此时猛地将妻儿揽在怀里说，我还没给咱儿子起大号呢。

你是个好人！我妹妹比我有文化，她要是活着肯定也愿意嫁给你的。祁春芬说着，小声哭了。

俞明喜使劲儿抱住妻儿，沉默无语。一家三口相亲相爱紧紧依偎，像黑夜般结实。

善解人意的祁春芬及时扭转气氛说，上马的饺子下马的面，我去找大妗子借一碗白面，明儿包饺子给你送行。

第二天上午，俞明喜吃了一大盘白面饺子。祁春芬说原汤化原食，让他喝了饺子汤。妻子给他带了两件换洗的衣裳，还塞了两块钱，说穷家富路。他走出家门猛然折回，抱住妻子亲了一口。祁春芬害羞地说你不怕邻居看见啊。他又猫腰亲了儿子一口，扭身走了。

老龙头火车站有汉奸警察检查行人。日本宪兵三步一岗五步一哨，一个个就跟萝卜头儿似的。果然搜身也搜鞋袜。俞明喜暗暗庆幸，买了去唐山的火车票。

他知道走京山线唐山大站查得严，决定提前在胥各庄小站下车，宁可步行前往林西煤矿。

火车到了胥各庄，几个从天津来的男人也下了车，都是生意人打扮。俞明喜跟随后面出了站。一个戴礼帽佩墨镜穿大褂的男子迎上前来，把那几人引走了。俞明喜觉得这人眼熟，心头一惊。

他不会是吴荣成吧？俞明喜快步拐过街口，从侧面观察着。他妈的，要么是吴荣成鬼魂现身，要么就是吴荣成没死。

不行！只要这家伙还活着，就会祸害我们。俞明喜看见吴荣成雇来一辆骡马大车，催促那几个人上车。

你在明处，我也不用躲在暗处。今天我跟你唱《二进宫》啦。俞明喜索性追上大车，纵身跃上车尾。那几个人以为他是同行者，彼此不言语。吴荣成侧身坐在前面车辕上，好像没发现多了一个人。

骡马大车走到天黑，远山朦胧。人们下车，吴荣成摸黑摘下礼帽脱下长衫，换成庄户短打扮。多么熟悉的动作啊！包括浑身散发的气息。俞明喜认定这人就是吴荣成。他妈的，天津海河怎么没淹死这个日本鬼子呢。

吴荣成从包袱里掏出高粱饼子，一人一份。俞明喜伸手去接，吴荣成愣了一下。俞明喜趁机与他对视，黑暗里对方毫无反应。

上路了。月光下，他看到吴荣成前面引路，手里拄着的竟然还是那根老藤手杖。这日本特务太自大了，一丝一毫不肯改变自己，狂妄地行走在中国土地上。

走到半夜，一行人困乏了，有人小声哼哼“大刀向鬼子们的头上砍去”的歌曲，俞明喜顿时明白了，这些人也是前往冀东根据地的抗日爱国分子，只是跟自己报到的地点不同而已。想到这里，他猛然意识到自己违纪了，没有直接去林西煤矿，却跟随吴荣成来到陌生的地方。

终于走到天亮，又有骡马大车来接了。俞明喜大步走上前去，挑衅般地寻求对视。一副墨镜遮着吴荣成的眼睛，他好像对俞明喜的存在浑然不觉，环顾左右招呼人们上车。

他妈的，这家伙不敢跟我对视。俞明喜感到气愤的同时也感到失落，仿佛失去了决斗对手。血气方刚的青年教师思索着，如何揭穿这个日本特务的画皮。

黄昏时分，大车停在山脚下。人们下车鱼贯而行，攀上山腰小村庄。进了一座小院，墙壁上残存着“玉田县半山屯”字样，俞明喜看出到了冀东地界。

一行人坐在院里喝水。吴荣成领着几个武装人员走进院子。一个黑脸汉子高声说，把那个奸细押起来！

两个战士端着大枪抵住俞明喜的脊背。俞明喜起身指着吴荣成说，你们弄错了，他才是奸细呢。

你这是自投罗网，好大胆子啊。吴荣成抬手摘下墨镜颔首笑道。俞明喜看到对方镶了一只假眼，而且依然身材挺拔，不乏儒雅之气。

被关进一间石头小屋，俞明喜觉得好像坐在蛐蛐罐里喘不过气来。他扑向小窗口捶打着，尖声要求面见冀东的领导。

黑脸汉子的面孔填进小窗口，凶狠地盯着他。你喊啥呢？吴老师说你是奸细这不会错的！

哪个吴老师？哪个吴老师说我是奸细？俞明喜追问着，力求获取更多细节。

黑脸汉子粗鲁地说，就是我们的文化教员吴瞎子呗！

这个日本特务太嚣张了，他还敢姓吴啊！俞明喜气得发蒙，感觉受到奇耻大辱。

你不要学猪叫了，我们派人去请齐宏同志，明天审你！黑脸汉子走了。

第二天一大早儿，院里安静极了。石头小屋窗口光线闪动，悄然露出吴荣成戴墨镜的脸庞。俞弟，别来无恙乎？

俞明喜一夜未眠有些气急败坏，站起身说去你妈的日本鬼子，少跟我之乎者也，玷污我们汉语！

我昨天听见你骂我还姓吴，本人行不更名坐不改姓嘛。吴荣成和言细语说，现在我知道了，你不是普通学运分子，你是共产党。

我是爱国者。俞明喜看出对方戏弄自己，忍气吞声也不暴露真实身份。

你是爱国者，我也是爱国者。你爱你的国家，我也爱我的国家。可是，他们认为你是日本奸细，你很可怜啊。

你才可怜呢。我爱国光荣，你爱国可耻！你的国家杀人放火侵略我的国家，你还以耻为荣。

吴荣成依然不失教师的儒雅。我想问你件事，你说是国民党还是共产党派人剜了我右眼？

你这个问题太幼稚！你记住是中国人剜了你右眼就可以了，以后还会剜你左眼的。

吴荣成稍稍变了脸色说，这两年同吃同住我没看透你，你竟敢把我推到河里！幸亏老佟头儿的那根手杖。

噢！老牌日本浪人……一定是你在学校露了马脚，老佟头儿暗暗保护你，他给特高课报信儿，日本人派汉奸刺杀翟白丁灭了口！我说得对吧？俞明喜忘了自己身陷囹圄，又成为喜欢逻辑推理的数学教师。

你这个问题太幼稚！好啦，你等着上边来人审你吧。吴荣成的面孔从小窗口消失了。俞明喜随即听到外面响起一个女声，很是清晰。

你好像是吴荣成先生吧？我是特委的齐宏。

俞明喜听到吴荣成略显诧异的声音:啊！是你呀齐同学……

俞明喜扑到小窗前,那声音却渐行渐远,听不到了。这齐宏是什么人？她声音好熟悉啊,就像电台国语播音员。

早饭给了两个高粱面饼子,硬得能砍死人。俞明喜想起岳飞《满江红》里“壮志饥餐胡虏肉”的句子,便使劲儿咀嚼着。又想起祁春芬和儿子——孤苦伶仃的青年教师思念天津的亲人了。

嚼着高粱面饼子被带到一间大屋里，一条粗木案子后面坐着一男一女,都穿着黄粗布军装。俞明喜一眼认出这女的就是祁秋月,惊得瞪大眼睛。

你还活着啊祁秋月！太好啦！我总算放心了,你怎么改名齐宏啦！

男的白面书生模样,表情冷漠,中等年纪。他轻轻敲着案子说,今天是我们问你,不是你问我们。

俞明喜固执地说,她以前叫祁秋月,是私立淑德女中的学生,我代过她们班的国文课！

齐宏当然不会告诉俞明喜，她当初负气离校参加南下抗日宣传团,到了河北固安县,后来去冀东抗日根据地参加了革命工作。

你说说吧，你是怎样尾随跟踪到我们这里来的？齐宏好似陌生人,单刀直入地说。

俞明喜意识到自己的怀旧心理毫无意义，甚至会连累已经改名齐宏的祁秋月,于是从头到尾讲述了一路的经历,然后伸出左臂亮出刀痕说,我的任务也是参加冀东大暴动,组织派我来做文化鼓动工作的。

白面书生与齐宏面面相觑,显然不明白这刀痕是何标志。俞明喜无奈地笑了。这是我去开滦林西煤矿的联络记号，你们当然看不懂的。

既然你的任务是去林西煤矿，为何不去报到反而跑到我们这里来呢？我们共产党员没有你这种无组织无纪律的分子，因此可以认定你是伪装的日特奸细！

吴荣成才是日特奸细呢！他潜伏天津多年，后来跑到冀东根据地，肯定是来刺探情报的！俞明喜气愤极了，呼地站起来。

一个战士举起长枪压制他坐下。白面书生指责道，你巧言令色！吴荣成同志的履历我们清楚，他奋不顾身追击暗杀翟白丁的枪手，他勇敢走在全市学生抬棺大游行的前列，他还给绥远抗战前线的将士捐款……

你不要说啦！已经十年了，你看看他寄出的情报就知道他是什么东西了。日本进攻天津就有他画的地图！那一条条生腌猪皮就是铁证……

白面书生与齐宏再次面面相觑，根本不晓得生腌猪皮属于什么菜谱。

齐宏显然是白面书生的副手。她尝试着问道，我们跟天津方面联系了，你可以说出你的上级领导，这样也可以佐证你的身份。

俞明喜坚定地摇了摇头。我遵守地下工作纪律，尽管你们可能也是共产党，我还是不能说出上级领导的名字。

尽管我们可能也是共产党？白面书生笑了笑说，你的意思是说我们可能是假共产党，只有你是真的？

我肯定是真的！青年教师钻了数学逻辑的牛角尖，怒视白面书生。

齐宏突然诈道，给你下达任务的人，当天晚上就被捕了，说明你很有叛徒奸细嫌疑！

俞明喜愣了，心想老艾同志真的被捕啦？他被捕我就成了叛徒奸细，这他妈的是什么逻辑！这样想着，他随即咆哮起来，祁秋月！你们都是主观主义者，我不愿意跟你们说话了，你们押我去林西煤矿吧，我们到那里弄个水落石出！

白面书生冷酷地说，你没有这个机会了，我们决定就地解决你。

不过,还可以再给你一个机会,吴荣成同志可能会说服你坦白的。

他不会说服我坦白，我也不会说服他坦白，我们是一对生死冤家！俞明喜继续咆哮着,好像一只发狂的雄猫。

俞明喜被押到一间四壁糊着泥巴的屋子里。卫兵退出,关严两扇门。光线暗了。吴荣成身着土黄色粗布军装走进来,腰间挂着一枚手榴弹,佩戴墨镜,俨然革命军人的形象。

吴荣成端坐桌前略显得意地说,冀东根据地领导是信任我的,下个月大暴动就发给我枪支,让我投入战斗。

哦……你是来刺杀冀东根据地首长的吧?俞明喜突发灵感,判断着吴荣成的阴谋目的。

俞明喜与被任命为冀东抗日根据地文化教员的吴荣成隔桌而坐,注视着今生今世的死敌。

他们说你能让我坦白交代,你让我坦白交代什么呢?我不怕遭受组织冤屈,就是见不得你这种日特分子得逞,而且是在我们抗日革命根据地。

你死定了,小俞。今天我也是首次见到祁秋月,可是她信任我不信任你啊！既然他们要我跟你谈话,这说明你死定了。

那位白面书生是什么人?死期将近的俞明喜依然不减好奇之心。

吴荣成也不认识白面书生,自然不知道他是“冀热边特委”情报科科长。此时,无论俞明喜还是吴荣成,两个人都不知道谈话被监听着——东面墙壁上抹了一层薄薄的泥巴，掩盖了一个具有传声功效的方孔。情报科设计的这间房子是专门用于监听的,比如甄别来自沦陷区的青年学生。

他们黄昏时分就会处决你。你赶快说出上级党组织吧,这样可能还有生路。

你以为我傻啊?既然他们信任你,我就更不能说了。俞明喜顽皮地笑了笑说,我说出上级领导名字,你马上传递给天津日本宪兵队,是不是?

你如此冥顽不化，我也救不了你。你就去见你们的洋师父马克思吧。

听了这话，俞明喜叹了一口气说，想不到我成了你的阶下囚。东洋狗！

高傲的大和民族性格使得吴荣成难以忍受如此侮辱，他低声回敬道，你们民族就是我们的阶下囚。支那猪！

俞明喜气疯了，掀翻桌子扑上去，顿时与吴荣成扭作一团。东洋狗！我到了阴曹地府也不会放过你这个日本奸细的！

听到“支那猪”三个字，隔壁监听的齐宏猛地一拍大腿说，这就是证据！这时传来一声巨响，她被气浪推出两丈多远，跌倒在屋角。

那面墙壁被炸开了。两间屋子连成一间。灰尘充满世界，呛得人喘不上气来。那位白面书生——“冀热边特委”情报科科长从院里冲进来，伸手拉起他的秘书齐宏同志。

齐宏指着爆炸现场说，糟啦，一定是俞明喜拉响了吴荣成的手榴弹！

尘埃渐渐落定，齐宏冲上前去，一眼看到吴荣成被炸成两截，上半身在东，下半身在西，显然被分尸了。“冀热边特委”情报科科长大声说，幸亏是边区造的土手榴弹！否则咱们全完啦。

我总算跟他了结啦……俞明喜腹部被炸开，身体横在墙边喘着粗气说。齐宏蹲下身去，伸手抚摸着他英俊的脸庞。

对不起！我们为了揪出他的证据，就这样安排了，可惜晚了一步……齐宏哭了。

不晚……我还没给儿子起大号呢，这孩子是你亲外甥，你一定给他取个好名字啊。俞明喜说出最后这句话，水晶似的笑意凝结在脸上。

场外补白一：民国二十九年即一九四〇年十一月十四日，一个年轻女子在天津日租界荣街刺杀日本正金银行行长高桥孝一，撤退途中被日本宪兵捕获。严刑拷打拒不招供，执行枪决。她面对枪口淡若清风地说，有人说我是国民党军统特工，有人说我是共产党除奸队骨干，我是双面人物吗？我叫丁小夏，中共党员。

场外补白二：民国三十一年即一九四二年初春，中共冀中军区伙房厨师在饭菜里投毒，暗杀前来视察的延安高层领导，被临时帮厨的女子发现，厨师当场被捕。临时帮厨的女子名叫祁春芬。投毒厨师正是消失多年的老佟头儿。

场外补白三：吴荣成，本名山中正树，日本关西人，自幼学习汉语，跟随日本浪人在山东荣成登陆，遂取中国名字吴荣成。他多年踏勘中国东北、华北以及华中地区，倾家荡产义务为日本政府提供侵华情报，被称为比中国人更像中国人的日本间谍志愿者。一九三〇年定居天津。他搜集的全部资料后来被日本官方汇编出版为《中国人都不了解的中国》。

场外补白四：老佟头儿，老牌日本浪人，本名不详，身份无考。他多年潜居中国民间，独来独往，以大日本帝国无名义士自居……

烟狗世家

汤姆李从天津英租界麦加利银行大厦走出来时，正是那个命中注定的黄昏。黄昏里这位来自西夷的烟草商人显得踌躇满志。不过令他颇费思忖的还是烟草公司的命名。他知道，在中国人的观念里名字是非常重要的，它关乎一个人的命运。刘邦取名刘邦，就安邦定国得了天下。项羽呢，只落了一身美丽的羽毛，自刎于乌江。给烟草公司起个什么名字才能得到中国烟民的认可呢？汤姆李拿不定主意。

他一路步行回到寓所。他的寓所在天津英租界的巴克斯道。应当说汤姆李是了解中国国情的。他深知中国历史悠久，悠久得就像一个拄着手杖咳嗽不止的老人。你面对这样一个老人，必须让他咳嗽，又不能让他咳嗽得太猛。这就是汤姆李对中国的看法。这个落魄的约克郡平民，先是到达印度，之后不远万里来到中国，倾其全部家当置办机器招募生徒，期待卷烟公司早日开工。他看着仓库里的金黄色烟丝，顿时想起远在家乡的恋人迪娜的美丽金发。

想起迪娜，汤姆李茅塞顿开。我为何不用迪娜的名字命名自己的烟草公司呢？是啊，应当让迪娜的名字在中国这块古老的土地上放射光彩。

机器里卷出第一支纸烟，他站在工厂账房里宣布自己这个决定。工人们并不知道汤姆李是个爱情至上主义者，只管记住自己端的是迪娜烟草公司的饭碗就是了。

此时的中国烟民还都叼着翡翠烟嘴，吧嗒吧嗒吸着铜锅烟袋。中国人抽的旱烟，据说乃是吴三桂引清兵入关之时传给北方汉人的，后来又传到南方。但是汤姆李坚信“天下烟民无国界”这句名言，因此对中国这块土地充满信心。他是一个本分的烟草商人，只想赚钱，然后成为一个体面的富翁，与美丽的迪娜小姐举行婚礼。当然最后的理想是双双升入上帝的天堂。

在中国这个东方国家创办实业总会遇到一些意想不到的事情。当汤姆李看着迪娜烟草公司生产出来的第一批香烟装箱入库，如何劝导中国烟民放下祖传的铜锅烟袋进而接受他的洋式卷烟，就摆到议事日程上了。

中国烟民最有气节，泱泱大国千年古风，不会理睬外来的烟卷。

汤姆李急得上火，嘴上起了一层水泡。中国的病就要用中国的药方。他请了郎中喝了三服汤药，便将自己的嘴修理好了。可是如何让善良的中国人民接受新型烟卷，这仍是个天大难题。汤姆李即便变成一根玻璃管，也被淤泥堵在这里了。

这天下午，汤姆李牵着那只英国小狗儿走在街上。身穿号坎的孔善用拉着洋车停在路旁等候客人。他觉得租界里的空气中飘着浓浓的奶油味道，简直让中国人无法消受。这时候汤姆李的小狗儿跑了过来。

小狗儿本是洋种，洋种小狗儿见到孔善用，冲上来朝他汪汪吠着，好像对华界车夫充满宿怨。

中年汉子孔善用呆呆望着小狗儿，似乎从来没有见过这种动物。他不知怎样才能壮壮胆子，就下意识从怀里掏出烟袋，装上一锅烟叶，打亮火镰燃着火绒，点燃一袋旱烟。他足足吸了一大口烟气，然后运满气力朝狗脸上喷去。那只洋种小狗儿当即被罩在这团中国云雾里了。

殖民主义者汤姆李愤怒地走上前来。这时，小狗儿却发出一阵惬意的呜呜叫声。汤姆李感到非常意外。他知道自己的这条小狗儿只有在极度舒适的时候,才发出这种自我陶醉的声音。

这只英国名犬居然蜷缩着身子卧在车夫近前，翕动着鼻子尽情享受着烟雾,全然没了欧洲贵族气派。

孔善用看见这种情形,越发使劲吧嗒吧嗒抽着烟袋。他吐出的烟雾,奇迹般笼罩在它的身上。英国小狗儿舒舒坦坦卧在中国天津的土地上,好似喝成一摊烂泥的醉鬼。

汤姆李大步走上前去指着车夫的黄铜烟袋说，你吸的一定是上等烟叶吧？否则我的杰克不会陶醉成这个样子。请你马上告诉我,你吸的到底是什么地方出产的烟草？

孔善用收起烟袋嘿嘿一笑说,洋大人您要坐车啊？

汤姆李干脆抱起小狗儿坐在洋车上。孔善用出来快一天了,他妈的总算拉上了这么个座儿,还是个洋人。

这只名叫杰克的小狗儿竟然美滋滋睡着了，卧在它主人汤姆李的怀里。

孔善用脑后拖着一条大辫子,拉着洋车一路小跑,兜了一个大圈子,进了华界的一个地方。此时正是融融春日,大墙根儿下蹲着一长溜晒太阳的老头儿——只见人人手里举着一杆烟袋，争奇斗艳般吧嗒吧嗒吸着。这阵势令汤姆李想起了大不列颠皇家陆军的火枪队。

天津车夫孔善用架稳车把回头对汤姆李说,洋大人,你不是想找上等烟草吗？您看这些老先生们跟我一样,人人抽的都是金板。

汤姆李说,金板？难道是黄金做的板子？

孔善用告诉洋大人,金板是俗名。它的学名应当叫作北河晒烟。

迎着北河晒烟的阵阵烟雾,香气扑面而来。汤姆李从洋车上走下来，掏出自己工厂生产的烟卷，依次递给大墙根儿下那一排老烟袋们。老烟袋们依然吧嗒吧嗒抽着，无人抬头理睬这种来自夷邦的纸烟。

汤姆李用半生不熟的中国话大声说,烟袋不好,纸烟好！烟袋不好,纸烟好！

老烟袋们一个个好似铜豌豆,不约而同咳嗽起来。这种浩荡的国风使汤姆李往后退了两步。他耸了耸肩,无奈地笑了。

他又坐到洋车上去,命令孔善用掉转车头,沿着原路返回。汤姆李坐在车上抚摸着那只英国小狗儿喃喃自语。杰克你说,究竟是中国人的烟袋好呢,还是我们英国生产的纸烟好?

小狗儿杰克态度暧昧地呜了一声,没有明显立场。

孔善用不言不语将洋车拉到迪娜烟草公司的大门口。

汤姆李坐在车上自言自语说,我怎样才能让那些中国烟袋变成英国卷烟呢?

孔善用暗自笑了。他告诉汤姆李,那些烟袋都是祖祖辈辈传下来的,凡是祖祖辈辈传下来的东西,那是轻易改变不得的。

汤姆李从怀里掏出两块墨西哥鹰洋重复说,怎样才能让那些祖祖辈辈传下来的中国烟袋通通都变成英国卷烟呢?

孔善用低头想了想说,不出三天吧,我兴许能够找出个办法来。

汤姆李非常高兴,又给孔善用添了两块鹰洋,还是墨西哥的。

孔善用摆了摆手,并不去接墨西哥鹰洋。他把洋车拉到迪娜烟草公司院子里,指着仓库大门向汤姆李索要两箱烟卷。在英国家乡以悭吝出名的汤姆李很是犹豫,最后还是咬紧牙关让账房先生搬出两箱烟卷交给这个天津车夫。据说,这是悭吝人汤姆李人生最为慷慨的一次馈赠。

孔善用嘿嘿笑着,洋车上拉着两箱外国烟卷,走了。

黄头发白皮肤蓝眼珠的殖民主义者汤姆李,并不知道孔善用此举将会对英国迪娜烟草公司在中国的事业产生什么影响。他只知道黄皮肤黑眼珠脑后拖着大辫子的孔善用的背影渐渐消失在夕阳下了。

就这样,在天津这座开埠的沿海城市里,孔氏的故事其实已经开始了。

车夫孔善用扛着两箱烟卷走进家门,他那骨瘦如柴的妻子满脸惊讶迎上前来，表情活像一只不谙世事的小母鸡。这只小母鸡的娘家姓孟，自从下嫁孔家，还从来没见过丈夫如此满载而归。清汤寡水的日子里猛然看见孔善用扛着两个箱子走进家门，妻子显然不知所措。他望着小母鸡那激动的表情，自己胃里就饱了。他不明白妻子激动的时候，脸上为何非要升起紫色的云霭不可，看上去仿佛是染坊的内掌柜。

他放下两只箱子。妻子递来一碗茶水。孔善用喝着，心里渐渐清凉下来。那洋人想让天津烟袋们一律换成外国烟卷，我三天里能想出什么办法？兴许什么办法也想不出来。我孔善用只是头脑发热，一时信口开河而已。我们孔氏祖祖辈辈没跟洋人打过交道，我倒成了第一人。喝了一碗茶水，他朝着那两箱烟卷发怔。

晚上睡觉，他告诉妻子白天拉车在大街上遇见个洋人。那洋人给了四块鹰洋他没要，偏偏要了这两箱烟卷。妻子听着连连摇头，坚决不相信这是真的，说天下哪有这等好事，四块鹰洋。孔善用使劲朝媳妇屁股上掐了一把，骨瘦如柴的妻子这才信以为真。她先是怔怔看着丈夫，然后将被子蒙到头上，低声哭泣起来。

孔善用以前并不知道妻子是个如此含蓄的女人，嘿嘿笑了。

半夜里醒来，黑暗之中他听到妻子自言自语，非礼勿视，非礼勿言，非礼勿取。可是咱也不能放着白花花的鹰洋不要啊。你放着白花花鹰洋不要，你到底想要什么？之后妻子又低声哭泣起来。夜里听到这种声音，孔善用的心倏地一紧。

天亮的时候，瘦小枯干的妻子仍在自言自语。她的声音细小而执拗，缓缓在屋中散发着，空气变得很沉。

他赌气地说，反正那四块鹰洋飞了，你说咱们应该怎么办吧？

妻子无动于衷，变成纸人儿。孔善用急了，转念想到祖先圣训：唯女子与小人难养也。就无声地忍了。

他打开箱子看了看装在里面的烟卷。烟卷盒上印的都是洋文，让人看不明白这到底是什么牌子。只见上面印着一只小手，手上夹着一支青烟缭绕的纸烟。孔善用打开一盒，凑上去嗅了嗅，味道很香。

妻子躺在炕上像一只中了瘟的母鸡。孔善用将一箱烟卷抱到她面前，大声问她到底应该怎么办。妻子看了他一眼，有气无力地说，想办法让死物变成活物，用它把那四块鹰洋的损失找补回来。

妻子的心思还是缠绕在那四块鹰洋上。

这洋人的烟卷到底什么味道呢？这样想着，孔善用拿起一支叼在嘴上，吹亮火绒点燃纸烟，足足吸了一口。

妻子起身坐着，定定注视着他。

味道怎么样啊？她有气无力地问道。

他徐徐呼出一口长气，屋里散发出一股来自异国的烟雾。

味道到底怎么样啊？

孔善用闭目养神。片刻他才睁开双眼望着妻子说，这洋人的烟卷有那么一股臭脚丫子的味道。

妻子从炕上溜下来，小脸儿笑成一朵菊花说，想起来啦！我娘家的街坊范先生是个混过几天洋务的人，他爱抽这种各色的烟卷。做个价，都卖给范先生，那四块鹰洋的损失不就找补回来啦？

她坐到镜子前面梳洗打扮，说马上回娘家去找范先生。

孔善用不得不承认，妻子是个人精。

太阳当头时候，人精到了娘家。她进门就向娘家哥哥打听街坊范先生的行踪。她的娘家哥哥名叫孟一鸣，是个落魄文人。落魄文人告诉妹妹，范先生得了热病，昨天刚进了坟地。

人精急得拍着大腿说，他死了，我可怎么办呀！

见自己的妹妹眼泪汪汪，孟一鸣就以为老范生前与她存有私情。人死不能复生，他劝妹妹节哀。她哭泣着说，范先生殁了，我家两箱洋人的烟卷去卖给谁啊！

听了这话，孟一鸣耸了耸硕大的鼻子，嘿嘿笑了。

百年之后，孔善用的家族传到第四代，出现曾孙。早已归天的孔善用生前奔波劳碌，死后却依然被人们称为“烟狗”。即使死而复生，现实主义者孔善用也不会计较一世虚名的。他终于给人间留下一个烟狗的绰号以及一群烟狗血缘的继承者。一代传一传，拥有了家史。

烟狗这个词，起初其实专指跑街的孔善用。孔善用发迹了，有了继承祖业的子子孙孙，人们又将烟狗一词泛指孔氏一族。一只烟狗的成功，繁衍出来一群烟狗。孔善用泉下有知，也应当感到满足了。

这自然应当归功于洋人烟草的饲养。然而烟狗毕竟是一个含有贬义的称谓。往事如烟了。

孔昕就是孔善用留在人间的曾孙。

这个身材瘦小脸色苍白的小伙子，从来不知道天地之间还有烟狗这个名词。在“拜拜”替代再见，“OK”表示首肯，“XO”赶走高粱酒的年代里，古老的汉语随着“之乎者也”一起成了前朝古董住博物馆去了。汉语面临危机。

孔昕不知道自己的曾祖父当年被人称为烟狗，只知道自己是国营九河卷烟厂的护厂队员。护厂队员的主要任务就是确保工厂大门不失。其实护厂队的性质可以被称为雇佣军。但是孔昕从来不这样认为。就在这种时候，为了顺应改革开放的大好形势，工厂毅然决定将护厂队更名为经济警察，简称经警。护厂队员孔昕也就随着时代的变迁成了经警。烟厂的经警一天二十四小时的工作就是守卫烟厂的大门，有家贼抓家贼，没有家贼就抓外鬼。俗话说，没有家贼引不来外鬼。工人们则亲切地称烟厂经警为“警犬”。孔昕不知道这个称呼是对经警的褒扬还是贬低。总之，他觉得警犬虽然属于狗的范畴，但它绝对不属于京巴之类的宠物。孔昕正是怀着这种心情，由护厂队员变成经济警察的。正是这个时候，孔昕察觉到自己拥有一只特殊功能的鼻子。

他到保卫处办公室领取经警制服。他双手接过这套蓝色制服，心头倏地一动。一瞬之间他已经嗅出这套制服上面散发出来人汗的气息。他随手将这套服装推了回去。

这套服装有人穿过吧？

咦，你怎么知道的？刚才吴胖子气喘吁吁跑来，光着脊梁试了试这套制服。吴胖子真胖啊。我给你另换一套吧。

孔昕领了一套真正全新又毫无异味的经警制服。走在路上他摸着自己的鼻子，感到另一种生活已经开始了。

更衣室里他照着镜子反复观察自己的鼻子。从外表看来，这是一个绝对正常的器官。

身穿经警制服的孔昕回到家里。看到儿子如此英武，孔大多激动起来。孔大多平时本是一个沉默寡言的人，说起家史却是一派演说家的样子。孔大多对孔昕痛说家史。家史使孔大多变得健谈。家史使孔大多从平淡的今日一步返回昔日的辉煌。孔大多激动地对自己的独子说起了烟狗。

烟狗？孔昕首次听到这个陌生的词汇，表情显得茫然。他慢慢在心头品咂着这个神形兼备的字眼儿，觉得这是一个很有意思的故事。

孔大多流畅地讲着，已经进入了忘我的叙述。孔昕被这种真正的叙述感动了，目不转睛欣赏着父亲的手势和语态。

父亲再次强调那是一个殖民时代。殖民时代孔善用到洋人开办的烟草公司的卖货科当了一名职员，当然只是为了养家糊口。如今不是也有很多中国人在外商独资的企业里打工吗？这是相同的道理。

孔善用是您的祖父。您见过这位祖父吗？

孔大多说，我祖父去世的时候，我还是一个孩子。只记得那是一口很大的棺材，八个杠子抬起来仍然十分吃力。

您的祖父是不是有一个很大的鼻子？

你问这话是什么意思？难道你的曾祖父必须有一个很大的鼻子吗？

孔昕立即说，我只是出于好奇，随便问一问与鼻子有关的事情。

见儿子对家史怀有浓厚的兴趣，孔大多自然非常高兴，就继续着

第二代烟狗的话题。

听着父亲痛说家史,孔昕恍然大悟。那是关于鼻子的恍然大悟。我为什么能够在烟厂众多的生产工序中嗅出种种不同的味道，恰恰因为自己的曾祖父就是一个被称为烟狗的人物。曾祖父的遗传基因,在我身上得到了最为充分的显现。我终于为自己的习性找到了始祖。我日常所拥有的特殊嗅觉,其实正是人们通常所说的特异功能。

孔昕为自己这个意外发现感到惊喜。

在此之前他对自己的特异功能并不清晰。今天,终于被确定了。

身穿经警制服的孔昕站在工厂大门的岗位上。瘦小的身材使他看上去很像一个谎报年龄混入部队的大孩子。这样,他更成为工厂大门的一道风景。

一个身材高挑面容秀丽的青年女工朝着大门走来。孔昕轻轻一嗅就知道她是三车间的抽梗工。抽梗工序自有抽梗工序的味道。除此之外,这位青年女工身上还散发出一种极其微弱的气息,令孔昕感到一股腥臊。果然,她走出工厂大门进了旁边的“女人商店”,买了一袋高级卫生巾拿在手里,又走进工厂的大门。

经警孔昕腾地一下红了脸。他觉得自己暗中嗅到女人的月经气息,不啻是一种偷窥。

天生这样一只鼻子,真是没办法的事情。

超常的鼻子给孔善用的这位曾孙带来了无尽的生活内容。日复一日,他必须竭尽全力去遏制自己那本来就难以遏制的嗅觉。这嗅觉敏锐如犬,周身稍有微小气息流动,他就本能地做出反应。

于是,孔昕一分一秒都难得安生。

这是一个具有多重味道的世界。一重味道之中,又往往具有多重味道的层次。在一般愚众心目之中,味道的世界一言以蔽之,酸甜苦辣咸。在孔昕的味道世界里,味道是无限可分的,永无极限。同样,人的味道也是具有无限可分的性质——不仅仅是男人与女人或者老人与小孩。面对这样一个世界，孔昕其实已经成了一个日理万机的人物。他时时接受着扑面而来的万般味道，一瞬之间又对那一种又一种的味道做出精确的判断。这样，他的鼻子便成了一座首都。无论是作为护厂队员还是作为经济警察，孔昕只要踏上烟厂门卫的位置，身心总是疲惫不堪。

一个工人从烟厂大门走出，孔昕闭着眼睛就能说出此人出自哪个车间甚至哪个工段。这种味道的游戏，他暗中屡试不爽。最为疲累的是工厂下班高峰时间，孔昕的鼻孔一下就成了高速公路。

下班的人流从大门奔涌而出，使人想起洪水。按照惯例，此时应当对可疑人员实施检查。烟厂的每个车间都有保卫处的眼线，发现偷拿烟卷的人，立即秘报厂部。厂部自然要专门派员到大门截获作案者。往往是人赃俱获，一网打尽。

没有人知道孔昕拥有嗅觉特异功能。因此，工厂多年一贯制沿用“眼线报案，现场拿获”的传统方法捉贼。在改革开放的大好形势下，这种经验主义的捉贼方法略显陈旧。

但一时又拿不出升级换代的新方法。

每逢下班人流达到高峰时，孔昕就站在自己的岗位上，好像一台运算万次毫无差错的高级电脑。下班出厂的工人一个接一个仿佛是从孔昕心头走过，他们身上散发的气息一一被这只特殊的鼻子过滤。望着拥出工厂大门的人流，孔昕的鼻孔翕张之间，风景便尽收眼底了。对他来说，这个世界毫无秘密可言。

因此他感到痛苦，总是在心底喃喃自语。

这卷烟厂的人群里，十人九贼啊。

渐渐的，他开始痛恨自己脸上这只特殊的鼻子。因为这只鼻子，他成了一只名副其实的烟狗。

这都是曾祖父遗传下来的罪过。

这时候，工厂召开全体经济警察大干六十天动员大会。坐在孔昕身旁的吴胖子嘿嘿一笑说，大干六十天就是在这两个月里天天都跟老婆做爱。听了吴胖子的话，孔昕立即嗅到一股扑面而来的臊气。

吴胖子说,孔昕,你也该结婚娶媳妇了吧?新婚姻法规定男二十岁女十八岁就能登记。你今年已经二十二岁了吧?

孔昕专心致志听着台上高保卫处长的讲话。

台上台下距离十几米,孔昕艺高人胆大,断定高保卫处长午餐吃的是羊肉饺子。

胃里装着半斤羊肉饺子的高保卫处长很能讲话。他先是给大家讲了讲厂里的经济形势。国营九河卷烟厂的经济形势与全市的经济形势一样大好。但是,根据近期破获的几起案件分析,厂里的烟鼠太多啦!

烟鼠?孔昕听到这个新鲜名词,心头一动。他想起了赵忠祥解说的《动物世界》。是不是又发现了一个物种?

坐在台上的高保卫处长喝了一口浓茶。在烟厂,高保卫处长喝浓茶是有些名气的。喝了浓茶的高保卫处长说,大量的烟鼠盗取了工厂的财富。使我们这个企业遭受了巨大的损失!

孔昕这才听懂,烟鼠不是动物。烟鼠是偷盗工厂香烟的工人。

高保卫处长接着说,根据企业管理办公室提供的资料,烟鼠每年偷盗出厂外的成品香烟,是工厂总产量的百分之三十。这是一个惊人的数字啊!

会场气氛依旧。这个骇人听闻的数字似乎早在人们意料之中。保卫处长却怔了怔。他怀疑自己是坐在原始森林里讲话。

孔昕心里自言自语说,不止百分之三十。我敢断定已经达到了百分之五十。这时候身边的吴胖子偷偷朝台上做着下流动作,压低声音说,对,大干!天天大干!

孔昕突然觉得自己的生活非常无聊。

高保卫处长竭尽全力说,今天召开动员大会就是要下定决心捕捉烟鼠。大家知道,烟鼠们主要是将烟卷藏到饭盒里带出工厂大门的。社会主义企业,我们又不能搜身。这就使我们的工作面临很大难度。我们的口号是:重点防守,各个击破,全场紧逼,对位盯人。我们要捍卫经济效益，就要守住工厂的大门！

说着，这个午餐吃了半斤羊肉饺子的高保卫处长咕咚一声倒在台上。孔昕呆呆望着台上的突发事件。

事后得知高保卫处长死于脑血管破裂。孔昕为自己的鼻子做了一个小结。看来我的嗅觉只能面对健康旺盛的生命。对生命之灯燃尽之时所发出的那种焦煳味道，我毫无察觉。譬如说高保卫处长之死就是一个最好的例证。

继承高保卫处长的遗志，经济警察们开始对全厂烟鼠实施搜捕。

孔昕感冒了。伤风的鼻子淤积堵塞，毫无作用。丧失嗅觉的孔昕难与外界沟通。世界的大门在他面前嘭的一声关闭了。

蓦地，他觉得生活变得平平静静。哦，这真是太好了。他被这种难得的宁静陶醉了。

吴胖子跑来告诉他，说刚刚继任的矮保卫处长新官上任三把火，给把守工厂大门的经警下达了指标。每人每月必须抓获三只烟鼠。超额者奖励，完不成指标者，扣除奖金。

孔昕突然咧了咧嘴，笑了。

落魄文人孟一鸣听说妹妹家里放着两箱洋式烟卷，就掏出手巾揩了揩鼻子，觉得这是一件很有意思的事情。他虽然没有亲手触摸那种洋烟，但他知道妹妹思念那四块鹰洋纯属妇人之见。范先生死了，妹妹就不知道该去找谁了。两箱洋烟放在家里等着孵鸡。置身于这个礼崩乐坏的时代，孟一鸣知道此时去读《论语》是没有丝毫用处的。之乎者也四个字，换不来一个芝麻烧饼。若是能说两句洋文，兴许就能换来一顿吃喝。

孟一鸣马上去找孔善用，商量怎样处置那两箱洋烟。

走进孔家的屋子，孟一鸣就被眼前的情形给吓了一跳。孔善用已经将那两箱烟卷全部开箱拆包，将那一支支白白细细的烟卷摆了一炕。孟一鸣以为孔善用贫困不堪要寻短见，进了门就拉住妹夫的手，不禁眼泪汪汪。孔善用觉得这位姻兄的呜咽来得实在突然，便以为落魄文人一定是欠着人家的账目到了最后期限。

孔善用沉了沉面孔说，这一阵子我的手头也不宽裕。

可是你手头毕竟还有这么多洋人的烟卷啊。

我可没打算拿洋人的卷烟去换钱花。

那你打算干什么呀?

孔善用笑了，说看一步走一步就是了。

落魄文人孟一鸣对车夫孔善用的话，常常不以为然。孔善用将那些摆在炕上的烟卷，小心翼翼码放在一只竹篮里。然后他将竹篮挂在胸前，一条大辫子往脖子上一缠，对姻兄咧了咧嘴说，你跟我一起走吧？咱们去当一当慈善家!

孟一鸣还是看不懂孔善用这样一身打扮上街，究竟是去做什么。胸前挎着篮子的孔善用大步走在前面，落魄文人孟一鸣则好似一个小伙计，迈着小步追随着。

华界的大街上洒满了阳光。

此时坐在租界寓所里的汤姆李正在给远在英伦的迪娜写信，迫切希望她到中国来定居。汤姆李在信中表示了自己的苦恼，香烟销路前景暗淡云云。汤姆李并不知道，自己的迪娜已经委身他人。汤姆李更不知道，自己的迪娜公司正躺在孔善用的竹篮里大步朝着中国的生活腹地走去。

孔善用闻见远远飘来了酒香。他知道这诱人的酒香是从女掌柜的小酒坊里飘出来的。女掌柜从十八岁守节，省吃俭用二十年，才开了这个小酒坊。孔善用挎着竹篮走进酒坊，女掌柜正双手沾满酒糟，大汗淋漓迎了上来。

孔善用说，老姐！从早到晚忙里忙外的，真是个苦命人啊!

女掌柜眨着一双眼睛看着这位车夫，问他是不是想喝两口。

他从竹篮里捏出两支烟卷，放在案子上说，你一天到晚两只手也不得空闲。这玩意儿比烟袋方便多了，叼在嘴上点着就抽。你先尝一尝,明天我还给你送来。

你是想积德行善呀?饱经沧桑的女掌柜满目狐疑地看着案子上那两支陌生的烟卷,显然是提高了警惕。

孔善用笑了笑,领着孟一鸣走出小酒坊。

识文断字的孟一鸣已经明白了孔善用的心思。他从竹篮里抓起一把烟卷,沿途见了门面推门就进,朝人家桌上扔去几支洋式烟卷,也不多话。街边见到乞丐,孟一鸣也扔给一支,道一声辛苦。

孔善用见自己有了帮手,腿脚更是勤快。他并不大声吆喝,而是一路自言自语。这种姿态,很能让人接受。

尝一尝吧。不要钱。这玩意儿就是比烟袋方便。尝一尝吧,不要钱。这玩意儿就是比烟袋干净。

落魄文人孟一鸣学着车夫孔善用的样子,由大声吆喝改成自言自语:中学为体,西学为用。这玩意儿就是方便就是干净就是文明啊。尝一尝吧。不用花钱就长见识啊。

一竹篮子烟卷,姻兄与妹夫一鼓作气散发了三条大街。一大群孩子欢呼着跟在他俩身后,以为是来了变戏法的。

接连四天,孔善用和孟一鸣天天上大街发放烟卷。这事情传遍华界,成了人们的热门话题。几个正在喂奶的妇女吸着烟卷凑到一起,都说这种东西比烟袋安全,烫不着怀里的孩子。

洋烟首先赢得了家庭妇女们的首肯。沿着大街散发烟卷的两位男子,也就成了汗流浃背的慈善家。

下晚儿时分孔善用与孟一鸣进了茶社,沏了一壶香片。茶馆跑堂的点头哈腰说,街上都传遍了,说小报上登了您二位的新闻,一孔一孟积德行善眼看就要修成正果啦。

孔善用说,正果不正果倒是小事。只图一个造福乡梓啊。

落魄文人孟一鸣则不言不语,正襟危坐显得非常矜持。

丝竹之声响起,唱的鼓曲正是有名的《关黄对刀》。

这时候,香片的味道也就飘散开来。

孟一鸣一拍桌子大声说，小二，这绝不是今年的新茶。你以为我闻不出来味道啊？这是老茶，而且只窨了一道春花！

茶社掌柜亲自端上一壶新茶，低声对孟一鸣说，先生嗅觉如神。我这小门小户的铺子，还得托您关照。

孔善用这才发现，姻兄有着一只饱满周正的鼻子。

喝着上等香片，孔善用对姻兄说今后不想再拉那辆洋车了，要换一个样子活着。孟一鸣许久没喝这种上等香片了，心情好像沉浸在壶里。孔善用听不到孟一鸣的声音，就又说了一遍。

孟一鸣终于说了话。不拉车了，那你靠什么吃饭呢？

孔善用指了指自己的脑袋，然后又指了指姻兄的鼻子。

孟一鸣摇了摇头说，前世如烟，来世也如烟啊。

这时，孔善用六岁的儿子小斗跑进茶社。小斗鼻孔下拖着两条黄龙奶声奶气地说，爸！我娘叫你快快回家。有人找到咱家买烟卷来啦！

孔善用啪的一声将茶碗蹾在桌子上说，本来想当慈善家，没想到这么快就见了回头客。真是人叫人千声不语，货叫人点首自来。

孟一鸣颇有感慨地说，帮着外国人赚中国人的钱，这一下你孔善用算是找到饭碗啦！

今后我要是干大事情，还得重用你的鼻子啊。说着，孔善用大大方方叫跑堂的结了茶账，朝家里走去。

路上，六岁的小斗气喘吁吁地说，我娘不知道那烟卷的价钱，才来叫您的。爸，咱家做的这是什么生意呀？

孔善用说，大生意！

六岁的孔小斗乐了。爸，长大了我也做大生意。

多年之后，孔小斗不但成了一个烟草公司的职员，而且还成了孔昕的祖父。遗憾的是当孔昕出生的时候，孔小斗已经到阴间去做生意了。

进了院子，一个脏手脏脸的小伙子呆头呆脑地对孔善用说，我东家叫我来买那种洋人烟卷。说这烟卷方便，叼在嘴上就抽，也不耽误干活计。嘿嘿。

孔善用认出小伙子是女掌柜小酒坊的小伙计。

妻子的脸已经笑成一朵菊花。她拎出竹篮对小伙计说，要是晚来一步就没货了。这烟卷是专门给你东家留的。你买多少？

小伙计怯怯生生说，两支。

这真是一笔大生意。孔善用笑了，从竹篮里拿出五支烟卷递给小伙计。小伙计举着一个铜子儿连声说只买两支。

孔善用说，告诉你家掌柜的，这是买二送三！花两支的钱，抽五支烟。

小伙计美滋滋走了。

孔氏家族历史上的第一笔烟草生意就这样开张了。

妻子忧心忡忡问丈夫说，你这样能钓上大鱼吗？

六岁的孔小斗鼻下拖着两条黄龙大声说，能！能钓上大鱼来！

童子口中吐真言。

选了一个黄道吉日，孔善用拉着洋车来到英商迪娜烟草公司。他将洋车停在便道上，看见一只小狗迎着跑了上来。

他记得这只小狗的名字叫杰克。

汤姆李从迪娜烟草公司的大门里走了出来。

孔善用抱起小狗站在便道上，看着这位西洋资本家。他不知道汤姆李已经从华界报纸上读到了孔孟二人沿街发放烟卷的新闻。

汤姆李说，那两箱烟卷都让你自己给抽光啦？

孔善用说，我请了很多人帮着抽，不出三天就抽光啦。

抽光了就抽光了吧。你到这里来干什么？

我想进货，再要两箱烟卷。

汤姆李哈哈大笑说，你是想做生意吧？说罢就返身走进烟草公司的大门。小狗杰克也跟着跑了回去。

孔善用蒙了，不知道洋人演的是一出什么戏。

一会儿，杰克叼着一张纸条跑了出来。孔善用斗大的汉字不识半升。从狗嘴上接了纸条,拉着洋车便去找姻兄孟一鸣。

孟一鸣用吟诵古诗的腔韵为他读出纸条的内容。

我聘任你担当烟草公司卖货科的职员。

孔善用呆呆听着,然后咧了咧嘴,算是一笑。

孟一鸣耸了耸鼻子,在屋里踱着步子说,我已嗅到孔家桌上大鱼大肉的味道了。

孔善用缓声缓语说,既然饭菜都摆在桌子上了,咱们就动筷子吃吧。一会儿就凉啦。

三天之后,孔善用身穿迪娜烟草公司的制服开始跑街。他胸前挎着一块托板,上面衬着白布,摆着迪娜公司的烟卷。根据香烟盒上的小手图案,孔善用给它取了一个符合中国国情的名字叫金手牌。这牌子叫起来朗朗上口,一下子就有了人缘。跑街就是面对同胞大众,孔善用抛送香烟,说是免费品尝。一路走来,人们都说他是天女散花。

茶社里人们抽着大烟袋问他,前几天散发烟卷积德行善是为自己的功德,如今散发香烟是不是为洋人尽忠啊?

孔善用说只是养家糊口而已。

正是在这种时候,孔善用正式被人们封为“烟狗”。得到这个绰号的第三个月,他独家筹资在大街上开了半间店铺,专卖洋式烟卷,兼换零钱。很快,人们就给这半间店铺起了一个名字,叫烟狗楼子。落魄文人孟一鸣坐在里面,算是正式下海了。

国人对洋式烟卷渐渐有了认识。迪娜烟草公司的金手牌烟卷,也从孔氏的烟狗楼子渐渐走向这座城市的大街小巷。

由孔氏投资孟氏经营的烟狗楼子就这样镶嵌在烟民的心目之中。

落魄文人孟一鸣的鼻子终于有了用武之地。他坐在柜台里面,根据街上行人散发出来的味道,就能嗅出烟民吸的是什么牌子的烟卷。这种特异功能起到了市场调查的作用。可以说孟一鸣的鼻子对多年之后迪娜公司香烟销售策略的生成起到了子宫的作用。

百年之后孔氏曾孙身上显现特异功能。孔昕误以为遗传基因来自曾祖。其实这种特殊嗅觉出自孟一鸣的基因遗传。

可以说这是一只孟氏鼻子。

为了完成每月最少捕获三只“烟鼠”的指标,经警们人人奋勇,却觉得度日如年。为了完成这个死硬的指标,最好的办法是在生产车间里买通眼线,暗中举报。当携带赃物的烟鼠出厂的时候,经警正好候个正着。于是烟鼠落网。依靠这种办法,经警们为完成每月的指标奋斗着。

孔昕从来没有在生产车间建立自己的眼线。他知道那些乐于为经警充当眼线的工人,大多本身就是烟鼠。他们充当眼线,只是为了自己盗烟的时候,头顶上能有一柄保护伞。

孔昕对甘当眼线的工人充满了蔑视。

全厂二十六名经警,只有孔昕不会吸烟。这很像他的祖父孔小斗。孔小斗与烟草打了五十年交道,如履薄冰,从未吸过一支香烟。弥留之际,孔小斗才提出吸烟的要求。当那支香烟递到唇边的时候,他已经咽气了。

孔昕并不知道祖父孔小斗一生与吸烟无缘。他只知道自己对吸烟缺少兴趣。是不是因为我没有吸烟的癖好,所以才拥有了超乎常人的嗅觉?孔昕有时这样认为。是啊,中国大地上不吸烟的男人真是难以寻找了。于是孔昕就显得形单影只。

这时候,吴胖子来找他了。

吴胖子的表情很是忸怩。孔昕以为吴胖子又来借钱,没想到吴胖子提出今天晚上请他出去吃饭。

他嗅出吴胖子上衣口袋里的味道:钞票和大门牌香烟。

大门牌香烟是国营九河卷烟厂的拳头产品。购买大门牌香烟的往往是工薪阶层之中的蓝领烟民。每逢大门牌香烟与万宝路或红塔山摆在一起的时候,又往往被人们嗤之以鼻。孔昕正是这种低档香烟的守卫者——他因此而自卑。

孔昕揉了揉自己的鼻子。吴胖子与他约定，下班之后在火锅城集合，一起去吃自助。孔昕答应了。这时候，下早班的工人已经开始出厂。

孔昕值副岗。值副岗就是站在门卫室的窗前，观察异常现象。

下早班的工人已经形成人流。五味混杂的气息排山倒海般扑入孔昕的鼻腔。这时他才感到自己那旷日已久的感冒已经痊愈，嗅觉又重新敏锐起来。世界，钻进他的鼻孔然后大踏步走进他的心头。他不得不面对这个突然的闯入者。

面对下班出厂的人流，他努力克制着自己的情绪——因为他随时都能从中抓出身上藏着香烟的工人。有时他觉得难以克制了，就伸手捏住自己的鼻子，享受心中那片刻的清凉。

人流的高峰渐渐过去了，变得稀稀落落。一个女工款款从孔昕面前走过。其实她已经走过去了，孔昕突然喊住这个女工。

请你留步。

事后，就连孔昕自己也不明白为什么要喊住这位女工。一定是出于一种本能。这种本能注定他成为烟狗的后代。

那女工十分迷惑，看了看他。你是喊我吗？

此时的孔昕完全受着自己嗅觉的驱使。他在嗅觉的驱使下，下意识地伸手指了指警卫室，表情非常冷酷。那女工苦笑着走进警卫室。

警卫室里空无一人。警卫室其实就是让烟鼠招供的地方。

孔昕嗅出她是三车间抽梗工序的女工。他想对她说，请将挂在身上的那些卷烟交出来吧，然后去财务科，上交罚款。

走进警卫室那女工就跪在孔昕的脚下。她几乎没有时间哭泣，语速极快地向他叙说起来。

你放过我吧，我一生都会报答你的，你知道偷一支烟罚十块钱！我身上藏着两千支烟就要罚我两万块钱！那样我就彻底完啦，你饶了我吧！只要你放过我，我怎样报答你都行，包括陪你睡觉！

说着这女工闪电般敞开衣襟，亮出两只跳动的乳房。孔昕看到她的腹部粘挂着一盒盒卷烟。

那两只丰满的乳房就这样在他的瞳孔里跳跃着。

孔昕下意识地伸手捏住自己的鼻子，然后挥了挥手。跪在地上的抽梗女工动作敏捷得像一只小白兔，闪身出了警卫室。之后，她镇定下来，朝工厂门外走去，脸上挂着那种劫后余生的微笑。

孔昕走出警卫室。从他走进到他走出，其实总共不足三分钟。他心中暗暗惊讶那抽梗女工叙述的神速和解开纽扣的快捷。

值正岗的同伴笑着问他，抓错啦？

他苦笑着点了点头。

你可从来没抓错过人呀？玩鹰的今天让小鸟儿啄了眼。嘻嘻。

他自我解嘲地说，这个月的指标我已经完成了。

超额有奖啊。多抓一个奖励一百块钱哪！

那两只白亮的乳房还是在他眼前摇来晃去。觉得口干舌燥。他使劲捏了捏自己的鼻子。

鼻子似乎成了调节生存状态的一个开关。

晚上六点，孔昕来到火锅城。吴胖子早已等在这里，脸上透出一种迫切的心情。孔昕的情绪仍然沉浸在那个抽梗女工身上，神情显得恍惚。

他对吴胖子说，有什么事情就直说，今天晚上没有吃饭的心情。

吴胖子不知如何是好，端着盘子站在他面前，表情有些尴尬。这时孔昕蓦地在火锅城的空气中嗅出那个抽梗女工的味道，他本能地四处张望着，想从人群中找到那个令他冲动的身影。

火锅城的味道万般复杂，孔昕的嗅觉第一次失去精确的定位能力。到处都是咀嚼着的嘴巴和错动的牙齿，令人目眩。

吴胖子终于鼓起勇气，说出自己面临一个难处，那就是每月抓获三只烟鼠，对他来说是越来越感到吃力。他需要孔昕的帮助。

我有能力帮助你吗？

有。我已经看出来了,你每月完成任务易如反掌。我也不知道你有什么绝招。反正我知道你每月轻而易举捉到三只。经常是公鼠。其实公鼠是最难捉的。你帮一帮我吧。这个月我眼看就完不成任务了。

孔昕想了想,摸了摸鼻子对吴胖子说,好吧,我只帮你这一次。

吴胖子马上给他敬了一个中国人民解放军军礼。

从东边又飘来那个抽梗女工的味道。

会不会是我的嗅觉出了问题?即使优质的步枪,准星也是要定期校正的,何况我这只鼻子。

孔昕与吴胖子告辞,走出火锅城。他不知道火锅城东侧的一个角落里坐着一个女子。

这女子独自一人涮着海鲜,并没有看到远处的孔昕和吴胖子。她看着酒精炉里闪动的火苗,举起一杯啤酒对自己说,干杯!

她在庆祝自己从国营九河卷烟厂辞职,从明天起就再也不受门卫盘查之辱了。

后来这个女子喝醉了,喃喃自语着。

我在烟厂干了十五年,我偷了十五年香烟。尤其是这些年来,我必须依靠偷烟厂的香烟养家糊口。只要我在烟厂工作我就不能不偷香烟。所以我必须离开烟厂,到别处去闯荡一条生路。

孔昕的祖父是孔小斗。孔小斗六岁那年鼻下拖着两条黄龙立下宏愿:将来要做大生意。在以后几十年的烟狗生涯中,他的宏愿被证明为一句空话。孔小斗一生都为兑现自己的宏愿而付出心血。

孟一鸣是孔小斗的舅父。孔小斗的鼻子生得与舅父酷似如一。

正是这只鼻子毁了他的一生。

孔小斗的鼻子开化很晚。到八岁那年还拖着两条黄龙。那时候他的父亲孔善用已经成了高级卖货手,常年游走于三北地区。英商迪娜公司的金手牌香烟,随着孔善用的游走,在三北地区成了烟民手中的俏货。这时候孔小斗的鼻子仍然是一只普通的鼻子。

孔小斗鼻子的最终开发，始自他舅父孟一鸣之死。经营烟狗楼子多年的落魄文人孟一鸣的后半生郁郁寡欢，坐在柜台定定望着大街上的行人。孟一鸣经营香烟的诀窍是化整为零。他知道前来烟狗楼子买烟的烟民大都属于贫困阶层。贫困阶层的烟民个个精于算计。孟一鸣就将几种不同牌号的香烟拆散，配成“杂拌儿”出售。五支一捆，丰俭由人。价格则四舍五不入，一下子就赢得了低层烟民的心。烟狗楼子成了人来人往的地方。孟一鸣开创的零散销售模式一直沿用了五十年。光阴荏苒，经孟一鸣之手卖出的香烟难以计数。而烟狗楼子的账目则自始至终掌握在他的妹妹手中。妹妹不知道哥哥有一只特殊的鼻子，每次前来送饭，总是咸菜清汤。从那两个玉米饼子散发出来的气味里，孟一鸣分明嗅出妹妹家里吃的是米饭炖肉，外加一个紫菜汤。孟一鸣从未说破此事，但心中充满悲凉。这个终生落魄的文人，从自己胞妹身上清清楚楚地读出“唯女子与小人难养也”这句圣训是何等一针见血。孟一鸣对生活失去了信心。

他是伏在柜台前拨拉着算盘珠子时被乱民打死的。不知从哪里掀起一股抵制洋货的浪潮。乱民们先是烧了隔壁的洋布庄，顺便就冲进专卖洋烟的烟狗楼子，抢过算盘迎面打在孟一鸣头上。这是一股骤起骤落的乱民浪潮，只烧了洋布庄砸了烟狗楼子，乱民便一哄而散。孟一鸣死的时候，柜台上摆着胞妹送来的晚饭：两个玉米面饼子和一碗肉汤。他忙于算账，并未理会那顿颇有油腥的晚饭。孟一鸣肉味未尝就伏在柜台前死了。这一年孔小斗十六岁。

赶到死亡现场，孔小斗见到摆在柜台上的那碗肉汤，立即号啕大哭。舅父身后货架上的那一盒盒烟卷默默不语，等待易主。孟一鸣不及言说自己对金手牌香烟的理解与体会，就返归道山。孔小斗哭了很久。木匠则在他的哭声之中给死者做成了一副棺材。

突然之间孔小斗觉得鼻孔畅通，人间百般味道一起涌进心头。他甚至嗅见做成的棺材散发着森林之中的气味——这一定是今年伐倒的新树。他摸着鼻子停止哭泣，对这突如其来的特异功能无所适从。

他当然不知道死去的舅父拥有一只特殊功能的鼻子，也就更不知道自己鼻子的突然得道，乃是舅父亡灵的附体。

能够如此清晰地嗅到人间百味，孔小斗感到惊恐。他惶惶不可终日，又不敢泄露天机。到舅父下葬那天，他已经成了一个沉默寡言而内心充满焦虑的人。孔小斗的母亲继承亡兄遗志，接手经营烟狗楼子。女人站柜卖货毕竟有失体统，她就踅来十几个狗脸儿面具，挑出一个大笨狗的面具戴在自己脸上。这样，她既能站柜卖烟卷，还引了不少孩子来这里买她的狗脸儿面具。烟狗楼子名气更大了，成了老少咸宜的地方。

第二年孔小斗进入迪娜烟草公司下属的卷烟厂，充当一名库房保管员。他的特殊嗅觉使他在库房的管理中显得处处得心应手。无论何时何地，他伸手就能指出什么牌号的香烟存放在什么货位。

这样，孔小斗的一生就在同事们的妒忌之中度过。随时都有谣言败坏他的声誉，随时都有上司检查他的账目，随时都有人认为他的存在对大家构成威胁。孔小斗没有知己的同事，也没有亲密的朋友。他早早就脱发谢顶，性功能减退。即使是在三伏天里，形容枯槁的他依然如履薄冰。为了避嫌他从不吸烟。于是，他成为迪娜烟草公司殖民地企业里唯一不会吸烟的雇员。

他知道这一切都是由于自己的特殊嗅觉造成的。他苦思冥想终于想出一个办法。这时候他已经人过中年了。

他从古董市场上买了一块璞玉，然后请玉匠琢成两只小巧玲珑的鼻塞。玉匠干了大半辈子也没见过这样的活计，觉得很有意思。鼻塞琢成了，看着很像两只小小的精灵。孔小斗神不知鬼不觉戴上这一对鼻塞，一下子就成了一个毫无嗅觉的男人。

身边立即成了一个清凉的太平世界。

一天清早，孔小斗拿出鼻塞打算清洗一下，这时候门户洞开的鼻孔突然嗅到了父亲孔善用的气息。半年以来，父亲音讯全无。

大家都以为孔善用外出推销迪娜公司的香烟去了。后来才觉得他外出的时间实在太长,可是又不知到哪里去寻找。

看来父亲就在本市。孔小斗沿着大街朝前走去。人间万象纷繁,足以涣散视听。朝前走去,父亲的气息时远时近,时浓时淡,似乎是在故意与儿子捉迷藏。父亲您在哪里呢?孔小斗一边走一边想,心目之中的父亲形象居然有些陌生。在嗅觉的指引下孔小斗走进老城,发现前面就是有名的烟花柳巷。

难道父亲住在妓院里啦?他开始怀疑自己的鼻子。

越朝前走,父亲的气味越浓烈。他知道自己的鼻子没有出错,鼓起勇气径直走进一家名叫怡红院的地方。

他不理睬拉客的妓女和拦路的鸨母,径直走进那间幽暗的屋子。

一个枯瘦的男人躺在床上吸着鸦片。孔小斗看到床边扔着一只狗脸儿面具,就知道这个必定是自己的父亲了。那鸦片的烟雾飘进鼻腔,孔小斗受到了震撼。父亲已经生活在云里雾里了,宛若仙境。这时父亲睁开眼睛看了看,问他到这种地方来做什么。之后父亲向他解释说,我白天抽鸦片,夜里抽白面儿。就是不抽那种没滋没味的烟卷。

他对父亲说,咱们回家吧。

父亲摇了摇头告诉他,迪娜公司的金手牌烟卷与鸦片相比,这鸦片才是人间的享乐。鸦片跟白面儿相比呢?那白面儿才是天堂里的享乐。眨眼间就成了神仙。之后,父亲大骂汤姆李是个英国来的乡巴佬,根本不懂得什么是男人真正的享受。父亲骂街的时候,就像一个正人君子在痛斥小人。

他知道父亲是不会回家的。父亲已经从烟狗的行列一步迈入烟鬼的群落。老人家迈出这一步是以生命为筹码的。纵观人生,孔善用可以认为自己已经修成正果。

孔善用大声说,抽一口白面儿就死,胜过抽着烟卷活一百年。

孔小斗给妓院鸨母留下一个住址,要她在父亲临死之前通知家人。鸨母要他留下跑路的钱,他就将半月的薪水给了她。

后来,孔善用不知所终。而他创下的那份家当包括烟狗楼子,则成了孔氏后人赖以生存的饭碗。

孔小斗一生拘谨,戴着那两只秘不示人的玉石鼻塞,成了第二代烟狗。他一生都在迪娜烟草公司充当库房保管员,不敢越雷池一步。如此这般,没滋没味活了许多年,死了。他的那两只玉石鼻塞放在一只首饰盒里,没人知道它的用途。这两只玉石鼻塞充满耐心,等待着继承者的到来。

已经无人知道烟狗的故事了——这样就到了孔昕时代。

孔昕接连三天都到三车间的抽梗工序去,从车间的这一端走到那一端,还是无法嗅到他所寻找的味道。他想自己在离开这家卷烟厂之前,应当见一见那个抽梗女工。

莫非那个女工已经不在这里工作啦?如今的生活就是流动的溪水,当你到山脚下寻找她的时候,她已经流入大海了。

向抽梗工序的带班长打听情况。带班长说这几天已经有好几名女工办了停薪留职的手续,不来上班了。听了这话,孔昕心中很是伤感,好像一位老朋友死了。他走在厂道上自言自语,我也要离开这里了。

孔昕决定离开国营九河卷烟厂并没有什么复杂的原因。自从那天看到那两只跳跃的乳房,他就决定不当这个经警了。他暗中决定辞职——将人们所说的那只镀金铁饭碗狠狠摔在地上,再踏上一只脚。

还有几件未了事宜。

一、见一见那个女工,告诉她必须结束这种生活。偷烟的最终结局是被人抓住——受到严酷的处罚。

二、帮吴胖子抓一只烟鼠。

三、偷一包烟,真正体验一下偷烟者的心理。

看来第一项未了事宜只能不了了之。茫茫人海各自沉浮,记住那两只跳动的乳房也就可以了。

该做的事情就是帮吴胖子抓一只烟鼠,完成当月的指标。

吴胖子值正岗,正在为尚未完成的那个指标而着急。他看到孔昕从厂里走出来,就双脚并拢敬了一个不伦不类的军礼。

孔昕觉得非常可笑。

吴胖子说,一会儿下早班的高峰时间就到了,你一定要帮我捉一个呀！公鼠母鼠都行。

孔昕说,事物其实都有自身的规律。你举一反三就成了。比方说一个女工前几天还很正常,今天突然大了肚子。这个肚子就大得过于迅速了。十有八九那肚子是假的,里面藏的是烟卷。

吴胖子急了。你这些都是老生常谈。现在根本抓不着大肚子啦。水涨船高,敌情也发生了很大变化。如今烟鼠们也是高智商作案啦！你快说一说,你每月怎么轻而易举就完成了任务？你肯定有眼线！

孔昕不再说话了。他站在副岗的位置上，注视着下班出厂的工人。这时候他悟出一个道理:偷烟是世界上最为容易的事情,偷烟又是世界上最不容易的事情。关键就在于如何看待每天进出的那两扇大门。

没人能读懂那两扇大门。

不知道为什么,这个时候的孔昕心跳加快,仿佛一个初上战场的新兵,不能承受大战之前的死寂。他知道这是自己今生最后一次捕捉烟鼠了,心底不由得升起一股从未体验的感觉。说不清楚是冷是热,他似乎听到了自己的灵魂正在呼吸。

他猜想这就是人们通常所说的慈悲。

这慈悲的力量,究竟是使人变得软弱呢？还是使人变得坚强？

眼前的景物变得朦朦胧胧的,宛若仙境。下班的人流滚滚而去,孔昕却像一尊雕像,定定矗立着。

吴胖子急了,跑过来小声对孔昕说,今天是三十一号,你再不下手捉烟鼠,明天可就五月份啦。我这个月奖金全剥！

孔昕缓缓说,你别大声喧哗。要抓烟鼠你就把我抓走吧,我今天在成品车间偷了一盒美河牌过滤嘴。

你开什么玩笑啊！吴胖子惊诧地看着他，以为遇到了怪物。

你要是不抓，我现在可就逃走了。从明天起，我永远也不会到九河卷烟厂来上班了。

就这样孔昕与吴胖子握了握手，说了声保重，转身走了。

经警吴胖子呆呆望着孔昕的背影。

作为烟狗孔善用的曾孙，孔昕从国营九河卷烟厂的花名册上消失了。孔氏自从协助汤姆李推销香烟发迹，四代皆以烟厂为生计。孔昕的离去，使孔氏四代人与烟草之间的关系画上了句号。

孔昕在家赋闲。父亲孔大多不知道儿子已经辞职，依然向他讲述孔善用当年沿街散发香烟的故事。父亲的讲述并未使孔昕对家史产生丝毫兴趣。相反他觉得喋喋不休的父亲非常可笑。这个世界的逻辑其实就是一支香烟，悠悠点燃，吸着，最后完全成为灰烬。难道能说灰烬是香烟的祖先吗？灰烬就是灰烬。

孔大多看出儿子对家史不感兴趣，突然提高调门儿说，你与你祖父一模一样的地方就是不会吸烟。

我祖父名叫孔小斗吧？孔小斗一辈子都不吸烟吗？

孔大多说，直呼祖父大名是不礼貌的。虽然与他没见过面，但是你毕竟是他的孙子啊。那只黑皮匣子是你祖父的遗物。如若感兴趣，今天晚上你可以打开看一看。

为什么要在晚上打开呢？

父亲说，晚上使人感到安宁。

半夜里孔昕被一泡尿憋醒，才想起看一看那只黑皮匣子。他将它抱在怀里，坐在被窝里享受安宁。他知道怀里抱的是一段历史。祖先都已经死在历史里了。他先去撒了尿，这样可能会使历史显得轻松一些。然后他着手打开黑皮匣子。里面空空荡荡好像一个黑洞。他从黑洞里嗅到祖父的味道，就摇了摇皮匣里的祖父，闭上眼睛想象着孔小斗先生东摇西晃的样子。这时两只玉石琢成的小精灵滚落出来，像一雌一雄两只小虫正在交尾。

孔昕拿起这一对玉石鼻塞,笑了。他似乎天生就认识这宗物件。或者说这两只玉石鼻塞几十年如一日,耐心等待着孔氏后代的到来。

他显出无师自通的天赋,熟练地将玉石鼻塞推入鼻腔之中。

世界一下子变了,变得离他很远。世界的百般滋味一起消失,只剩下一种味道,那就是他的呼吸。

我祖父当年就靠这一对鼻塞才将那个臭气烘烘的世界赶出十万八千里吧！祖父你好。

他戴着鼻塞继续上床睡觉。很快就睡着了。这一夜做了许多梦。醒来,什么也没记住。

殖民主义者汤姆李给中国烟民带来了英国卷烟。他却迷上了中国的白干老酒。一个失去心爱女人的男人与酒为友,在人间是常见的事情。但是一个喝威士忌长大的外国人,不远万里来到中国,似乎不应当如此迷恋这种谷物烧制的烈性白酒。汤姆李对白酒的热爱,远远超过中国酒徒。大不列颠素以绅士风度著称于世,汤姆李却被中国的土制烧酒打得一塌糊涂。每当端起酒杯,他就不认为自己是英国人了。

汤姆李专喝女掌柜小酒坊烧制的烈酒。他每天从早上十点钟开饮,喝到午后方觉微醺。这时候他总是要到存放烟叶的大棚去,坐在那里唱着英格兰情歌。没人知道远在英伦三岛的迪娜已经背弃了他而嫁给了一个种植场主。但是汤姆李痴情不改,他的情歌仍然是唱给遥远的迪娜听的。他的歌声含着酒气,载着失意载着伤感载着男人的气血,浸润着那一包包金黄色的烟叶。烟叶因此而拥有了性情。唱到落泪之处,他就拎起酒瓶子继续畅饮。大狗杰克,立在一旁舔着空空荡荡的酒瓶。这种至情至性的氛围,因酒而变得越发浓烈。这浓烈的气氛长久笼罩着迪娜烟草公司的卷烟工场,使这里的金手牌香烟蕴含着酒殇的味道。

坐在烟狗楼子里零售香烟的落魄文人孟一鸣早就嗅出金手牌香

烟所蕴含的人情世故。他点燃一支,慢悠悠吸着,果真品出其中的离人与伤逝。就品烟而言,应当说孟一鸣是汤姆李的知音。尽管他们至死也不曾有过交往。吸罢一支香烟孟一鸣随即断定汤姆李已经成了一个酒气熏天的废人。恰恰因为汤姆李的酒气熏天,他的产品才被烟民称为真正的香烟而处处畅销。

这就形成了一个古怪的圈子。汤姆李制作的香烟使大批国人成了烟民。而嗜酒成性的汤姆李的狂饮也使那家无名无号的女掌柜小酒作坊渐渐成名,扩成一个正规的酒厂,后来酒厂出品的白干老酒注册商标为东西牌。多年之后这个酒厂才在洋酒的包围之下宣告停产。酒厂遗址成了全市闻名的爱犬者协会。这是一个类似贵族俱乐部的组织。

汤姆李患胃癌死于英人开办的天合医院。他死的时候,金手牌香烟的销售在中国市场已经达到无可比拟的高峰。其实金手这个牌子只是一种中档香烟,难登大雅之堂。在远离大雅之堂的地方,金手公司独领风骚,成为香烟市场的王子。王子如此风光,国王却死了。

汤姆李先生治丧期间,作为一名蓝领职员孔小斗只能在外围干一些粗活。譬如说为了降温他就到冰窖去买冰。冰镇遗体的时候,孔小斗所能嗅到的只是一股酒气。这就使孔小斗时时产生一种幻觉:汤姆李先生早就不是汤姆李先生了,他已经成了一只巨大的酒瓶。

那时候孔小斗的鼻孔空空荡荡还没有佩戴那两只玉石鼻塞。汤姆李先生的遗体被送往郊外的万国墓地的时候,孔小斗仍然觉得躺在棺材里的是一只空空荡荡的酒瓶。不知为什么他非常羡慕汤姆李的这个结局。他认为这样很好。

前来哭灵的只有一个女人,那就是小酒坊的女掌柜。女掌柜早已走出贫困成了两只手戴着八枚戒指的富婆。她深知酒厂的致富与汤姆李先生的豪饮密切相关。因此她对死者的酒瘾感激涕零。汤姆李生前每次买酒都是派一辆马车去拉,堪称第一酒徒。而当年贫穷,女掌柜抽烟却只能五支十支零散地去买。睹物思人,万般往事涌上心头,女掌柜前来哭灵的时候，专门献上一坛上好的佳酿，权作酒殇。

女掌柜前来哭灵的路上，一边走一边吸着烟卷。她已经成了一个终日不离烟卷的女人。来到棺前，她伏地大哭，惊天动地。围观的百姓将她误认为未亡人。汤姆李先生终生未婚，死后灵前能有一个女性如此号哭，也不枉活一世了。

烟民们知道迪娜烟草公司创始人死了，都有一种预感。汤姆李一死，真正味道的金手牌香烟也就不复存在了。原因非常简单，那就是烟厂没了那种死去活来的熏天酒气。

汤姆李死后半年，一个五岁的白种男孩儿乘著名的莎士比亚号邮轮到达中国，之后辗转来到这座城市。送这个男孩儿到中国来的是一个黑人保姆。保姆用英语告诉大家，这个男孩儿不是别人，正是汤姆李与迪娜在英国的非婚生子。殖民主义者汤姆李居然留下了后代。这很令嗜酒成性的人们感到惊异。

站在一旁的孔小斗耸了耸鼻子，似乎对面前的气味有所感触。

那时候，住在妓院里的孔善用已经对烟卷不屑一顾了。他开始吸食鸦片。吸食鸦片的孔善用百尺竿头更进一步，开始学习吸食毒品。他进步奇快，不日即成为名副其实的毒品依赖者。

后来，孔善用就有滋有味地死去了。

仿佛人生进入冬闲季节，孔昕待在家里能做的事情是阅读。他先是翻看《舰船知识》与《兵器》之类的杂志，日见童心。后来他开始热衷于读报。《城市晚报》第四版右下角的广告专栏每天都有招聘启事。好像这个世界刚刚经历了一场战争，人口锐减造成劳力空前紧张。否则怎么会有那么多招聘启事呢。孔昕每天睡觉之前都要将当天的《晚报》彻底读完，从发在头版头条的新闻到登在中缝里的遗失大客车执照什么的都看。他读报有些像当年日军的五一大扫荡，字里行间实行三光政策无一遗漏。

在读者来信一栏里，他读到一位老叟的建议，要求恢复老名牌产品金手牌香烟。老叟在信中回顾了当年金手牌香烟旺销市场的情景，称那种香烟味道绝佳。同时，他还对本市九河卷烟厂的产品长期难成名牌的被动状况表示痛心。最后老叟说，既然如此，为什么不重新打出当年老字号的名牌呢？

孔昕看罢这封读者来信，又去看第四版的招聘启事。

WM公司急聘保安人员两名。

我属于保安人员吧？从前我是护厂队员，后来又成为经警。我应当属于保安人员。看来我这一辈子只能这样了。这样想着，他很不甘心。难道这个世界上就没有其他职业了吗？临近就寝时间，他无意之中在《晚报》中缝读到一条讣告。

吴西占同志因公殉职永垂不朽。落款是九河卷烟厂全体经警。

吴西占不就是吴胖子吗？这小子怎么死啦！

孔昕跳下床来，抓起电话拨通烟厂警卫室的号码。一个悦耳的男中音对孔昕说：您拨叫的号码是空号。

烟厂警卫室的电话居然成了空号？

电话另一端的磁带执着地重复着：您拨叫的号码是空号。

放下电话，他觉得这一切都不可思议。真是见鬼了。难道说吴胖子死了，警卫室的电话也跟着殉葬啦？

吴胖子是不是没死？如今假烟假酒假药甚至假人到处泛滥，吴胖子也可能是假死。吴胖子为什么要假死呢？只能赚几个花圈而已。吴胖子肯定是真的死了。吴胖子年纪轻轻怎么会突然死去呢？

这时候孔昕才发现自己竟然落下了几滴眼泪。

物伤其类。他为自己的眼泪确定了性质。

后来的几天里，孔昕终于打听到吴胖子的死亡真相。十三日清晨六点半钟，是夜班工人下班出厂的高峰时间。天色朦朦胧胧的，吴胖子值副岗站在厂门内侧。对面就是高大的成品车间。谁都知道，那是一座四层结构的厂房。

据说吴胖子已经完成了当月的捕捉烟鼠指标。因此他显得漫不经心。下夜班出厂的工人鱼贯而行，给人一种马哈鱼群洄游大海的感觉。天色渐渐亮了，只听到吴胖子呜了一声，仿佛是中了什么法术，缓缓倒在了地上。

工人们目不斜视，很像是电影里演的那种低智能型机器人，继续朝厂外走去。这时候的吴胖子其实已经死了。半小时之后天色大亮，保卫处的破案专家赶到现场。死者是被一只旋转而来的金属飞盘击中头部的。就是从美国引进的那种健身游戏的飞盘。然而这不是一只塑料飞盘。给人的初步印象是，这只金属飞盘本身就是作为杀人武器才制造出来的。从它飞行的方向分析，这只金属飞盘来自成品车间某一窗口。飞盘这种运动在中国很不普及，水平亦低。这只飞盘抛掷得如此准确，使人怀疑它是否出自国人之手。

国营九河卷烟厂不是中外合资企业，一个洋人也没有。

工厂里肯定都是炎黄子孙。

吴胖子倒地的时候，正值夜班下班，早班上班的边缘时间。这样嫌疑者就双倍增加。破案难度极大。

孔昕到现场凭吊吴胖子的时候，保卫处正在调查全厂职工之中谁曾经是杂技演员或者杂技爱好者。抛掷飞盘与耍弄杂技属于姊妹技艺，由此而顺藤摸瓜，或许能够找到线索。

孔昕戴上那两只祖传的鼻塞，外部世界的气息立即淡化。这就好比商店打烊，自然没有顾客走入。戴上鼻塞的孔昕走到烟厂大门口，觉得离开这里已有一个世纪了。他知道自己已经不是这里的人了，就十分客气地向值勤的经警打了个招呼，问清了吴胖子遇难的地点，走到那里，定定注视着这块杀人的土地。

吴胖子，你就这样死啦？你真的就这样死了？其实咱们完全可以去做别的事情。你小子就这样死在烟鼠手里了。你一定是抓烟鼠抓得太狠了，逼得他们走上了非杀你不可的绝境。

这时候他才感觉到在这个世界上，自己只有吴胖子这么一个朋友。而这个朋友却死了。生活的残酷意义，恰恰如此。

矮保卫处长走了过来,满目狐疑地看着孔昕。

以前的那个保卫处长死在讲台上了。这是一个上任不久的新官。孔昕发现新官用如此古怪的目光审视自己,就朝他点了点头。

你是不是已经辞职离开这个厂子啦?

孔昕点头称是。

你对这起凶杀案好像非常关心?你为什么这样关心呢?

孔昕觉得面前的这位矮保卫处长非常无聊,转身就走。

你站住。你要立即回答我的问题。

在你眼里,任何人都是杀害吴西占的凶手。让我告诉你谁是凶手吧。孔昕笑着对矮保卫处长说。

谁?矮保卫处长两眼放光,朝前迈了一步。

你。

说罢,孔昕一步三摇地离开九河卷烟厂的大门,朝远处走去。

冲着他的背影,矮保卫处长咬牙切齿地说,你就是最大的嫌疑犯!你刚辞职吴西占就死了。我发现你这个嫌疑犯实在是太晚了。走着瞧吧,我总会找到证据的。

孔昕不知道自己已经成了矮保卫处长眼里的重点嫌疑犯。他走在这座城市的大街上,关于吴胖子之死的哀情在心头渐渐淡化。

路过一张桌子,挂着一张招聘启事。

爱犬者协会招人。

是不是写错了字,爱犬者协会应当招狗而不是招人啊。

招聘启事的内容里写着招收工作人员三名。

孔昕填了一张表格。坐在桌子后面的老头儿毫无表情地对他说,爱犬者协会下属的宝狗俱乐部是英国独资企业。

孔昕说,我知道英国。大不列颠及北爱尔兰联合王国简称英国。

老头摇摇头说,我只知道英国。

孔昕说,您知道爱尔兰共和军吗?还有去年成立的新芬党。

之后他掏出鼻塞,本能地嗅了嗅四周的气息。这个世界充满了似曾相识的味道。他立即将鼻塞置入鼻孔，离开大不列颠及北爱尔兰联合王国独资企业的招聘广告朝前边走去。

吴胖子的身影又在他面前晃来晃去。

孔大多知道儿子从烟厂辞职的消息，捶胸顿足泪流满面。这位孔氏的第三代传人心里十分清楚，孔昕离开烟厂，实际上是给孔氏四代人与烟厂共存亡的历史画上了一个句号。孔大多退休之前是烟厂的技师。说是技师，究竟有没有技术只有他自己心里清楚。在烟厂工作了一辈子，相看两不厌。坐在家里静心细想，又觉得自己那几十年的历史似烟似雾，什么都是朦朦胧胧的。

他是从邮局送来的明信片上得知孔昕离开烟厂的。明信片是爱犬者协会寄给孔昕的。孔大多接在手里，看到上面写着一行汉字：请于本月六日上午九时到宝狗俱乐部参加招工面试。

下面一行是英文。孔大多不认识英文。孔氏四代人，只有孔小斗粗通英语。粗通英语的孔小斗为英国的迪娜烟草公司看了一辈子库房，早就将英语带到棺材里去了。

如今英语又卷土重来了。孔氏子孙却没了懂英语的人。这种落后于时代的现状令孔大多倍加感伤。颇有愧对列祖列宗的味道。

矮保卫处长是踏着落叶走进孔家小院的。孔大多并不认识来者是谁。来者开门见山说是要了解一些关于孔昕的情况，之后就掏出国营九河卷烟厂的工作证。见到烟厂的人，孔大多倍感亲切，立即沏茶递烟。

矮保卫处长敏锐地看到，孔家待客用的是本厂出品的仙草牌香烟。这是去年烟厂为了重振雄风推出的一种中档混合型香烟。

矮保卫处长说只吸烤烟型的，就掏出自己的大门牌香烟。

孔大多则拿出一支硕大的烟袋，点燃一锅吧嗒吧嗒抽了起来。

见如此古董，矮保卫处长惊了。刚刚沏的英国红茶，冒着亲切的热气。矮保卫处长要孔大多谈一谈孔昕近来的情况。他强调指出，一定要如实说出吴西占出事那天的清晨，也就是六点到七点这段时间里，孔昕究竟在什么地方。另外，他是不是经常耍弄那种飞盘？

孔大多陷入沉思。

孔昕怀里抱着一摞塑料飞盘走了进来。

矮保卫处长呼地站起，定定注视着抱在孔昕怀里的那一摞飞盘。

这的确是一种从西方传入中国的健身游戏。就如同当年香烟是从西方传入中国的一样。不同的是吸烟有害健康，飞盘增强体质。

好哇！你果然是个玩飞盘的高手。矮保卫处长大声说着，习惯性地摸了摸腰际，好像身上带着手枪。

孔昕呆呆望着矮保卫处长，等待他将手枪从腰里掏出来。矮保卫处长骑虎难下，只得从身上掏出一盒美河牌过滤嘴烟，抻出一支却找不到打火机。

孔大多充满警惕地看着儿子。你是不是经常耍弄这种飞盘？有一说一，有二说二，你一定要从实招来！

孔昕觉得父亲狐假虎威的样子非常滑稽，就笑着告诉父亲，耍弄飞盘目前已经成为自己的本职工作了。耍弄得好，就能加薪，耍弄得不好，就被炒鱿鱼。所以说这飞盘是必要不可的。

孔大多以为儿子调到杂技团当了演员。矮保卫处长站起身告诉孔昕将刚才所说的情况写一个材料，明天上午八点准时交到保卫处。

孔昕终于明白了矮保卫处长的来意。他笑了笑朝对方说，我为什么要杀死吴西占呢？对方立即大声说，是啊，这正是我们要你写材料说清楚的关键所在。你是不是非常仇视烟厂？同时你是不是也非常仇视自己？你是一个非常值得研究的人。我会认真研究你的。

矮保卫处长走了。孔昕告诉父亲，自己目前正在英商独资的宝狗俱乐部试工。每天的主要工作是不停地抛掷飞盘，协助驯狗师训练那些洋种名犬的追逐能力。如果试工顺利，每月薪水一千八。

孔大多双唇颤抖着说，你放着体体面面的烟厂经警不当，怎么去给驯狗师当下手呢？人往高处走，水往低处流啊。

孔昕说,人活着其实并没有什么高低之分,干什么工作都是一样的。说完,他就到公园里的草坪上练习抛掷飞盘了。

他练习得非常投入。就在他满身大汗坐在草坪上休息的时候,突然察觉戴在鼻孔里的那两只祖传玉石鼻塞不知什么时候脱落了。鼻孔里失去防御,自己的世界立即被外部兵马攻破。人类的七情六欲浩浩荡荡开了进来。

他完全失去了平衡,伏在草坪上急切地寻找起来。

就这样一直到黄昏时分,他才在落日残阳的微光下找到一只。

我敢断定,那一只永远也找不到了。我知道迟早会出现这种情况的。祖上将这一对玉石鼻塞传下来,好像就是为了今天这个样子。好在我已经逃离了烟厂。离开烟厂我的命运应当能够改变吧!

他将那只寻找回来的鼻塞放在掌心里揉搓着，渐渐玉石也有了人的体温。这时孔昕觉出自己湿了眼角。

从今以后,我只能面对这个铁打的世界了。除此之外,我还能做些什么呢? 只能这样了。

摸了摸鼻子,仍然感到亲切。他告诫自己要时刻警惕排异情绪的出现。天黑了,他离开草坪,抱着一摞飞盘朝家的方向走去。

父亲孔大多站在门前的灯光下,等待着他。

孔昕觉得门前的灯光是那样的遥远，灯光里的父亲站在那里似乎已经百年。怀里抱着飞盘,他却想起童年戴过的那个狗脸儿面具。他不知道自己此时想起狗脸儿面具究竟意味着什么。多年赖以生存的玉石鼻塞突然丢了一只,自己立即变成一只鼻孔出气的人。这样,生存也就面临难处:要么摒弃凡俗世界的万般气息,与世隔绝;要么将自己彻底剥光陈放在人间烟火之中,熏染一番。如今这个样子分明是处于一种不伦不类的中间状态,使他疑虑重重。他感到自己浸泡在汪洋大海之中,渐渐融化。前景究竟是个什么样子,他一无所知。此时他只能怀里抱着一摞飞盘朝父亲走去。

父亲迎着他问道,你真的死心塌地去耍弄这些飞盘啦?

我现在心里很乱。走一步说一步吧。明天我就要到宝狗俱乐部上班去了。

父与子不再说话。父亲在前，儿子在后，穿过灯光，走进庭院。这时候，他那只未戴鼻塞的鼻孔似乎对四周的气息有所感触——从父亲身上嗅到一种似曾相识的味道。有那么一个瞬间，他几乎被这种味道感动。屏住呼吸，那个瞬间就从心头掠了过去。他知道自己挺住了。父亲。父亲的父亲。父亲的父亲的父亲。种种味道，不过如此。

试工一个月，孔昕才正式成为宝狗俱乐部雇员。领班对他抛掷飞盘的技艺表示满意。至于那些追逐飞盘的西洋名犬对他抛掷的飞盘是否满意，就不得而知了。人与狗之间，尚未展开对话。

孔昕除了终日抛掷飞盘，还在谋划为自己配制一只玉石鼻塞。休息日他到古董市场去了，看不到真正的璞玉。他感到绝望。

古董市场是一个自由的世界，人们忙着买与卖，使人觉得人类的历史恰恰是在这里创造出来的。令孔昕感到惊异的是，百年之前的烟灯、烟枪以及烟袋，也都作为颇有价值的古董摆到了这里，无言向人们诉说着并不悠久的往事。他拎起一支水烟袋掂了掂，好沉。摊主立即说，年轻人应当去吸海洛因，这种水烟袋是专门卖给老先生们怀旧用的。听了摊主这话，孔昕以自己的一只鼻孔，果然从水烟袋上嗅出几分历史的铜锈味道。要是将这些铜锈打磨掉呢，历史是不是就不复存在了？他暗自问着自己。

来到一个专卖邮票火花赝品的摊位前，他呆呆看着那些经人类之手制造出来的假货。那张龙票肯定是复制的赝品，否则世界邮市就乱了。五光十色的火花也不像真品，给人一种娼妇冒充闺秀的感觉。这时候他看到邮票旁边摆着十几张烟标，就伸手去翻。

摊主拦住了他，说这是艺术品，只能看不能摸。孔昕缩回手臂，定定地看着。他觉得这些烟标看样子不是赝品。

摊主说，这些烟标的收藏史，短则几十年，长则近百年。尤其是那张金手牌烟标，出自当年的迪娜烟草公司，最为珍贵。说着，摊主拿起那张金手牌烟标向孔昕炫耀着。

孔昕耸了耸鼻子，似乎对它的味道有所感悟。摊主见孔昕神色如此专注，以为遇到了主顾，就大肆宣传起来。他告诉孔昕，如今国内已经有四家烟厂都想恢复金手牌这个老字号，争夺非常激烈。据说迪娜烟草公司的创立者还是有后代的，因此国内厂家才没敢轻举妄动。

孔昕听着这些似是而非的宣传，一派无动于衷的样子。

摊主非常失望，低声嘟囔着，说国人素质太低，缺乏基本的历史知识，根本无法与国际接轨。孔昕听了这话，摇了摇头，走了。

英商独资企业宝狗俱乐部坐落在东郊的一片人造森林里。由于独资企业享受优惠政策，这片人造森林得天独厚，长势异常良好。度过试工期的孔昕第一次穿过人造森林走进那座大木屋的时候，他仍然没能找到一块中意的璞玉。那是一座光线不足的欧式木屋。孔昕站在门外，似乎嗅到一种由来已久的味道。他看出这里是一个陈列艺术品的地方。由于读过一些书，走进门槛他就看出陈列在这里的东西大多可以归入前卫派艺术。领班要他到这座大木屋里寻找一摞飞盘。

一幅巨大的浮雕作品倚在墙上：一只玻璃酒瓶昂立着，瓶高两米上下。瓶颈细长，投下一道光影。令人遐想那是一个透明的日子。孔昕凑近细看，酒瓶里空空荡荡，没有一滴酒。

孔昕呆呆看着，为艺术魅力所震慑。不知为什么，他产生了一个强烈的冲动，很想爬进瓶里去看一看。他猜想瓶里可能是一个很大的世界。这时，他终于看到这幅作品的标题：《曾祖父》。

《曾祖父》？难道这只空空荡荡的酒瓶的全部象征意义就是一个白胡子老爷爷？孔昕知道前卫艺术有些构思是很古怪的，凡人难以理解。很快他就察觉出自己的思维存在一个定势。看到《曾祖父》我就想到白胡子老爷爷，其实这是一个显见的误导。如果曾祖父英年早逝，那么就不应当是一个白胡子老爷爷的形象了。看起来，《曾祖父》的确是一幅具有多重语义的先锋作品。

另一面墙上挂着一幅摄影作品。黑白画面,一支燃烧的香烟,是那种不带过滤嘴的。画面上青烟缭绕,给人一种扑朔迷离的感觉。孔昕定睛看了看这幅作品的标题:《历史》。

看不懂这幅摄影作品有何深意。

墙角堆放着一摞飞盘,孔昕走过去,猫腰抱起。倏然之间,他感到这一摞飞盘的分量沉甸甸的,使人喘不上气来。

真是蹊跷。

那一起飞盘凶杀案是不是破了?回想起吴西占一身经警制服站在烟厂门口执勤的形象,孔昕总是觉得那是一尊雕像。如果将它摆到这座大木屋里,也堪称现代派艺术品。

抱着那一摞飞盘,他朝驯狗场走去。远远的,他就受到了洋狗们汪汪汪的热烈欢迎。尤其是那只名叫杰克的大狗,嗓音最亮。刚刚一个月光景就与这些畜生成了朋友,孔昕对自己感到满意。走进栅栏,他开始抛掷飞盘。洋狗们飞身追逐着,不等落地就将飞盘叼了回来。领班站在一旁,阴沉着脸孔,给洋狗记录着成绩。孔昕快速抛掷着飞盘,看着活像一个机器人。

这时候,一辆小汽车驶到大木屋门前停了下来。从车里走下来一个黑头发黄皮肤的女人。她款款走进大木屋,像是前来参观前卫派艺术展览。

一节课的时间过去了,领班宣布今天的活动到此结束。孔昕拾掇飞盘,抱在怀里朝大木屋走去。他不明白驯狗的飞盘为什么要与那些前卫艺术品存放在一起。孔昕走近那辆小汽车,这时候他耸了耸鼻子,似乎嗅到了似曾相识的味道。

他看到小汽车的风挡玻璃上贴着一幅精美的招贴画。画的内容是抽象派的,还配了一行洋文。孔昕既不懂抽象派也不懂洋文,当然不会知道这是一幅纪念金手香烟创牌一百周年的招贴画。站在车前,孔昕又耸了耸鼻子,目光倏地一亮。他将抱在怀里的一摞飞盘放在木屋门前的台阶上,顺手掏出戴在鼻孔里的那只鼻塞。围着那辆小汽车他转了一圈儿,突然无声地笑了。

这是一种熟悉的味道。久违了。他自言自语,试图唤醒深层记忆之中的往事。时光似流水哗哗淌来,然后又哗哗淌去。这种味道就在这哗哗流水声中渐渐清晰起来。

那两只白亮亮的乳房,又在他眼前跳动起来。一瞬之间他就感到一种本能的冲动充满全身,每一块肌肉都鼓胀起来,仿佛穿了一套古代武士的盔甲。他脸色苍白心跳加快,摇摇晃晃朝大木屋走去。

大木屋里,那位珠光宝气的女人站在那幅标题为《历史》的摄影作品前面,似乎沉浸在难以自拔的艺术欣赏状态之中。

她终于转过身来,远远看着孔昕,朝他淡淡一笑。

孔昕仿佛看到一支点燃的香烟,他所嗅到的却是一股发霉的味道。

他伸手摸了摸自己的鼻子。

这都是人间烟火啊。

市井穷学

一

光绪廿六年六月十八，天津落到八国联军手里了。转年，洋人成立督统衙门逼着天津卫拆毁城墙。城墙说拆就拆了。一时间偌大的天津城没了遮挡。城里的老少爷们儿都觉着现了眼，好像是被人家给扒了裤衩，亮了宝啦。一些有气节的人，夜里做梦都伸手去捂屁股，怕没了节操。

天津人要脸更要屁股，就是庚子那年坐下的病。自打烧毁望海楼教堂，天津卫还从来没吃过这么大的亏，一下伤了元气，萎了。

那一程子，净是大宅院派人往回抱城砖，说是要留个念想。没了城墙，城砖千万不能业障了，落到洋人手里。于是一夜之间，城里城外冒出许多城砖收藏家。收藏城砖在本埠成为一件露脸的事情，好像城砖上刻了字就是传国玉玺了。

天津城砖大都四散到大清臣民的宅子里了，光剩下城基活像瘪嘴老太太的牙床子，看着就让人堵心。又过了一程子，这环绕老城厢的“牙床子”就成了东南西北四条大马路。经过这么一拾掇，天津卫的城貌多少又有了几分门面。天津卫这地界是最讲究脸面的。性子烈。要不怎么会闹出火烧望海楼那样的教案呢。人活着若是没了脸面，吃嘛嘛都不香了。

虽说没了城墙，久而久之人们不但习惯了，反而觉得没了城墙更豁亮。出了鼓楼奔北，一眼能望穿北大关乃至关下和老北开。城南呢？上了南马路往开边望去，那明晃晃亮堂堂的一派大水，乃是比京城什刹海还要大的天津城南洼。漫过这派大水往东南上看，您闭眼吧国耻啊，那边是人家日租界。日租界好像一条大蚕，华界就成了一片桑叶。国人忍气吞声只得吃自家的干饭。吃着吃着就民国了。

民国没了皇上，天津卫那游客泛舟的城南洼也没了身影，仿佛是跟宣统一道逊了位。一风一雨，这里变成了一块热得发烫的地界。军阀买办，富商巨贾，看见这块地界眼珠子就蓝了。领地填坑，开路建房。李督军办起了东兴房地产公司。之后公司就泛滥成灾：慎益、清和、福顺、永安、聚福……眨眼之间，平地起楼出现了二十五条街道。饭庄、旅馆、戏院、茶楼、当铺、赌场、烟馆、妓院、报社、书局、寺庙、学校、粥厂……这份繁华，成了天下第一的开发区。

昼如夜，夜如昼。这里便是远近闻名的天津南市地界。跟英法日德诸国的租界对照，天津南市的开发速度可真给天津卫的老少爷们儿作脸。那叫麻利，就跟炸那棒槌馃子似的，下油锅一打滚儿，得活了。九河下梢五方杂处各色人等，一起拥入南市谋生来了。人们说这地界是叫花子拾金，最养穷人。只要做个小本生意，蘸糖堆儿、贴饽饽熬鱼、煮乌豆……稳能养家糊口生个仨俩孩子。要是壮起胆子干大买卖，不出几年就能富得施馒头开粥厂周济穷人。

穷人也不穷。三不管儿这地界拉胶皮的都穿绸裹缎，晌午吃饭——大饼卷牛肉一吹喇叭。这就叫穷啊。这吃食远比那外县的土财主们正月里的饭食都强。论起穷，这是三不管儿的一大主料。穷吃，穷喝，穷不怕，穷大手，处处缝穷的。那望不尽的滚滚人潮，灌溉得南市成了一块肥地。

穷人进了南市才懂得锅是铁打的冰是水冻的，土地爷的肚脐儿是泥窟窿。

二

赵心软不是穷人，可也没富到当慈善家的份儿上。南市倒是有几个仗义疏财扶贫救难的像模像样的人物。比如魏六爷放棺材，比如杨十四姑舍粥，比如白傻子布铺买一丈再送三尺，比如陈老五炸豆腐收摊时锅里剩的油白给大伙煎饽饽不要钱……大善小善都是善，钱是王八蛋。赵心软这位爷算不上大富，但是坐吃到死还是能混上一口好棺材的。因此赵心软没有后顾之忧，光直着脖子朝前看了。他家的宅院就在东南城角的草场庵。您去那里打听这位爷，没人不知道。街坊邻居全都咂咂嘴，仿佛很是赞成的样子。赵家大少呀，人不错，没别的毛病，就是心太软啦，还不如嫩豆腐。

赵心软姓赵。心软则是四邻们送给他的绰号。他祖父一辈子都给人家洋行跑腿，是位穷爷。传到赵心软父辈，咣的就撞上一个大运，发达了。人们背地里都称赵家是暴发户，依然不改旧日称呼偷着叫他家“穷赵”。这赵家三代单传，乘风而起家财兴旺传给了赵心软。他十九娶妻二十得子，一晃就是第二个本命年，虚岁二十五。赵心软和娇妻嫩子住在一个小四合套院里，日子过得挺舒坦。上辈人置了房产，赵心软率领妻小吃瓦片儿，一年一年的闲着没事干。妻子名叫玉贞。她娘家是西关外的马勺崔家，有门槛儿在理教。不知什么缘由，玉贞只生了一个孩子就打住了。好像赵心软不乐意多子多孙，有个孩儿解闷儿就得了。余外玉贞养了一只大白猫。

一家三口人，日子殷实而清静。赵心软的口头语是：卖了孩子买个猴——玩儿呗。

公鸡每天清早打鸣。赵心软睡过晌午觉就要出去玩儿。他是个正儿八经的良家子弟，身上没嘛坏毛病。他出去玩儿主要是为了消消食，预备着吃下一顿。他爹临咽气时嘱咐了，保重体格最要紧。于是赵心软就很注意保重体格。

约莫是下午三点多钟，人们的晌午觉大都睡起来了。赵心软走出自家宅门,往南市去。

赵心软白净瓜子脸,中等个儿,走起路来稳稳当当的,挺受看的。他出了街口就是南马路。快到街口了,猛听到一阵哭声,惨音惨腔的。说是哪家住户没出阁的大姑娘夜里嘎嘣儿就死了。坑得爹妈一天哭出好几个死。老的哭小的是声声肠断,字字含血。赵心软听到这种声音,立即心跳气短浑身起鸡皮疙瘩。

才十八,黄花大闺女,死了。老天爷呀我可受不了哭丧,太让人腌心啦。赵心软心里这样说着,转身就往回走。老天爷啊我绕道走吧,你就是拿手枪顶着我,我也从那家门口走不过去,这事儿太惨啦。

特意绕了三条胡同,他才从丁公祠那条胡同出来了,面对着南马路。一个摆糖摊儿的老头认识他。赵大少,您这脸色怎么跟刚吃了黄连似的?满脑袋黑云彩,又有嘛事头让您心软哪?

赵心软咧嘴笑了笑,说我闹牙疼呢回见吧您老。说完他抬腿要过电车道。没承想从东边走过来一群人,敲锣打鼓往西边去。看这外表,兴许是什么地方要办公益大事,人们忙着去贺一贺。

他问糖摊儿老头,这嘛事儿?

糖摊儿老头说,办善哪。费宫人胡同今儿挂牌匾,九善堂。杜九爷把天津卫九个善社归到一堆儿,您不知道杜九爷?积德行善大好人啊。

谁?杜笑仙啊。赵心软听明白了,踮起脚尖看清众人抬着那块大匾上的四个大字:万众戴德。大太阳光下,这大匾金光闪闪耀人双眼。

天津卫没人不知道积德行善杜笑仙。街面上那首歌谣大人孩子都会唱:

屠宰场,杜笑仙,
天善社里把善办,
宰牛宰羊是肥差,
救灾救难不为钱。

杜笑仙是天津屠宰场场长，又是九善堂的常驻董事。这一回算是齐了。赵心软念叨着，心里挺敬重人家杜九爷。善人办善事。

过了南马路电车道，他奔三不管儿听玩意儿去了。迎面一个小贩冲他大声吆喝，江——米藕！

一听这仨字，赵心软双腿就迈不开步儿了。除了黑下咂摸媳妇玉贞，他就数跟江米藕亲了。

给我切一骨节儿！赵心软大声说着。

三

天津南市三不管儿就跟北京天桥赛的，这地界做嘛生意的都有。金皮彩挂评团调柳，样样兴隆，吃喝嫖赌抽，处处销魂。拔牙，有快手李。点痦子掐瘊子，找刘揪儿。乏了，有澡堂子。饿了，周遭都是卖吃食的。困了，有人陪你做梦。腿累了，雇胶皮。心累了，去算卦批八字儿。素素净净没事，那就去听玩意儿吧。评书相声鼓曲落子，开心解闷败火祛风。来三不管儿的人是冬夏春秋不分，昼夜不断。其实只有两路人：来挣钱的和来花钱的。于是这里就成了一块乐土。乐土招君子人，乐土也养小人。

赵心软是个规规矩矩的书座。他除了听书听曲，没有什么旁的去处。赵心软吃了一节儿江米藕，迈着四方步进了清和街。那藕的清香味儿依然在口。好东西就是余味不绝嘛。比方说谭家的京戏，去年听的今年想起来依然处处是好。江米藕也是如此。

赵心软爱吃江米藕的一个主要缘由就是这东西不属于性命。吃的时候张得开嘴，咬的时候下得去牙。要是性命可就另论了。去年跟几个熟人下馆子，人家点了一个清蒸羊羔，赵心软就迟迟举不起筷子。心软了。他总觉着一群活人在欺负一只死了的小羊。这顿饭赵心软只喝了半碗汤，夹了几筷子独面筋。他也知道那清蒸羊羔该吃。可他就是心太软。手里筷子也就硬不起来,光奋拉着。

三不管儿的娱乐,有撂地的也有场子。场子有使苇席扎的,也有用布帐子围的。场子里都是板凳当座。赵心软不只听书进场子,也去听别的。他听了全本《杨家将》,过瘾。又去听《呼家将》,这是西河调,作艺的名叫汤瞎子。汤瞎子上场子张嘴就是这么一套词儿:

“大众的佛台,稳坐压言,贵耳留神听。前一回说了半本《呼家将》,还有那半本没说清。咱们是哪儿丢了哪儿找,哪儿接着说。书中单表哪一位?表的是,人前显贵,鳌里夺尊,出乎其类,拔乎其萃的——呼延庆啊……”

费了这一番口舌,才唱出这个人所共知的呼延庆来,可就离着留驳口要铜子儿不远了。赵心软倒不是财迷铜子儿。他只觉得汤瞎子废话太多,正文儿太少。

他就又想起了江米藕。啧,真是好东西,百吃不厌。

汤瞎子唱到呼延庆力劈凶僧欧子英,场子里已然上了七成书座。紧傍着赵心软就坐下一位。这位爷坐下就扯嗓子叫好,吓了赵心软一跳。

您见着嘛了就叫好呀?赵心软心里嘟囔着,往旁边挪了挪屁股。

汤瞎子瞅见书座多了,就跟抽了大烟似的,立即提起了精气神儿。

“呼延庆一声怒吼如雷鸣,好似地裂与天崩,擂台之上嗡嗡响,吓坏了和尚欧子英。他急转身形回头看,原来是黑大个子站台中……”

好!身边这位书座又叫了一声,之后嘎巴嘎巴嚼着吃食,不言语了。

只听见嘎巴嘎巴可劲儿嚼,还飘散出一股子香味。这位爷吃的是嘛东西?赵心软犯了寻思,可又不好意思侧身扭脸去看人家的嘴。他就在心里猜闷儿。麻花?不对。崩豆?也不对。江米条?更不对。大蓼花?嗐,大人哪有吃这种东西的。猜闷儿猜不出来,赵心软心里起急。

“呼延庆在擂台上与凶和尚打了四十余合，才一拳将对手打倒。他双手抓起凶和尚的左腿，两脚死死蹬住凶和尚右腿，两膀用力一声大喝‘开’，咔的一声那凶和尚就给劈成两半儿了。”

场子里书座们齐声喝彩。借这个乱乎劲儿，赵心软侧身冲旁边扫了一眼。他终于弄明白这吃主儿嘎巴嘎巴嚼的是嘛东西了。

赵心软起身就走，连头也不回。

这时候大鼓书正唱到高潮之处，书座们的心思全在台上。此时只有赵心软一个人撤伙，就显得挺各色。有人以为他是个头一回听书的进城老赶。管茶水的伙计认识赵心软。看见他在这么个节骨眼儿匆匆退场，就乐了。

赵大少您听不下去了吧？这力劈活人的段子，您这么心软的人自然承受不住啊。哈哈，您慢走……

赵心软低头快步出了书场，一路往开明电影园子那边走去。往西看，卖大力丸的高大楞正在撂地，刚刚圆粘儿。赵心软知道这大力丸百病都治，实在不灵吃上两个还能解饱。他没心思看这种蒙人的景致，接着往前走。

这时候他身后头颠儿颠儿跟上一个人来，一声接一声召唤着。这位先生，这位先生您留步……

天津卫街面上，无论熟主儿还是生脸儿，见面打招呼都是这位爷那位爷的称谓。对看病的大夫批字儿的相士教书的老师，才称呼先生。因此赵心软不以为身后是在招呼自己，照样儿拿腿往前走。

前边又有个撂地的正在招徕生意，说是专治气朦眼火朦眼，只要点上药水儿立马就能摘下那层蒙，登时重见天日。赵心软在这地摊前站了站，扭身往广和茶楼那边溜达。

这位先生，这位先生您留步……那人颠儿颠儿跑到赵心软前边，呼呼带喘站住脚，一时说不上话来。他吓了赵心软一跳，以为遇见砸明火的了。

这个人一双大眼睛罩着雾气，是那种脑后见腮的倒瓜子脸，短粗矮壮的身坯子，两条罗圈儿腿。从相貌身形上看这位不像是君子人。赵心软心软，还是开口跟他搭了话。

您……可劲儿地招呼，莫非认识我？

先生先生，您哪听我说……

我又不在药铺坐堂，您叫我先生干嘛？

这人立即改了称谓。这位爷这位爷，我一直踪着您哪。我打算跟您交个朋友，您要赏脸，我就跟您一个头磕到地上，结拜换帖子的异姓兄弟。您可不能驳我面子，咱们这是前世缘分啊。不求同生但愿同死……

赵心软听蒙了，弄不明白这是怎么档子事。我不认识您哪，您这是从何说起呢？赵心软往后退了几步。

这人好像是要急着给赵心软打千儿。我可认识您哪，我知道您心软连蚂蚁都不忍心踩，您天生是个大好人。这不，汤瞎子唱到擂台上力劈活人您就不忍听下去了，心善啊。

不知为什么赵心软感到有些害怕。他总觉着这事玄乎。自己只不过心肠软点儿，还不至于有那么大名声，已然到了让别人追着拜把子的程度。要说行善，还得说是人家九善堂的杜笑仙杜九爷。

这时候已经围上了一圈儿看热闹的。人们乱哄哄打听着。赵心软站在圈子里仿佛是个做江湖生意的，初来乍到三不管儿闯码头。

这小子是干嘛的？跑三不管儿置杵来啦……

兴许是打把式卖艺的，生脸儿像个控子。

听见四周鸡一嘴鸭一嘴说这说那，赵心软慌了。他对那位非要换帖子拜把子的汉子说，我听大鼓不是因为唱到力劈活人才出来的，那是因为坐我身边的那位爷嘎巴嘎巴吃的敢情是炸蚂蚱！我的天呀，蚂蚱活蹦乱跳的，一飞老远。嗐！生生下油锅给炸了。我可看不得这种事儿，一抬腿就跑出来了……

人们一听这话，哄地笑了。这笑声是母的，一下又生出一群看客。这阵势是圈大人薄得看得瞧，赵心软傻了眼。看客们说话越来越损。

您哪见了炸蚂蚱都受不了，要是见了烤全羊呢？我看您是心软鸡巴硬，假装斯文！

你到底是卖嘛的？赶快亮明了吧。

赵心软急得直跺脚。我嘛也不卖！我嘛也不卖！

哎哎，你嘛也不卖，那你圆粘儿打场子干嘛？你吃饱了撑的？

我吃饱了撑的？明明是你们大伙非围着我不可。还有那位非拉着我跟他拜盟兄弟。哎，那位哪去啦？赵心软说着扬起脸四处寻找。

那汉子已然没了踪影。

这时候一个推着独轮车卖枣切糕的老爷子大声说，您是找杨八叉吧？我看他跑去跟一东北老客黏糊上啦，非说人家是他失散多年的表弟。这小子见天儿在这儿打八叉，见了这个磕头认干爹，见了那个张嘴叫姑奶奶。满嘴食火，跟谁都是亲戚赛的……

赵心软正懵懂着，人群嗡的一声散了。赵心软抬头看天，没下雨呀怎么人们都跑了？

这是谁这么大胆子，敢在池六爷地盘上做生意呀？这声音像打雷般传来，赵心软吓得脸上没了血色。

他爹活着时候多次叮嘱说，像侯家后啊三不管儿啊，那全是招灾惹祸的地方，能不去就不去。老赵家创下这点家业不易，千万在手里攥住了。今天来到南市三不管儿，我果然遇见了麻烦事儿。

走上来几个歪头斜眼的混星子。为首者是个黑大个儿，挑着大拇指走道。

敢情是你小子在这做生意呀？黑大个儿狠狠问道。

我、我不是做生意的……赵心软说着就往后退。黑大个儿突然哈哈大笑。赵心软心里哆嗦，转身就跑。

黑大个儿放声大喊。拿住他！别让这杆儿拉跑了！

有几个街面上的闲人也跟着起哄架秧子，放开嗓门儿喊叫。拿住他！拿住他！

人们都跟着喊，却没人去追。仿佛满街筒子的人吊起嗓子轰赶一只失魂落魄的公鸡。赵心软东突西撞,朝前扑腾着。

这真是个杆儿拉。混混儿们说罢,嘻嘻哈哈进了一家茶楼。

大街上,赵心软还在奔跑。他为了躲过一副剃头挑子,往旁边一闪却撞在一个卖药糖的玻璃盒子上。

马上来了几个闲人,想要动手打便宜人儿,却找不到恰当的由头。卖药糖的汉子被撞得一个趔趄,很是愤怒地说,你他妈的是小绺啊?让人家追得疯跑!我看你这小绺是要找死呀。

小绺就是偷钱包的扒手,天津卫也叫“白钱”。一时间赵心软成了偷钱包的小绺。这时闲人们动手打人就有了由头。打这个小绺!打这个小绺!

大街上的闲人好像歇了一年没事干,只见来了赵心软这个活儿,就纷纷撸起袖子,要活动活动筋骨。论起动手打便宜人儿,天津卫在中国排第一,北京、上海远远比不上此地。

有那么六七个人,三下五除二就把赵心软揍得爬不起来了。犹如风卷残云大海退潮,一霎时打人的便没了踪影。仿佛这地界是从来就没有过人烟的荒漠,只剩下吃尽拳脚的赵心软,像沙滩上的一条死鱼,干趴着不动。

又换了一拨看热闹的,一个个装傻充愣。这位爷怎么躺这地界睡觉呀?可别冻着啊。

兴许是个赶考路上的举子,倒卧咱南市三不管儿了。

这人是谁呀?躺这儿跟死狗赛的……

他是杨八叉的盟兄弟。两个人还没来得及换帖子呢。

看热闹的人们就这么七言八语议论着,很热烈。

打远处来了几个打着小旗招兵的,看灰颜色军装不是奉军也不是直军,像是杂牌军。

一个看热闹的人说,哎副爷,您哪招兵呀?这躺着一个你们要吗?

打小旗的大兵听罢,嘿嘿乐了。

他奶奶的,这一定是俺们直鲁联军的逃兵,我正要抓他回去关禁闭哪。说话的大兵山东口音。满嘴大葱味儿。

另一个河北口音的大兵说,今天该着咱哥儿俩有了茶钱。说罢,这两个灰兵搭起赵心软就往旁边拽。这姿势,远看很像两个拾破烂儿的人捡了个大件儿,正兴高采烈往家里抬呢。

人们眼巴巴看着一个良家子弟给抓了兵。这时候,一辆胶皮飞似的赶到了,吱的一声急停在街心。当头挡住这俩灰兵的去路。

你们把人往哪搭?两位副爷是招兵呀还是抓兵呢?嘿嘿,咱南市三不管儿乃是朗朗乾坤模范地区啊。

坐在胶皮上一位胖爷稳稳当当发了话。丘八呀,你们是储玉璞的兵吧?

四

会友烟馆坐落在华林后的一条胡同里。这家烟馆是座两层的青砖楼房,进了门有个小院子,抬头搭着天棚。这种楼房四面不见太阳,全凭烟雾缭绕。有阿芙蓉瘾,也就用不着阳光了。会友烟馆以烟会友,真是个让人精神抖擞的地方。

烟馆经理名叫白宗三,是个斯文稳重的生意人。他的房间在二楼朝东的角落里,墙上挂着一幅字,行书八个字:救危解难广结善缘。

落款是津门九河生。九河生是白宗三的号。这位白宗三四十多岁了,尚未婚娶。他是个居士,修净土宗。发心逢初一逢十五吃素。他日常起居也多以善行自律。有个好人缘儿。

这几年光景,吃素的九河生已然胖成了一个肉墩子,看上去分明是天津南市第一富态之人。

白宗三坐在屋里品着香片,听见楼梯响,他知道这是派出去站口的伙计跑回来送信儿了。是啊,咱又该出去救危解难了。

跑回来的伙计叫硬子。硬子气喘吁吁地说,白经理白经理,就在陈傻子包子铺地边,街心躺着一位。就是人们起哄架秧子给打的,已然动弹不了啦。咱们收吗？我看那德行像个狗少。

白宗三立即抬腿下楼，坐上胶皮赶到了出事地点。有人认出他是会友烟馆的白经理，纷纷闪开一条道。白宗三说话文雅，一身肥肉乱颤。

二位副爷，你们当街乱抓良家子弟，就不怕储玉璞督军大人关你们禁闭吗？你们不要军纪，还要不要王法呢？白宗三说着从胶皮上迈腿下车。他随即蹲下身，很是怜惜地摸了摸赵心软的脸颊。

那两个大兵扛着小旗儿嘟嘟囔囔走了，硬是没敢耍横。

硬子，快把这位先生搭我胶皮上，咱拉回去医治医治。他们胡滥打人随意抓兵，这太不仁义了……

硬子一猫腰就将赵心软横身抄起放在胶皮上。看热闹的人们喝彩不止。天津卫的老少爷们儿就是这样。一旦正义降临，他们立即从善如流。

胶皮拉着昏昏沉沉的赵心软走远了。人们还在使劲捧白宗三。

白经理，积德行善您能活两百岁。

大好人！白经理你这种大好人肯定行大运发大财！

这时候撞过来一个蓬头垢面的叫花子，伸手便找白宗三要钱。白宗三冲伙计硬子一挥手说，给他钱让他去洗个澡吧。那叫花子接了钱就跪了。白宗三稳稳当当迈着四方步往回走。

沿途不少人认识他，就停下来跟他行礼打招呼。人人都知道这位白宗三是大慈善家杜笑仙手下的小慈善家。天津南市三不管儿这地方慈善家聚集，比苍蝇都多。

迎面又跑上来一个站口的伙计，向他报告说，一个盐山口音的老客让做大票生意的给坑了身无分文啊，刚才在客栈上吊没死了，此时正在水铺门口哭呢。您说咱们收吗？

收！这样的不收嘛样的收？你小子缺心眼儿啊！白宗三有些起急，呵斥着手下站口的伙计。

南市这一带整天跑街站口的伙计，白宗三手下足有十几位。凡是遇见需要解危救急的事由儿，伙计就跑来请白宗三前去行善。凡是该收的货，白宗三就叫人给弄到会友烟馆里去。

善哉。

赵心软被胶皮拉到会友烟馆，依然昏昏迷迷不清醒。硬子背着他进了一楼一间屋子，放在烟榻上，四肢摆平了。

好像没伤着筋骨。连踢带打，给吓蒙了。硬子对白宗三说完，伸手点着了烟灯。

白宗三说，还是老办法，用大烟喷他，一会儿就清醒。要是肚子疼脑袋疼的，就给他烟枪，让他先抽两口，保准百病全消。

白宗三说罢抄起宜兴紫砂壶润了润嗓子，转到旁边那间屋里去了。这时候硬子开始抽鸦片烟，一口接一口往赵心软脸上喷。

这鸦片的烟雾就是香。人世间还没有别的东西能替代它。会友烟馆的这座楼，早就被这种味道给熏透了。这楼房也有了灵气，增了道行。

白宗三转到旁边那间屋里。他一进门，那位被救回来的盐山老客便跪在地上磕头。白宗三连忙猫腰扶起这位上吊没死的落难之人。你礼重了，你礼重了。我看你也是规规矩矩的生意人，咱们不用见外啊。您贵姓？这是头一回到咱天津卫来吧？南市这地方是五方杂处之地。但还是君子多，恶人少啊。

这位盐山老客说，落难识真人，这辈子我也忘不了您的善举……

这时噔噔噔又跑进来一伙计，连声叫着白经理。白宗三走出房间领着伙计到了小院里。伙计小声说，白经理白经理，金小梦倒卧在咱烟馆门外边啦！

浑蛋，你赶紧找九善堂拉尸的，送到西营门外去！快去快去，别横在咱门口添堵。

这时候门外又来了一个骂大街的。白宗三，我×你小妈妈！你别在这儿给我装王八蛋啦！一肚子男盗女娼的杂碎……

白宗三对另一个伙计说，赶快把这小子给我轰走！别让他在这儿满嘴喷粪。

这时候屋里的赵心软被大烟给熏醒了。

这是嘛地方呀?周遭香喷喷的。他心里说着,睁开眼睛四处寻望。

五

东南西北四面城,电车道是比国人修的。比国就是比利时。比国弹丸小国。它的电车却叮叮当当围着天津四面城转圈儿,赚尽中国人的钱。

玉贞领着儿子小辈儿,隔着电车道往南市里张望。这娘儿俩就是不敢过了马路走到南市里去。玉贞在娘家做闺女时就接受这种教育:南市三不管儿是虎狼之地,女人万万去不得。玉贞是个本分女人,懂得哪条腿该迈,哪条腿不该迈。

天擦黑儿了不见爷们儿回来,玉贞心里不安稳。她有个毛病,凡事总爱往坏里想。越想越怕,越怕越想。一会儿就把自己吓堆乎了。她先是站在院子里等着,之后又站到院门外去等着,末了领上儿子小辈儿站到电车道这来等了。

胖乎乎的小辈儿等得腻了,说妈妈我想吃丁大少的糖堆儿。玉贞说,人家丁大少傍黑卖那一阵儿,这会儿早就下街了,明儿我盯着给你买。

小辈儿说,我就得今儿吃!

这孩子虽然不到五岁,却懂得吃好东西了。那位丁大少名叫丁伯玉,乃是早先天津大关税吏丁琴轩的后人。家业兴旺时丁府一天三宴。每逢午夜必有多种精美小吃布满庭院,吃喝玩乐到天亮。丁府的师傅手艺绝伦。丁大少从小好奇,就跟着学了几手。败了家,丁大少居然能以蘸糖堆儿的手艺糊口。他心疼自己的力气,每天只蘸一百支。他穷到这步田地,依然架子不倒,雇个小伙计给他挑着糖堆儿,上街沿途来卖。丁大少的糖堆儿是家喻户晓妇孺皆知。黄昏时分,人们早早聚在东门脸儿等候。丁大少前脚到了,糖堆儿便被抢购一空。丁大少领着小伙计转身打道回府。

天大黑了,玉贞起了急。小辈儿他爸出去溜溜儿一整天了,若再不见人影,我就坐电车回娘家叫我哥哥来,让他往南市里找去。

这时过来一个男人,背着灯影儿也看不清模样。这男人说,大嫂子,您这孩子卖吗?

玉贞吓了一大跳。她领着小辈儿往马路边上走了几步,躲开了。

那男人又贴上来,盯着玉贞的脸蛋儿死看。大嫂子,我问您哪,这孩子卖吗?

玉贞一咬牙,上了泼劲儿。你有病?自个儿的孩子有卖的吗?你少跟我搭茬儿!

那……这孩子您赁吗?赁给我俩钟头得了。

小辈儿突然说,你赁我有嘛用呀?

那男人说,嘿嘿,赁你帮我做生意啊,一本万利。

我赁!我赁!小辈儿兴奋地跳着脚说。

玉贞使劲给了小辈儿一巴掌。你闭嘴!

那男人又说,大嫂子您想多了,我可是个生意人啊。您……

玉贞拽着小辈儿站到远处路灯底下去了。白牌电车一辆接一辆开了过去。有的往东,有的往西,还是不见小辈儿他爸的身影。

妈妈,你刚才怎么不把我赁出去呢?

放屁!刚才那老爷们儿是拆白党,他剜下你眼珠子回家配药去,你知道了吗?

这时传来一阵吆喝声。就是刚才那男人,不知他从哪儿弄来个小男孩儿。那男人蹲在马路边大声念叨着,引得几个过路的闲人立在近前听着。

我要是但凡有点儿辙,当爹的也不忍心卖自个儿的孩子。他妈妈得暴病死了,我欠了一屁股账!唉……有哪位好心人,您把这孩子买了去吧。您要是不缺孩子,您就帮我俩大子儿!我们爷儿俩这辈子忘不了您的大恩大德啊……

玉贞这才明白，他果然是做那种无本万利生意的。赁一个小孩子。全凭一张嘴,连哭带号就赚了银子。

从平安电影园子上坡,眼瞅着过来一辆胶皮。只见车上坐着一个人。小辈儿眼尖,叫了一声爸。玉贞迈着一双小脚迎上去,眼窝儿都湿了。小辈儿他爸,你这是怎么啦?溜溜儿出去一整天,犯了胃口病吧?

赵心软歪歪扭扭还显得挺烦。你瞎叫唤嘛!有话回家说,大马路上的咱又不是耍猴儿的!

这辆胶皮一直把赵心软拉到他家门前。一家三口进了院子插上大门,进了北屋。

小辈儿他爸爸,你是让人家给打了吧?看你这棉袍也扯了。你这人整天不着家,早晚得吃大亏。

迷迷糊糊就让一群闲人给踹了一顿,他们是打便宜人呗。多亏遇见了人家白经理,从大兵手里把我给搭救回来了……赵心软说着。就草草吃了晚饭,赵心软犯了困。玉贞焐得了被窝,动手扒了爷们儿衣裳。让他进了被窝,自己和衣躺在旁边。

这几天街坊们说,天儿一冷,外县的要饭花子都奔天津卫来了,大街上都是伸手要小钱的。凡是住宅院的,半夜门户要紧。玉贞心里念叨着,听见外边起了风,刮得四处乱响。这时赵心软翻了个身,说渴死我啦快拿茶水来。

玉贞知道他有这手儿,早预备着呢。喝了茶,赵心软却睡不着觉了。想起白天在会友烟馆的事儿，他不由得使劲往鼻子里吸了几口气。鸦片烟这玩意儿,还真是招人儿。

玉贞见他没睡意,悄无声儿地钻到他被窝里来。她小声说,你每天往外疯跑,是不是看我不顺眼呀?告诉你我是良家女子,我可比不上那些窑姐儿会来事儿……

赵心软任凭妻子来劲儿,心里光想着会友烟馆。玉贞见他这么麻木,也就泄了气。

那鸦片烟抽着真香啊。他对玉贞嘟囔着。

天亮了,玉贞听见院门外边有人叫嚷,她只得披衣起来去瞧个仔细。一会儿她颠儿颠儿跑回来摇醒了赵心软。

小辈儿他爸,咱门口横着个倒卧!有人说这死鬼原先是给唱京戏的孙老板架弦的,后来抽上了白面儿……

赵心软一屁股坐起来。这大清早儿的给咱们添堵啊!我可看不得死尸,你赶紧找人抬走哇!

玉贞说,是啊,听说待会儿杜笑仙的九善堂就派人来,把死尸往西头义地里送。

赵心软咂着嘴说,杜九爷,善哪!

六

杨八叉矮壮的身子国字脸儿,两条罗圈儿腿跑在大街上,远看活像是滚过来一只大旱萝卜。他一眼瞅见赵心软往会友烟馆胡同里去了,就小步追了上去。

他吓了赵心软一大跳。你……你又要跟我拜把兄弟呀?

听赵心软这么一说,杨八叉嘿嘿乐了。我可不敢高攀啦。我初来贵宝地,人地两生,只想多结交几个朋友混上一碗饭吃。您瞧瞧您看看,我是个里外三新的本分人。

听了杨八叉的话,赵心软的心软了。我能帮你嘛呢?

杨八叉大声说,赵大少!您能跟我说句话,这就算是帮了我。赵大少!可着南市三不管儿,没人乐意搭理我。我这是散脚行——滥搭讪。

你整天打游飞,这到底是怎么档子事儿呢?

杨八叉听了这话,抬胳膊一指胡同口说,咱能不能借一步,说说话?

站在胡同口烟卷楼子前,杨八叉算是打开话匣子了。

杨八叉没完没了地说着，前五百年后五百年，都快说到明朝的事儿了。赵心软惦记着会友烟馆的味道，心里起急。

老天爷有眼，这时白宗三一步三摇走了过来。赵心软远远拱手作揖说，白经理，我正要奔您那儿去呢。

白宗三哈哈大笑。我听伙计说您来过几次啦，我就知道咱们得成了朋友。您请，您请，我出去办点儿事情。

赵心软趁机甩开杨八叉，一溜烟儿进了会友烟馆。赵心软被硬子请进屋，一侧身歪在烟榻上。

好味道，好味道……赵心软连声说，飘飘成仙了。

刚才……杨八叉缠着我，就跟一只苍蝇赛的。你说杨八叉在老家县城里卖豆腐多好啊，非跑到天津卫南市三不管儿来撞大运。哪来那么多大运让你撞呀？我看他是屁眼儿里有虫子，该吃药打打啦！

赵心软一边寻思一边吸着鸦片只觉得六根全净了。

这时候，那个杨八叉穿过聚粮里，直奔东兴街，跑得就跟一只细狗赛的。他今天的穿装打扮还挺扎眼，正应了天津卫那句话：精不精，一身青。他黑棉裤黑棉袄就缺顶棉帽子，兜儿里的钱顶多还能扛个三天五晌儿。

一个身穿粉红缎子小棉袄的小媳妇端着一瓷盆小枣，打一院门里走出来。她一眼瞅见杨八叉，便惊讶得站住不动，两眼直勾勾盯着他。

杨八叉嘴爱招嫌。小嫂子你认识我呀？他话音还没落地，这小媳妇尖叫着扔了手里瓷盆，任凭小枣撒了一地。

你个缺德鬼可回来了！你这挨千刀的……小媳妇一屁股坐在地上哭号起来。

从院子里闻声蹿出一个细长汉子。你这是怎么啦妹子？

这小媳妇坐在地上蹬着双腿说，哥，你看治成回来啦！

杨八叉心里说，我叫树起，我不叫治成呀！

细长汉子看了看杨八叉，满脸怨气说，你这人又勾我妹子心思，让她三天五天也缓不过劲儿来。你快走吧,你快走吧,以后别从我这门口过啊!

杨八叉说,我一句话也没说怎么勾她心思啦?我可是个规规矩矩的本分人。

细长汉子听了杨八叉的话,叹了一口气。怪不得我妹子把你当成她爷们儿呢。你这穿装打扮,长相口音,真跟治成差不了许多。

这时候小媳妇哭得平稳些了。治成啊你可回来啦,这些年我天天给你留着热被窝儿啊……

细长汉子说,妹子你又犯了迷糊,拿人家这个走道的当成了治成。行啦行啦,快回屋吧,晌午给你包饺子吃。

小媳妇进了院子,细长汉子双眉一锁对杨八叉说,您贵姓呀?听口音不是本地人啊。

我姓杨,叫杨树起,河北河间县人氏,没家没业,来天津卫有半年多了,住在白家老店。

我姓焦,人们都叫我焦四。那哭哭啼啼的女人是我一奶同胞的妹子,她叫瑞芬。对不起刚才给您添腌臜了。哎!其实我那妹夫治成啊,早死在山西大同两年多了。我妹子命苦哇!

焦四扭身进了院子。兴许是和面包饺子去了。杨八叉咽了一口唾沫,拿腿就走。

这时候,赵心软已然过足了大烟瘾,正在会友烟馆的烟榻上哼哼着鸳鸯调。

白宗三从外面回来了。他大胖的身子震得地板乱颤。看样子心气儿挺急。硬子迎上来问,嘛事儿啊白经理?

办善!杜九爷又要办善哪,要在新明大戏院唱赈灾大戏,邀了杨小楼啊梅兰芳啊还有龚云甫……我又该忙得四脚朝天啦。

赵心软蜷在会友烟馆大烟榻上,继续哼哼着鸳鸯调《美不够》。他心里寻思着,人可不能穷啊,人穷了,吃不得吃,喝不得喝,抽不得抽,玩儿不得玩儿,那就是业障啊。

七

河北不少县遭了灾，饥民拥进天津卫，个个都缺衣少食的，看着让人肝儿疼。杜笑仙的九善堂大举办善，赈灾义演惊动了九河下梢天津卫。

这义演的戏票，够价儿。头等包厢一百元，二等八十。散座呢？十块钱一位。募得了钱，就购粮放赈。天津卫成了个大善堂。

杨小楼、梅兰芳唱两出戏：一出是《长坂坡》，一出是《霸王别姬》。赵心软不大爱听老旦戏，就把龚云甫撂在一边儿，盯上杨、梅这两出戏了。他可没敢告诉玉贞花二十块钱听这两出戏，媳妇会说他是败家子儿的。

新明大戏院坐落在日租界旭街，戏院后身儿就是南市。《长坂坡》这出戏唱灯晚儿，赵心软吃了一碗炸酱面，顶着路灯从家里溜达出来，一路奔了戏院。

新明大戏院门前灯火辉煌。天津人最爱热闹，只要有个事儿，全城人恨不得都凑这儿来起腻。卖糖堆儿的卖瓜子的卖崩豆萝卜的，一个个吆喝的赛蛤蟆吵坑。几个巡警骂骂咧咧向着四外轰人。仔细看，敢情是轰那些要小钱的叫花子。猛地一阵吆喝，说是督办大人到了。新明大戏院门口顿时鸦雀无声。

等大人物进了戏院，赵心软这才走上前来，掏出戏票往大门里走。

赵大少！赵大少！你也来听戏呀？

又是那位杨八叉。赵心软问道，这程子你混得怎么样，归齐找着事由儿了吗？

杨八叉的国字脸上溢出笑容。我去卦摊上算了算，小神仙说我不出仨月准交好运。到时候应了验，我请你喝酒！

说罢，杨八叉跑到一边吆喝着卖报去了。这是专登粉色连载小说和名人风流韵事的《九河时报》。赵心软知道，坤角金四凤怀了下野军阀朱力壮的孩子，这个爆炸性新闻就是这张报纸首家披露的。后来才闹明白，《九河时报》记者宋可人的眼神儿太差劲，把发福的金四凤的肚子，当成了有身孕。

这个杨八叉呀，真是四处打八叉。赵心软进了戏院，在散座找到自己位子，坐稳当了。

他偷偷往四外包厢里瞥了瞥，一个个气宇轩昂的人物。慈善家杜笑仙陪着一位太太坐在头等包厢里。这时候，打炮的戏便开了锣。

人们都是冲着《长坂坡》来的。杨小楼的赵云，梅兰芳的糜夫人。

头等包厢里，杜笑仙躬身迎进来一位将军，荐给身旁那位太太。之后杜笑仙退了出去，没了身影。于是赵心软专心听戏。坐在身旁有位爷却小声嘟囔不停，一个劲儿对楼上包厢发着议论。好啊，大慈善家杜笑仙公开拉皮条，把人家画家的老婆弄到包厢里来，举荐给新上任的督办将军，这回我又有文章可做了……

赵心软侧身看了看身边这位小爷，面熟。此人整天在大街上奔走。嗯，他就是《九河时报》专写损人文章的记者宋可人，一等一的刀笔手。赵心软心里寻思，这位记者小爷您胆子也忒大了，居然敢写督办大人的风流韵事。

舞台上的戏，好！这位赵云赵四爷真是名门之后忠义之人，为了救那么个没出息的幼主阿斗，生生在乱军之中杀了个七出七入。我们老赵家真是历朝历代出英雄，往远处说赵匡胤，立了大宋朝，还有财神赵公明。往眼目前说，赵元礼，天津卫的大书法家。赵阔明是有名的面人儿大王。还有赵舒翘、赵秉钧、赵寄凡、赵聘卿……数不过来了，都是有名人物。

杨小楼的赵云，好！杨小楼没响名的时候，在京里人们都叫他小杨猴子，后来受了慈禧老佛爷赏识响了大名。梅兰芳的糜夫人，好！唱腔好，身段好，处处都好。赵心软听一出好戏如喝一瓶好酒，满面通红浑身发热，舒坦又迷糊。

散了戏出了戏院大门，门口黑压压一群人。这吓了赵心软一跳。仔细看，敢情又是那群叫花子。赵心软纳闷，这唱戏有灯晚儿，叫花子行乞也添了灯晚儿？新鲜事，天津卫净添新鲜事。

一群叫花子，都操着河北宁津口音，伸着手朝那些身穿皮袍的先生们要小钱儿。赵心软正犯犹豫，突然觉得身后一拥，不由自主就闪到了一边。人们小声说，督办大人出来了。

几个马弁前边开道。身披黑色斗篷的督办大人脚步匆匆走出戏院。他留着一撮黑黑的唇胡，扭脸望着那群被赶到黑灯影儿里的乞丐叫花子。

督办大人发问了，黑灯影儿里那些人，他们是干嘛的呀？

身穿长袍的九善堂常驻董事杜笑仙凑上前小声说，一群叫花子。

督办大人伸手捋了捋黑黑的唇胡，大声说，今儿的义演得余下几万吧？一人给他们一块钱。说完，督办大人猫腰钻进小轿车，打道回府了。

那群叫花子里立即走出一麻脸大汉，冲着杜笑仙抱拳说，杜九爷，我们谢督办大人了。

杜笑仙笑了笑说，办！这事儿明天就办。

那一群叫花子呼啦一声全跪下了，异口同声说，谢——啦！这浩浩荡荡的声音在夜色里传开，好像是敲钟呢。

赵心软心中很是感慨。他出了戏院奔北，过了南市牌坊往西，朝家里走去。

远处，唱杂耍儿的燕乐也散了园子。赵心软到了广兴大街往北拐。刚哼哼起一段京戏，冷不丁就被什么东西绊了一个趔趄。

这谁呀？黑灯瞎火地蹲这儿干嘛？说罢，赵心软才看清楚：一老头子一老婆子，仿佛两尊泥胎，端坐在一捆草袋子上。

老婆子小声说，您有零钱就给俩铜子儿吧。

噢，叫花子呀！赵心软猫腰蹲下身。你们老公母俩不像穷家门的人呀！你们是河北哪个县的？贵姓呀？

散戏的人们看见赵心软跟叫花子搭上话，也有爱看热闹的就停下脚步，站在旁边等着看乐。

这位爷兴许脑子有病吧？怎么跟老花子聊上啦？

他还问人家贵姓，我看八成是要续家谱。

你可别小看叫花子，改朝换代又要出个朱洪武呢。

赵心软不听这些拉拉蛄叫唤。他对那叫花子老头子说，您贵姓呀？我问您哪。

叫花子老头子目光平静如水，喃喃自语道，我天下第一家，我天下第一家……

哎哟，您也姓赵呀。好！咱们本家……赵心软兴奋起来，倒像是认了一门百年不遇的阔亲戚。叫花子老头子抬头惊异地看着他。

几个看热闹的人觉得没什么好戏，嘟囔着抬腿要走。这时候气喘吁吁跑来了杨八叉。

你们遇见赵大少这样心软的人，这就算是你们的造化，他是有求必应啊。杨八叉开始捧场。

叫花子老婆子说，我家老头子腿脚不好，您积德行善给贴膏药钱吧……

杨八叉还在捧场。赵大少是个善人……

看热闹的人里站出一矮爷们儿。我看您俩一打一托的，别是要坑人家老公母俩吧？你们要是真善，就赶紧给钱别光拿嘴对付！

杨八叉大声斥责那个矮爷们儿说，你才是拆白党呢！我们是君子人。

赵心软看了看老叫花子，又看了看那些看热闹的，心不在焉地说，谁说我是拆白党？有拆白党坑叫花子的吗？新鲜！

这时候过来一辆胶皮。

胶皮！胶皮！你把这老公母俩拉我家去。赵心软心血来潮，大行其善。

拉胶皮的看了看这阵势，乐了。这位爷，您住哪个旅馆啊？

旅馆？你也拿我当拆白党！我住东南城角，拐进草厂庵往里走，是坐东朝西的院子。

拉胶皮的根本不信人世间有这种事情，继续要嘴皮子说，您说这地点我怎么越听越像冰窖胡同李善人家呢？高台阶，黑大门，天津卫的大善人……

赵心软不再搭话，扬手又叫了另一辆胶皮。他一撩棉袍坐了上去说了声跟我走。

就这样，两辆胶皮眨眼工夫就奔北远去了。

看热闹的人们都立在路灯底下，茶呆呆发愣。

这谁家的狗少？从马路上拉着俩叫花子回家去了。

他脑子有毛病呗！这小子姓赵。他爷爷当年在侯家后背条子，他爸爸庚子那年捡洋落儿发了家。六月十八的财主呗。

噢，咱天津卫的狗少就这样，二二乎乎的，请神容易，把老叫花子拉回家就后悔了。轮到送神，那可就难了。

听着这些议论，杨八叉也蒙了。他万万没想到赵心软居然把那两个老花子拉家去了。南市这地界真是让人琢磨不出头绪。要照这样仗义疏财扶危济贫，赵大少可就成了《水浒传》里的及时雨宋江啦。

八

《九河时报》记者宋可人活了四十二年，身上最值钱的东西算是鼻梁子上那副水晶眼镜。他说自己全凭这副镜子看世界呢。可是当他住在娼寮里写文章时，脸上却任嘛没有，不戴眼镜也不碍事了。

《九河时报》除了经理，编辑、记者就宋可人一人。因此报馆也就没个准地方——妓院、烟馆、澡堂子、茶楼……反正离不开南市这地界。

宋可人来到玉清池二楼洗澡。伙计迎上来说，宋二爷，刚才有个跑街的小子来找您。我看是个生脸儿。

宋可人认识的人太多，也就凡事不往心里去了。他三下五除二扒光了自己，披着一块毛巾就往池子里走。宋可人是个身材高大皮肤黢黑的汉子，他泡在池子里没人能够看出这身坯子是个摇笔杆儿的爷。宋可人好像戏台上的文武老生，昆乱不挡。

宋二爷……池子里雾气挺大，飘来一公鸭嗓儿发出的声音。宋可人说，这是谁招呼我呢？

立即凑上来一个人。宋二爷，您这身份的得上三楼洗盆池呀……

你谁呀？三楼？你好让眼儿队看我是吧？

我是杨八叉。我有个新闻跟您宋二爷念叨念叨……

嘛新闻？怀孕十年愣生不出孩子，死了八期的人从棺材里爬出来了，是吧？天津卫新鲜事全让你一人碰上啦。

宋二爷您怎么信不过我呢？嫌我穷是不是……

你身上是不是有牛皮癣？快离我远点儿。

出了池子，寻着厢位这位宋二爷躺在木榻上。杨八叉围着他转悠，活像个澡堂子伙计。

从外边来了个卖葛沽青萝卜的，宋可人睁眼叫了两片儿。之后他闭目养神，心里想着稿子的事情。杨八叉蹲在木榻前，蚊子一样嗡嗡着。

头一个新闻是我自己的。嘻嘻，您看我穷成这个德行，敢情是穷出头转了运……

桃花运吧？宋可人撩起眼皮问。

您圣明！那天我路过一院门，一女人脑子受病拿我当她爷们儿。敢情别人都瞒着她呢，她爷们儿早死在外埠啦。这不，前天她娘家哥哥找我。说我这口音长相穿装打扮跟那死鬼没有二样，干脆，要招我去当女婿！已经选了黄道吉日，就等我上门呢！

宋可人嘿嘿乐了。好事儿呀！这一回你是又娶媳妇又得财产，飞来凤啊。他娘家哥哥叫嘛名字？

杨八叉说，都叫他焦四。他妹子也挺乐意的，她脑子坐的病，见了我就全好啦!

宋可人翻了个身说,第二个新闻是嘛?

杨八叉急了。我这段儿您得先给写在报纸上呀!合着我白给您讲啦?您给不给我写?

你有屁快放,说第二个。

说第二个?行,我倒插门儿这事儿您必须给我写上。等哪天报纸印得了,我买一份寄老家去。我爹临咽气时嘱咐我要耀祖光宗。

宋可人打起了呼噜。

杨八叉急得直眨巴眼,心里说,你真是缺觉呀,累成这样您夜儿个准是逛窑子去了……

过了一会儿宋可人小觉醒来,饿了。他吩咐伙计去饭馆叫菜,转脸又看见杨八叉。哎,你怎么还没走啊?有病是吧……

第二个新闻还没跟您讲呢。赵心软这人您知道吧?就是那位出门连蚂蚁都不忍心踩的赵大少,昨儿黑下雇车把要饭的老两口子拉家去啦!哈哈,您说他是没爹呀还是没娘呀,硬是把两个老叫花子弄家里去了,善,真善哪。

宋可人听到这段儿,一翻身从木榻上坐起来。真的?你小子从头再给我说一遍!咱南市这地界真是出慈善家的宝地!×……你从头儿给我说起。

这个赵心软啊,他散了戏走出新明大戏院,拐到大兴街上撞见两个老叫花子……

这是谁在说我呢?从一板之隔的厢位传来赵心软的声音。杨八叉愣了神儿,压低声音说,宋二爷,此时说话的这位就是赵大少。

噢,这我得开开眼。宋可人披起毛巾,伸脚穿上木趿拉板儿,起身就往旁边厢位里走。

宋二爷,我时常看您写的文章。大梁酒徒是您笔名吗?赵心软起身相迎。

不不,大梁酒徒是人家李燃犀,这跟我两码事儿。赵大少,久仰啦。刚才听说您大行善举，接济乞讨之人……

赵心软伸手指着右边木榻说，您瞧正是这位老伯，夜儿个我将老两口子请到寒舍，今儿个，从家里领出来泡个澡……

宋可人惊了。他看见右边木榻上那位干瘦老头子，正拿小竹勺掏耳朵呢。天津卫的大善小善，像赵大少这样把乞丐接到家里吃住，又领出来洗澡更衣的，绝对是闻所未闻。

宋可人一拱手说，善！这叫眼见为实。赵大少您先陪着老爷子，晚晌儿要是有工夫，咱们好好聊聊。我这厢先告辞了。

返回厢位宋可人躺在木榻上，连连摇头说，乱了乱了全乱了，这世界真是无奇不有啊！之后宋可人对杨八叉说，我就等着喝你小子喜酒啦！你是人财两得呀，快滚吧！

宋可人伸手摸出水晶眼镜，戴在脸上东瞅西看。怎么眨眼之间冒出这么多好事呀？这不成了大同世界啦。宋可人倒头便睡。

白宗三身穿皮袍走了进来。伙计们招呼着白经理，迎上前来。

我专程找一个人，劝他笔下留情多行善事。白宗三满面春风地说。

您找哪位爷？白经理请您尽管吩咐。伙计递上手巾把儿。

白宗三抬手往前一指。你看，我就找那位爷。

躺在木榻上的宋可人呼噜打得山响。他梦里也不相信人世间有赵心软这样的善人。

九

玉贞见丈夫从外边弄了两个老叫花子回来，一时闹不明白是怎么档子事儿。老头子老婆子被赵心软安顿在东厢房住。玉贞拉住丈夫小声说，你这是嘛打算？我让你给弄蒙了。

赵心软说，呵呵，积德行善，积德行善呗。

玉贞扯开嗓子号了起来。你积德行善，从外边认了叫花子爹叫花子妈回来，你让我怎么办呀！这日子没法过了，我不活了！小辈儿你记住妈妈是让你爸逼死的……

赵心软拉住媳妇说,你怎么动不动就要寻短见呢!

玉贞气得拎起小包袱,自个儿回了娘家。

那老公母俩倒是不多言不多语的人,打从住进东厢房就没见出来过。小辈儿人小不懂事,已经跟这两位叫花子混熟了,一口一个爷爷,一口一个奶奶,叫得亲亲热热的。

赵心软有点儿为难了。这几天街坊们见了他全都躲着走。他们以为赵大少脑子出了毛病,弄回两个叫花子在家里养着,说不定哪天他犯病就会上街打人。

邻居们私下议论着,忧心忡忡。赵心软好像成了瘟疫。这令他心里很别扭。天津卫大慈善家小慈善家成堆儿。我抽冷子也慈善一把怎么就脑子有病呢?看来行善也得有行善的身份,秃神瞎鬼大眼贼儿不行。

赵心软心思不整,躺在炕上抽大烟。打从跟会友烟馆有了联系,他就新添了这么个嗜好:止渴生津,清热败火,解乏去饥,开心解闷。

玉贞啊玉贞,你这人动不动就回娘家。你娘家又不趁金山银山,不就是满院子马勺嘛。你住几天也该回来了,妇道人家不能跟爷们儿使性子。赵心软抽着大烟寻思着,渐渐没了烦恼光剩下舒坦了。

这时候咣咣咣有人叩响院门。

赵心软才不搭理呢。这些年他没干过给人开门的活儿。跑去开门的都是玉贞。

过了一阵子,又是咣咣咣叩门,还夹杂着叫喊声。这时候赵心软抽足了,起身下炕。外边挺冷。他紧缩着身子跑去打开门插棍,呼地拉开院门。

门外站着内兄崔瑞,瓜条子脸上平平淡淡。

大哥,是您呀。进屋进屋。赵心软对大舅子客客气气的。

内兄崔瑞不言不语,手里举着两支糖堆儿。小辈儿呢?这大冷天还跑出去玩啊。内兄崔瑞顺手把糖堆儿插在窗台的墙缝儿里，拍打拍打身上的浮土进了屋子。

小辈儿呢？内兄崔瑞又问。

这倒霉孩子准是跑到外头玩去啦。赵心软随内兄进了屋，有些不知所措。内兄在理教，不抽烟不喝酒，连茶都不饮，是个素素净净的男人，就知道整天忙着制作马勺。

内兄崔瑞说，这大冷天儿你怎么让小辈儿跑出去玩呢，怪不得玉贞这两天哭哭啼啼没完没了，一个劲说你二二乎乎的。

赵心软知道崔瑞是给妹子拔创来了，就不言不语听着。他这一闷口，内兄崔瑞也没话了。屋里站着俩哑巴。

赵心软担心那两位老叫花子从东厢房里出来。这时内兄崔瑞开了口。

妹夫，咱们都是苦出身穷家底，如今日子不错了，有吃有喝的，你怎么又没病找病呀！

赵心软说，是啊，我也没说别的呀，玉贞她就蹿儿了。

内兄崔瑞看了看炕头的烟具，沉下脸色说，你挤对得玉贞回了娘家，这日子你是怎么个安排？你也不能让那俩叫花子长年驻扎吧。

我也是一时为了积德行善，并没有打算给他们养老送终。

我看你办事总是二二乎乎的，人世间有捡金子拾银子的，你怎么捡回俩老叫花子呢？

这时候院门一响跑进一个人来，他进了院子就嚷嚷。赵心软一听，这是杨八叉来了。

赵大少！赵大少！《九河时报》把你给登出来啦！杨八叉连说带跑进了屋子，那表情就像一只下了蛋表功的母鸡。

你看看，报纸登了这么大地方，这比烧饼不小呀。宋可人说你是慈悲为怀孔孟传人，把俩老叫花子接到府上奉养，实为津门多年之罕见……

赵心软拦住他说，你又不识字，你瞎叫唤嘛呀！

内兄崔瑞从杨八叉手里抓过报纸，看了看说了句“你是有好日子没好过”，一扭身便悻悻而去了。

杨八叉一点眼力见儿都没有，还在一个劲儿说着。你赵大少的新闻上了报纸，耀了祖光了宗。我的那个新闻，宋可人理都不理，×！

赵心软无奈地瞥着他。你有嘛新闻呀？

我交了桃花运啦！我让人家看中当了上门女婿。过几天初五就办喜事儿。我是人财两得，好大一份家底呢。

噢，天底下真是好事成堆。你算是个有福之人。赵心软说着，眼睛往院子里瞟。小辈儿这倒霉孩子跑哪儿玩去啦？不行我得出去找找他。

赵大少！等我有了家业，咱俩真的结拜成盟兄弟，那时候就门当户对了。杨八叉说完放下报纸，美滋滋地走了。

屋里只剩下赵心软一人。玉贞回娘家有五天了，这光棍儿不好当。怪不得那两位老叫花子成双结对出来乞讨呢。人要是砍了单儿，难受。

赵心软来到东厢房近前，想看看这两位老叫花子。他叩了叩风门子。没有动静。推门进去，敢情屋里空无一人。

走啦！这两位老叫花子走啦？老天爷呀，他们是不是把小辈儿给拐跑啦！赵心软慌了手脚。

他跑出院门，前后张望。一个街坊出门倒泔水，上赶着对他说，你是找你家小辈儿吧？我看他跟那俩老叫花子往南去了，足有个把钟头了。

赵心软更加慌神，拿腿往南奔了去。过了电车道就是南市地界。这时赵心软犯了大烟瘾。一个接一个打哈欠，顿时没了精气神儿。

迎面走来卖爆肚儿的大梁子，也是胡同里的街坊。大梁子说，我穷得天天卖爆肚儿，你赵大少有家有业怎么托人卖孩子呀？你屁眼儿有虫子吧？

赵大少听了这话怔住了，你怎么说我屁眼儿有虫子呢？

你赶快去三不管儿看看吧！那两个老叫花子摆开场子，把你家小辈儿放在中间，说是儿子儿媳前后脚死了，光撇下这么个小孙子，可怜啊。此时正跟人们讨小钱儿哪！

赵心软大叫一声，就奔着三不管跑去了。

一路上，赵心软看到很多叫花子，有男有女有老有少；有哭的有唱的有吹铁管的敲牛胯骨的；瞎的瘸的哑的死了爹妈的没了儿女的；乞钱的讨饭的求棺材本儿的……

赵大少看得眼花目眩，乱了方寸。这真他妈的是穷人的天下啊，我儿子小辈儿呢？

十

赵心软心急火燎找遍了半个南市。此时小辈儿已然随着这老公母俩回到家里了。赵心软平时吃咸不管酸，他哪里知道这两个老叫花子一连三天带着小辈儿外出打场子做生意，连哭带号已然赚了钱。

这三天小辈儿成了正月里的孩子——玩得太美了。那老头子老婆子一连三天，领着他出来做生意，来的都是热闹地界儿，小辈儿人小不懂大人事。头一天出来的时候，他听见老头子对老婆子说，咱有瘾啊，这几天没乞没讨的，浑身不自在。老婆子说，咱总这么养着，兴许养出一身毛病来，咱们还是出去画锅吧。

老公母俩忍不住浑身的酸懒劲儿，就活动开了腰脚。老头子从鲜货铺子门口捡来一只大蒲包，摁扁了往马路边一摊，让小辈儿一屁股坐上去。你别动啊宝贝儿。老婆子这么说着，把刚从干货店炒锅底抹来的黑灰往小辈儿脸上一划拉，立马造出一张小叫花子的面孔。小辈儿身上的好衣裳太扎眼，老头子不知从哪儿弄来一条麻袋给小辈儿披上。老婆子立即坐在地上哭号起来。

小辈儿觉得特别好玩。我怎么成了一个没爹没娘的孩子呢？这真哏儿呀。

老头子猫腰告诉他，这是过家家不许笑，这时候老婆子哭罢投河死去的儿子，转而哭上吊而死的儿媳妇。

好像是天上下雨砸在身上。小辈儿往四外看了看，这才知道是人们往他身上扔钱。有纸票子也有铜板。嘻嘻……小辈儿心里乐了，觉得特别好玩。

老头子喃喃着道谢说，谢谢列位君子的大仁大义。

老婆子止住哭号说，积德行善必有好报，我替我可怜的小孙子给诸位叩头啦。

挤进来一个打牛胯骨的瘸腿汉子，操着宁津口音。

你们是谁家的？你们怎么占了这块地界呀。瘸腿汉子质问着。

老头子不搭言，猫腰拉起小辈儿。老婆子把那条麻袋拎在手里，说了声咱们走吧。

小辈儿就随着二老打道回府。小辈儿不甘心，抬起脸蛋儿对老头子央告说，爷爷明儿咱们还出来玩吧，明儿是第四天了……

老婆子说，好孩子，你千万不能让你爸爸知道了，一会儿奶奶给你买糖炒栗子吃。

这时候，赵心软找不到儿子，就急匆匆往回奔。半路上看见报贩子叫卖《九河时报》，那吆喝的词儿听着倒是开心解闷。

快看啊，天宝班的姑娘从良后悔啊，从良后悔！快看啊，大慈善家杜笑仙给大官僚拉皮条勾引穷画家的妻室啊勾引妻室！《九河时报》《九河时报》！九河下梢天津卫，无奇不有，大慈善家杜笑仙给大官僚拉皮条勾引穷画家的妻室啊勾引妻室！

你穷嚷嚷嘛？坐住你的屁眼子！这时来了几个大汉，逮住卖报纸的小贩推搡着。

我……我是卖报的！我招你惹你啦？哎，你抢我报纸……你抢我报纸干嘛！

几个大汉抢过那一摞子《九河时报》。不许你卖这种胡说八道的报纸！不许你卖这种胡说八道的报纸！

这几个大汉抢了报纸扬长而去。报贩坐在大街边上发呆。赵心软又心软了，走上去问询，你犯了嘛条律？你卖的报纸有毛病呀？

小报贩急赤白脸地说，你才有毛病呢！

你这孩子怎么不懂倒正呢？就敢冲我汪汪叫。赵心软挺堵心。旁边有个看热闹的人小声说，他卖的《九河时报》登出杜九爷拉皮条的事儿，这不是捅马蜂窝吗？弄得那位大官僚没了脸面。那就等着倒霉吧。

噢。赵心软听明白了，知道卖报纸的也挺不容易。心又软了，掏出俩铜板儿，扔给坐在地上发呆的报贩。

我又不是要饭的！我又不是要饭的！报贩扔回两枚铜板起身走了。

这小子的性子还真刚烈。赵心软心里想着，拿腿往城里走。小辈儿这孩子被弄到哪去了？他过了南马路拐进住家的那条胡同，远远看见小辈儿坐在门墩儿上吃栗子呢。

一块石头落了地。踩着一堆栗子皮他站在小辈儿面前。没轮到当爹的开口，小辈儿却先说了话。这孩子说话多少有些结巴，听着让人着急。小辈儿告诉他这几天跟爷爷奶奶上大街去玩儿，一屁股坐在草垫子上，还有人往身上扔钱，玩儿的特别美。

你小毛孩子懂得什么啊，明儿不许出去啦。赵心软推开大门进了院子，怔住了。

那老公母俩正立在当院里晒太阳。兴许是晒得暖热了。老头子老婆子都脱了上身，把棉袄摊在地上晒着。老头子坐在朝阳的墙根儿底下闭目养神，似睡非睡，手中捏着一只鼻烟壶，时不时送到鼻孔前嗅一嗅。

天底下有这模样的叫花子吗？赵心软思忖着。走近细打量那两件晾晒的棉袄：新棉花新里子，唯独外面破旧不堪的，分明是藏巧露拙，落得个含蓄实惠。

老头子痛痛快快打了个喷嚏，然后睁开了眼睛。赵心软盯着他手里的鼻烟壶问道，您还有这么个嗜好呀？雅兴雅兴。

啊……老头子颇为知礼地站起身，咧开嘴朝赵心软笑了笑。这几天来赵心软还没能在亮亮堂堂的地方仔细打量这个老头子。

老头子顺手将鼻烟壶装进怀里。老婆子从地上拎起晒得暖烘烘的棉袄，展开架势伺候着给老头子穿在身上。赵心软看到老头子稍稍有些驼背，中等身材显得干干巴巴的。

这几天在您府上讨扰了。老头子眨着一双细长的眼睛，慢声慢语对赵心软说。

赵心软十分诧异。这哪里像是叫花子呀！老头子言谈举止丝毫没有乞丐痕迹。

您二位……哪里人氏啊？

老婆子抢着答道，河南开封。哎，大少爷，我这两天怎么没看见大少奶奶？

大少奶奶？谁……您说小辈儿他妈妈呀，她回娘家了。不过这不干你们的事儿……我想问问，你们老公母俩根本不像乞讨之人，怎么会落到这步田地呢？

老头子看了看老婆子，说我们命里本该是穷人。嘿嘿，乞讨之道不是也能长寿吗？穷就是命，穷也能穷上瘾啊，因为穷本身也是一门学问。

赵心软没听明白，就对老头子说，天气还不太暖和，您二位要是非得出去走动不可，从明儿起千万就别带小辈儿去了，他还是个孩子呢。

老头子老婆子连连点头称是。

走进北屋关上门，赵心软一把揪住小辈儿耳朵说，明儿你要是再去当小要饭花子，我就揪下你两个耳朵让你变成菜瓜！

小辈儿哇的一声哭了起来。赵心软又心软了，松开了手。

有人在院外叫门。

谁呀？这大晌午头儿的……赵心软打开大门，一个饭庄伙计拎着大提盒,说是送菜来了。

你找谁呀?赵心软问。

您这宅门订了菜,我是按着门牌找来的。您姓赵吧?我是先得月饭庄的。

不容分说,这伙计走进堂屋,十分麻利地打开提盒,把八个热菜摆在八仙桌上。赵大少,您还有嘛吩咐?

赵心软知道这是要结账。这时候老头子从东厢房里出来,站院里召唤先得月饭庄伙计。

堂头儿,我这儿结账哪。先得月饭庄伙计转身出屋跑过去。老头子付了账小声说,你就甭找零儿啦。

饭庄伙计接了钱说了声谢谢,之后狐疑地看了看老头子,拎着大提盒走出院门。

这伙计走出院门小声嘟囔着。怪事儿,结账的老爷子好像就是那个叫花子呀……

赵心软站在屋里看着八个炒菜:烩乌鱼蛋、高丽虾仁、干烧冬笋、九转大肠、糖醋活鱼、扒虎皮肘、芫爆里脊、黄焖鸡。

赵心软望着满桌子景致,弄不明白这是怎么档子事情。

老头子走进屋里说,这几天我们上街挣了钱,就从先得月饭庄叫了这八个菜。

这菜,都是您点的?赵心软问。

啊……不成敬意,不成敬意。老头子说。

看来这老头子有点儿来历。赵心软心里寻思着。小辈儿凑过来,举着筷子吃了起来。

老头子从怀里掏出《九河时报》说,这上边把您周济乞丐的善事登出来了。我看了文章,这宋记者写得不错,就是有个错字儿……

赵心软觉得这位老爷子活像前清的翰林。

十一

转天早晌儿足有九点多钟了，赵心软和小辈儿还偎在被窝里睡回笼觉。倒是听见过大门响。赵心软断定那老公母俩外出走动了，就在心里盘算说，今儿我得跟老头子盘盘道，摸摸他到底是什么来历。

十点多钟了，有人叩院门。赵心软渗着不起，只盼叩门的人快走。可就是盼不走这主儿。咚咚的叩门声响个不停，催促赵心软起身穿衣裳下炕。

他披着棉袍出屋去开院门。门外站着那个杨八叉。

海河没长潮你怎么冒上来啦？

我……我明儿结婚。杨八叉愁眉不展地说，早先说妥了，《九河时报》宋可人给我当主婚人。可是他有事儿去不成了。我想求赵大少您去给我捧捧场面……

我给你道喜呀！宋可人他怎么啦？赵心软问。

咱屋里说话行吗？这大冷的天……杨八叉说着往北屋里走。小辈儿趴在被窝儿里手里玩着毛号儿。

您真的没听说呀？宋可人让人家给打了。左腿打折了，报社也关了门。他没家没业让会友烟馆白宗三经理接走养伤去了。

噢……白宗三经理，他善哪。宋可人因为嘛事儿给人家打了？是混混儿还是官面儿？

杨八叉突然有了城府。咱也闹不明白怎么档子事儿。八成是写文章笔杆上得罪了谁呗！嘿嘿……

兴许是写文章得罪了给大官僚拉皮条的杜笑仙呗。赵心软寻思着，嘴上没说。

杨八叉又说，赵大少您明天一定给我捧场啊。您要是不去我就一个亲戚朋友也没有了。您随不随礼，那倒搁其末……

赵心软只得应承了杨八叉。这家伙迈着两条罗圈腿走了。小辈儿起了炕，穿好棉衣棉裤。赵心软叮嘱儿子说，你别出去玩儿。一会儿咱爷儿俩去西头把你妈妈接回来吧。

小辈儿应了一声。一闪身小泥鳅似的窜了出去,直奔了东厢房。赵心软拿起大烟枪要抽两口儿,听见小辈儿在院子里嚷嚷起来。

爸！爸！叫花子爷爷跟叫花子奶奶都没啦!

这孩子别叫唤了,他们准是出去行乞啦。赵心软丢下烟具,奔了东厢房。

东厢房原本是存放杂物的,常年不住人。此时只见屋里拾掇得利利索索。当屋案子上摆着一只磕了边的小碗,一看就是江西瓷的。小碗里黑乎乎,端起来细看,敢情是锅底灰兑了水,就跟墨汁差不多。小碗旁边斜傍着一棵鸡腿大葱。大葱须子很旺,已经饱蘸墨汁,它俨然一支粗大的毛笔。

迎面白墙上写着四个楷体墨字:“穷亦是福”。这四个大字每个都有锅盖那么大,直透着一股功力。落款是:“中州赵起翁民二十四年春书”。

嗨!这老爷子果真是个人物。嗯,兴许原是富贵出身,败了家散了伙,只好出门行乞了。你看这字儿,颜体写得正经不错。嘿嘿,锅底灰当墨,大葱作笔,真是落魄了。人啊,这叫三起三落呢。

小辈儿一旁连声问道,叫花子爷爷跟叫花子奶奶呢?他们都走啦。

是啊,他们都走啦。赵心软感慨地说。

小辈儿一屁股坐在地上,哭了。我要跟爷爷奶奶出去要小钱儿,我要跟爷爷奶奶出去要小钱儿!

你丢人现眼!赵心软见儿子如此向往叫花子生活,气得给了小辈儿一巴掌。

小辈儿哇哇大哭在地上打滚儿。一身干净衣裳全脏了。

这才几天工夫,你就添了一身小叫花子的毛病?穷相穷骨头!

小辈儿居然念起乞讨生意经,可怜可怜我这没爹没娘的孩子吧!我爸爸还停在床板儿上没棺材哪……

赵心软哭笑不得，就又给了儿子一巴掌。

你这倒霉孩子算是走畸啦！俗话说三岁看老。你从小学了叫花子的毛病，将来怎么立世为人啊？赵心软念叨着，又觉得这事全怪自己。

是啊，我干嘛非弄那俩老叫花子住家里呢？我想积德行善，可是让孩子学了一身叫花子毛病……

好啦小辈儿，你快起来掸掸身上浮土，咱爷儿俩上你姥姥家接你妈妈回来。

小辈儿依然沉浸在巨大的悲伤之中。爸，那叫花子爷爷跟叫花子奶奶还会回来吗？

赵心软觉得小辈儿挺热乎人的，是个心里有念想的孩子。他对重情重义的小辈儿说，你放心吧，那叫花子爷爷叫花子奶奶迟早要回来的。

听了这话，小辈儿不闹了。赵心软就躺在北屋炕上抽大烟去了。

他抽着大烟，在心里跟自己说话。会友烟馆收留了小报记者宋可人，白宗三行善哪。这回宋可人抽大烟就方便了，那地方足够他抽半辈子的。

突然有人拍打窗台。赵心软赶忙起身往外瞧。敢情是小辈儿装扮成个小叫花子模样，正嬉皮笑脸跟他行乞呢，那架势跟真事儿一样。

大爷大奶奶，可怜可怜我这个没爹没娘的孩子吧！您的大恩大德我这辈子也忘不了啊……

赵心软忽然想道：这孩子将来要是真有混不上饭吃的那一天……他当叫花子也算是条活路呢。

小辈儿，你快进屋来吧。我问你长大了想干嘛呀？是混官面儿呢还是干买卖呢？

小辈儿脱口而出，我长大要当叫花子！

你这孩子真是不让人省心啊！赵心软啼笑皆非，只得是老太太吃山芋——闷口了。

十二

赵心软去西头玉贞娘家接回媳妇。两口子就算是和解了。转天，他跑去给杨八叉新婚贺喜。赵心软是领着小辈儿去的。为的是给无亲无友的杨八叉壮壮门面。杨八叉满面春风，新娘子反倒显得无动于衷，大有曾经沧海难为水的感觉。

这是一座大院子，南北足有十几间房，却只住了办喜事的一户人家。别的屋子门上都挂着锁头，空空荡荡好似上演了空城计。女方的娘家人挺多，清一色的老爷们儿，也不知都是哪门子的亲戚。

入赘上门当女婿，女方又是二婚，这喜事办得不大。两口子吃碗喜面睡到一个被窝儿里也就成了。

赵心软随了份薄礼，领着小辈儿随着众人吃喜面。杨八叉的喜面不错，三鲜卤，鸡子儿、虾仁、肉片儿，黑木耳黄花菜，外加红粉皮儿。

赵心软吃了一碗面，正犹豫着回不回碗儿。焦四走了过来。赵大少，我再给您盛一碗面吧？

听焦四这么说，赵心软反倒不好意思再吃了。我饱了，谢谢您哪。这喜面太好吃了。这时小辈儿突然闹起来。不好吃！不如六国饭店的折罗好吃。

焦四抚着小辈儿脑顶说，这孩子说话真哏儿。你想要媳妇吗？明儿让你爸也给你娶一个。

这个焦四是杨八叉的大舅哥。此人身材高大，一双眼睛很有精神。赵心软转脸看了看新娘子长相，觉着这哥哥妹妹的言谈举止相差很远。妹妹不言不语好像个死面卷子。哥哥却是个精明之人。那一大群老爷们儿，敢情全是焦四的换帖兄弟。一个比一个沉默寡言，只是低头吃面。

赵心软知道该告辞了。杨八叉领着媳妇瑞芬送客。送出院门新人留步。你们两口子好好过日子吧。

杨八叉得意地说,您看我混到今天这样儿,还算不错吧?嘻嘻……

焦瑞芬死眉塌眼不言语。杨八叉连忙解释说,我媳妇脑子受了病,有时候走神儿听不见别人说话。

赵心软觉得自己并不了解杨八叉的底细,便敷衍说,女人会过日子懂得疼人就行啊。

赵心软牵着小辈儿的手,沿着胡同往大街上走。这时他发现胡同里住户不多,显得挺冷清的。小辈儿人小鬼大闹闹哄哄地说,爸,我看这地方冒穷气!

一辆排子车从大街上拐进胡同,驶到赵心软面前。排子车上铺着厚棉被。断腿养伤的小报记者宋可人半躺半偎,目光凝望着赵心软。

宋可人从怀里掏出水晶眼镜戴上,继续打量着赵心软。您是赵大少,咱俩在玉清池澡堂子见过面,你奉养了两个老乞丐……

承蒙您夸奖了,这是小事一桩,不足挂齿。赵心软拱了拱手。

这时杨八叉闻讯跑来了,满脸惊喜。宋记者!您真赏脸啊,这伤筋动骨的您还跑来给我捧场,您快进屋吃碗喜面吧……

杨八叉扭头招呼媳妇说,瑞芬啊来了贵客啦!

瑞芬还是死眉塌眼,不言不语走出院子,迎了过来。宋可人毕竟是个闯荡世界的人物,全然不把新媳妇的冷漠放在心上。他哈哈大笑说,我这个当记者的就是好奇,只要有新鲜事儿我绝不放过。

我来到天津算是遇上好人啦。承蒙诸位拿我当人。宋记者您看我这媳妇娶得不错吧?杨八叉说着拉了拉媳妇袖口说,这位是宋大记者。

这时候瑞芬突然尖叫一声,一屁股坐在地上哭号起来。

焦四闻声从院子里走出来。他看了宋可人一眼说,我妹子见了生人就容易犯病,这跟抽羊角风差不多。现丑啦现丑啦。宋大记者您屋里吃碗喜面吧?

宋可人倚在排子车里说,杨八叉你媳妇怕见生人,从今往后我就不能跟你走动啦。你们两口子好好过日子吧,我撤啦。

赵心软领着小辈儿也撤了。出了胡同宋可人叫住赵心软说，以前我在南市地界没见过这伙人，他们兴许是新搬来的吧？

赵心软随着说，如今杨八叉有了着落，用不着整天上街打游飞了。

宋可人突然问道，你知道我这腿是谁给打折的吗？

我哪知道呀！赵心软连连摇头。

拉排子车的小伙子说，是啊，我们哪知道是谁给打折的……

赵心软这才看出拉排子车的小伙子是会友烟馆的硬子，就冲硬子点了点头。

宋可人连连打着哈欠，赵心软心里暗自揣摩，这位宋记者一定是抽上白面儿啦，这会儿鼻涕眼泪全都下来了。

大街上拥过来一帮女乞丐，不是大姑娘便是小媳妇。她们青布包头，手拿竹板，三五成群，站立在商号店铺门前，张口就唱。不要饭光要钱。那些商号店铺没有一家敢怠慢的，早早备好了铜子儿，送神一般递过来。

宋可人躺在排子车里感叹道，厉害呀厉害！这沧州府来的女娭子势不可挡。南市成了穷人的天下啦。

小辈儿目不转睛地望着这些女乞丐们，被她们的唱词儿给逗乐了。

你这倒霉孩子！怎么见了要饭的娘儿们比见了亲妈还亲呢！赵心软呵斥儿子。

硬子拉着排子车走了，赵心软动了慈悲心，迈步追了上来说，宋记者呀，您要是没处养伤，住到我家也行！

宋可人笑了。你赵大少果然不是虚名，心眼儿好！我交下你这个朋友啦。我还没混到走投无路的境地。有暇请到会友烟馆找我吧。咱们好好叙叙！

好啊，会友烟馆我有日子没去了，光躺在家里抽啦。

十三

宋可人是在玉清池澡堂挨的打。那天他正躺在木榻上睡觉,被四条大汉拎起来就给扔到外边大街上。他光着屁股没看清打手是谁,腿骨已经被人家用柳杆儿给打断了。小报记者当场昏死过去。他那么大的身坯子,光溜溜陈设在街心,让南市的老少爷们儿开了眼界。这次算是栽到家了。

可巧是硬子跑街站口,给白宗三送了信儿。白宗三赶来雇车把宋可人拉到会友烟馆,立马请来苏先生给他正骨。苏先生说这是他见到的第一百〇八条断腿,三下五除二就正了骨。

白宗三对这条断腿感到惋惜。宋记者您是火命吧?我觉着您应当是火命。忌水!上次我去玉清池澡堂劝您别写那篇文章,您要是听了我的,也就不会断腿了。我劝您远水而居。别没事儿就泡澡堂子了。

您看是谁派人打的我?兴许是拉皮条的杜笑仙吧。

杜九爷是天津卫有名的慈善家,人家能干那种莽汉粗人干的事情吗?我看兴许是……

别说了,我在南市混了这么多年,自己心里有本账……

伤筋动骨一百天。半夜疼得受不了,宋可人恨不得掰块大烟吞了。好在白宗三经理奉他为上宾。到了六十天,宋可人觉出自己左腿变瘸了。苏先生这种正骨高手,看来也只是个虚名而已。

这时候他成了个地道的白面儿鬼了。会友烟馆积德行善,天天供他抽,而且分文不取。

宋可人喝着酽茶说,我这个人心里有数,不到天黑不点灯。这件事儿早晚有揭锅的时候。

白宗三正色道,您说这话是嘛意思?跟我念山音呀!我办善事难道还办出错来啦?

这时候赵心软手里拎了二斤小八件儿走进会友烟馆,他是来看望宋可人的。一进门就看见宋可人被硬子架出来,使劲往外推搡着。

哎哎,你俩这是练把式呢? 赵心软不知出了什么事情。

宋可人高大的身坯一瘸一拐,活像一棵即将被伐倒的大树。他挣脱硬子的推搡哈哈大笑着说,你们以为这样就能整死我?老子早就看出这步棋啦!我要是心里没根敢来会友烟馆?白宗三你转告杜笑仙,我还有一条腿等着他派人来敲……

赵心软豆腐心,见不得全武行的场合。这到底是怎么回事?和为贵,和为贵啊!

白宗三浑身肥肉踱了出来。赵大少,您不要大惊小怪。宋记者在这儿住腻了,他打算出去睡大街,我只能端茶送客。我说宋记者,以后你打我会友烟馆门前经过,别忘了进来喝口茶。

宋可人被硬子架出大门外,一把推了出去。

赵心软越听越糊涂,颠儿颠儿追上宋可人。小报记者脸色煞白,歪着身子从怀里掏出一块钱说,你赶紧给我买个木拐来,没木拐我怎么走道啊!

您,怎么落到这步田地?

我的大基业刚刚开始呢。你就是心太软了。赶快去给我买木拐吧,在荣吉大街西头儿!

等到赵心软气喘吁吁扛着木拐跑回来,宋可人已然没了踪影。

宋记者!宋记者!赵心软四处寻找,暗暗担心宋可人再遇不测。

赵大少你是喊那小报记者啊?升平戏园的伙计说,宋记者跟陈小辫儿走了,坐着胶皮直奔登瀛楼吃饭去了。你快追还能赶上。

陈小辫儿?就是那个吹铁管的叫花子头头儿啊。赵心软问。

没错。陈小辫儿新近又娶了姨太太。他手底下的叫花子比那些大帅们手底下的兵都多!可气势呢。

我的天啊,陈小辫又娶了姨太太!赵心软径直奔了登瀛楼。登瀛楼是鲁菜山东馆,它在南市有一号。赵心软扛着木拐进了大堂。堂头儿迎上来照应,操着山东福山口音。

赵心软说,我找人,找……没等他话音落地,堂头儿说您往里走东边雅座就是。

你知道我找谁呀就这么板上钉钉？赵心软疑惑着。

嘿嘿，您不就是送木拐来了吗？肯定找那腿脚不灵便的，错不了您哪。

您真是高眼。赵心软来到东边雅座门口，听见里面宋可人正在高谈阔论。

早世年间范大先人立下规矩，全都写在《范丹遗书》上了。范大先人是个大学问家，所以说咱们“穷家门”里藏龙卧虎英才辈出啊。

这时换成陈小辫儿说话了，瓮声瓮气的。这么说您宋记者也是门里出身？

不假。无奈世人都以乞讨为耻，所以我从未提起自己出身“穷家门”。

陈小辫儿突然问道，您祖上的杆子上，是黄穗子还是蓝穗子？

宋可人哈哈大笑。起先蓝穗子不许进城。到了光绪年间准许蓝穗子进城行乞，也要每月二十六以后。鄙人祖上是黄穗子！随便进城。

陈小辫儿说，当年营救朱洪武的梭师和李师，总共传了六大支派，就是丁高范郭齐阎。咱没听说有您这个宋姓……

哈哈，陈爷您问到节骨眼儿上了。实话实说吧。我爷爷为求取功名脱离丐帮，改名换姓用的是姥姥家姓氏。结果一辈子也没中举，只得重回“穷家门”。惭愧啊惭愧……

这时候跑堂的上菜。赵心软看见大盘子里是山东名菜扒大乌参。他随手将木拐递给跑堂的伙计。你给捎进去吧，递给那位瘸爷。

陈小辫儿在雅间里高呼上两瓶直沽高粱。

赵心软心里说，这叫花子派头比市长还大。看起来叫花子这行跟邮局、银行、铁路一样，也是他妈的祖传铁饭碗啊！

怪不得宋可人走在大街上浑不论呢，敢情这家伙心里有底，实在混不下去还有丐帮接手。由此看来，穷既是一门学问，也是一门行当啊……

过些天就是五月节，玉贞吩咐赵心软上街买几把叶子预备着包粽子。市场里买了粽子叶，赵心软顺脚去看望杨八叉。他走进那座院子，只见北屋锁着门。从南屋出来个黑瘦的老太婆，赤红脸儿沙哑嗓子。赵心软问起杨树起。这老太婆说不认识。赵心软又说找焦家老姑焦瑞芬。

搬走啦！都搬走啦！老太婆不耐烦地说，到底搬哪儿去了我也不知道。

好端端一个杨八叉没了踪影。赵心软不甘心问道，那个焦四也搬走啦？

凡是姓焦的都搬走啦！当初租我房子，焦四说住半年。他们家只有三只木箱子两床被，一天才吃两顿饭。

气人有，笑人无。这是天津卫老毛病。赵心软拎着粽子叶往家里走。

南市这地界是越来越火炽了。早先还有几块空地。枪毙犯人就在上权仙电影院对面空场上，如今可没这么豁亮了。刑场挪到河北小王庄去了。赵心软顺着荣业大街往上边走，迎面来了一辆木轱辘车，走起来轰轰隆隆动静不小。

赵心软站住了脚步。这种车辆如今街面上很少见了。它好像一把巨大的太师椅，两侧安装着硬木车轱辘，行走起来颇有势不可挡的气魄。

车上端坐着身躯魁伟的小报记者宋可人。他头戴着一顶四方帽，见角见棱，身披一件不僧不道的袍子，足得有两丈灰布。赵心软定睛细看，敢情这帽子是用报纸叠成的，全是字儿。宋可人手持羽毛扇端坐车里，令人想起兵出祁山的诸葛孔明。打量着这身行头，赵心软乐了。

这辆木轱辘车隆隆停在大福鞋帽店门前。啷！啷！啷！宋可人脚下装着两片竹板，他用力踏动，那竹板机关就发出清脆的声响。

大福鞋帽店的伙计跑出来，伸手把钱递给推车的小乞丐。端坐车上的宋可人表情不悦地说，你们掌柜的是慢性子吧？他家孩子掉井里都不带着急的……

大福鞋帽店的伙计不敢还嘴,只是嘿嘿赔笑着。

赵心软惊讶得半张着嘴巴，不敢相信端坐车里的是小报记者宋可人。

木轱辘车轰隆轰隆往前走,停在亨通绸缎庄门前。宋可人右脚踏着竹板儿,啷啷作响。

没见有人出来搭理他。推木轱辘车的小乞丐扯起脖子说,要过五月节啦,我们当家的宋二爷给你们亨通绸缎庄送贺礼来啦!

还是不见有人出来应承。这时推车的小乞丐随着宋可人竹板的节拍,张口数落起来:

绸缎庄啊大财主,元宝多得没法数;
金元宝啊银元宝,不养小来不养老;
买卖好啊大轿抬,就是门口没人来!

唱到这里,亨通绸缎庄里有人探出头来往外看了看。宋可人摇了摇手中的羽毛扇吩咐推车的小乞丐说，快把咱们五月节的厚礼给绸缎庄掌柜的送进去!

已然转为乞丐帮首领的宋可人,做出大当家模样叮嘱小乞丐,咱的礼重！你可要轻拿轻放。

小乞丐手里捏着一根红色鸡毛,一串小步跑到亨通绸缎庄门前,双脚站稳大声喊道,大掌柜的,小的我给您送五月节大礼来啦!

亨通绸缎庄的伙计立即举着个红包儿迎出来。

宋可人坐在木轱辘车上拖长音儿喊道,五十块啦！谢——谢!

亨通绸缎庄伙计傻了眼,哎哟！五十啦?

宋可人闭目养神摇摇手中羽毛扇,又是拖着长音儿喊出新价码。六——十块啦！谢——谢!

手里捏着红色鸡毛的小乞丐也甩出长音儿跟着喊叫。六——十啦！谢——谢！

眨眼间，也不知道从哪儿涌出这么多叫花子来，一起堆在绸缎庄门口，不言不语。

亨通绸缎庄的生意算是没法子做了。

宋可人稳稳当当坐在木轱辘车里，手摇羽毛扇继续涨价。八——十啦！谢——谢！

这群乞丐齐声附和着。八——十块啦！谢——谢！

这群乞丐就这么吆喝着，还是不见亨通绸缎庄大掌柜的出来。

看热闹的人越聚越多。赵心软问身边人。这亨通绸缎庄够各色的，大掌柜的是谁？

谁？人家是堂堂有名的杜笑仙的弟弟杜遇仙。有势力。

这时，闭目养神的宋可人已经把价码上涨到了一百块钱。有个看热闹的说，这位宋二爷不当记者入了穷家门，尽管他是口一份手一份的，今儿这台阶恐怕也不好下。

赵心软心里说，谁能想到原先小报记者宋可人，入了穷家门当了叫花子头儿呢。这才叫三十年河东，三十年河西。文化人转行做了叫花子头儿，十几年前咱天津卫倒有先例，那是大名鼎鼎的刘道元，从葛沽老家来的。

亨通绸缎庄门前挤满了乞丐，也不知道都是从哪儿冒出来的。赵心软身边挤来两个戴着“汇文中学”校徽的男学生。

这俩男学生小声探讨着说，这就是无产阶级革命吧？不对，他们属于流氓无产者，主要来源于丧失土地的破产农民。

赵心软扭脸打量着这两个男学生说，小伙子，莫谈国事啊。

这时候，宋可人慢慢悠悠说了话。你们派几个人去花子店把铺盖卷儿搬来吧，看这意思咱们得在贵宝号门口住上十天半个月的。

看热闹的有人喝彩。好！宋可人赛过刘道元啦！亨通绸缎庄还硬撑？你们也该尿啦，这样太不懂嘛了。

赵心软也有些激动，他觉得这位穷家门首领活像从容镇定的大将军。比当年直系奉系的师长们更有气派。

袍带混混儿卢五爷颠儿颠儿跑来了。懂得门道的人都知道这是亨通绸缎庄尿了,请出卢五爷说和来了。

宋可人更来劲了。鼻音拖得悠长。二——百——块啦!谢——谢!

长袍马褂的卢五爷乐呵呵地说,哎哟!这不是穷家门的宋二爷吗?

宋可人坐在车里拱了拱手说,您爷、爷、爷、爷……

卢五爷脸色郑重起来说,您进去先喝碗茶,有嘛事儿咱们好商量。这事儿我要是管得了,就管,这事儿我要是管不了,我轻拿轻放。

宋可人伸手指着推车的小乞丐手里那根红色鸡毛说,快五月节啦,我给亨通绸缎庄送了礼,等了半天我还以为进了坟地,愣是没见活人出来。

好!赵心软忍不住大声喝彩起来。我活了这么多年,今天明白咱天津卫那句俗语:兜儿里没钱——穷横。

十四

打从杨八叉做了倒插门女婿,胖了。一连三天是干饭炖肉,又一连三天是馒头熬鱼。把杨八叉吃得真想管焦瑞芬叫妈。天津卫这地方太好了,九河下梢吃不尽穿不绝。

这天早晌儿焦四来了,说搬家吧,咱们赶紧收拾收拾,马上。

焦瑞芬立即收拾东西,满打满算一只小包袱。杨八叉看着余下的东西不解地说,这些个……

焦四大大方方说,这些都给他们撂下。

杨八叉外路人不懂天津卫规矩。这地方赁房子是连同家具一起赁。只有铺盖卷儿是房客的。即使你光着屁溜儿来到天津卫,只要手里攥着大把票子,眨眼之间就能把自己扎裹起来跟大爷似的。大街上不光有赁铺盖的,还有租媳妇的呢。

杨八叉不知道这房子是租的,就跟着焦家以为搬了新居。这新居是个独门独院儿。挺格局的，也清静。安顿好了，杨八叉伸手拉住瑞芬胳膊说，咱俩结婚都半个月啦，还没干过一回呢。今儿咱俩干干吧。

瑞芬眨巴眨巴小眯缝眼睛说，干啊？等黑下吧，黑下咱俩干。

杨八叉就抬头看太阳，心里盼望天黑。

过了晌午，焦四领回来几个人，说都是他的盟兄弟。其中那个姓石的是个律师，专管市面上的纠纷调停，动不动就在法院门前坐地泡，弄得法官也惧怕三分。

焦四叫杨八叉过去，说跟他的盟兄弟们见见面，之后就坐下喝酒。杨八叉喝了两盅对众人说，我老家河间出产一种老酒，那味道，你一开瓶子满屋儿喷香……

石律师点着一支香烟说，你也该回老家看看了吧？还是老家好啊。

想起河间老家，杨八叉连喝了几盅，觉着头重脚轻了。焦四对众人说，他没酒量！一喝就高。

石律师对杨八叉说，喝酒不多，你肉可别少吃，那酱肘子归你吧。听我的劝，吃饱了不想家！

杨八叉舌头发硬说，听您这口气，就好像我要出远门似的，这是给我送行呢。

焦四召唤瑞芬。妹子，你扶你爷们儿回屋歇着吧。

杨八叉回屋倒头便睡。焦瑞芬看着丈夫醉酒的模样，说盼天黑盼天黑，这天黑了你不是想砸我吗？可你又死睡不醒，真是个苦命人啊。

杨八叉一觉睡到转天早晨。他躺在炕上寻思着昨天的事情。噢，我喝多了倒头便睡了。寻思着，他起身往四外看。瑞芬手里托着茶碗冲他笑呢。

爷们儿口干，媳妇茶水就端上来了。这瑞芬出了奇的贤惠。今儿是黄道吉日吧？

没错，今儿是黄道吉日，瑞芬说。

这独门独院很静，听不到鸡鸣狗叫，仿佛深山古寺。杨八叉洗了脸。瑞芬说，点心预备好了。看你喝醉了，我买了杏仁茶和白糖馅蒸饼，吃着素净。

杨八叉呆呆看着媳妇，只觉得自己是许仙，瑞芬是白娘子。最可惜的是杏仁茶颜色发黑，味道老了。

眼看着爷们儿吃了喝了，媳妇瑞芬说，今儿晌午你想吃嘛？我给你做去。

杨八叉心里太舒坦了。他问媳妇咱结婚有半个月了吧？瑞芬笑着说十八天了，今儿晌午咱们吃打卤面吧！

好啊。咱俩结婚那天不就是吃的打卤面吗？咱俩天天吃打卤面就好比咱俩天天结婚。

瑞芬乘兴说，那你往隆兴海货店去买包黑木耳吧。

隆兴海货店还卖山货啊？杨八叉不解地问。

天津卫的海货店，它有嘛卖嘛！还卖冬笋、腊肉、板鸭呢。我听说隆兴老东家退了位，新换了小儿子主事。你快去买吧就别渗着啦。

杨八叉拿了钱，抬腿要走。

哎，你等等，你认识黑木耳吗？瑞芬问。

杨八叉乐了。我二十好几的人了，黑木耳还不认识啊？一手交钱，一手交货呗。

老赶了不是？我就知道你是个怯勺。告诉你吧，黑木耳这东西必须先尝后买。你先搁嘴里含着，然后慢慢嚼，不能甜不能咸，只觉着满嘴木性味，那才是好木耳呢。你记住了吗？

杨八叉说，我记住了。你们天津卫吃东西太讲究了。我得跟你好好学学，省得人家笑话我老赶。

瑞芬露出少有的笑容说，来，你含上两粒人丹，清热解毒散风固表……

杨八叉觉得媳妇挺疼人的，除去轻易不让上身，都是尽妇道的。他出了院子走上胡同。瑞芬跟随丈夫站在门口，望着他远去的背影，轻轻叹了一口气。

杨八叉出了胡同走在小马路上。看见路东那家鸡毛小店正是他以前住过的地方。他抬眼细看，却觉得这家鸡毛小店改了门面。

小店大门两侧新添一副对联，使刀子刻在木头门柱子上。

上联是：虽非作宦经商客，下联是：却是藏龙卧虎堂。横批是：乞天丐地。

杨八叉问小街边缝穷的女人，这是怎么回事？小店改字号啦。

缝穷的女人说，它改成叫花子营啦！陈小辫儿出钱买下来的。这里有位宋二爷主事。听说这宋二爷挺有学问，这副对联就是他的词儿……

这话正说着，叫花子营的大门开了，轰隆隆推出一辆诸葛亮坐的木轱辘车。杨八叉看见车上坐着以往的小报记者宋可人，如今的叫花子头儿。

宋二爷！这程子您可好啊？杨八叉又惊又喜。

宋可人庄严持重，摇了摇手中的羽毛扇，注视着杨八叉。

杨八叉走上前说，宋二爷，您不当记者太可惜了……

树起呀……宋可人郑重地叫着杨八叉的大号。俗话说，水往低处流，人往高处走。我宋可人不做小报记者入了穷家门。这算是人往高处走哇。你以为我中了状元招了驸马才叫往高走吗？人生道理高深莫测，树起啊你慢慢寻思去吧。

这番话说得杨八叉瞠目结舌，如听天书。

宋二爷……您是怎么入的穷家门这行呢？杨八叉特别好奇。

哈哈！这也是大晋小晋赶的。其实我心里明镜儿似的，我这条腿是杜笑仙派人打折的。之后又指派白宗三接我去会友烟馆养伤，故意让我学会抽白面儿。我只能顺水推舟呗。给大烟，抽！给白面儿，我他妈的正想添这宗嗜好哪。抽呗！杜笑仙这小子阴着哪。他打断我腿，还贿赂苏先生给我接错骨茬，让我变成瘸子把我从会友烟馆轰出来，盼着我变成路边倒卧。他杜笑仙万万没想到我宋某人加入了穷家门。你杜九爷不是富吗？君子报仇十年不晚。等着吧，我迟早要发穷水掀穷浪淹了他万贯家财！

杨八叉听得连连点头，犹如鸡啄碎米。

杜笑仙以为我是傻子。今儿晌午在“聚合成”，请我和陈小辫儿吃饭。假装跟我套近乎呗。

宋可人一口气说罢，伸手拍了拍杨八叉肩膀说，江湖险恶你要当心，只能自己心疼自己，就好好活着吧！

木轱辘车轰轰隆隆，宋可人被伙计推着远去了。杨八叉呆呆望着他的背影。

这时候从叫花子营里又出来一个手持划拉棒的叫花子。

这叫花子看见杨八叉便走过来说，我家宋二爷去南市富贵庄叫花子店讲学去啦！讲学你懂吗？

杨八叉好奇地说，他讲学，他讲嘛学？

讲穷学。穷——学，你明白什么叫穷学吗？我家宋二爷写了本书，就叫《穷学》。这本书比庙里和尚们念的经文还深呢！

杨八叉这才明白，人想往高处走，不光只有一条道路。穷学……就是穷的学问吧？他这样寻思着，就走进隆兴海货店。

站柜台的是个白脸伙计，令人想起戏台上的罗成。杨八叉捏了一朵黑木耳放进嘴里含着。站柜台的白脸伙计连忙说，这位爷，黑木耳可不能这么吃呀。

听了这话杨八叉脸色一沉说，你拿我当老赶是不是？我这是先尝后买！说罢他扭身坐在待客的长条凳上，独自品味黑木耳的味道。嗯，瑞芬说得对，不能甜不能咸，满嘴木性味儿……

站柜台的白脸伙计看着杨八叉，想笑又不敢笑。这时候焦四大步迈进店铺，身后紧跟着石律师和两个壮汉。杨八叉觉得心口有些难受，便起身想跟焦四说句话。他刚站起身就扑通倒在柜台前，口吐白沫。

焦四和石律师走上前来大声嚷嚷。这是怎么啦？黑木耳有毒吧！生生把人给药死啦！不好啦隆兴海货店出了人命啦……

死人啦！站柜台的白脸伙计吓得尿了裤子。

十五

赵心软躺在北屋炕上抽大烟，美滋滋好似魂灵出了窍。屋子里的烟是越抽越浓，呛人嗓子了。他丢下烟枪从炕上爬起来，这才看出这阵势不对，八成着火了。

真着火了！西屋里火苗子已经蹿上房了。他从堂屋往外跑，又看到北屋也有了火光。

小辈儿站在院子里哇哇哭着。

哪儿来的火呀？他大声问小辈儿。

我……我玩洋蜡点灯……小辈儿哭着说。赵心软急了，扯着小辈儿推开院门把儿子搡到胡同里，然后跳脚喊叫救火。终于来了几个端着铜盆的邻居。

水会！叫水会快来呀！我家着火啦！

眨眼工夫，这套小四合院成了一片火海。赵心软是鹰嘴鸭爪子——能吃不能拿。他除了扯嗓门喊叫，屁能耐也没有。

可巧来了个走街串巷卖酸梅汤的。赵心软好像见了救兵，猫腰拎过一桶酸梅汤使劲全泼在自己家门楼子上。可是火势愈发炽烈。

卖酸梅汤的老头叫唤起来，这整桶酸梅汤你全包了啦？等火灭了你给我拿钱去！

玉贞从街坊家赶来时，赵家烧成一大堆木炭了。玉贞叫了一声就昏死过去了。

赵心软对卖酸梅汤的老头儿说，你把地址留下，改日我给你府上送钱去！

我还想积点儿阴德呢。老头儿推车走了。

邻居跑来抢救玉贞。盘上腿，掐人中，抚捋胸口，捶后脊梁，好不容易才让玉贞苏醒过来。她望着根毛不剩的家院，哇哇号哭起来。

这是火烧独门呀！我们家做了嘛缺德事儿啊，一把火烧得任嘛不剩呀……玉贞边哭边叙事，思路清晰。

只有东厢房的一面墙没烧倒……咱们借这面墙先搭个棚子睡觉吧，反正天气也不太凉，赵心软小声安排着。

玉贞抹着眼泪说，小辈儿他爸你素常心眼儿这么好，前些天还弄俩老叫花子住家里。你积德行善反倒遭了火灾，这是老天爷瞎了眼吧！

玉贞你别难过了。当年我爸就是房无一间地无一垅，咱们慢慢熬吧……

你爸后来捡拾洋落交了好运呀！往后咱们往哪儿捡洋落去？还能再来个八国联军庚子之乱？

兴许就有行善济贫的。天津卫不是有九个善社吗？赵心软开导着媳妇，开始寻思如何搭建挡风避雨的罩棚。玩火惹祸的小辈儿偎在妈妈怀里睡着了。

有了难处，赵心软发现自己根本没有朋友。他一咬牙去找杂货铺的螃蟹李，借了十块钱高利贷，叫棚铺来人搭棚子。

人们都知道赵大少落了难。一把火烧得他成了没毛儿的鸡，兴许后半辈子也缓不起来。要想过富裕日子，那得来世了。

玉贞的哥哥崔瑞来了，手里拎着一把马勺。崔瑞说，听说全都烧没了，我给你拿个马勺来，省一件是一件吧。他厚增跑哪儿去啦？

厚增是赵心软大号——赵厚增。玉贞说厚增去棚铺叫人了。

赵厚增回来了，站在东厢房的矮墙前面，久久不动好像中了病。

一派烟熏火烤，东厢房的矮墙上四个大字分外清晰，就跟石刻似的。

“穷亦是福”。赵心软心里念叨着这四个大字。神道。真是神道。唯独这面墙没被大火烧塌，这四个字好像烧成瓷了……

崔瑞走过来安慰妹夫。厚增，钱财这东西生不带来死不带去，你可要想开点啊。

听了内兄崔瑞的话，他不言语，自己在心里说，这回我算是想开了，这大火烧去百病……

赵心软蹲在地上号啕大哭起来。

跑来一个善社的小力巴儿，不言不语搁下五斤馒头就走了。赵心软哭痛快了，擦了擦脸蛋子对媳妇玉贞说，你炒菜打壶酒，我跟大哥喝几盅。干的吃那馒头。稀的做锅巴鱼面汤，可别太咸了。

都烧成这样了你还讲究吃喝，玉贞听罢甩手拒绝。转念想到娘家哥哥来了，不吃白不吃。她反而加码说，我看熬几条黄花鱼吧……

崔瑞说，就用我带来的马勺盛面汤。酒我是不喝了，厚增你不是不知道，我有门槛儿在家理儿。

大哥！我看从今儿起你就动酒吧。我家都烧得根毛不剩了，对酒当歌，人生几何。你还不喝上两盅？人生无常，甭说喝酒，我还想学着抽白面儿呢。

内兄崔瑞听了这些话，惊得眨眼看着妹夫。

玉贞抢着说，小辈儿他爸你有病！你还想抽白面儿？这大火把你烧蒙啦？我看你是满嘴跑火车……

棚子搭好了。玉贞从邻居家借了炉子和灶具，做了饭。赵厚增与内兄崔瑞坐在棚下。崔瑞出人意料给自己瓷盅斟满高粱酒，引来妹妹玉贞一声惊呼。哥！您怎么动酒啦？

崔瑞稳稳当当看了妹子一眼。今儿动酒，今儿就不在家理儿；明儿不动酒，明儿就又有了门槛儿。来吧妹夫，咱哥儿俩把这盅干了。

赵心软乐了说，我家这把大火反而把大哥给烧明白了。好吧，咱哥儿俩把这盅干了！一盅酒下肚，赵心软犯了话痨。

大哥，天津卫有句话：鸡毛掸子南头窑，刷子马勺韦驮庙。在西头你们马勺崔家有一号。在东南城角提起我们老赵家，人们背地里叫我家穷赵，说我家是六月十八的财主。不就是八国联军进城我爹抢了金店洋落吗？满天津卫你数一数看一看，凡是趁乱发财致富的，没有几家能戳住的。这过眼钱财啊，早早就踢腾净了……

崔瑞插言道，河北大街开军衣铺的柳家，算保住了家底。就是专给奉军做军衣的那家……

赵心软说，我知道柳家保住了家底。再有就数我赵家了。可是一把火我也根毛全无，穷啦！以后想吃个烫牙的烧饼都买不起了。这穷的滋味不好受啊。

之后他压低嗓音对内兄崔瑞说，大哥，大火烧了家当，我反倒觉得轻松了，您说这不邪门吗？

一个街坊跑进棚子说，赵大少，外边有个男的找你。他站在药王庙门口等着，叫你快去呢。

果然，药王庙胡同口站着个摆糖摊的男人。赵心软东张西望不见有旁人，就扯开嗓门儿喊叫，这是谁找我？哪位要找我请您显形吧！我赵厚增在这儿恭候着呢。

那摆糖摊的男人笑了。赵大少，有一位赵老先生托我给你捎了个便条。

噢……赵心软接过便条打开看着，纸上写着西南城角大中旅馆甲六号房，赵缄。他心里寻思，从哪儿冒出个赵老先生？也兴许是多年没走动的本家兄弟。可是我爹活着时没听他提起有同姓亲戚啊。

赵老先生请您立马就去，这可是急茬儿的。摆糖摊的男人催促道。

赵心软想了想，冲着摆糖摊的伸手说，借我车钱我雇辆胶皮，回来保准还你。

似乎知道他家失火，摆糖摊的不大情愿地扔过五毛钱来，说您不用着急还呢。

大街上叫了辆胶皮，这位赵大少往西边去了。过了南门东道路就堵了。这辆胶皮走两步停三步，就是行不起来。

前边出嘛事啦？就跟过队伍似的。

拉胶皮的说，前面过叫花子队伍。您没看见足有好几百号人，往九善堂找杜笑仙，都说是谢恩其实是求乞。这会儿九善堂大门外都被叫花子们围黑了。

这准是宋可人领众吧？以前那个小报记者。赵心软说。

拉胶皮的说，没错。这位宋二爷新近加入穷家门，可是能耐真不小哇。要不说哪行哪业都得有文化呢。

赵心软明白了，这是宋可人给杜笑仙添堵，一定要报打断腿的仇。

拉胶皮的又说，这年头不是讲究行善吗？宋二爷呀偏偏给手下十个叫花子头儿取名"十大恶"。您说宋二爷这人够各色的吧。

胶皮往前走着，赵心软暗暗琢磨，我为人做事太实在了。急匆匆奔向大中旅馆，还不知道怎么档子事儿呢。

胶皮到了西南城角。赵心软下车走进大中旅馆。茶房听说他找甲六号房的客人，便恭恭敬敬前面引道。

这大中旅馆又格局又干净，房客也都是有身份的人。绝无引车卖浆者流。

赵心软抻了抻衣襟抚了抚头发，轻声叩响甲六号房门。

听见里边说了声请进，赵心软推门迈进去。他顾不上细看房间陈设，先定睛寻找活物儿——只见有位老先生西服革履迎面站着，很是有些派头。赵心软欠了欠身子，我叫赵厚增，请问尊驾宣我前来……

请坐请坐。老先生口气和悦。恩公啊，您怎么认不出我啦……

赵心软听罢愣住了，恩公这种称呼以往只在戏台上和评书里听到，属于老世年间的称谓。此时此刻赵心软仔细打量对方，不由惊讶起来。哎哟，敢情是您呀！

这位老先生正是东厢题字不辞而别的老叫花子。赵心软被眼前景象弄糊涂了，您别是微服私访的八府巡按吧？我这给您老人家行礼啦。

这位赵老先生笑容满面。我昨天从沈阳过来的。一到天津就听说你府上失火，大人孩子还都太平吧？

这把火烧得挺暖和的，请人搭了罩棚，全家倒是还能凑合着……

一会儿我就得上火车去外埠，时间仓促我跟你交个底儿吧！赵老先生给他沏了热茶，打开了话匣子。

我姓赵名路行，别号乞瓮。在老家开封是数得上的富户。我爷爷做过巩县的知县，我父亲在山西做官。祖产传到我手里光大宅院就有五处，另好几百间房子。我在四十岁那年不知为什么，一下子就迷上了行乞，只觉着四处游荡沿途乞讨乃是人间最为快意的事情。每次我外出行乞，家里都费尽周折把我找回去，我在家里忍些天又跑出来。我行乞上瘾啦！家里实在没办法，老伴儿只得跟我出来，如今已然二十年了。我俩一路行乞，已经到过十八个省了……

赵心软打断了他的话，您老人家这是跟我讲笑话吧？就跟三不管儿说评书的赛的。

赵老先生正色道，老汉我句句实情，绝无虚言！这次去沈阳是本家侄子成婚，请我们老两口前去。我不能以叫花子打扮贺喜吧？这才改为西服革履的样子，坐火车来到天津。赵路行说罢，冲着套间里小声呼唤。

老伴儿你穿装好了吗？出来见见这位恩公吧。

一位穿绸戴缎的老太太从套间里走出来。赵心软一眼便认出对方。衣着阔绰的老太太满面慈祥说，小辈儿好吗？他又长高了吧？我还挺想那孩子的。

赵心软听罢心头一热。小辈儿这孩子经常念叨爷爷奶奶，总盼着你们再带着他上街做生意。他还梦见过你们呢。我看这孩子是忘不了你们老公母俩了。

这两位老人听罢连连点头，满脸欣慰的表情。

赵老先生取出一沓钞票说，贵府失火我理应出力相助。略备薄礼三百块吧。你先租房子置物件。其实几千几万我也出得起，只是不想过腴了，有情后补。我这里有本书，送给你留个念想吧。

老太太补充说，我们里边穿着叫花子衣裳，外边罩着这身行头为了住旅馆方便。一会儿出旅馆就找个清静地方脱掉外罩,变回我们原来的模样。所以还得请你给我们帮个忙……

赵心软听明白了,您这三百块钱我收了,谢啦。好吧,咱们走吧。

老两口衣着体面举止富态,走出大中旅馆。赵心软后边随着,就跟小伙计似的。走上南马路他前头引路,奔了黄家粪场。说是粪场其实是个地名。这里特别清静,几乎没有住家。赵心软站在矮墙头外边,望风。

老太太动手脱掉春绸裤褂,露出里面打着补丁的粗布衣裳。她颇为感慨地对老头子说,我总算扒掉这层皮了,穿绸戴缎的难受,穿补丁粗布的舒坦!

老头子也脱掉西装和皮鞋,用力做着深呼吸说,哈哈!老伴儿啊咱俩又成叫花子啦……

赵心软隔着矮墙头问道,您二位已然入了穷家门吧?

老头子连声说,没有没有。我们没帮没派,随遇而安,行走天涯。说罢老头子从地上捡起根木棍儿,牢牢拄在手里。老婆子把两个人脱下来的好衣服系了个小包袱递给赵心软。

这几件衣裳我们只穿了两天,请您不要嫌弃啊,就算是给小辈儿留个念想吧。

已然变身为老乞丐的赵老先生拱手行礼说,赵大少爷,我们就此别过,无论后会有期还是后会无期,我和老伴儿都祈祷您全家太平!

赵心软望着他们的背影喊道,二老多多保重!天热了别吃犯歹的东西……

赵心软知道后会无期了。他毫不犹豫地穿好老头子的西服和皮鞋,拎起老太太的春绸裤褂,一路快走奔家而去。

半路上有人吆卖小报,特意说是刚刚上市的《穷报》。赵心软拿在手里端详,报头位置赫然印着:特聘主笔宋可人。

我的天啊,这位宋二爷本事太大了,又在穷家门里办起报纸!天津卫,大码头,奇人奇事顺水流啊。

他再细瞧这张小报，对开，竟然有七八个栏目：穷吃，穷穿，穷活命，穷的学问，穷不怕……在“穷出头”这个栏目里，赵心软读到一则最新消息。

哎哟，杨八叉死啦！他尸体摆在隆兴海货店门口整整三天，隆兴海货店大掌柜的撑不住了，只得赔了大洋八百块私了……

敢情穷出头就是死啦？杨八叉一条人命被卖了八百块钱。赵心软惊得出了一身冷汗，心里咯噔一下明白了。他妈的，这穷天穷地穷世界，敢情做嘛生意的都有。这才叫穷而后工呢。

十六

在南市首善街西边一条胡同里，赵心软赁了两间空房，全家搬进去住了。他托跑合儿的孙铁嘴把烧成空场的地皮卖了，彻底告别过去的生活。

玉贞穿着老太太留下的春绸裤褂，显得肩是肩腰是腰，就好像是给她定做的。赵老先生留下的那身西服，赵心软没再享用，天天挂在家里供他瞻仰。

居家的日子过得很快。这天吃过早饭，媳妇玉贞说了话。小辈儿他爸，自从咱家失火败家，我倒觉得你是个沉得住气的人。你别整天在家闷着了，出去找点儿事做吧。

赵心软居然思索起来。玉贞啊，你说我要手艺没手艺要学问没学问，我出去能做嘛事由呢？

嗨！老丁家穷了还会蘸糖堆儿呢，你不比丁大少有能耐！

赵心软受到媳妇鼓励竟然无动于衷，倒在炕上抽起了大烟。玉贞说，你千万别学会抽白面儿，听说有人专门卖那种东西。

等我穷到山塌水泻的地步，再学着抽那玩意儿吧。

玉贞不愿丈夫再耍贫嘴，给他指派活计说，你出去买点卤油，咱们蒸大菜包子吃！你带上小辈儿去吧。

爷儿俩穿戴整齐，一大一小出了家门。赵心软领着孩子出了胡同,一外路口音小伙子迎面走来,跟他打听宁家大桥怎么走。赵心软说奔西再往南拐。小伙子怯怯地道了谢,就往前快步走去。

这个外路口音的小伙子走出十几步，一个身穿粉红小褂的小媳妇走出院门，手里端着一瓷盆小枣。这小媳妇直勾勾盯着这个小伙子,一声尖叫扔了手里瓷盆,扯开嗓子哭号起来。治成啊,你可回来啦！这半年真是想死我啦!

外路口音的小伙子连忙说，我叫仁福不叫治成啊！你认错人啦……

这时焦四从院里走出来大声说,妹子你看花眼啦,这个人不是你爷们儿治成!

赵心软认出这个女人就是焦瑞芬,暗暗叹了口气。这种黑道生意无本万利啊。焦四以穷发财,杨八叉因穷丧生……

这时那个外路口音的小伙子已经被焦四请进院子里叙谈了。赵心软硬起心肠,自言自语。我的老天爷啊,这又是个倒插门女婿,我赵厚增这就叫见死不救吧?

赵心软自责着,领着小辈儿出了胡同,前边就是杜笑仙的九善堂开设的周困济贫的大棚。这大棚冬天舍粥,以免叫花子们在寒风中冻馁而死。眼下正是春景天,大棚不舍粥,偶尔放发杂合面窝头儿。

小辈儿手里端着那只本该去买卤油的大碗,噌地就窜进了大棚,没等赵心软回过神儿来,这孩子大碗里盛着两个饽饽就跑回来了。这时候赵心软明白了,伸手扯住儿子的耳朵。

咱们不是来这儿求食的！我看你天生就是个小叫花子……

小辈儿挣扎着说,我伸手递过去大碗,那人就给我两个饽饽……

赵心软觉得儿子已经成精了,只得摇头苦笑说,你小子比爹强百倍啊,我在你这年岁还天天尿炕呢。

爷儿俩接着朝前走,又遇见叫卖《穷报》的,赵心软掏钱买了一份,看见上面登了不少广告——穷记布店开张,价钱比正经布店便宜五折还多。穷记饭馆专门给叫花子们包伙食，一年只收八个月饭钱。头版下角有篇小品文，题目叫《死不起》，文章告诉人们有八种最便宜的死法，连棺材都用不着。

赵心软在新闻栏里看见大字标题：杜笑仙选票不够数，宋可人当选区议员。

我×！赵心软爆了粗口对小辈儿说，这位宋二爷了不得，兴许就能当上南市的市长。

他领着小辈儿去了隆兴海货店，站在柜台前面寻思着杨八叉暴死的场面。这时他抬头瞧迎面挂着个木牌，上写八个大字："万勿品尝，后果自负"。

听说杨八叉连棺材都没混上，焦四图希省钱用苇席卷了尸首，埋到西营门外乱葬岗了。

赵心软笑着对站柜台的黑脸伙计说，我买五毛钱黑木耳。

对不住您哪，本店没有黑木耳，连白木耳也不卖了……

你们大掌柜的真是个老实人啊。赵心软发感慨说，天底下穷人太多，死也死不迭，总是有撞进网里的。

他买了一碗卤油，小辈儿手里拿着那两个饽饽。爷儿俩回到家。小辈儿进门就挨了妈妈一巴掌。玉贞又嗔又气地说，小辈儿！我看你今生今世是饿不死了，从小就有讨吃讨喝的本事。

小辈儿挨了打并不哭泣，反而嚷嚷着提出要求，妈妈，你用这卤油给我煎饽饽吃吧，拿虾皮跟葱花炝锅！

赵心软累了，一歪身子躺到炕上翻出那本书看了起来。这就是赵路行老先生临别赠送的《人世间：一百零八条道》。

他读进去了，读到天黑忘了吃饭，几次被玉贞催促才放下手里的书。

厚增啊，你这是要去赶考吧？我看你要中了状元也是个陈世美。

晚间睡觉了。赵心软将玉贞搂进怀里说，我得把你养得胖点儿，你太瘦了。

过穷日子我能不瘦吗？你有嘛本事把我养胖了？

我自然有办法。只要咱的买卖开了张，玉贞你就等着浑身长肉吧。

赵心软按照《人世间：一百零八条道》上讲的，跑去达仁堂抓了六味草药，去老西儿开的染料店买了二两红矾。他把这六味草药放在个坛子里。泡上三斤白酒。

玉贞啊，这药酒泡到第六天就成了，超过六天劲头太大，我降不住啊。

玉贞嘻嘻笑着问，这药酒一定是强肾助阳的吧？我就知道你恨不得弄死我……

臭娘儿们你净想美事儿呢。赵心软思索着，翻了翻黄历书。

玉贞又说，我总想起姓焦的那伙人，你说他们得害死多少人啊。

猪往前拱，鸡朝后刨。人生在世，各有各的道道。有的人靠坑害别人活着，有的人靠祸害自己活着……

玉贞截住他的话，我看这两条道儿你都不能走，咱吃一辈子窝头咸菜，认了。

你要是这么说，我只有最后一条道可走了。

最后一条道？你要死啊！玉贞急切地问。

赵心软慢悠悠地说，那就去死呗。

你去死？我还没浑身长肉哪！你要去死也得让我享上几天清福。玉贞气得嚷嚷着。

百姓人家的光景过得挺快，说着说着天儿就冷了。天津卫讲话，腊七腊八，冻死叫花儿。大地被冻得裂出一道道口子。大街上冷冷清清路见人稀。

只要过了晌午，南市的人们还是出来活动了。从西南城角上了电车，崔瑞在南门东这站下电车，一路顺着东兴街奔着妹子玉贞家来了。头年热天里崔瑞的老婆添了一对儿双子，加起来总共六个孩子了。崔家上有多病的老爹，身边有个经常要喝汤药的媳妇，全家九口人吃饭,全凭崔瑞卖马勺糊口。进了冬景天没有多少人来买马勺。崔家日子就难熬了。他明知妹子家里也是穷时荒业,不得已顶着西北冽子还是跑来借钱了。

前边大街边聚了一群人。人群儿里站着个光膀子男子。这大冷天没有棉衣裳穿，看来我崔家还不算最惨的。这男人赤裸上身冻得通红,下身只穿了黑粗布单裤,站在寒风里瑟瑟发抖。

这赤膊男子手里拎着洋皮铁桶,分明是行乞讨钱。

只听当啷一声响——有人向洋皮铁桶里扔了块银圆。阿弥陀佛,你先找地方暖和暖和,钱凑够了赶紧买件棉袄穿上。这个慈眉善目的居士说道。

崔瑞伸长脖子朝洋皮桶里望去。半桶了有票子有硬币。这时他仔细打量那男子,差点儿叫出声来。

妹夫！我的老天爷……

赵心软石头人儿似的,无动于衷。旁边有人问崔瑞说,这人是你妹夫?

崔瑞立即改口说,我是说“美孚”,这洋皮铁桶是美孚牌煤油桶……

不断有人向洋皮铁桶里扔钱,发出或清脆或沉闷的声响。

崔瑞抬腿就往妹子家跑去。他进屋看见玉贞正坐在炕边包饺子呢。

妹子!怎么妹夫变成叫花子啦?他光膀子讨钱就不怕冻死啊!崔瑞气喘吁吁地说。

他冻不死！玉贞笑着问哥哥说,您看他铁桶里的钱满了吗?

崔瑞急了说,妹子！你们这是要钱不要命啊！我这就拽他回家来……

话音未落,赵心软光着膀子推门走了进来,上身冻得红里泛紫。崔瑞脱下棉袄就往妹夫身上披。赵心软躲闪着,笑了。

大哥,我冻不死!我这是上街做生意呢。你张口叫妹夫,我不能应声啊。我做这种生意必须一腥到底,不能露了底子。

一腥到底?以制作马勺为生的崔瑞不懂江湖切口,愣怔着。

玉贞迎上去拿手巾给爷们儿擦了擦脸。哎哟，你出去半个多钟头,这桶里就快满啦!这穷家门的生意真是无本万利,怪不得宋可人下了海呢。

玉贞欢天喜地把洋皮铁桶抱到炕上,好像得了聚宝盆。她转身拿起个酒瓶子,用棉花蘸着已然变成红色的老白干,轻轻往丈夫身上搽着。

妹夫妹子,你们这到底是怎么档子事儿?崔瑞急忙问道。

赵心软开始讲解了。我用六种草药泡成药酒,加进半勺红矾,用棉花蘸着往身上涂抹,这肉皮就变红了,这颜色跟冻红的一模一样。我浑身就跟着火赛的，根本不觉着冷!临出门我喝上两口这种红矾酒,五脏六腑热透了。我拎着铁桶在大街上站着,能扛个把钟头不觉得冷。

玉贞兴奋地指着洋皮铁桶说,哥,这就是厚增半个多钟头挣回来的钱……

崔瑞连连咂嘴说,如果不是今天亲眼所见,你打死我也不信世上有冻不死人的药!

赵心软穿上小棉袄说,一会儿我再出去一趟,得换个地方了。

崔瑞打量着洋皮铁桶揣摩道,这够全家吃几天的吧?

玉贞一撇嘴说,半个月也饿不死!自打进了腊月厚增出去做这种生意,进项够吃半年了。不过,他也不能天天出去,更不能站错了路口,穷学是门学问,里面学问深着呢……

这都要感谢人家赵老先生留下的书，那天厚增看完这本书跟我说,开了天目啦!开了天目啦!玉贞说着脸上露出神秘之色。

赵心软脱下小棉袄光着膀子,喝了两口红矾酒,从地上拎起洋皮铁桶对崔瑞说,大哥你等我回来,咱哥儿俩在家喝两盅,吃了晚饭去玉清池烫澡,烫了澡去中国大戏院听戏,谭富英来天津啦。

我陪你去吧?崔瑞不放心地问妹夫。赵心软已然不是当初的赵心软了，他老油条似的笑了笑说，做这种生意没有配对儿的，你要让那些善心人以为你是光棍儿！

赵心软走出家门换了个方向，朝着俗称夜市的平安大街走去。他心里盘算着，过几天要去老北开那边做生意，不能死认一块地界儿。等过了年进了正月，我就往靠近日租界那边挨冻去……

他正寻思着，只听咣的一声好像有块金砖扔进洋皮铁桶里。他低头细看，不是金砖是块大砖头。

抬头看见一位爷端坐在胶皮上，他身穿皮袍头戴水獭帽，一时看不清相貌。赵心软看出这块大砖头是这位爷扔进桶里的。

我万万想不到你怎么干了这行？前几天有人报告说有个光膀子的在我地盘上做生意，哈哈原来是赵大少……

赵心软凑近两步仔细打量，这位爷原来是宋可人。

宋二爷……他猫腰要从洋皮铁桶里取出那块大砖头。

你不识货吧？这是庚子年留下的老城砖，我送给你做个纪念吧。好啦，你在我地盘上做生意就做吧。我赏给你这口饭。不过……你过来跟我说详细了。

赵心软疑疑惑惑凑上前去，好像大臣听皇帝的圣训。

坐在胶皮里的宋可人低声说，你说实话，做生意是用的红矾酒吗？

赵心软点点头，说是从书里学到的。

宋可人凄楚地摇了摇头。这玩意儿冬天用了，转年三伏天它要发出来的，让你浑身长满小疮，小疮流黄水要流到白露才会封口呢。

赵心软低声回复说，这事儿我早就知道了。谢谢宋二爷关照。您不知道吧？进了夏天我就凭着满身黄水小疮往铁桶里挣钱呢。

宋可人连连摇头感慨不已说，赵大少真是个挣钱的耙子。你别忘了毒火攻心，那时候命就不保了。

赵心软深深鞠了一躬说，宋二爷您放心，我干不了两年就金盆洗手呗。

第二年三伏天，赵心软果然生了满身黄水小疮。他又凭着黄水小疮在街面上做了生意。他的洋皮铁桶里总是放着那块老城砖，亲手拿毛笔在这块永乐年间烧制的大砖上写了一堆墨字：人穷要脸面，人富要肠胃，不穷不富要屁股。

玉贞弄不明白这是哪家的至理名言，就挖苦爷们儿整天光想着屁股的事儿。赵心软自有道理说，你妇道人家不懂人生道理。

入秋天气凉爽了。他托孙铁嘴兑回那块火烧独门的地皮，原模原样盖了一套小四合院，但是比原先单薄了，有的三七墙改为马连踩。赵心软不再追求百年大计，人生就是样子货。

七七事变了，日本人占领天津卫，华界处处飘着膏药旗，满城都是大药铺。

玉贞搬进故地新居，满心欢喜对爷们儿说，小辈儿他爸你猜我多少斤呀？一百六挂零儿！我胖得就跟天天喝大油似的。我劝你洗手别干了，咱们有了这个家底就过太平日子吧。

赵心软愤愤不平地说，咱有了这个家底，街坊邻居照样儿还是叫咱家穷赵！

咱又没卖屁股！穷赵富赵又能怎么样呢？一身肥肉的玉贞已经学会抽烟，叼着红锡包牌烟卷儿不以为然地说。

我听说宋可人成立了叫花子军，他南下投奔老蒋去了。老蒋迁都到了重庆。宋可人这趟道不近啊！赵心软感慨着。好吧，这兵荒马乱的我洗手不干啦。先坐吃两年再说。听说就连梅兰芳都留着胡子不唱戏了。

这时小辈儿九岁了，说话有些口吃外加大舌头。仍然被称为“穷赵”的这户人家一声不吭一语不响，过起了流水般日子。

十七

乱世英雄起四方。天津卫的杂霸地袁文会投靠日本人，成立一千五百人的袁部队。天津南市三不管儿的江湖生意照旧。金皮彩挂评团调柳，还是样样挣钱。

赵心软整天躺在家里抽大烟，却觉得不过瘾。他知道除去烟瘾自己还有“乞瘾”，只好强忍着。

一天过晌，赵家院门外边来了位失目的老头子，口口声声进院请教。这独门独院是赵厚增先生府第吗？

嚯！这是从哪儿来了个文丐啊，听口气就跟前清大学士似的。赵心软起身迎出去说，在下就是赵厚增！

我可算找到你了。河南开封的赵乞翁你认识吧？他临死前把这只匣子托付给我，一定要我送到你手里。

赵心软接过这只红木匣子，当即打开细看。失目的老头子拄着麻杆走了。

这只红木匣子是红呢衬里，看着很是考究。可惜这只是个空匣子，没有任何内容。赵心软把这只红木匣子供到龛上，想起已然故去的赵老先生，心里有些难过。

色即是空，空即是色。他望着供在龛位上的红木匣子，想起《心经》。莫非赵老先生这是在点化我？

当年赵大少爷动过做居士的念头，当个佛界的俗家弟子。如今没了这种心气儿了，反而乐意过俗世的日子，尤其化装成叫花子上街行乞，这日子有滋有味赛过神仙。乞瘾赛过烟瘾酒瘾赌瘾奸嫖瘾。赵心软彻底体会到赵乞翁夫妇抛家舍业四处行乞的乐趣了。这既是宿命，也是前世没有满足的瘾啊。

一天，玉贞带着一身肥肉回娘家看望得了肺痨的哥哥崔瑞。家里剩下赵心软和小辈儿。乞瘾难耐。他对小辈儿说，咱爷儿俩上街玩玩儿吧。之后他动手打扮小辈儿。九岁的小辈儿记性特好，立即想起五年前带他上街行乞的叫花子爷爷和叫花子奶奶。

爸爸，你这是领我出去当小叫花子吧？

赵心软说，你知道京戏票友吗？那叫有戏瘾，不唱难受。今天咱爷儿俩玩票儿，就跟票友过过戏瘾一样。

小辈儿很是赞同爸爸的想法。于是爷儿俩穿戴妥当，走出家门上了南马路，手拉手往南市深处走去。小辈儿人小鬼大，浑身冒精气。赵心软叮嘱儿子说，小辈儿你别做得太过火啦。

爸爸您放心，圆了粘儿我立马变成个缺心眼儿的孩子。谁见着我谁都得觉得我可怜！

爷儿俩在清和街上站定，选了块既朝阳又通风的地界，铺上破苇席头，小辈儿一屁股坐下。赵心软立在儿子身后，一脸哀苦之相。

这时候他张口做生意了。尽管不属于穷家门里人，他使用的却是江湖上的“哀怜口”，字字凄苦，句句催泪。

这位大恩大德的君子人啊，这孩子没爹没娘没亲的没热的，我也没钱给他换季，请求众位帮帮吧。我就是来世当牛做马，也要报还您的大恩大德……

小辈儿哭丧着小脸儿，埋头坐着不言不语。

只做了半个时辰生意，爷儿俩就下了街。小辈儿心算着说，爸爸，我早计算出来了，咱们一个钟头敛了不到两块钱！

今儿太过瘾啦！咱不在乎钱多钱少，只要过瘾就行啊。这钱留着过年给你买炮仗吧。你千万不要告诉你妈妈。

下晚儿玉贞从娘家回来了。她惊诧地问赵心软，今儿你怎么满面红光的？小辈儿脸蛋儿也显得水灵了。

赵心软打着马虎眼说，是啊，你这身肥肉膘子，我们爷儿俩都托你的福呗。

第二天玉贞出去串门子。赵心软又忍不住了，带领着小辈儿又奔了老地界。一路上他寻思着，人世间做生意都要有本钱，只有行乞是无本而获利的生意，只要你有条破嗓子吆喝就是了。供养嗓子的本钱就是喝凉水。

来到庆善街“六国饭店”附近，他刚摆开地势还没做生意，有人站在背后拍了拍他肩膀说，兄弟，既然你穷得没饭吃，我给你找个大饼夹牛肉的地方吧！那活儿也不累，还管茶水喝。

赵心软回头看，这是两个歪戴帽子斜瞪眼的混混儿。再仔细打量,左边那个混混儿正是焦四,冲他咧嘴笑呢。赵心软登时明白了,这是袁文会派人出来抓华工,送到日本去做苦力。他转身撒腿要跑,迎面上来三四个大汉,一声吆喝架起他双脚离地,快步往远处跑去。

他大声喊叫着。我不是叫花子,我是出来玩票儿的！焦四你瞎了眼啦！我赵厚增是良家子弟啊……

他就是变成驴嗓门儿也是白喊白叫。南市这地界没人愿管闲事儿,尤其没人敢管大混混儿袁文会袁三爷的事儿。于是,这位依然被街坊邻居称为“穷赵”的赵大少爷,被几个混混儿弄到小胡同深处,顿时没了踪影。

小辈儿坐在破苇席上,好像睡着了又好像刚刚醒来。他哪里知道亲爹已经被送往塘沽码头了。这鬼头鬼脑的孩子,此时专心专意做起了乞讨生意。

他大声哭号起来,娃娃嗓门儿却也是字正腔圆。

可怜可怜我这没爹没娘的孩子吧！可怜可怜我这没爹没娘的孩子吧！

蟋蟀本纪

一

我认识老六比较晚，先认识他妹妹小茱。小茱是四年级转学来的，基本属于门门功课都要补考的差生，估计难以成为合格的无产阶级革命事业接班人了。我是戴“两道杠”的学习委员，班主任将帮助差生的任务交给我，当然是帮助小茱。

小茱圆脸小眼睛，嘴巴偏大，这副长相确实不讨老师喜欢。我认为她成为差生应当跟长相无关。小茱父母相貌都挺好的。

读到小学五年级，学校停课闹革命，风起云涌。不光小学停课，初中高中大学全都停了。不光天津停课，全国都停了。停课没了管束，学生们反而不适应了。我还想履行学习委员的职责，跑去找小茱讨还语文作业本。

小茱家住在福安大街，属于天津南市地区。走进大杂院二道门左首，一明两暗总共三间房，住着一大家子人。

小茱的哥哥老六留着王连举式的分头。王连举是后来革命样板戏《红灯记》里的叛徒。这家伙倚在门前煞有介事地说：“破四旧，立四新，你一个男生找我妹妹干吗，我看你有资产阶级坏思想，是不是？”

老六表情里渗出几分嘎笑，使人想起早熟的倭瓜。谁都知道老六前年就应当读初中，如今仍然是小学六年级学生。天津人把留级叫

"蹲班",这词儿听着挺生动的。老六连年蹲班,蹲得嘴唇生出毛茸茸的胡须。

我向这位蹲班冠军汇报说:"小茱借了我的语文作业本, 三大纪律八项注意,女生找男生借东西也是要还的。"

老六怔了怔。他右眼有些斜视,两只眼睛显然不是一条心。这种毛病被孩子们称为"右派"。长大别说当兵,当售货员都不合格。所以,母亲曾经低声警告我,"长大成人,还是不左不右的好!"妈妈说得对,不左不右就不斜视,参军体检没问题。

"反正永远不用抄你作业了,今天还给你好啦!"我的语文作业本随着小茱的声音从窗户里飞出,窝窝囊囊落在我脚下。

差生小茱平素脾气绵软,总是低眉顺眼的,停课以来好像吃了戗药,变成个豪气冲天的小樊梨花。樊梨花我是从评书《薛家将》里听来的,樊梨花是薛丁山的媳妇,南征北战,武艺高强,巾帼不让须眉。

不论樊梨花还是薛丁山,这些人物通通属于四旧。那间评书场已经改成存车处。小茱的爷爷在那里看自行车,胳膊上戴着红袖章,时刻提防着坏人,反倒把自己弄得紧张兮兮,好像坏人不是别人而是他老人家。

我猛然明白了,小茱变得豪气冲天是因为学校停课,停了课她就不是差生了,所以有了脾气。我从脚下捡起自己的语文作业本,发现小茱在封面上画了五个小人儿,写了"地富反坏右"五个字。想到小茱原本就是个胡抹乱画的女生,我也不跟她计较了。

这时,屋里猛然爆发出哭声——不是低泣而是尖号,一声声好像母鸡被人踩了脖子。我不相信这是小茱的哭声。一个女孩子怎么会发出这种响动呢? 让人以为屋里另外有个泼妇。

小茱的哥哥老六再次露出嘎笑,目光依然斜视。"没事儿,这是我妹妹哭着玩儿呢,学校停课在家没事儿,反正闲着也是闲着呗……"老六懒散地解释着,抬头冲着天空打个哈欠。

闲着也是闲着,小茱竟然哭着玩儿? 我无法理解老六这种解释,拿起语文作业本回家去了。

这是夏深秋浅的季节，高处是蓝天，脚下柏油路，大街上处处贴着革命标语。倘若学校不停课，已然到了暑假开学的日子。我夹着语文作业本前往大兴街废品收购站，交了一只铅皮旧牙膏袋，换回贰分钱硬币。兜里有钱，心里就有底气。

一群身穿绿衣绿裤的半大小子，操着满嘴京腔耀武扬威叫喊着“抓狗崽子”，沿着荣业大街追了过去。我知道他们不是抓狗而是抓人，便蜷缩着身子望着远去的绿色身影，紧张的心情有所缓解。我知道他们并不晓得谁是“狗崽子”，一旦你被喊喝声吓跑，他们就认定你是狗崽子，一路穷追不舍。

我给三十六计新添一计——“故作镇定”，反正他们也不清楚你的家庭出身，稳住心神就是了。

我坐在淮海电影院门前石阶上，目光往左投向平安旅馆的胡同口。平安旅馆已经改名红霞旅社。起初广大革命群众不同意，说红霞属于风花雪月性质，太不革命了。旅馆经理刘大水解释说，毛主席诗词《七律·答友人》有“斑竹一枝千滴泪，红霞万朵百重衣”的句子。革命群众听罢没辙了，只得散去。

我观察着红霞旅馆旁边的胡同口，暗暗期待老本的出现。初秋季节的老本半夜下洼逮虫儿，转天正午露面。老本做的是秘密勾当，必须闪来闪走，速战速决，一旦出了货立即转移，消逝在小胡同深处。正午时分人们在家吃饭，路旷人稀，正是老本的安全时间。

阳光当头直泻而下，晒得柏油路发软，踩着走路使人想起大资本家韩德榜家的客厅地毯。前年热天抄家，革命小将从韩德榜家后院搜出五百只蛐蛐罐，据说都很值钱。革命小将当场咣咣咣全部摔碎，蛐蛐罐的残片堆成小山包。韩德榜的老伴寻了短见，他本人被轰到平房里住着，一间小屋不足八平方米，像个山洞。住在山洞里的韩德榜活像北京猿人。

代代红电影院不放电影，改成备战备荒的粮食仓库，里面存满来自东北的黄豆。我坐在黄豆仓库大门前,望见小茱的爷爷走了过来。他时而东瞅时而西瞧,那表情唯恐踩上地雷什么的。人家杨白劳外出躲债也不像他这种样子,远远看着让人揪心。

我起身向老人打招呼。从小妈妈教育我对待长辈要有礼貌,见面主动说话而且要用敬语。把“你”叫“您呐”,把“他”叫“您”。

小茱爷爷定住眼神打量我:“这位小将,你是侯老师的儿子?”

以前,天津卫长辈见了小孩子通通叫“宝贝儿”,以示亲近与热络。如今实行革命化,一律改称“小将”。

我点点头说是。小茱爷爷似乎心生疑窦:“这位小将,你真是侯老师的儿子?”

我再次点点头说是。老人家依然疑心重重。我索性不再解释。小茱爷爷反而相信了:“你妈妈还在红光农场劳动?”

是啊,我母亲吃了十几年粉笔末,下放红光农场种田改吃黄土了。然而不待我回答,老人家眉头紧皱,思路跳转:“小茱奶奶又犯糊涂毛病,我担心她走丢了……”

我思路跟不上小茱爷爷,只得哑言。他老人家上下打量我,“红光农场粮食够吃吗?”说完满脸疑惑地走了。

这时候,老本出现了,一闪身钻进红霞旅社旁边胡同里。他肯定跑向胡同深处的垃圾楼,那里是秘密交易地点,就跟电影里特务接头似的。

说起特务,小茱跟我说过她从小最想做女特务,电影里的女特务们吃得好穿得好,打扮得漂漂亮亮,还把指甲染成红色。

小茱竟然向往女特务的生活,这令我惊讶。我认为她应该喜欢《红岩》里的江姐,人家江姐身穿蓝色旗袍大红毛衣也很漂亮,只是没染指甲而已。

我跟小茱完全不同,我没想过做男特务。我从小喜欢蟋蟀。天津人把蟋蟀叫蛐蛐。身边没人知道我养蛐蛐的起源,这跟大资本家韩德榜有关。

工厂实行公私合营,资本家吃股息,韩德榜还是很有钱的。他不烟不酒,连茶也不喝,只嗜好斗蟋蟀。每逢夏季便有人送货上门,无论来自山东的还是河北的,韩德榜掏钱认购从不拒付,因此名声极好。韩德榜是个不知满足的人,他办工厂就是这样,因此他的工厂生产的电动机全国有名。他玩蟋蟀同样讲究优中选优,一旦又购得好虫儿,便将略显逊色的蛐蛐淘汰,是个“精益求精”的大玩家。

韩德榜淘汰落选的蛐蛐,不像别的大玩家那样抬脚踩死,而是遵循人道主义原则——放生。前几年每逢暑假,我半夜潜在韩德榜家附近,寻声捕捉他放生的蛐蛐,不时会有收获。大玩家淘汰的士兵,落在小孩子手里就是大将军。大资本家韩德榜永远不会知道,暗中他有个继承者是我——乳名“鸬鹚”的男孩儿。

天津卫的大玩家斗蛐蛐,俗称“下圈”,其中规矩森严、技法高超,赌金似流水。被称为“四大道场”的斗蟋蟀场所几经取缔,大玩家们销声匿迹,韩德榜被扫地出门,五百只蛐蛐罐被摔成碎片。没人敢下圈了,改为悄悄饲养,只图夏夜听听虫鸣而已。

没了放生的大玩家韩德榜,我自然无所继承,只得攒钱购买老本的蛐蛐。全中国掀起“破旧立新,兴无灭资”的高潮。老本做这种玩物丧志的生意,一旦被捉后果不堪设想,因此他像一只机警的孤狗。我觉得老本冒险是图希赚钱。他好像急需钱用。

一块云彩飘过来,遮灰了半条街,这好像在给我打掩护,趁着没有太阳立即起身窜进胡同里。小茱奶奶白发苍苍迎面走来,目光凝滞表情僵硬,好像蜡人上路了。

从前,小茱奶奶天天念经,大悲咒华严经什么的。后来破旧立新改念毛主席语录,为人民服务愚公移山什么的。“我们的共产党和共产党所领导的八路军新四军是革命的队伍……我们都是为了一个共同的革命目标走到一起来的……”

小茱奶奶学习“老三篇”颇有收获,逢人便说毛主席就是救苦救难的西天如来佛祖,毛主席就是大慈大悲的南海观音菩萨。

毛主席是屹立世界东方之巅的革命领袖，怎么可以比作西天如来佛祖呢？这是西风压倒东风。小茱奶奶遭到广大革命群众的批判，罪名是严重贬损伟大领袖光辉形象。吃尽苦头的小茱奶奶恨不得取来针线缝严自己的嘴巴。她从此不敢妄言，改为自说自话了。

我听不清小茱奶奶的自言自语，闪身给她老人家让了路，撒开脚步奔向胡同深处。这时老本躲在垃圾楼后面，低头缩脑点燃了烟卷，使劲儿吸着。

一群苍蝇嗡嗡飞来，微型轰炸机似的在老本头顶盘旋。面孔清瘦的老本浑身散发着难闻的气味，好像在跟垃圾楼竞争。我不顾脏臭凑过去，发现今天老本没带那只装蛐蛐的竹篓。

老本突然伸长脖子，目光定定地投向我身后。正午的阳光烧烤着我们。老本的眼神凝滞了。

我扭身低头看到来了四只大皮鞋，抬脸看见两个男人：一个粗壮黢黑，一个白白净净。大热天穿着这种大皮鞋，当然显得很神气。

"舒本胜，你吃了虎心豹胆？还敢走资本主义道路！"粗壮黢黑的男人伸手指着老本鼻子，叫着他的学名。我看见这人手指甲缝儿积满黑色油泥，他不会是个修理自行车的吧。

老本倒退两步，脊梁贴在垃圾楼大墙上："你们管不着，你们是社会闲杂人员……"

白白净净的男人飞快地从裤兜里掏出红袖章戴在左胳膊上，立即有了身份："你再说我们管不着？我们红联会代表东风街革命群众制裁你！"

粗壮黢黑的男人瞥了瞥我说："老本！你用蛐蛐毒害无产阶级革命事业接班人，你就是教唆犯！"

"我今天没去逮虫儿，我在海河边帮着捞死人呢……"老本无力地抵抗着。

"看来你是顽抗到底！"这两个男人上前将老本摁住，从他衣兜里搜出几根三寸长的细竹管儿。

我知道,这种细竹管儿是蟋蟀容器,一端是竹节,另一端用硬纸团塞住。一根竹管儿里盛着一只蟋蟀,既不损伤虫子又便于携带。

粗壮黢黑的男人缴了老本的械——那几根细竹管儿顿时成了战利品。白白净净的男人摘下左胳膊上的红袖章，当作手帕擦着额头汗水。红袖章遇水掉色,他擦红了自己的脸,不知脸红地说了声:“撤吧”。

两个穿大皮鞋的男人大摇大摆地走了。老本瘫坐在垃圾楼墙根下,脑袋耷拉着好像被人扭断了脖子。

我慢慢凑上前去,试探着问道:“老本,他们是革命派吗?”

“什么革命派!他们光拿红袖章吓唬人……”老本撩起眼皮望着远处,流露出几分不屈不挠的神情。

我好奇地问:“老本,原来你叫舒本胜啊?”

“现在我叫‘书本败’!”老本面露感慨,重重叹了口气。

老本的细竹管儿被收缴了,看来今天我与他的交易泡了汤。我捏了捏衣兜里的贰分硬币——它已经出汗了。

“我……走了,再见吧,老本。”其实不用道别,然而这是母亲自幼对我的教育,我还是朝老本挥了挥手。

老本蔫蔫地笑了:“革命不是请客吃饭，你怎么还温良恭俭让呢?”

不知为什么,我觉得穷困潦倒的老本是个有文化的人,他跟那两个穿大皮鞋的男人完全不同。

“你小小年纪玩蛐蛐,就不怕玩物丧志?”老本渐渐站直身子,仔细瞅着我。

我说学校停课闲着没事,我同桌小茱坐在家里还哭着玩儿呢。老本认真听着,眯起细细的眼睛。

“闲着没事儿哭着玩儿?”老本无奈地摇摇头说,“你知道那个名叫沙鲁的男孩儿上了广播电台吗?他能够背诵全本《毛主席语录》,33章 270 页,一篇不少一字不差。”

前年妈妈下放农场前就把家里收音机卖了，说是怕我调错了波段误听敌台广播，无论美帝的还是苏修的。我冲着老本摇头说，我家没有收音机不知道沙鲁在电台背诵语录。其实，我知道那个记忆神童是西藏路小学五年级学生，又细又高像根豆芽菜。

“知之为知之，不知为不知，是知也。”老本即兴念叨起来，抖擞了几分精神。我不懂他念的什么经，偷偷摸着衣兜里出汗的贰分硬币。

“我这儿有一只蛐蛐秧子，给你吧。”老本转过身去撩起泛黄的汗衫——我看到他后腰别着一根细竹管儿，已经被汗水沤湿了。

老本补充说：“麦高！这只蛐蛐秧子是我从北仓铁道底下逮来的，单鞭。”

我不懂“麦高”是什么，但是知道“蛐蛐秧子”是尚未蜕皮的蟋蟀幼虫，还知道单鞭只有一根触须，更知道北仓那边有座火化厂，这几年很繁忙的。

老本的一只脏手握着细竹管儿递过来。我问这只蛐蛐秧子多少钱。他说就算我送给你的。我说必须要花钱买的。他突然瞪大眼睛注视着我，询问我什么家庭出身。

我想起极其遥远的父亲：“我出身……职员。”

“哦，你父亲是知识分子。”老本似乎想起什么，干巴巴笑着说，“我送给你，你却不要。这很好。我小时候也是这样，从来不要别人东西。既然这样你就给我贰分钱吧。”

我立即掏出湿润的贰分硬币递给老本，然后接过他的细竹管儿。老本干咳了几声，说我要告诉你几个蟋蟀方面的知识。

学校停课闹革命，很久没有接触老师。老本突然要给我传授知识，我有些不适应。老本并不顾及我的感受，开讲了。

“以后你有机会上中学，初二应当有生物课的。蟋蟀这种昆虫，中国北方叫蛐蛐，南方叫秋虫，其实蟋蟀还有许多别名……”

老本已然挺立腰板，不断打着手势，轻声讲述起来：“关于蟋蟀的书籍很多，有南宋贾似道的《促织经》，有明代袁宏道的《促织志》，还有清代秦偶僧的《功虫录》……我国关于蟋蟀的专著很多，距离我们最近的是民国年间李石孙的《蟋蟀谱》，总共十二卷呢！”

他的声调猛然提高，表情变得陌生：“我告诉你蟋蟀的几个别名吧，趋织、王孙、莎鸡、促织、纺绩、灶马、寒蛩……总而言之，囿于课时限制我就不讲民间斗蟋历史了。”

囿于？课时限制？我惊异地望着老本，他在我心目中完全变了，不再肮脏不堪，不再垂头缩脑，不再低声下气，不再东躲西藏……他无拘无束，他话语连珠，他知识丰富……我懵懵懂懂寻思着，从前的大学教师舒本胜就是这个样子。

“将来，如果你有机会读到《昆虫记》的话，当然那是外国人写的书……”

这时候，第三制本厂楼顶的战备汽笛拉响了，远远传来还是感觉刺耳。老本随即停止讲解，半张着嘴巴瞪着远处。

随着刺耳汽笛声的响起，滔滔不绝的老本好似被施了定身术，满脸重现呆滞木讷的表情。

“你说的《昆虫记》，那本书里讲了蛐蛐吗？”我喜欢老本滔滔不绝的样子，希望他继续讲解下去。

我永远不会忘记，老本恢复了低头缩肩的模样，一声不吭逃兵似的走了。现场只剩下那座垃圾楼，继续散发着恼人的气味。一切如初，从来没有发生过任何细小的变化。

我觉得老本是个有来历的人，就模仿他的做法把细竹管儿插在腰后，好像隐藏了重大秘密。我走出胡同口。一条大街被阳光晒得酥软，街上空无一人。

小茱爷爷走过来，老人家眉头紧皱：“小茱奶奶又乱跑，我担心她走丢了……”

我连忙说：“我看见小茱奶奶从胡同里走过去，嘴里还背诵老三篇呢。”

小茱爷爷再度心生疑窦：“你是侯老师的儿子？”

“刚才您这样问过我了……”我提醒他老人家。

小茱爷爷定住眼神打量我:“嗯,你真是侯老师的儿子。”

看来老人家记性不好。我只得主动介绍情况:“我妈妈不是老师了,她下放红光农场劳动呢。”

小茱爷爷很满意我的回答,突然转变话题:“你相信吗?我家那只祖传的陆墓蛐蛐盆儿,我真的把它砸成碎片给埋啦!破四旧,立四新,移风易俗,兴无灭资,我真的把那只祖传的陆墓虫盆儿砸成碎片给埋啦……”

这个故事我听过很多遍,小茱爷爷讲得非常流畅了。

二

我爬到床底下打开我的“藏宝箱”,突然听到门响——有人走进我家。我吓得屏住呼吸,侧耳听着。

外间屋里响起脚步声,踏得地板发出吱吱呻吟,来人步伐不轻。我惧怕家里进了盗贼,紧紧将“藏宝箱”搂在胸前,趴在床底下不敢吱声。

我的“藏宝箱”是一只破旧的藤条箱,里面总共三件宝物,我以扑克牌的J、Q、K编号,严格保密,无人知晓。自从妈妈下放红光农场,我在家独自生活与“藏宝箱”相依为命。尤其“老K”,我视为珍品。除了J、Q、K,再有就是老本卖给我的这只蛐蛐秧子“单鞭”了。

一双高筒黑胶雨靴从外间屋踏进我的房间,咚咚走到床边,然后站住不动。这双雨靴似乎散发着河底淤泥的味道,直接冲进我鼻孔。

这是妈妈回来了?我不敢相信自己的感觉——这双沉重的高筒黑胶雨靴不应该属于女人,尤其不应该属于妈妈这样的知识女性。

平时妈妈很严厉,不知道我有“藏宝箱”,也不知道我偷偷饲养蛐蛐。我决心保住自己的秘密,定定趴在床底下紧闭双眼不吱声。

高筒黑胶雨靴离开床边,迈步站到窗前去了。我脸蛋紧贴地板伸出目光，偷偷注视站在窗前的背影：黑胶高筒雨靴，肥大的蓝衣蓝裤，这使我想起疏通下水管道的工人。

这真的是我妈妈？两年没见母亲了，我有些怀疑自己。此时，这背影肩头颤抖起来，伴随着低声哭泣。

这是女人的哭泣。我从未听过妈妈的哭声，还是难以做出判断。

她的哭泣渐渐停止，响起自言自语："你啊，永远不肯改变自己，前方分明是片沼泽，你却把它当作坚实的陆地；前方分明是座大山，你却把它当作普通的丘陵。所以，你最终只能接受命运的发落……"

没错，这是妈妈！她不愧是优秀语文教师，普通话说得很标准，简直就是优美的散文。

我担心妈妈发现"藏宝箱"，趴在床下丝毫不敢动弹。

妈妈还在自言自语："我不敢跨越沼泽，我也不敢翻越高山，我只能默默想念你，就像小草儿想念春天那样，小草儿不敢参加春天百花的盛典，只能悄悄发芽在心间。"

这又是一首优美的诗歌。妈妈这是向谁倾诉呢？小孩子有小孩子的秘密，妈妈也有妈妈的隐私。我的秘密是"藏宝箱"，妈妈的隐私则是那个不惧怕沼泽不畏惧高山的人……

妈妈停止低语，挪步走近屋角。尽管房间里没人，她还是机警地环视左右，飞快地从衣兜里掏出宗物件，然后贴近屋角。

妈妈转过身来。我发现妈妈手里没了那宗物件。天啊，难道屋角张开无形的大嘴，生生把那宗物件吞了？

妈妈快步离开我的房间，走了。我缓缓从床底下爬出，吃惊地打量着屋角，心里害怕了。这害怕心理使我产生疑惑：那黑胶雨靴蓝衣蓝裤的女人，她真是我妈妈？

我恨不得立即离开自己的房间，便伸手推开窗户径直跳到院子里，野兔子似的逃走了。

终于挨到晚饭时间，我疑虑重重地回到家。走进院子看到门厅透出灯光，厨房里有人影儿晃动。

我小时候听过神鬼的故事，最害怕墙壁上人影儿晃动。长大接受无神论教育，胆子大了些。如果说我们中国有神有鬼，那也只能是“牛鬼蛇神”里的“牛鬼”和“蛇神”。

站在院子里我确认厨房里是妈妈忙碌的身影，便放心推开家门走了进去。我看到那双黑胶高筒雨靴摆在门厅墙边。一股饭菜香气从厨房飘溢而来。我的嗅觉告诉我这是西红柿烧茄子——妈妈的拿手好菜。时光仿佛回到过去，那时妈妈在学校教书没有时间做饭，只有星期天下厨烧菜，改善伙食。

我小步蹭进厨房，迎面看到妈妈淌着汗水的面孔。她已经换掉肥大的蓝衣蓝裤，一身淡灰色便装，腰前系着白地蓝花围裙——这让我重新看到从前的母亲。

妈妈轻轻颔首，极其淡然地笑了笑，继续埋头烧菜。两年多没见母亲，她竟然如此平静坦然，怪不得学校的同事都叫她“铁娘子”呢。我一时不知如何是好，轻轻叫了声妈妈，便又想起墙角那张无形大嘴。

“鸬鹚，这程子你还好吧？”妈妈依然叫我乳名，尽管外面没人叫我乳名了。我连忙回答说这程子我很好。

我的乳名“鸬鹚”是一种会捕鱼的野生水鸟，后来被人类驯化俗称“鱼鹰”。渔民驾船出发前用细绳系紧鱼鹰食管，它们潜水捕得鱼儿无法下咽，乖乖浮出水面衔给渔民获取，渔民捏起小鱼或小虾塞进鸬鹚食管，就算给它颁发了劳动光荣的奖章。

小时候，我问过母亲为何给我取了这样的乳名。我永远不会忘记妈妈凝视远方说：“这是你爸爸给你取的。他热血沸腾嘛，就去了祖国大西北……”

原来“鸬鹚”是父亲送给我的礼物，他去了那么遥远的地方。我根本记不清他的模样。但是，我从小就不喜欢这个湿漉漉的乳名，更不喜欢那些操控鸬鹚命运的渔民。鸬鹚多辛苦啊，一次次潜入水中逮鱼，渔民却只赏些小鱼小虾，这分明是剥削是压迫。“世界上没有无缘无故的爱，也没有无缘无故的恨。”这是毛主席语录。后来得知广大渔民也属于贫下中农阶级，我便不敢妄加置疑了。

晚餐妈妈烧了两个菜，还做了紫菜汤。家里没有甜酒，她随手调了两杯蜂蜜水，一下有了家庭晚宴的气氛。妈妈曾经非常讲究衣食住行的品位，譬如没有黄油她绝对不做红菜汤，没有面包屑她绝对不炸牛排。然而，今天没有芫荽她还是做了紫菜汤。下放农场劳动的妈妈学会妥协了吧？学会妥协使得妈妈不再过于坚硬，显现几分柔软的随和。

妈妈伸过筷子给我夹菜，说身体是革命本钱。这举动很像班主任关怀差生。然后妈妈轻轻端起蜂蜜水说：“举杯吧鸬鹚，祝我们好好活着！”

好好活着——这是妈妈的祝酒词。我兴奋地跟她碰了杯，说了声祝妈妈身体健康。妈妈呷了一小口蜂蜜水，又给我夹了菜。我被她感动了，储存在内心的生疏感，渐渐消融。

农场的大太阳将妈妈晒得黢黑，肤色接近广大劳动人民。她再次端起蜂蜜水说：“鸬鹚啊，我犯风湿性关节炎，农场准假三天，同意我回城看病。”

我表示明天陪妈妈去医院看病。她摇摇头，开始吃饭。我再次表示明天陪妈妈去医院看病。她竟然有些不耐烦了：“我要自己去医院呢。”

我说您去人民医院吧。她几乎恼怒了：“我又没得癌症，你让我去人民医院干嘛！”

我终于想起，天津人民医院是主要治疗癌症的医院。这座医院创始人金显宅，早年来自韩国。

我不敢言语了，跟着妈妈一起吃饭：餐前蜂蜜水，餐中有菜有汤。餐后我跑进厨房洗碗，听见妈妈拉开衣柜换衣裳：“鸬鹚，我换过衣裳要出去看个熟人。”

妈妈从淡灰色便装变成月白色衣裤。我隔着窗户望着她款款走出院门，一下融进月光里了。

妈妈……不知为什么又觉得她陌生了，仿佛刚刚结识似的。我努力回忆自幼与妈妈的接触，一切都显得恍恍惚惚朦朦胧胧影影绰绰，她仿佛站在大雾天气里，似有似无的样子。

我躲到自己房间，胡思乱想。天很晚了，妈妈还没有回来。我关灯上床躺下，夜色猛然将我包裹起来。我定定躺着不动，就是不敢注视屋角。

好奇心渐渐战胜恐惧感。黑暗里我起身挪向屋角——这是妈妈的隐私。难道屋角真有一张大嘴吞了妈妈手里的物件？

黑夜里我瞪大眼睛打量着。我房间的屋角跟其他房间的屋角没有什么两样。我在这里居住多年，也没有发现什么异样。

这是妈妈回来了，脚步轻盈。这跟脚踏高筒黑胶雨靴的沉重步伐相比，完全判若两人。她走进门厅，带进一股明丽清爽的气息。"鸬鹚……"妈妈轻轻召唤我的乳名，音调柔软而温润。我听着感觉妈妈变了一个人。

我懵懵懂懂抄起床头手电筒走出房间，迎面响起妈妈的笑声："鸬鹚，这屋里电灯亮着呢，你打手电筒干吗？"

我不知如何回答。这支手电筒是我半夜捕捉蛐蛐的工具。有时躲进被窝偷看禁书，也要用这支手电筒照明。譬如《少年维特之烦恼》和《马克辛青年时代》。

我摁灭手电筒望着月白色的妈妈。她居然罕见地笑了，而且笑得毫无保留。

"妈妈，您显得年轻了……"我没头没脑地抛出这句话。

"你瞎说什么呢……"妈妈急切地摆着手，仿佛要扫去自己难堪的表情，"妈妈老啦。"

这是我首次看到妈妈流露羞涩，之前许多年与之后许多年，都不曾见到这种表情。这无疑成为我记忆里妈妈人生的黄金瞬间。

"睡吧鸬鹚，明天我给你弄咖啡喝。"晚间归来的妈妈兴致很好，竟然提前宣布明天给我弄咖啡喝。我知道妈妈以前有喝咖啡的习惯，顿时高兴起来，好像此时我才真正成了妈妈的儿子。

我回到自己房间，又瞄了瞄屋角。那里确实没有任何可疑之处。是啊，屋角怎么会张开无形大嘴呢？一定是我当时产生幻觉，以为妈妈手里拿着什么物件。

我安心睡觉，梦见蓝天白云，还有牛羊成群的草地，半夜却被惊醒了。光线昏暗。房间里好像站着个人影儿。我揉了揉眼睛。那人影儿纹丝不动，毫无声息。我收缩身体抓起枕头，死死盯着对方。

嘟、嘟、嘟。一连串蟋蟀鸣叫声，从我床下传出来。这是我花贰分钱买的那只"蛐蛐秧子"，它经过蜕皮成虫，变身为威风凛凛的大蛐蛐——半夜鸣叫，宛若铜铃。

"鸬鹚，你在养蟋蟀吗？"黑暗里床前响起妈妈的声音。

我翻身爬起，瞪大眼睛望着站在屋角的人影儿："妈妈，我以为做梦呢……"

妈妈并不揿亮房间电灯，站在黑暗里继续发问。我只得承认自己养了蛐蛐，这蛐蛐头顶只有一根触须名叫"单鞭"。

"你不能养蟋蟀，这会酿成灾难的。"妈妈坚持把蛐蛐叫蟋蟀，普通话讲得好像广播电台播音员。

"妈妈，我不会玩物丧志的，再说学校停课闹革命，我闲着也是闲着……"

妈妈的话语击穿黑暗，声声敲击我的耳鼓："你闲着就闲着吧，绝对不能养蟋蟀！你懂得什么叫灾难吗？"

我想起老本说过南宋蟋蟀宰相贾似道，顺势答题："我懂啊，就是亡国呗。"

"亡国……？"妈妈伸手扯亮电灯，房间唰的亮了。似乎我的回答产生了冲击波，妈妈打量怪物似的打量着我。

"亡国，这是谁告诉你的？鸬鹚，你是不是看过《人与蟋蟀》这篇文章？你给我实话实说！"妈妈突然有些神经质，目光冷峻，脸色惨白。

这一连串严厉拷问把我弄蒙了:“我是说南宋宰相贾似道，他痴迷斗蟋蟀不办正事,结果亡了国……”

“贾似道……”妈妈松了一口气,好像暂时摆脱了灾难。我主动坦白说,“我花贰分钱买了只蛐蛐秧子,前几天它自己蜕皮变成大蛐蛐……”

“你交出这只蟋蟀,我要当场处理！”妈妈已经不是妈妈了,瞬间变成无比严厉的班主任。

妈妈好像百变孙悟空,倏地从温和变得严厉。我只得乖乖钻进床下,呼呼喘着粗气打开藏宝箱,小心翼翼捧起养着“单鞭”的青泥虫盆儿,然后大肉虫子般扭动身躯,从床下爬出来。

我们这座城市养蟋蟀的风气由来已久。家长制止孩子玩虫儿,大都是抬脚踩死蛐蛐,然后砸碎虫盆儿,坚决做到斩草除根。

我捧着青泥虫盆儿望着妈妈，做好她踩死蛐蛐砸碎虫盆儿的思想准备。这时“单鞭”毫不知趣地鸣叫起来,嘟嘟嘟嘟叫个不停,使人觉得它不是向妈妈求饶而是向妈妈挑战。

“你认错态度挺好的,那就宽大处理吧……”妈妈并没有询问这只青泥虫盆儿的来历,反而温和了几分,“蟋蟀也是条性命,你可以把它放生。”

我大喜过望,捧着青泥虫盆儿起身推开窗户,望着窗外凌晨的天色。

“单鞭,我妈宽大了我也宽大了你,小家伙赶紧逃命去吧！”我说罢掀起盆盖儿想多看“单鞭”几眼,这家伙纵身弹跳便跃出窗外,融进夜色了。

我心怀忐忑望着妈妈,手里捧着青泥虫盆儿。妈妈没有实施斩草除根的铁血政策,“鸬鹚,明天绝对不用你陪我去医院！”说罢,她转身走出我的房间。

我损失了“单鞭”,妈妈却没有摔碎我的青泥虫盆儿。这是不幸中的万幸。我对妈妈心怀感激,决定明天暗中陪她去医院看病。她的风湿性关节炎很严重,否则农场领导也不会恩准她回城治疗的。

清晨天亮了,我听到厨房里有响动,便起床洗漱完毕,换了身干净衣裳,端坐门厅等候妈妈。妈妈房间里静寂无声,仿佛无人居住的空房子。

妈妈高鼻梁丹凤眼是个漂亮女人。年轻时是大学校花,当了教师是优秀园丁,做了母亲反而孤身独处……我注视着摆在门厅墙边的高筒黑胶雨靴,无法想象妈妈在农场水田劳作的场景。

好似一阵清风徐来,妈妈走出房间。原先肥大的蓝衣蓝裤此时显得分外合体,看来是连夜改裁而成。她的装束使我想起纪录片《新闻简报》里的迎宾服。

身穿迎宾服的母亲惊讶地望着我:"今天是返校日吗,鸲鹆?看你干干净净的样子。"

我站起身说:"学校停课,哪有返校日啊,我这是要陪您去医院看病。"

"我说过不用你陪我去医院看病!"妈妈目光清冷,坚定地摇了摇头。

这是母亲对儿子偷养蟋蟀的惩罚吗?我努力争取道:"妈妈,我很少有机会跟您在一起……"

"你不要给我招灾惹祸就是了。"妈妈说着走进厨房扭头对我说,"咱们冲杯咖啡喝吧,我昨晚炒好的……"

家里竟然有了咖啡,我快步跟进厨房。妈妈拧开广口瓶的盖子,一股近乎咖啡的味道散发出来了。

妈妈似乎在对广口瓶说:"这个世界上的任何物质,我们都可以找到它的替代物。我们现在不是没有咖啡吗?你捡十几粒大豆,当然最好是东北大豆,放到铁锅里慢慢翻炒到接近黑糊的程度,千万不要炒焦了,这时你就会闻到咖啡的味道了。你把炒好的颗粒碾压成粉,就可以替代咖啡了。"

仿佛大型展览会的讲解员在介绍制作咖啡提神的方法与步骤,

丝丝入扣，引人入胜，我惊诧地打量着妈妈。

“最为重要的是你要在心里想象着这是真正的咖啡，当然这有些唯心主义了，不过它确实能够让你感受到咖啡的味道……”妈妈端起暖瓶冲了两杯大豆炒成的咖啡，“假如没有砂糖，千万不要放红糖啊……”

之后，我站在厨房门外，妈妈站在厨房门里，各自端起“咖啡”。妈妈缓缓走到厨房窗前慢慢喝着，似乎沉浸在昔日温馨的生活氛围里，久久不能自拔……这时我恍惚觉得，这种特殊的咖啡使她重新成为优秀语文教师，那背影显得清丽而优雅。

大街上传来高音喇叭声，好像在呼喊清查十种人。妈妈放下咖啡杯拢了拢前额头发，表情沉静。

“鸬鹚，你是不是觉得妈妈变化很大啊？”

我点了点头，又立即摇了摇头：“您就是被大太阳晒黑了……”

妈妈颇不自然地笑了笑：“大太阳，说得好……”

她款款走出家门独自去医院看病了。我追到院子里，看见她走路左腿有些微跛。这肯定是风湿性关节炎作怪。虽然人们说妈妈是个铁女人，我敢断定她的膝关节不会是铁做的。

妈妈要是半路上跌倒怎么办？我快步跑出院子，悄悄尾随而去。

前往海光医院的方向，妈妈快步行走丝毫不像风湿性关节炎患者。这个争强好胜的女人走出家门便神采奕奕，好像变成女篮五号了。

大街上几乎都是蓝色服装。我紧紧盯住妈妈那经过改裁的蓝色背影。她走到海光医院大门前毫不停步，径直奔向前面的3路公共汽车站。

我眼巴巴看着妈妈登上3路公共汽车，跑到站牌前仔细查看3路公共汽车终点站是李家园，中途经过炮台庄、二纬路、女六中、菜桥子、南门脸、黄家粪场、南大道、小西关……我不知道妈妈会选择在哪站下车，但我知道她没有走进海光医院治疗风湿性关节炎。

妈妈从小教育我做人诚实不说谎话，今天她却登上3路公共汽车去了不为人知的地方……

这时身后有人用双手蒙住我的眼睛,变腔变调让我猜他是谁。这沾满油炸食品味道的双手,在早餐时间里非常诱人。

我寻思着说:“你是老六!”这时身后响起嘎嘎嘎的笑声:“你小子真会猜,后脑勺儿长了眼睛啊。”

我转身看见老六嘴里衔着半根油条，这样子活像从乱葬岗子里捕食归来的野狗。

“这几天你怎么没去找我妹妹啊?现在都时兴男生女生搭伴呢。”

我登时红了脸:“你瞎说什么呀！我从来没有这种想法……”

“你人小心大,假装革命是不是?”老六表情郑重起来说,“你听说前几天有人下圈被抓走了吗？”

我摇摇头,说不知道。老六说:“被抓的还有韩德榜呢!你说他都被扫地出门了,还敢偷偷揣着蛐蛐去小稍口下圈！他虫瘾也太大了吧？”

我受到震动说:“韩德榜不要命啦！他为什么这样呢？”

“我认为,咱们无产阶级提倡斗争,他们资产阶级不能不应战吧?没有愿意闲着的,斗争也上瘾呢！”

我听着这种高深的理论,觉得老六肚里有货,连忙请教:“韩德榜是批斗对象,他还拿什么斗啊？”

“拿虫子斗呗!你连这道理都不懂还玩蛐蛐啊?傻×。”老六说着，嚼着嘴里的油条。

三

妈妈大清早就要返回红光农场了,我忍不住想哭。她好像不能理解我落泪的原因,流露出莫名其妙的神情。

我说:“我问过小茱爷爷,风湿性关节炎这病很厉害,您不抓紧治疗有可能转为风湿性心脏病！”

“你怎么把我的病情告诉别人呢！”她流露出恼怒的表情，下意识地跺着脚——高筒黑胶雨靴发出咚咚闷响。

我终于明白，长期农场生活使妈妈变得警觉，她把自己包裹得严严实实，点点滴滴不外传。

我哭了。我的眼泪引发妈妈的伤感。她重重叹了口气，伸手摸着我的头顶说，“你是个男孩子，不要多愁善感的，你只有心硬似铁，才能面对石头一样的生活。”

我控制不住情绪，反而哭出声来。对我的表现妈妈非常失望，转身走出家门。

我望着妈妈那身经过改裁的蓝衣蓝裤，觉得这身衣服重新肥大起来，配上那双高筒黑胶雨靴，妈妈变了，又属于那座遥远的农场了……

我站在院子门外，望着她远去的背影，视线蒙眬起来。不知为什么，我突然觉得妈妈是个模棱两可的人，令我难以记起她的形体和面容，我甚至怀疑她是个不曾存在的人。

我狠狠咬着嘴唇，疼痛使我头脑清醒几分。我下意识地朝前追了几步。倘若妈妈又乘坐3路公共汽车去了别处呢？我再次陷入混沌天地，弄不清这个世界的虚与实。

一群人走进胡同，斗志旺盛的样子，有人手持电池喇叭高声宣传：“革命战友们，擦亮眼睛吧，揪出十宗人，送上审判台！”

十宗人？我不明白是什么意思。这群人在胡同墙上刷出大标语：革命群众齐动手，深挖严查十种人！

原来是十种人不是十宗人。天津口音带有齿音字，容易把“种”念成“宗”。我暗暗掐算着：地、富、反、坏、右；还有军、警、宪、特……

无论怎样掐算也只有九种人，我不知找谁请教。

这时满头白发的小茱奶奶走过来，她侧耳锁眉听着电池喇叭传出的声音：揪出十宗人，送上审判台！揪出十宗人，送上审判台！

“什么十宗人？”小茱奶奶满脸疑惑操着老天津口音说，“揪出十宗人？这是要查户口啊！”

我解释说：“不是十宗人，是十种人。”

“这还不是一样的！”神色恍惚的小茱奶奶根本听不进我的解释，迈着一双小脚赶回家去了。

地富反坏右军警宪特……我站在胡同里，绞尽脑汁还是想不出第十种是什么人。当然肯定是坏人。

小茱爷爷满脸欢喜跑进胡同：“我寻到啦！我寻到啦！这膏药叫一贴灵，这膏药叫一贴灵……”

“这膏药能治风湿性关节炎吗？”我追过去问道。小茱爷爷掏出牛皮纸膏药说：“嘿嘿，专治风湿性关节炎，药到病除！”

我激动了，“我也要买一贴灵！我也要买一贴灵！”

“你……？”小茱爷爷挑了挑眉毛说，“这膏药是部队医院研制的，不是你想买就能买到的！中国人民解放军是座革命大熔炉，你懂不懂？”

“这种膏药是大熔炉里炼出来的？”我被小茱爷爷弄蒙了，想起《西游记》里被孙悟空掀翻的太上老君炼丹炉。

“就你还想买这种膏药？哼！”小茱爷爷鄙视地打量着我。

我受到这种目光的刺激，猛然想起妈妈说我过于懦弱，一瞬间便勇敢起来，立即做出凶狠的样子，仰起脖子冲着老人家“汪汪汪”叫唤几声，转身跑了。

身后传来小茱爷爷充满疑惑的声音，“你好端端的孩子怎么学狗叫呢？”

是啊，我怎么突然学狗叫呢？难道我变成一只狗就不懦弱了？这样想着，心里挺别扭的。

我还是认为小茱爷爷带来了喜讯，我要购买这种部队医院的膏药，寄到红光农场治疗妈妈的风湿性关节炎。

心里有了打算，生活顿时充实起来。我开始四处搜寻废铜烂铁，送到废品收购站过秤换钱。只要有了钱，我就央求小茱爷爷帮助我从部队医院购买“一贴灵”膏药。

十几天过去了，我捡拾废铜烂铁攒了两角六分钱，满怀得意走在大街上，迎面遇到老六。我问老六怎么把分头剃成光头。他嘎嘎笑着说：“革命化嘛革命化嘛。”

我觉得留分头的老六像叛徒，剃光头的老六像土匪，一律都是反面人物。

光头老六压低嗓门儿告诉我：“河北早市有人偷偷买卖蛐蛐，只要有钱就能买到好虫儿，但是要警惕别被革命派逮着……”

我想起被妈妈责令放生的“单鞭”，还有床底下的青泥虫盆儿。“老六，咱们都是无产阶级革命事业接班人，千万不要玩物丧志啊。”

“嚯嚯嚯嚯嚯……”光头老六斜着右眼嘲讽我：“还无产阶级革命事业接班人呢？就你这样儿的！谁肯让你接班呀。”

我受到光头老六的贬斥，只得不言不语。这家伙反而滔滔不绝起来，“你知道我为什么叫老六吗？这是大排行！我伯伯家有五个男孩儿，所以我排第六。那就让五个哥哥去做无产阶级革命事业接班人吧，反正中国也不缺我一个。”

“你这样说话有些反动啊。”我提醒着老六。他平时说话就爱拿自己跟伟大祖国进行比较，气魄很大。

我得知他也在偷偷玩蛐蛐，感到意外。小茉爷爷逢人便讲破四旧，立四新，亲自动手摔碎祖传青泥虫盆儿，他老人家是不会允许自家子孙再养蟋蟀的。

我担心光头老六做了不肖子孙，“你爷爷同意你玩蛐蛐啦？”

“我哪能让老头子知道啊！我爷爷整天担心红色江山改变颜色，我奶奶整天担心中国复辟资本主义，我爸萎靡消沉，我妈反而特别革命，我叔属于逍遥派，我婶是农村户口，我姑得了肾盂肾炎，我姑父参加工人纠察队，我妹妹小茉好吃懒做那就甭提啦！唉，全家十口人就我一个革命青年……”

是啊，老六连续几年留级蹲班，生生把自己从革命少年蹲成革命青年了。

“鸬鹚，你没有爹娘管束，反而挺自由的。我家人多势众，弄得我束手束脚放不开。我看你趁着没有爹娘管束，想干什么就干什么吧！”

我说我把“单鞭”放生了。光头老六连声说凡是大玩家从来不放生，一脚踩死完事。我说“单鞭”是我花贰分钱从老本手里买的“秧子”。光头老六说老本这家伙不逮蛐蛐了，他被捞尸队招到河边整天忙着打捞尸体。我说老本是个知识分子。光头老六说所以老本去河边打捞河漂子了。

“鸬鹚，你知道人们为嘛喜欢玩蛐蛐吗？”

我摇头说不知道。光头老六斜着右眼神秘地笑了：“一个字，斗呗！你知道吗？阶级斗争太激烈了，现在天津卫还有下圈的呢，偷偷聚众押赌下注，斗呗！”

我受到这个字震动：“斗？这是谁告诉你的！”

“老本呗！他说人类历史就是斗争的历史。”老六挖着鼻孔说，“老本是右派，这家伙肚里有学问呢。”

学校停课闹革命，这对老六来说真是天大的好事。他不用考试作弊了，也不会继续留级了，他可以夜晚东游西逛，也可白天死睡不起，他可以偷偷学抽烟，也可以悄悄搞早恋，他可以无拘无束，也可以无法无天，他可以去造反，也可以做逍遥派……总而言之，老六变成了革命时代自己管理自己的革命青年。

这时老六窜过马路，跑去跟那个姑娘搭讪起来。那姑娘的外号叫“货”。他勾搭姑娘的行为，狎称“挂货”。

我却寻思着如何攒钱买到膏药给妈妈寄去。东瞅西瞧沿着大街行走，我没头苍蝇似的寻找废品。

这里以前叫卜家大墙，实行革命化改称“人民大墙”。人民大墙刷满人民的标语，一层覆盖一层，层层叠叠足有两寸多厚。我看到最新的大标语都是“深挖严查十种人”的。

我站在人民大墙前，突然有了重大发现：我若揭掉这两寸多厚的纸层送到废品收购站,一公斤能卖八分钱呢……

一旦有了钱我就能够给妈妈买膏药了……这个重大发现让我高兴得又蹦又跳，快步跑回家找到一颗六寸大铁钉，跑到南马路电车道。我把这颗六寸大铁钉放进铁轨槽里,坐在便道上等候着。我们这座城市的电车轨道最初是比利时人铺设的,老辈人叫它比国电车道。如今广大革命群众当家做主,成为人民电车道。

一辆有轨电车丁零当啷行驶过去。我的那颗六寸大铁钉一瞬间便被电车轮子轧扁。我跑上前去看了看,大铁钉还不够扁,我要让电车继续碾轧,把大铁钉碾轧成小刀子。

小茱搀着奶奶横过电车道,我不由站起身来,“小茱,你奶奶这是怎么啦? 前几天还好好的……”

“她现在也好好的呀!”小茱挤了挤眼睛,“我奶奶是装病,你越宠她她就越来劲……”

我发现小茱奶奶目光迷离,好像丢了魂魄。“小茱,快送你奶奶去医院吧。”

小茱不高兴了,“你少管闲事，先把你妈妈的风湿性关节炎治好再说吧。”

我觉得小茱的家庭很不寻常:小茱冷漠,她哥哥老六油滑,她爷爷亢奋,她奶奶迷糊,她叔叔木讷,她婶婶猖狂,她姑姑自私,她姑父任性……全家十口人各具特色,百花齐放,百鸟争鸣,号称“城市革命大家庭”。

小茱悄悄从她奶奶衣兜里掏出三分钱,转身跑去买冰棍儿了。小茱奶奶失去搀扶摇摇欲倒,我连忙伸手抓住她老人家。

“你是什么出身?”小茱奶奶突然发问。我摇头不语。她立即挣脱说:“你不要查我家户口!我家不是十宗人……”

我说我不是红五类也要扶老携幼的。小茱奶奶固执极了,甩手躲避着我。

“我爱北京天安门,天安门上太阳升……”小茱一手举着冰棍儿一手搀着奶奶的胳膊，哼着儿歌走了。

小茱竟然爱唱儿歌，看来还是挺单纯的。丁零当啷又驶来一辆有轨电车，终于将那颗六寸大铁钉轧成一把小刀子。

老六跟我说过，刀子超过四寸长才算凶器，人超过十八岁才能枪毙。我的小刀子三寸长，人民大墙的纸层两寸厚，我把陈旧的纸层刺穿揭掉，嘿嘿，然后打捆卖到废品收购站去……一种即将发财的快感涌上心头，我决定半夜动手。

天津这座城市粮店对市民主要供应玉米面，每斤九分八厘钱。广大市民生活水平还是比较高的：经年累月就着咸菜吃黄玉米面窝头喝黄玉米面粥，最后屙出黄屎，号称“三黄一咸”。我为了确保半夜行动体力充沛，决定放弃玉米面窝头和玉米面粥，晚饭改善伙食煮大米粥。我把仅有的半斤大米熬成稠粥，稠得可以插住筷子，这便接近干饭了。

我很久没喝大米粥了，就着咸萝卜呼呼喝下三海碗，顿时感觉浑身充满力量。记得妈妈告诉我，说我爸爸是南方人。南方人爱吃大米。爱吃大米的爸爸反而去了没有大米的大西北，也就没的大米饭吃了。就这样爸爸在我心目中的形象越发模糊起来。他是个宁愿跟自己拧巴的男人吗？

直挺挺躺在床上，瞪大眼睛等待夜半来临。我想着床下的青泥虫盆儿，不禁对妈妈充满感激之情。倘若妈妈命令我摔碎它呢？我的编号“老K”的宝贝便成为满地碎片。南宋也就没了。

晚饭吃得太饱，胃口忙于消化，人犯困。我担心睡过时辰误了大事，就起身找来几瓣大蒜，一股脑儿投进嘴里咀嚼着。大蒜辣得我精神抖擞，看来闹革命要吃辣的。

终于熬到半夜时分，我从床上爬起来，准备出发。嘟、嘟、嘟……不知从哪里传来蛐蛐鸣叫。

我一跃而起，立在房间里侧耳静听。嘟、嘟、嘟……

这蛐蛐的鸣叫声是从屋角传出的。我拉开抽屉取出手电筒，小步蹭向前去。

今夜屋角没有那张无形大嘴,却响起蛐蛐鸣叫声。这鸣叫声听着有些耳熟。我伏身屋角测定方位。这时蛐蛐不鸣叫了。

蛐蛐如人。人群里饶舌的,多是斤斤计较的角色,凡事小肚鸡肠。蛐蛐里聒噪不歇的,多是平庸小虫子,彻夜喋喋不休。凡是蛐蛐里的大角色,鸣叫声短促有力,不事喧哗,深藏不露。我觉得这只潜藏屋角的蛐蛐,就具有大家风范。

我完全忘记今夜的特殊任务——前往人民大墙揭纸卖钱。我一门心思等待墙角蟋蟀的鸣叫。

长久等待着,我凝结在无声无息的夜色里。长久等待着,似乎永远听不到它的鸣叫。我渐渐绝望了,开始怀疑那鸣叫声出自我的幻听。

凌晨时分,天色渐白。那家伙终于嘟嘟鸣叫起来。我断定蛐蛐隐藏在墙里,左手打亮手电筒,右手轻轻抚摸墙壁,这墙缝竟然出现活楔——这两块墙砖松动了。

这是两块能够抽出的活砖。我登时想起屋角的无形大嘴,心跳加快。这时蛐蛐又哑声了。

我抠住墙缝儿,轻轻抽出活砖,猛地将手电光照亮墙洞深处。我分明看到一只青麻头!连忙举起铜丝虫网封住蛐蛐出路,用力吹出一口气。

墙洞深处的青麻头受到惊吓,迎着气流纵身跳进我的铜丝虫网。我立即用细竹管儿衔接铜丝虫网,这家伙奋不顾身钻进细竹管儿。我拿牛皮纸团封堵细竹管儿,收工。

细竹管儿只是中转站。我钻进床下取出青泥虫盆儿,轻轻将细竹管儿里的蛐蛐顺进盆里。半夜不便观虫儿,这是玩家的规矩。然而我好奇心难挨,从床下抱出青泥虫盆儿摆放在小桌中央,缓缓错开盖子,打开手电筒仔细观看,我乐了。

真是太巧了,这只蛐蛐竟然是妈妈责令放生的“单鞭”!这家伙周游列国思乡心切，毅然返回我家。谢天谢地，这才是具有灵性的好虫啊。

我无亲无友无依无靠，单鞭仿佛失散多年的亲人，悄然回归我的身边。我抱头坐在地板上，激动得口干舌燥。这只蛐蛐给我带来荒疏已久的亲情，令我想起远在农场的妈妈，想起记忆深处毫无印象的爸爸，想起去世的祖母，我索性哭泣起来，痛痛快快哭得东方泛白。

天亮了。我打亮手电筒，起身填回那两块活砖，猛然发现敞开的墙洞深处好像有宗物件，伸直手臂探进去，居然掏出个牛皮纸笔记本。哦，我顿时明白了，这牛皮纸笔记本正是妈妈塞进墙洞的那宗物件，当时令我产生屋角有张大嘴的错觉。

我原本不想窥探妈妈的秘密，这是她的隐私。可是好奇心迸发火星，随即星火燎原，火势蔓延势不可挡，烧心烧肺烧肝烧脾烧遍全身……我被这场大火烧垮，完全失去对自己的控制。

双手颤抖着打开牛皮纸笔记本，扉页写着四个墨笔大字：人与蟋蟀。我随即兴奋起来，这兴奋冲淡了我偷窥的罪恶感。

我坐在地板上，轻声阅读着这篇《人与蟋蟀》："自从人类社会出现斗蟋，可怜的蛐蛐便成为人类的炮灰。其实人类内心未必多么爱好和平。人类选择和平，只是压抑着自身的野蛮本性而已。和平年代斗蟋，恰恰是人类从好战转为好斗，他们狂热地发动昆虫战争。蟋蟀成为人类的壮丁。一只只蟋蟀投入一场场争斗，究竟是出于被迫还是出于自愿，当然只有蟋蟀自己知道。人如蟋蟀，蟋蟀如人。斗蟋，是人类寻求刺激的方式。斗蟋，也是人类血腥斗争的翻版。和平年代风行斗蟋，它既是王公贵族的斗争游戏，也是草民们寻求刺激的自慰剂。这一次次的蟋蟀争斗，无疑印证着斗争哲学的残酷，这一次次的残酷争斗，无疑巩固着斗争哲学的合法性。争斗，使昆虫变成人，斗争，使人变成昆虫，最终人虫难分难辨……"

我很难完全读懂这篇深奥的文章，只是隐隐约约觉得这种言论比较危险，慌忙将笔记本塞进墙洞，动手复原墙砖。

我站在窗前，心乱如草。这是谁写的《人与蟋蟀》呢？妈妈竟然冒险把它藏进墙洞。牛皮纸笔记本里的字体刚劲有力，应当出自男人的手笔。这个男人又是谁呢？我又想起妈妈乘坐3路公共汽车去往的地方……

清晨我饿着肚子钻进厨房，胡乱翻找着食物。拉开抽屉我看到里面躺着一张小纸条，字迹显然出自妈妈的“教师体”：“一号陶罐里装有炒面，开水冲开即可。记住盖子拧紧，严防炒面受潮变质。”

一号陶罐？妈妈把家里瓶瓶罐罐编了号码，然后留下纸条等待我来“接头”。

我看到二号陶罐贴有“腌萝卜”字样，就动手打开一号陶罐，从里面舀出几勺炒面，用热水冲开一碗，就着腌萝卜吃了。

“妈妈……”我把那张小纸条握在手里，这就等于拉紧妈妈的手了。平时妈妈性情冷硬，这张小纸条分明热乎乎的。

心里暖暖的，我走出家门来到街心花园。一群人围拢着小茱爷爷。他老人家左臂佩戴的红袖章，被大太阳晒得严重褪色，好像佩戴着白袖章。人们低声议论着。

“半夜里那家伙跑到人民大墙下，手里拿着刀子揭掉大标语，那纸层足足两寸厚呢，他装满三轮车送到废品收购站，上午就被革命派抓到了，关进小黑屋说是等待枪毙呢！”

“这家伙承认揭掉大标语为了赚钱，卖到废品收购站四分钱一斤呢……”

我听罢转身奔跑回家，冲进房间钻进床下，朝着青泥虫盆儿连连作揖：“单鞭啊单鞭！谢谢你救我，你看我把刀子都准备好了，要不是你半夜鸣叫拖了我后腿，我就跑到人民大墙去揭纸层了，我肯定也被抓进小黑屋了……”

嘟嘟嘟……这时单鞭鸣叫起来，这是它对我的回应！我将青泥虫盆儿紧紧抱在怀里，小声叫着：“单鞭啊单鞭啊，你真是我的好兄弟……”

从此我有了患难兄弟，它是一只名叫单鞭的蛐蛐。我呢，我的乳名是一只命运被渔民掌控的水鸟。

当天夜晚时分，我在大街上遇到面孔消瘦的方阿姨，她跟妈妈同在红光农场监督劳动。方阿姨坐在装满酒糟的拖拉机上。我追过去打听妈妈的病情。方阿姨大声说："你妈妈膝盖肿成大馒头，为了思想改造还坚持下水田劳动呢！"

我沮丧地坐在马路边，心里不断思谋着：我十分需要钞票，我的藏宝箱里只有J、Q、K三件宝贝可以卖钱。J呢是一柄桃木牛筋弹弓，恐怕卖不了几个钱；Q呢是一枚黄铜纽扣，妈妈说它是爸爸皮夹克上的，我要留作纪念不能卖掉；K呢就是那只青泥虫盆儿，它当然比较值钱，可惜见不得阳光，只能隐藏在床底下……

我回到家里从床底下取出青泥虫盆儿，稳稳当当摆放在小桌上，轻轻错开盖子。

我的单鞭隐藏在过笼里，只露出那根触须。我说了声"单鞭你好"，这家伙就爬出过笼，做出若有所思的样子。

这真是一只好蛐蛐：大圆头，宽身量，斗丝清晰，六足粗长，一根触须又黑又亮。如果不是单鞭，它肯定是个大将军。

单鞭嘟嘟嘟鸣叫起来。这是它在跟我说话，我索性把心里苦闷说给它听。

"单鞭啊，方阿姨说妈妈的风湿性关节炎很严重，膝盖肿得像大馒头还得下水田干活儿。我想给妈妈买膏药却没有钱，你说我应该怎么办呢？"

单鞭不言不语，好像思考着，然后它爬进过笼了。我笑了，"单鞭你好不仗义，我又不找你借钱，你躲起来干吗？"

我决定跟老六张口，这家伙肯定有钱。我上街寻找光头。我知道他遵循哺乳动物的生活习性，肯定活动在自己的领地里。我终于在新华书店门前发现动物踪迹——光头老六正在协助革命派发售"活页文选"，满脸不以为然的表情。我远远看着觉得他就是块"万能砖"，你把他砌在哪里都行。

耐心等待光头老六停闲下来，我凑过去跟他说明来由。他听罢笑了，说你是杨白劳吧拿我当黄世仁了。

我告诉他我借钱急用，我要治疗妈妈的风湿性关节炎。

“你要买我爷爷那种膏药啊？老头子的话你怎么也相信呢，他嘴里能跑火车呢！”

他及时停止对祖父的贬损，“不过，那膏药确实是部队医院研制的。”

老六表示不能借钱给我，反问我有没有东西可卖。我摇摇头说：“我家里只有一只蛐蛐。”

老六撇了撇嘴：“你还能有什么好虫儿，小苍蝇吧？”

“我看足有六厘八，大蝴蝶。”

“什么？”光头老六挑起眉毛：“你胡说什么！六厘八？你快拿出来给我看看！”

我补充说：“就是那只单鞭……”

“单鞭？”不知触动了光头老六哪根神经，这家伙精神抖擞起来，“单鞭！你不说我还忘记了，六厘八的单鞭！快去你家看看……”

我家里藏有不可外泄的秘密，绝对不能让老六这种人走进我家。“咱俩垃圾楼见面吧！”

“嚯嚯嚯嚯，你还三八线会晤呢！”光头老六还是同意了。

我一路狂奔回家，好像细狗扑食一头钻进床下，抱着青泥虫盆儿爬出来。我精心将单鞭装进细竹管儿里，绝对不能让光头老六看到我的秘密宝贝——青泥虫盆儿。

多年后我才得知，这只六角高足龙凤纹造型的青泥虫盆儿，出自苏州陆墓窑主宋莱官之手，历经九晒九煮，盆体刻有南宋“蟋蟀宰相”贾似道的题诗。明朝初年燕王扫北，这只南派青泥虫盆儿流落北方。它数百年间几经易主，现在到了我的手上。

我模仿老本的样子，撩起小褂儿将细竹管儿别在后腰，挺起胸膛去垃圾楼见老六了。

“你走路姿势特像革命烈士刑场就义。”光头老六倚身垃圾楼墙下,双手捧着小蛐蛐罐打量着我。

他的挖苦反而刺痛了我,使我觉得自己像个叛徒,即将出卖革命同伴给阶级敌人。我的革命同伴就是单鞭,阶级敌人就是嬉皮笑脸的光头老六。

这个阶级敌人非常焦急:“你怎么空着双手来的?单鞭呢!快把单鞭拿来给革命青年看看!”

光头老六以革命青年自诩,却难以控制自己的焦急心情。我与他打交道首次处于有利地位,“老六,我要是不把单鞭卖给你呢?”

“只要被我相中,就是革命需要!你必须服从革命需要……”他竟然急得念了语录,“军队向前进,生产长一寸,加强纪律性,革命无不胜!”

平时玩世不恭的光头老六,今天变得有心有肺了。我伸出右手从后腰抽出细竹管儿。老六看见细竹管儿笑了。

“你他妈的这是跟老本学的吧?小小年纪很有对敌斗争经验嘛。”他蹲下身子把小蛐蛐罐摆在地上,“快来吧,下圈下圈!”

我知道下圈是赌博的术语,“我不是来下圈的!”

“嗨!我说习惯了,你快快亮货吧。”他颇为江湖地说。

我拔掉牛皮纸塞,轻轻弹着细竹管儿——我的单鞭打着滑梯落入老六的小蛐蛐罐里了。

“我×!敢情真有六厘多……”老六大喜过望,抬手啪啪拍打着自家光头,“这虫儿我要啦!这虫儿我要啦!”

“你要啦?”我小心翼翼地询问价格:“你给几斤啊?”

光头老六颇感意外:“嚯!你小子张嘴就要几斤啊?你这只单鞭不值钱!”

其实我在冒充内行。天津这座城市中秋节出售提浆月饼,卖九角六分钱一斤,约等于一元钱。天津卫的玩家们都知道,一旦沾染钞票便属于倒买倒卖性质。于是私下交易以月饼代替钞票，一斤月饼代表一元钱。几斤就是几元。

光头老六当然不高兴，“你还问几斤？我看你成精了是不是！我实话告诉你吧，最多给你半斤！”

我惊了，半斤是五角钱啊，对我来说这是高价了。我想起《红岩》里宁死不屈的许云峰，咬紧牙关不松口，“不行！一斤就是一斤。”

“你小子是台湾派来的特务吧？”光头老六气急败坏。

我反驳说，“这蛐蛐跟台湾有什么关系？我看你才像国民党特务呢！”

我坚决不降价，光头老六只得接受，气哼哼甩过一沓小钞票，抱起小蛐蛐罐跑了。我连忙数了数他甩下的小钞票，他妈的只有九角钱。我毕竟斗不过精明的老六，何况他还剃了土匪的光头。

当天夜里睡不着，恍惚听到远处蟋蟀鸣叫，心里想念单鞭。我从卖掉单鞭换来九角钱，联想到杨白劳为还债卖掉喜儿。尽管卖虫跟卖人不一样，我还是挺难过的。

当然，我有钱给妈妈买部队医院的膏药“一贴灵”了。

四

女同学小茱来找我了，她身穿仿制的绿色军装上衣，下摆几乎遮住膝盖，看着就像是衣裳架子。衣裳架子说咱们不如趁着学校还没复课去北京看看。我被她的勇气吓住了，别说北京我连北仓都没去过。据说北仓就在通往北京的京津公路上。

“北仓？那是关押牛鬼蛇神的地方……”小茱仰起小圆脸眨着小眼睛，“全市大学生中学生都去串联了，咱们小学生为什么不去呢？人家官沟街小学的陈沉就去北京看大字报了。”

陈沉家是小摊贩，冬天卖拔糖，夏天卖甘蔗，春秋卖蛤蝌牛儿。据说小摊贩属于半无产阶级，红五类外围。

我心虚不吭声，其实是不敢。小茱咧了咧吃惯玉米窝头的嘴巴，“你学习成绩好管什么用？你毫无革命勇气没什么前途了！”

“你要是在本市串联嘛，我可以跟你去，北京我就不去了……”不知为什么，我很想跟小茱在市区兜兜风。

小茱有些激动，掰着手指头嚷嚷道：“你看看我家，我爷我奶，我爸我妈，我叔我婶，我姑姑我姑父，加上我哥和我，总共十口人，一大家子都快烦死啦！我巴不得离家出走，听毛主席的话到大风大浪里锻炼成长！”

这时我突然发现，就在学校停课期间小茱明显发育了，胸脯挺起，就连说话口吻也变得成熟了，好像从少年阶段猛然起跳，一跃冲过青年阶段，眨眼间变成了小妇人。

“哼，天底下又不光你一个男生！”这个小妇人很不满意地走了，她的背影写满对我的蔑视。我随即猫腰钻到床下，好似小和尚躲进古庙里修行。无论何时只要趴在床下，我心里就踏实。

老六付给我九张小钞票藏在青泥虫盆儿里。单鞭走了，这九角钱成了它的替身。可是钞票不会鸣叫，根本替代不了我的单鞭。

我拿出九张小钞票攥在手心里，突然特别想念母亲，她的膝盖肿得像大馒头，还要下水田劳动。水田里有蚂蟥吧？它们会把妈妈的膝盖当作真正的馒头，狠狠咬噬不松口……

我不敢想了，恨不得立即要用卖掉单鞭换来的九角钱，去买部队医院的膏药。可是如今找到小茱爷爷不那么容易。他老人家不再看守自行车，改为看守革命派的茶水站。革命派到处革命，茶水站也就到处流动，好像汪洋里的一条小船。

我白天寻找不到小茱爷爷，只好晚间去家里蹲堵他老人家。

吃过晚饭。遍地月光。我出了家门沿着胡同走向那座大杂院，半路上听到蟋蟀鸣叫声。

我停住脚步，然后循声寻找下去，很快就来到那面矮墙前。抬头观察着，一棵歪脖柳树将树杈伸向墙头。一墙之隔嘟嘟响起蛐蛐鸣叫，我想起单鞭的声音。莫非光头老六也把单鞭放生啦？我不相信土匪行善，高举双手抠紧树干，向上攀爬。

小心翼翼攀上墙头，唯恐惊动墙外蟋蟀。这时想起电影《地道战》里日本鬼子探出墙头就被子弹打中脑袋，便担心自己脑袋被墙外小流氓弹弓射中，胆儿更小了。

我双手攀住墙头探出脑袋，缓缓伸出目光，望着墙外小空场。月光明亮，空旷如野。听到墙外传来急促喘息声，我断定这不是蛐蛐发出的声响，使劲伸长脖子探过墙头，目光投向外面墙根。

我看到一颗光头——月光下这颗光头好像硕大无比的灯泡，泛着光芒。这只巨大的灯泡紧紧依偎着一团蓬蓬勃勃的黑草。喘息声越来越急促，我几乎能够听到发自喉咙深处的游丝。

我渐渐看清这颗光头是老六。他紧紧搂抱着那团蓬蓬勃勃的黑草是女孩露出的头发。那女孩明显矮小，黏黏地依偎在老六胸前。我的心跳加快，咚咚敲击耳鼓。

老六开始跟女孩亲嘴儿。女孩儿仰脸迎接着。我居高临下猛然看到女孩儿竟然是小茱，黑草高仰脸颊承接着灯泡亲吻。

我耳畔突然炸响蟋蟀鸣叫，猛地失手从墙头滑落，一屁股坐在歪脖柳树下，仿佛失去知觉。

老六是哥哥，小茱是妹妹。哥哥妹妹跟男女搞对象似的，又搂抱又亲嘴儿……我受了强烈刺激，起身冲出胡同跑到大街上。

小茱是妹妹，她不可以跟哥哥搂搂抱抱的。老六是哥哥，他不可以跟妹妹亲嘴的。即便小茱是婴儿老六也不可以跟妹妹亲嘴的。我这样寻思着，无意间跑到人民大墙前面。月光下大墙上刷满崭新的大标语：坚决彻底揪出十种人，全力肃清阶级队伍。

地、富、反、坏、右、军、警、宪、特……我仍然不知道第十种是什么人。我想老本应该知道的，因为他是知识分子。

打量着人民大墙上的标语，心里还是放不下老六跟小茱的事情。这种事情超出我人生经验之外，弄得我心里生出杂草。

一辆三轮车飞快地驶来,看速度肯定是个愣头青。三轮车冲破夜色行驶到我面前,却是白发苍苍的小茱爷爷。

我喜出望外,“哎呀,这两天我到处找您呢……”

他老人家极不情愿地刹住三轮车,表情明显高傲:“我很忙呃,全市掀起深挖细查十种人高潮,我要做好后勤保障工作!”

我说我要买部队医院的“一贴灵”膏药,治疗妈妈风湿性关节炎。

“就你……?”小茱爷爷仿佛见到山顶洞人,上下左右打量着我,“你知道你是谁的儿子吗?”

我认为他老人家脑子出了大毛病:“这还用问吗? 我是我爸的儿子啊。”

“没错!那谁是你爸爸呢?这件事情可要弄清楚!”小茱爷爷得意地笑了,“嘿嘿,反正你不拿出红五类证明,人家部队医院是绝对不会卖给你膏药的!”

“您家是红五类,您代替我买膏药就是了。”

小茱爷爷有些慌张:“是啊是啊,我家当然是红五类,所以我不能代替你买膏药嘛。”

“您为什么不能代替我买膏药!”我只得改用强硬口气。

小茱爷爷有些意外,充满疑虑地看着我,“你要干什么?”

“您记得您家祖传的青泥虫盆儿吗?您说您亲手把它砸成碎片埋啦……”

“你说得对呀,破四旧立四新,移风易俗兴无灭资,我亲手把它砸成碎片埋啦!”小茱爷爷蹬起三轮车,是想走开。

我凑过去压低声音说,“您老人家听清了,只要您帮我买到部队医院的膏药,我就帮您把青泥虫盆儿找回来……”

“你瞎说什么啊!”小茱爷爷好像触了电,连连甩手摇头。

我向他老人家打包票:“我绝不撒谎,我真能把您的祖传宝贝还给您!”

小茱爷爷仿佛听到丧钟,躬身蹬起三轮车,逃兵似的走了。

我笑了。小茱爷爷啊,我知道您老人家的秘密,所以您必须帮我买到部队医院的膏药。

半夜时分,我被叩门声惊醒。这叩门声很轻,唯恐别人听到似的。我起身凑近门厅,轻轻问了声谁。

“你快开门吧是我……”这声音苍老沉闷,鬼鬼祟祟的。

我开门。小茱爷爷站在门外,神色紧张地望着我。“你确实是侯老师的儿子?”

“是啊,我妈妈下放红光农场劳动呢。”我看到小茱爷爷的眼神里流露出惊恐,立即赔着笑脸答道。

“我是贫农出身,你小子害不成我!”不知触动了哪根神经,小茱爷爷突然躁狂起来,伸手指着我的鼻尖,“你个小毛孩子跟我斗智?连你爸也不是我的对手!你想用那只青泥虫盆儿陷害我呀,告诉你没门儿!”

半夜时分,小茱爷爷嗓门儿提高,我吓得退到自己房间。小茱爷爷跟随进来,不依不饶的样子。

“您说连我爸也不是您的对手!您认识我爸啊?”

“我谁都认识,我还给黄司令递过茶水呢!人家是红联会总司令。”小茱爷爷五官畸形,步步紧逼。

我不知如何稳定老人家情绪,便俯身爬到床下去了。

“你就是爬到地缝里,我也要把你揪出来!”小茱爷爷越发躁狂,扯开嗓门儿嚷嚷着,“你给我滚出来,人家红联会要坚决彻底肃清十种人,我看你小子就是第十种人!”

我就是第十种人?小茱爷爷的恶毒攻击反而调动起我的求知欲,我趴在床下抱着青泥虫盆儿问道:“您告诉我第十种是什么人?”

我听到小茱爷爷理直气壮的声音:“地富反坏右,军警宪特叛!”

“什么判?篮球裁判还是足球裁判?”我大声反问。

小茱爷爷急了:“你胡扯什么?是叛徒的叛!叛徒是第十种人,第十种人是叛徒。”

哦，原来第十种人是叛徒。我从床下爬出来，坐在地板上。小茱爷爷瞪圆眼睛，死死盯着我双手捧着的青泥虫盆儿，“你……”

“这就是你家祖传的宝贝！”我大声说道。

“啊……”小茱爷爷扑通跪在青泥虫盆儿前，好比见到自家祖先，浑身颤抖起来。

我张口说出事情真相：“去年夏天破四旧，您摔碎的是它的替身，半夜里您偷偷埋藏了这只青泥虫盆儿。可巧我半夜逮蛐蛐看见，您走了，我连夜把它挖出来，抱回家藏在床底下……”

“鸬鹚，你到底想干什么？”小茱爷爷冷静下来，随即提高警惕。

“我不想检举您隐藏四旧……”我诚恳地说，“只要您帮我买到部队医院的膏药，我就为您保守秘密，现在就把它还给您……”

小茱爷爷嗖地从我手里抢过青泥虫盆儿，“一言为定，你我谁都不许当叛徒！”

是啊，此时我懂了，叛徒就是第十种人。我伸手拉起跪地未起的小茱爷爷，“一言为定，我把您的传家宝还给您，您带我去买一贴灵！”

“好吧……”小茱爷爷脱下汗衫将祖传宝贝包裹起来，袒胸赤膊对我说，“侯老师有福啊，你是个孝顺孩子！我孙子老六要是像你这样就好啦……”

我送小茱爷爷走到院子里，妈妈从小教导我对待长辈要有礼貌。院子里小茱爷爷停住脚步，突然高高举起青泥虫盆儿，狠狠摔在石板地上。嘭！包裹在汗衫里的青泥虫盆儿发出沉闷的声响。

“您！”我又惊又吓，以为他老人家疯了。小茱爷爷呼呼气喘满头大汗，好像刚从水里爬上来。

我心疼这件宝贝，立即蹲身收拾汗衫里包裹的青泥虫盆儿碎片。然后我抬头望着他老人家，“您为什么这样呢？”

“我就要这样！我就要让它变成这堆碎片，这样你就没了证据，这样你就不能去检举我啦！”小茱爷爷紧紧攥着拳头。

“我说过我不会去检举您的……”我抖落碎片将汗衫递给他老人

家，“这青泥虫盆儿可是您家祖传的宝贝啊。”

“这年头平安就是最大的宝贝。”小茱爷爷拎起汗衫走出院子，忽然停住脚步回头望着我说，“你放心吧鸬鹚，就算啥事都没发生，我会帮你买膏药的……”

小茱爷爷的背影镶进夜色里，伴着阵阵蟋蟀鸣叫。

五

一大早儿光头老六来找我了，手里拿着烧饼油条，很香甜地咀嚼着。那时节早点吃得起饶饼油条的主儿不多。

我饿着肚子咽下一团口水，暗暗提高警惕。这家伙主动找我，好事儿少，坏事儿多。

“你爷爷蹬着三轮车给革命派送茶水，每天都很忙啊。”我难以判断老六是否知道“半夜摔盆”事件，就这样试探着。

光头老六目光斜视：“管他呢！那是老家伙假装革命呗……”

孙子对爷爷的这种态度让我心里沉重。这个家庭成员之间关系冷漠，孙子对爷爷无情，爷爷对孙子冷漠，彼此隔膜。整天各人忙着各人的事情，只是名字住在同一户口册里而已。这就是人口众多的革命大家庭吧。

“今天，我决定带你去河东体育场，让你见见革命大世面。”光头老六吃罢饶饼油条，做出大人物的样子。

自从目击这家伙跟小茱亲嘴儿的事情，我便认为他是个不守规矩的人。我知道不守规矩的人什么事情都做得出来。

我冲着光头老六摇摇头，说我不愿意见什么大世面。他急了，从衣兜里掏出细竹管儿说，“我知道你跟单鞭有感情，我送它去参加革命工作，难道你就不陪着去吗？”

单鞭？我望着老六手里的细竹管儿，内心受到触动。转念又觉得老六满嘴胡说，一只蛐蛐能参加什么革命工作？它又不是骑兵部队的战马。老六这家伙不光满嘴跑火车,还能满嘴开飞机。我再次冲着他摇摇头。

"你小子不陪我去河东体育场,我就不让我爷爷帮你买部队医院的膏药。"他斜着右眼盯着我,"这两条道路摆在你面前,你是选择革命呢还是选择不革命呢?"

跟着他走是革命,不跟着他走就是不革命。光头老六的霸道实在令人难以接受。可是,我害怕他破坏我购买膏药的计划,只得屈服了。

"不能走着去河东体育场,该坐车的坐车,该坐船的坐船。"我趁机对光头老六提出要求。

光头老六摇头咂嘴:"你跟我们红五类讲条件?你是不是想背叛革命道路?"

"革命道路就是该坐车的坐车,该坐船的坐船。你看毛主席接见红卫兵还坐吉普车呢。"

"就你小子能说!"他没辙了,"对呀,毛主席还爬雪山过草地呢。"

我们乘坐无轨电车到达海河轮渡码头,排队等候渡轮去河东。光头老六指着岸边两艘小木船说,"你看你看,那边就是捞尸队!老本在那儿呢。"

果然,老本袒胸露背坐在船头,耷拉着脑袋抽烟,肤色黝黑就跟非洲人似的。我沿着石阶跑下河堤,大声喊他的名字:"舒本胜!舒本胜!"

老本扭过头来望着我,满脸麻木的表情。在他眼里仿佛我是个陌生人。他的表情令我难过,好像失去了多年老友。

"老本……"我努力争取着,希望老本能够焕发几分活力,希望他就像给我讲解《昆虫记》那样。

老本从船头站起,表情寡淡地注视着我,然后慢慢悠悠发问:"鸬鹚,你母亲从农场有来信吗?"

这完全出乎意料,这么说老本认识妈妈?我摆摆手说妈妈没有来信。老本依然面无表情,重新点燃烟卷说道:"假若你母亲很久没有来信,你就要主动写信给她的……”

我发现老本瘦了,青筋毕露的双手活像枯树枝子。然而他好像比过去从容了,从容里透出几分坚强。难道整天捞尸把他给捞坚强了?

这时渡轮从对岸驶了过来。老本漫不经心地说:“昨天我在下游把韩德榜打捞上来了,听说今天上游又有个投水自尽的,还不知道是男是女,现在只好等着漂下来呢。”

“老本,你真的愿意干捞尸队啊?”

老本朝我点点头说愿意,“这公开捞尸总比偷偷逮蟋蟀强得多呢。”

他居然愿意捞尸,我不知说什么才好,心头沉甸甸的。

“你刚才叫我舒本胜,我都不太适应,很久没人叫我名字了,谢谢你啊鸬鹚。”

我问他,“你是认为打捞尸体是积德的事情,所以愿意做?”

“我没想积德,因为打捞尸体不需要斗争嘛,死人又不会动弹……”老本轻描淡写地说道。

我沿着石阶攀上河堤,听到身后传来老本的叮嘱:“鸬鹚别忘了给你母亲写信呀……”

我停住脚步转身冲老本招了招手。不知为什么,突然觉得藏在我房间墙角里的《人与蟋蟀》就是他写的,尽管这是毫无根据的直觉。因为只有老本这种人能够写出那么有学问的句子。

赶着上了渡轮,我告诉光头老六,昨天韩德榜跳河死了。老六搔了搔光头说:“噢!韩德榜早就该死了,没了蛐蛐不能下圈,他活着不是受罪嘛。”

我转念想起小茱,不知她是不是去北京串联了,“老六,你妹妹她在家吗?”

“她不是我妹妹……”光头老六斜视着对岸,“一会儿你会见到黄司令的,他可是个大人物呢。”

“黄司令……是陆军的还是海军的?”我知道河里停着两艘军舰,

说是防止两派武斗。

光头老六哈哈大笑，这笑声几乎达到座山雕的规模，“什么陆军啊海军啊，他是红联会的黄司令！”

我想起来了，前几天强行收缴老本蟋蟀的两个男子就是佩戴“红联会”袖章的，然后蹬着大皮鞋扬长而去。

“人家黄司令以前是化工厂烧锅炉的，现在成了掌管五万人马的‘红联会’总司令。不过，人生没有十全十美，黄司令的儿子患了小儿遗尿症，跑遍了大医院也治不好，每天都要晒被子……”光头老六得意地笑了。

那位黄司令的孩子患了小儿遗尿症，老六反而得意不已。我想起妈妈的教诲，做人不要幸灾乐祸。尽管老六说小茱不是他妹妹，我依然认为他是个不守规矩的人，而且有幸灾乐祸的毛病。

“我为嘛肯花一元钱买你的单鞭？嘿嘿……”光头老六越发得意，好像捡了狗头金。

我及时更正道：“不是一元，你只花了九角。”

“唉！九角约等于一元嘛，你小子就爱斤斤计较，所以这辈子也干不成大事业！”

渡轮靠岸。甲板上有人指着上游说有河漂子下来了。天津这座城市把浮尸叫“河漂子”，显得形象而生动。我踮起脚尖儿望着远处河面。阳光在河面上洒了一层碎银子。

“天天都有河漂子，这关你屁事儿！”光头老六扯着我袖口，下船离开轮渡码头。这边就是河东区了，以前属于俄国租界地。

我辩解：“我们要关心国家大事……”

光头老六嘲笑我说，你先关心关心自己吧。我俩徒步走了两华里，前面是一座小公园。

这座小公园的围墙被大标语包裹起来，好像给围墙披了铠甲。那一条条都是彻底清查十种人的内容。我已经知道第十种人是叛徒，便对大标语失去兴趣。

“你不是说河东体育场嘛，怎么跑到这小公园来啦？”

老六得意地笑了，“这就叫革命者的斗争经验，我怎么能把真正的接头地点告诉你呢？”

我觉得老六这辈子也不会成为革命者，永远是城市小赖子。

光头老六反而兴趣高涨，嘴里哼哼着小调儿，是《林海雪原》里傻大个儿哼唱的“提此宋老三，两口子卖大烟……”

满世界的大标语弄得许多人惊悸恐慌，只有老六这家伙放任不羁，活得轻松自在。他继续哼唱着小调儿走进小公园六角凉亭，说这里是接头地点。我环视四周，一时不见人影儿。

“还没到接头时间呢。”光头老六一扭屁股在凉亭落座，得意地跷起二郎腿，从衣兜里掏出永红牌烟卷。这家伙已经学会抽烟了。

他递来一根烟卷。我连忙摆手。他不满意地说：“你小子就是放不开，我还打算收你做我的警卫员呢！”

“警卫员？”看来这家伙很有雄心壮志，兴许就成了乱世英雄，就跟《沙家浜》里胡传魁似的。

光头老六开讲了：“黄司令发动部下寻找民间郎中，好不容易得到专治小儿遗尿症的家传秘方：取全蟋蟀一只，以阴阳瓦焙干，研成细末，用无根水烧开晾凉，子夜时分送服。患儿几岁就服用几天，药到病除……”

我当面听着，心里走神了，想起远在农场的妈妈，想起令人痛惜的老本，想起小茱爷爷……

老六见我毫无反应，啪地一拍大腿说：“患儿几岁就服用几天，黄司令的宝贝儿子刚满周岁，那就服用一天呗！可是，服用好几天也不见效果，他儿子照旧遗尿。黄司令急了，派人把民间郎中抓来了。那民间郎中发现黄司令的宝贝儿子右腿长左腿短，敢情是个跛脚！就是这种患儿必须服用单鞭，用两根触须的蛐蛐入药难以对症。嘿嘿，这样黄司令的手下就找到了我，我就找到了你的单鞭……”

“你说什么？什么单鞭……”我收回思绪望着滔滔不绝的老六。这家伙摇晃着光头展开美好遐想。

“我为什么花九角钱收购你的单鞭？一会儿我五块钱出手，嘿嘿，净赚四块挂零儿，六爷我收获不小哇！”他得意忘形以为自己是六爷了。

我急了，“你为了赚钱把单鞭当作药材卖了，今天还让我来陪绑啊！”

“我把单鞭卖给革命派，就等于送它参加革命工作了，你应当感到光荣，怎么还说陪绑！”

一辆推土机突突突开进小公园，从驾驶室里跳出两个汉子，大摇大摆走到六角凉亭近前。

光头老六满脸欢喜大步迎上前去：“黄司令怎么没来呢？”

“×，就你这德性还想见我们黄司令？”一个汉子咧嘴笑了。

另一个汉子朝着老六伸出大手：“虫子呢？快拿来！我家小少爷又尿炕啦。”

“我前天跟中间人讲好了，我要面见黄司令交货的。”光头老六极不情愿地从后腰抻出那只细竹管儿，然后气壮山河地说：“好吧，一手交钱，一手交货，五元。”

一个汉子伸手抢过细竹管儿。另一个汉子“呸”地吐了老六满脸唾沫，“你应当支持我们红联会，还他妈的张嘴要钱！”

“哎哎哎……”老六抹了抹满脸唾沫，“三大纪律八项注意，你们不拿群众一针一线嘛。”

“等革命胜利了，我们加倍还给你一针一线。”

眼巴巴看着推土机启动了，老六象征性地追了两步，低声骂了两句脏话。

我起初好像看了一出戏，猛地醒悟过来，快步冲出六角凉亭去追推土机，“那是我的单鞭，你们不能拿它作了药材！”

推土机上挂着“文攻武卫”的标语，轰隆隆开走了。

光头老六嘻嘻哈哈给自己台阶下，“我说一手交钱一手交货这是开玩笑呢，他们两个人还当真了，我怎么会找黄司令要钱呢，人家红联会可是革命派呀……”

“是啊，你支持红联会就不应当讲价钱，你讲价钱就成了第十种人了……”

“第十种是什么人？”光头老六还沉浸在重大财产损失的情绪里。

我大声说：“叛徒啊！”

“你才是叛徒呢。”他小声嘟囔着，一点儿打不起精神来。

空手而归。我俩返回码头，呆呆地等候渡轮。我说老六你说叫我来见识见识大世面，可是大世面在哪儿呢。

这家伙重新乐观起来，“我让你见到那两个开推土机的土匪，这还不是大世面啊？”

“你敢说红联会是土匪？我找黄司令去检举你！”我指着老六的光头说。

光头老六将信将疑：“你小子疯了吧？你他妈的还想不想买部队医院的膏药！”

就这样，老六在前我在后，一前一后上了渡轮，呜呜呜返回对岸河西。这次行动老六是失败者。他如鱼得水的本领在两个红联会汉子面前，自己差点被熬了鱼汤。

渡轮靠岸了。我看见老本站在河堤上吹凉风，就主动凑过去。我发现自己很愿意跟老本在一起，尽管他打捞死尸浑身晦气。

光头老六也凑过来，这架势是想拿老本寻开心。老本迎头就说：“老六，他们已经把你奶奶送回家了。”

“我奶奶她……”光头老六愣了愣神儿，立即瞪大眼睛。

老本无奈地摊开双手，“人总有想不开的时候。”

“我奶奶！”光头老六转身撒腿跑回家去了。我不知小茱奶奶出了什么事情，转脸望着老本。

老本轻轻叹了口气，注视着我。

“人啊不能有文化，因为越有文化越反动。可也不能一点儿文化没有，你起码要识字吧？你不识字就看不清事物，看不清事物就要钻牛角尖儿。十种人不是十宗人，十宗人也不是指全家十口人，这跟户口册没有任何关系……”

我听不懂老本的述说，转身想去追赶光头老六。老本突然一把拉住我，轻轻叫了声鸬鹚，“明年的今天我要是还活着，我就把《昆虫记》送给你看。”

“为什么要等到明年的今天？”我不由抓住他的手，追问着。

老本眼神里闪着泪光，“明年是我本命年，明年的今天是我的生日，我属羊……”

“老本，你写过《人与蟋蟀》吗？”我突然问道。

老本眼神里流露出迟疑与迷茫，“《人与蟋蟀》？哎呀哎呀，你怎么知道这本书的……”

我急于知道老本与妈妈的关系，“我当然知道这本书的！”

“可是……”老本扭过脸去，不让我看到他的神情。

“可是什么？你说呀老本！”我连连追问。

老本喃喃着：“那本书确实是个男人写的，可是那个男人很懦弱的……”

老本停止低语，似乎不愿说出内心的秘密。

“鸬鹚……”老本目光突然亮了，“你不要相信那家部队医院的膏药，它里面掺有大量激素，止疼见效快，治标不治本！”

老本一口气说出这几句话，语调铿锵好像证明自己又是个男人了。他坚决不同意我给妈妈购买那种俗称“一贴灵”的膏药。

“那家医院把发明这种膏药说成是活学活用的伟大胜利，其实它短期止疼，掩盖了临床症状，反而延误治疗……”他越发有力地说着。

我终于看到老本的原本状态：他有思想而且敢于把思想表达出来。我感动地说：“老本！你不是在河边捞尸吗？敢情你什么都知道啊！”

“那家医院的药剂师前几天跳河了，他的尸体就是我打捞上来的。”

激素。延误治疗。治标不治本。医院药剂师自杀……老本的忠告瞬间粉碎了我奋斗多日的目标。一下失去奋斗目标，心猛地被抽空了，顿时感到全身飘浮起来，不知前往何方。

老本突然压低声音：“鸬鹚，我可什么都没跟你说！”

老本啊老本，你又变成河边的捞尸人了。我很是伤感地离开河边码头，一口气跑进那座大杂院，这里是光头老六家，也是女生小茱家，还是小茱叔叔姑姑的家，更是小茱爷爷奶奶的家，这个总共十口人的革命大家庭。

一架灵床摆放在大杂院中央，上面蒙着白色尸布。混杂的哭声里，我看见小茱的眼泪，也看见老六的光头。我仍然认为他们是一对颇为离奇的兄妹。

小茱一眼看见我，仿佛见到失散多年的亲人，立即起身扑到我怀里。我不知小茱为何这样冲动，一时吓得不敢动弹。小茱低声哭诉起来。

“全市清查十种人，我奶奶就认为是十宗人！我家户口册恰好十口人，她老人家就跳了海河，她说她死了户口册就会变成九宗人，既然九宗人啦，清查十宗人就不会清查我家了……”

我拢着小茱肩膀，尽管她是个差生，尽管她跟老六亲过嘴儿，我还是觉得她跟我是同类，一旦遇到重大变故，我们都是胆小如鼠的人。我们远远不如蟋蟀勇敢。

我听到小茱轻轻说道，“我从小是被我奶奶抱养的，她死了我就没有别的亲人了……”

我轻声对小茱说：“你不要灰心丧气，你还会找到亲人的……”

小茱眨着小眼睛望着我，“你妈妈要是死了，你也没有别的亲人了吧？”

她的话语无意间触痛我的旧伤——我是个没有父亲的孩子。

这时候，一个人走进大杂院，稳步走到停尸的灵床前三鞠躬，然后转身就走。我看到这人是老本,便起身追出大杂院。

老本白衬衣蓝裤子黑布鞋，干干净净的样子，好像新出生的婴儿。他停住脚步对我说:“凡是经我手打捞上来的尸体,我都会来吊唁的,我毕竟惊动了死者……”

我不知说什么好,呆呆望着老本。他思索着说:“你应当去农场看望母亲,这样会加深你对社会的了解……”

“谢谢你,老本。”说罢我转身返回大杂院,猛然觉得大杂院里静得出奇,好像是个无人的世界。

小茱爷爷走过来问我:“你是侯老师的儿子吧？”

我点点头:“我家户口册上只有我一口人，我妈妈户口在红光农场呢……”

“你一口人多好!为什么我家要有十宗人呢?”小茱爷爷沉浸在无限懊悔里,“毛主席啊,您老人家要是更早提倡计划生育多好!我家就不会十宗人了……”

老辈天津人把十种人说成十宗人，这该死的本地口音葬送了一个老太婆。好在城市年轻人改说普通话了,十种人就不是十宗人了。

这个只剩下九口人的大家庭,违背了停尸三天的风俗,悄无声响地办了丧事,当晚就把第十口人的遗体送去北仓火化厂了。

夜晚，我孤零零躺在家里，感觉自己度过了一个不可思议的白天。小茱奶奶真是个不同寻常的长辈,她老人家用幼儿园小朋友都懂得的减法,将十宗人减为九宗人,以自己多余的生命为这个家庭做出令人心碎的奉献。

我暗暗企盼,企盼明年的今天尽早到来,那时候我就会获得老本承诺的《昆虫记》,这是一本我从未见过的大书。我希望从字里行间读到很多昆虫,当然也包含蟋蟀,它只是昆虫大世界里的好战分子而已……

到了深秋时节,我攒足路费去红光农场看望妈妈。晚间走在田间小道上,我听到黑暗里蟋蟀鸣叫,形成田野大合唱,顿时想起老本说过的话。是啊,蟋蟀生来就要鸣叫的,就跟人生来就要说话一样。然而人毕竟不是蟋蟀……

走进红光农场地界,我觉得自己就要被充满天地的蟋蟀鸣叫声吃掉,便快步奔向田野远处的光亮。

灯光照耀下,生着翅膀的蟋蟀趋光而至,奋不顾身扑向灯光,纷纷落进一只巨大的网桶里。这只网桶张开大嘴吞噬着。

灯影儿里有男人忙着传递网桶,嘴里哼唱着小调儿,竟然也是《林海雪原》里的“提起了宋老三,两口子卖大烟……”

怎么跟蟋蟀打交道的男人都喜欢哼唱这首小调儿呢?我猜不出真正的原因,暗暗认为此时哼唱宋老三的人应当是革命派,像老本那样的男人肯定是不敢哼唱的。

隔着横沟,我冲着灯影儿里的人们打听妈妈住处:“请问,侯芫瑛住在三分场哪排房子?”

一个男人混浊不清的声音说,“老侯,你不打报告就让人跑来农场看你,今天你要被抓个现行啊!”

“你张嘴放屁!”一个女人的声音响起,我觉得这是妈妈的声音,但是我不敢相信妈妈说话如此粗鲁不文明。

尽管我没见过父亲,但我也不会有两个妈妈吧?于是再次重复问道:“请告诉我,侯芫瑛住在三分场哪排房子?”

“鸬鹚,真的是你吗?你怎么跑来啦……”这个女人的声音肯定是我妈妈——以前的“侯老师”。不知为什么,她的普通话变得不标准了,夹杂着怪异的口音。

“老侯,你儿子大老远跑来看你,明天你偷偷油炸蟋蟀吧,给儿子改善伙食!”还是那个混浊不清的男人声音。

另一个女人说:“对,吃了油炸蟋蟀你儿子茁壮成长啊。”

灯影儿里人们压低声音说着,好像话语含在喉咙里。

不知为什么,我觉得妈妈在这里并没有受到严厉管制,反而可以说出比较粗鲁的话语。粗鲁属于廉价的宽松吧?野蛮则是畸形的自由。

“老侯，油炸蟋蟀不要放糖精，放盐。”

油炸蟋蟀？红光农场居然有这道菜。我觉得自己在看皮影戏，影影绰绰虚虚幻幻。妈妈断然不是学校里的侯老师了，她学会了农场的油炸蟋蟀。

这时候，更多的蟋蟀铺天盖地朝着灯光扑来，前赴后继，眨眼间便填满了网桶。哼唱小曲儿的男人忙不迭更换网桶，超量的蟋蟀们从网桶里溢出，争先恐后扑向灯火，再度表现视死如归的决心。

这时候我越发想念单鞭，它成为药材为人类奉献了，总比被农场油炸好得多。蟋蟀在农场就不是虫子了，它是菜肴。

而眼前的场景就是一场人与蟋蟀的战争。我惊异地站在战争边缘，完全不知所措。

这时候，我恨不能立即绕过横沟跑向灯光，仔细看看红光农场的这个妈妈究竟是什么样子。

隔着横沟的灯光里，突然传来女人嘤嘤的哭声。

我大声对这哭泣的女人说：“是舒本胜让我来看您的！”

“舒本胜……”妈妈戛然停止哭泣。大地如墨，比夜色还要黑。

陋巷野史

绝技

一

三火家住天津旧租界团圆巷，一大早没顾上吃煎饼馃子就跑到西广开，一眼瞥见那宗奇物就惊了，随即佯装满不上心的样子，心里说老天爷呀，谱上肯定查不出这野物的头绪，我得好好访一访。三火说了声今儿天气不错，就给大胡子摊主递上一支烟。大胡子看出烟牌子不硬可，没伸手接。

三火今年二十出头儿，天津街面上把这种年岁的小伙子叫“生瓜蛋子”，瓤子没长熟的意思。然而三火正是仗着这种生性子味道才出来闯世界，自称早晨八九点钟的太阳。

三火他爸喝了酒就数落儿子：三火三火你整天囚在家里等着拿你炼油是不是？赶紧出去挣为吧！凭能耐赚些碎银子回来，那才叫人物。

三火说我早就想投身社会主义建设了。

可说呢，我去挣什么样的钱？三火犯了嘀咕。天津卫处处都是发财的地方，人民币像高产田里种出来的棒子叶儿，满天满地。

他爸醒了酒说，有一路东西越老越值钱，积压在手里多少年也不烂不臭不过时，归其还是大生意。

三火乐了说，爸爸你是越喝酒学问越大。他上了街，奔到整天坐在大树底下修理自行车的肥老头跟前，讨了二斤半古董方面的知识，又从别人手里借了一本厚似砖头的《古玩指南》，借助《新华字典》认真研读一番。就这样三火在旧货市场上出世了，显得特别活泛。

天津卫这块码头，从有狗那年算起倒腾旧货的队伍就比玩弄新潮的人马多得多。祖宗们进了坟地，可祖宗们留下的物件依然闪光夺目，滋润着后人们的财源。后人们就倒腾，吃老祖宗留在阳间的利润，没完没了。

天津的旧货市场有雅有俗。雅的坐落在旧时的法租界里，满眼阳春白雪。三火当然就俗而去，直奔西广开的“下里巴人”，昔日这里有个响当当的名字：鬼市儿。

鬼市儿没有鬼，都是阳数未尽的大活人。鬼市儿里什么都有，从夏商周到中华民国。于是三火见到了这宗奇物。

大胡子摊主说：“我看你长得像个大学生！”

“好眼力！明年我要考研。”

“你脑子没毛病吧？小伙子。”

“一点儿毛病没有，就是嘴馋，天生的。”

“那给我当伙计吧，一天一张。”

三火不理睬，心里说咱自己挑大梁寻找自我，不是听说有个弗洛伊德嘛。

“这玩意儿上的花纹，雕的镂的还是刻的？”三火漫不经心地问。

“傻小子！雕、镂、刻还不是一个意思吗？别在我眼前充大尾巴鹰。爱呀？你给五块钱拿走。”

见奇物如此廉价，三火心里挺失望的。

“我给十块钱吧！”三火递过去一张“大团结”，然后把这玩意儿揣在怀里——哎哟冰凉。

“我说你脑子有毛病吧！”大胡子摊主扔回五块钱，哈哈大笑。

渐渐觉出怀里有了温度，三火瞪圆一双小眼睛：“这东西贵在自然天成，它遇见我就有了前途……”

三火抬腿就走。大胡子摊主很野地追了一句算是叮嘱：“踅摸这种自然天成的玩意儿你得勤往老城里大宅子跑！”

三火心里说我早就知道，干这行不能怕费鞋费袜子，得勤颠儿勤跑。

一回到家，三火就把这花五块钱买来的奇物给他爸看了。他爸正饮到半醉状态，捧在手里细细瞅着：“鬼市儿嘛东西都有呀！我看这玩意儿不单是个摆设，兴许是件兵器！”

三火知道他爸醉了。这玩意儿肯定不是兵器，没尖没刃的根本弄不死人。

又是个晴朗天，三火起早奔老城里大宅子来了。从天上往下看，天津卫的老城厢东西长南北短，活像一只大算盘。风水先生说这种地界主出商人。

果然到处都是做小生意的人。三火走近一个烟摊，说买一盒万宝路。

“不卖！”卖烟的是个出土文物般的老太婆，声音干巴得没有一点儿水分。

“为嘛不卖？”

“我一眼看出你买不起！”老太婆眨着鬼眼。

三火扔过去一张“大团结”。抓了一盒希尔顿。

“我让你多赚三块钱，我还不爱抽万宝路呢！”

老太婆收起票子：“这位小爷，你将来是个大人物，兴许超过温时珍和杜建时！”

温与杜，都是老世辈子的天津市市长，国民党战犯级人物。

三火故意惊异：“您老人家是当年的小凤仙呀！”

老太婆好像不知道小凤仙是谁，表情毫无反应。三火心里说，您这辈子白吃干饭了，连一代名妓都不知道，就任劳任怨卖烟卷儿吧。

走进老城厢深处，这里好像老得闭经的女人。一条条小马路干瘪枯瘦，没有丁点儿肉乎劲儿，走路都硌脚。

前边小马路叫“二道街”，挺像座山雕联络图上的地名。三火就傻乎乎地笑。

胡同口有株小树，死的。去年植树节的败绩陈列在这里，上边挂着一顶破草帽。

一个老头儿坐在一只马扎子上晒太阳。

“在着哪，您老？”

老头儿没睁眼。三火心里说这人死活不明呀。三火近一步细瞧，发现老头儿面前地上摊开着一张棋盘——牛皮纸自己画的。一堆儿啤酒瓶子盖儿，足有三十多个。

“您老海量呀，这么多液体面包。”

这时老头儿睁了眼：“厕所在东边，去吧。”

三火挺乖顺，一路小跑儿去了厕所。

这是老城厢常见的那种公共厕所，卫生条件不好，四壁写满了文学作品。

三火选了一副对联朗声读了起来。

上联：小伙子天天泻肚跑出一双铁腿蹲下就拉。

下联：老头儿夜夜失眠练成两只贼眼往上便瞧。

横批是：别咬舌头。

又念了一遍，三火咧嘴乐了。他爸早就跟他说过老城厢里的蚊子都是从大学里飞出来的，一身之乎者也。

三火情绪顿时高涨，又回到老头儿身边。

那一堆儿啤酒瓶子盖敢情是一副棋子。红油漆绿油漆两色，写着车马炮士相卒帅。老头儿好像是等着跟谁大开杀戒呢。

“您老可真艰苦朴素呀，一副象棋全是啤酒瓶子盖儿！”

老头儿：“蹲下，站着费腿。”

三火说敢情您老是要跟我下一盘？我是臭棋篓子您不知道啊。

“我在等小美她爹，可是他这半天不出来，八成又犯病了，那就换你吧。”

楚河汉界，权当棋子的啤酒瓶子盖儿在牛皮纸棋盘上挪动起来，先死的是两边的兵卒。

妈的，小兵小卒永远是炮灰。老头儿脸上肌肉乱颤，嘴里哼哼叽叽。

已经出现杀机。阳光下啤酒瓶盖儿灼人眼目，散乱分布在棋盘上。刺得三火眼珠子发酸，有一种要哭的感觉，当然不是反战情绪。

三火又被宰了一个兵，他的气儿喘不匀实了，觉出今天不是个好日子，来到这个让人心里打鼓的鬼地方，犯怵。

点燃一支洋烟，让外国牌子给自己壮胆。这时他很想听到自己的声音，就说了话。

“穷到这种地步，拿啤酒瓶子盖儿当棋子。”

老头儿话语迎上来：“你个小毛孩子，那年头烧‘四旧’，花钱也没处买到象棋，这是我的一大发明哪！用习惯了也就不改啦。”

说着老头儿从怀里掏出一副自制的扑克牌，黑乎乎油腻腻，是用报废的X光片子剪成的。兴许照了一百多个人的肺叶儿呢。

三火赞叹：“古董！过一百年它价值连城呀。”

老头儿幽幽一笑，趁机又宰了三火一匹马，好像急着下汤锅煮马肉卖。

三火知道自己快死了：“您老手里有古董吗？”

“将——！”敢情老头儿是个杀手。

“小子，你就叫我老经爷吧，今天八十八，米寿之年。”

“哟！您老比毛主席他老人家阳数都高，寿星呀！”

小巷深处传出一声尖叫，不像是人声儿。紧接着一个绿衣蓝裤黑鞋的人影儿立到了巷口，距离三火的屁股几尺远。

三火觉出一股阴气扑到自己脊梁上，便想起家里的棉大衣。“老经爷我认输了，您告诉我身后是个什么动物呀，这么大寒气？”

老经爷答非所问：“旧社会我当了两年保长，思想反动过一阵子呢。”

“我输了，我输了。”三火觉出身后有了动静，下意识往怀里摸了摸，做自卫状。手触到旧货市场买的那宗奇物——此时腰间有了体温。

一只冰凉的手搭在三火肩膀上，倒像刚从大饭店冰箱里取出来的熊掌。

然后嗲声嗲气道：“咱们去玩过家家吧！就在我家后院的夹道里……”

三火僵住身子：“老经爷，这只手是女的吧？”说着想转身看个究竟。

老经爷说：“别害怕，新社会了。”

转身抬头看，三火先吓得退了半步，心里说今天撞见鬼了。眼前这个无法判断年龄的女人：细高，瘦脸，五官被灰垢蒙蔽，露出一双枪口似的眼睛，似笑非笑。

三火说：“别误会，都是革命同志自己人。”

他强迫自己认为对方的年龄在15—45岁之间。当他看清她手中拿着个小皮球时，又认为对方年龄只有5岁。

来了一群看热闹的，嘻嘻哈哈好像等待看大戏。

“咱俩玩过家家吧，咱俩玩过家家吧。”她说着伸手来抓三火。三火身子灵活，躲闪开了。她流露出失望的神情。

人们居然有兴致起哄。“小伙子，她等你等了二十多年啦！”

“小心她咬着你，你这辈子就废啦！”

三火发现这女子嘴里始终嚼着什么，反正不是牛肉干儿。阳光下，她咯咯错动着一排巧克力色牙齿，一刻也不停顿。

挺可怕的。只能小声求援了：“老经爷您不是当保长了吗？快把她给我赶跑了吧！”

老经爷说话:“小美!求大同存小异,你也该歇歇啦。”

这个叫小美的女子顿时安稳了几分,古怪地张了张嘴巴。三火看到她嘴里昏睡着一条昏暗的舌头。

三火心神不安地问旁人:“她疯了很多年了吧?”

老经爷:“自从那年实行‘革命大联合’她就中了病。”

三火知道自己正是“革命大联合”那年出生的。他妈的,这地方还有 1949 年的古董。

这时候,从巷子里冲出一个报信的:“糟啦糟啦!小美她爹又犯了牙疼病,正往嘴里伸钳子拔牙呢!”

轰的一声,人们苍蝇似的飞进巷底那座院子里。三火紧紧跟随着。

天津的老城厢“下里巴人”居多。这种院落也很多:院子又深又长,南房北房皆低矮,一步迈进去就觉得气短。

三火进了院子。院落深处矗着两间东房,屋高脊阔,超出两侧南房北屋许多,令人想起大巨口微合露出的两颗大门牙。似乎老城厢的故事全都镶在这牙缝儿里,永远剔不净。

有人告诉三火,小美和小美她爹就住在这两间高大的东房里。小美她爹又睡着了,暂时平静下来。

疯女子小美进了院子便搂住那株老柳树,好像也睡着了。一时安静极了,水似乎也成了固体。

三火心里发怯,却被一股魔力吸引,径直朝那两间散发着潮气的东屋里走。

老经爷立在北屋前使劲咳了一声。“你要进去?当心成了药渣儿。”

三火不由自主摸了摸腰间的奇物,笑了。

老经爷表情变沉重了:“你是不是那个叫鹿港的作家派来收集材料的?”

三火怔了:“鹿港是个什么鸟人?”

“嗯,鹿港看上去像是缺几个心眼儿。前年秋天他来这儿找过去的故事。咱也不知道这家伙如今是不是还活着，反正我这儿留着他的手稿呢！”

三火跟随着走进老经爷居住的北屋。

“手稿早先半尺多厚，上茅房有时用它擦屁股，就剩这四五十页啦。”

于是，三火见到了作家鹿港残存的手稿。

只有四五十页，没头没尾，活像一堆生活的碎片。三火说：“如果您老人家多闹几次泻肚，我可就一页也见不着啦。”

这分明是肛门对作家的宽容。三火呈学究状，摇头晃脑读起了手稿。

“嗯，是古董，是古董！”

老经爷：“你大学毕业？”

“不，我二学毕业。这手稿我收购。它要是宋朝明朝人写的就更值钱了。”

这时搂着老柳树睡觉的小美睁了眼：“你要收购我呀？咱俩过家家玩儿……”

小说手稿第三十七页上正巧写了牙齿。

鹿港手稿之一

丑女叶菊找了个女婿。天津人爱凑热闹，大杂院里邻居们纷纷想象那女婿是个溜肩跛脚之类的残品，这样夫妻正般配。

女婿汪链生终于走进这座又深又长的院子。他一身崭新的蓝衣蓝裤，样子十分周正。他见到邻居们先亮出一口雪白的牙齿——恭敬地笑了。

汪链生跟随叶菊向邻居们散发喜糖——一种使劲才能嚼出味道的硬糖。于是院子里嘎巴嘎巴牙响，一边嚼一边给叶家老婆子道喜。

“叶大娘，您福气不小啊，招来个这么好的上门女婿，贵人模样！”

叶家老婆子说：“嗯，嗯，嗯。”

汪链生龇着一口白牙笑："大家多照顾吧。"看来是个通情达理的人。

叶菊却生得很丑：左眼斜视，大嘴，身高体粗，脖子上有很乱的疤痕。就连叶老婆子也没料到自家闺女能招来个端端正正的女婿。

"你们俩是怎么对上象的？"大杂院邻居们乱问。

叶菊："……后来，后来就认识了呗。"

"是啊……"汪链生嘿嘿地笑。

叶老婆子说："叶菊她爹死得早，你俩好好过日子，干活儿挣钱吃饭……"

入洞房，世界上多了一对夫妻。新房里内容不多，最显眼的是那张老式样的大床，又高又宽，使人联想起海河广场。这床是当年叶老婆子出嫁时的婚床，越使越结实。

"好好过日子吧……"叶老婆子坐在自家门槛上。月光投射到她的脸上，凄凄冷冷的。

入夜，洞房里的大床吱吱欢唱起来，接着是人类呻吟，听着很美。

叶家老婆子在门槛上整整坐了一宿。她自言自语道："嘿，汪链生是个男人。"

生活似水平静，无波无澜。该生孩子的时候，叶菊按时生了个女孩儿，挺顺当的，没遇到什么麻烦。

当了姥姥的叶家老婆子说："嘿，叶菊是个女人。"

孩子取名叫小美，没有母乳可吃的小美长得挺快，最引人注目的是满口巧克力色的牙齿。

小美学会走路之后，便爱上了爬树。院子里那株柳树对小美是那样仁慈，任她搂抱任她攀爬。汪链生望着小猴子一样敏捷的女儿，明显消瘦的他对叶家老婆子说："妈，我想自己打一套家具……"

"那就随你们的便吧，只要好好过日子。"

三伏天里，根本不是干活儿的季节。汪链生却动工了。每天下晚儿他都在院里支起工匠案子，吭哧吭哧干起来。大杂院邻居们爱看热闹，将他的案子围得严严实实。

汪链生本来是个油匠，不是木工，却能做精细的木匠活。引人关注的还有他那口雪白的牙齿。

他要给木料放线了。展开双臂拉开墨斗，俯下身子龇出门牙衔起墨线，目光瞄准手弹墨线，木料上便打上了一道笔直的墨迹。

他缓了一口气说：“啧，这是黑木……”

炎热的天气里叶家老婆子半裸上身坐在门槛上，嗑着瓜子说：“黑木怎能打家具呢？”口气冰冷。

兴无灭资移风易俗，农村平了许多无主坟头，旧木市场出现不少重见天日的“黑木”，价格便宜。

汪链生乐出一口白牙：“革命化不信邪，黑木就黑木吧。”

老经爷打量着汪链生：“你呀是二十八颗大穷牙！富贵之人三十二颗哟。”

“我闺女叶菊也是二十八颗，正好配对。”叶老婆子说。

说着话叶菊下班回来了。她是房管站的小工，干泥水活有力气。

见丈夫满脊梁汗珠子，叶菊拧个湿毛巾就给他擦汗，说大热天还使这么大力气，天凉快了再做吧。

一对夫妻，很恩爱的样子。

叶菊忙着做饭，动作有几分笨拙。她飞快地瞥一眼坐在门槛上嗑瓜子的母亲——半裸着上身披着大毛巾，掩着右乳露着左乳，没有乳头的左乳周边放射状布满疤痕，好似包子的褶儿。

尽管习以为常了，叶菊还是打了个激灵。她不敢招惹妈妈。

汪链生不言不语反复推着刨子，刨光一根根小木条儿，然后无声地笑着。

小美小猴子一样窜来窜去，叫唤着：“姥姥我要在你屋里睡觉！”

叶老婆子应声说：“先让你爹给你打一架新床睡！”

汪链生告诉叶菊，这些小木条做成花边镶嵌在家具上。说着他开始制作了。

爱凑热闹的邻居们惊异地看到,汪链生把小木条儿横在嘴前,一排白色的牙齿便闪闪发光了。他的牙齿充满灵气地衔住小木条儿,咔咔地错动起来,一张一合,一合一张,小木条竟然被咬噬出一道道花纹。汪链生不急不躁地咬噬着,脸上挂着微笑。就这样,一根根小木条被咬噬成一道道精美的小花边,即将镶嵌在家具上。

汪链生接过叶菊递来的茶水,歇息片刻。他的绝技惊呆满院子邻居,大杂院里顿时透不过气来。

“这是你家祖传的绝活儿吧?”“老天爷,鲁班是活活给你气死的吧!”

老经爷毕竟是见过世面的人,竟也看凝了眼珠:“你好厉害的牙口儿呀!奇人!奇技!”

人们仔细察看,一只只经咬噬制成的花边纹路里,渗着些许血丝。

“链生啊,你这绝技是跟哪位高人学的?”

“没高人,是我自己寻思出来的。”

“这绝技能自己寻思出来?你这脑袋瓜不简单啊!不过更得有好牙口儿。”

大热天里,汪链生每晚都要干到半夜收工。他望着脚下的木屑,自言自语。

“我总算有了个家,有家就要有家具,有家具就要镶花边……”

歇息了,汪链生屋中传出一阵阵大床吟响,也不大避人,听着有几分音韵,并不烦人。

还伴有小美睡梦中咯咯的磨牙声。

“黑木真的能打家具吗?”这是叶菊的低声。

“兴无灭资,移风易俗,黑木也是木头嘛……”

二

老经爷叫唤:“哎,你别进去!”

三火仿佛没听见,一步就迈进了那间阴暗潮湿的东屋。昏暗,三火什么都看不清，心里开始怕。渐渐看得清楚了——仍然是一间屋。

屋角，一张大得吓人的木床上，躺着一个瘦小枯干的人儿，很像一张大纸上写上的一个“惊叹号”。“惊叹号”轻轻喘息着，活着命。

“您老歇着呢？我叫三火……”

床边一张小桌儿上摆着几件亮锃锃的铁家什。细看，全是医院里的几种拔牙工具。这拔牙的工具竟然与木匠的铲、凿、刨刃混杂地摆放在一起，显得不伦不类。活像古代的一间兵器铺子。

“我叫三火，给您老人家请安来啦！”

大床嘎吱有了响动，“惊叹号”挪了挪，十分激烈地冲三火笑。

三火便觉得这笑容就是一种古董。

“以前，咱们没见过面吧？”仿佛是大床在问。

“兴许见过面，也兴许没见过面。”三火快速回答。

这时小美进了屋，她目光灼热望着三火：“咱们俩玩过家家吧，到后院夹道去……”

三火对小美已经有了几分经验，笑嘻嘻说：“小美，已经革命大联合啦革命大联合啦！”

果然奏效，小美嘟嘟囔囔出了屋。

三火集中精力对大床上的人说：“我是做古董生意的，支援祖国四个现代化建设呗。”

那瘦小枯干的人一笑：“我一到夜里满口牙都疼，我就咬就嗑……”

三火看到，大床临墙那端的木沿上，满是形状各异的花纹，深浅不一野味十足，装饰出一种病态的美。

三火惊了。我的妈呀，这也是牙齿的作品。

“我这屋里有你想要的古董吗？”

大床上枯瘦的身躯坐了起来，两腮塌陷，说话时嘴巴敞开个黑洞，空空荡荡宛若地道的入口。大床边和瓦盆儿里边泡着一副假牙：粉红色的腭，白灿灿的齿，死的水。瓦盆儿散发出难以名状的味道，充斥空间。

再看墙角，撒着一撮撮膨化了的耗子药，布满杀机。

一双布满冷光的眼睛被垂出的泪囊拥着，紧盯着三火。

三火突然发现摆在屋里的那三件柜子，决定声东击西："您多多保重吧，咱们国家形势大好。"

"你要走啊？你以后还会来看我汪链生吗？"

三火说："我主要来看古董，太平盛世，我要收购一下。"

"小美她……"大床上的汪链生语塞了。

鹿港手稿之二

"这真叫绝活呀！"

街坊邻居们有了头号新闻，一拨接一拨前来参观汪链生做好的家具。啧啧着嘴。人们都是很瞻仰的样子，伸手抚摸着牙齿咬噬出来的家具花边。

人们普遍认为汪链生不是凡人。"绝技！这满口牙齿不光为了吃饭呢。"

汪链生谦和地笑："吃饭干活儿呗，这谈不上什么绝技。"

人们神色异样地望着汪链生雪白的门牙，有的茫然，也有的惊恐。

叶菊兴高采烈，热乎乎望着丈夫，似乎看不够。她许久才想起该问问母亲了："妈，您看这套家具多好呀，有棱有角的地方全镶了花边儿……"

叶菊笑的时候，比不笑更难看。

叶家老婆子依然飞快地嗑着瓜子，半裸着皮肉松弛的上身说："这是黑木……"

老经爷喝着浓茶说："黑木不黑木，链生能打成家具就是好木，结结实实传给下一代。"

小美爬到树上说："瞎一袋。"

这是一套世间少见的家具，倘若这三件柜子亲密无间地摆成一排,便成了一道精美的“墙”。每件柜子顶端都有一圈精美厚实的花边,如王加冕,赳赳而立,处处闪烁着汪链生非同凡人的牙齿天赋。

叶家老婆子还在念叨:“兴无灭资,移风易俗,这黑木有阴气呀……”

这套家具油漆更加漂亮,似镜,人影可鉴。这套家具把汪链生累瘦了,精力依然旺盛。他真是个多面手,什么手艺都会。他还要裱糊主房间的顶棚,为全家构筑个好端端的巢穴,然后好端端过日子。

叶家老婆子依然冷眼旁观,不停地嗑她的瓜子。

裱糊顶棚是在星期天的上午。起初没有观众，小两口儿默默干着。

汪链生借来高凳,站在高处操作。叶菊负责往白色的粉尖纸上涂糨糊,然后把一张张纸递到天上去。

丈夫接过一张粉尖纸,举近顶棚。他那洁白如玉的牙齿叼着一支宽刃大毛刷。粉尖纸举过脑顶,汪链生仰脸一个漂亮的“甩头”,嘴上叼的大毛刷便糊出一片雪白的小天空。动作优美潇洒。

叶菊看得陶醉了:“你这功夫是怎么练的?”

“希马功夫?”丈夫叼着大毛刷,说话不清楚。

“你这牙口儿,你这嘴劲儿?”

汪链生厚道地笑了,叼着大毛刷含混地说:“没人教过吾。一干活儿我就嘴里痒,一痒就用上牙啦!天生的习惯……”

看热闹的人渐渐多了。老经爷打着响嗝说:“可惜你是二十八颗大穷牙……”

叶菊眨着一正一斜的眼睛说:“穷就过穷日子，牙口儿好吃得动五谷杂粮。”

叶家老婆子坐在门槛前，活像一块会啜茶的石头:“五谷杂粮也是不容易吃的……”

叶家老婆子一到热天就半赤着上身,很不雅观的样子。她的左乳乳头是喂奶时被三岁的叶菊咬掉的。叶菊三岁难以断奶,她宁死不吃五谷杂粮。一定是妈妈给女儿喂了五谷杂粮，弄得小叶菊撒了狠，咬掉了母亲乳头。小叶菊从嘴里吐出母亲乳头时，好似吐出一颗紫色葡萄，嘴角挂着母亲的鲜血。

人们记得被咬掉乳头的母亲尖声叫道："跟她爹一样，匪性呀！"

从此小叶菊便断了奶，终于改吃五谷杂粮了。然而她渐渐消瘦下去，长成一个丑女子。

多年后叶菊嫁给汪链生，她的分娩之物是小美。这女孩挺野，爱爬树，爱和男孩子玩"过家家"，有一口巧克力色的牙齿。

房间被汪链生裱糊得像个雪洞。那几件古铜色家具摆进屋里，灿灿地照亮了全家的生活。这日子也像是镶了花边，处处都有美好图景。

一天晚上，汪链生走进了岳母的屋子。

天气冷了，叶家老婆子不再半赤身子，把自己包裹得严实了许多。

汪链生说："妈……"入赘以来他与丈母娘说话不多。空气淡而无味。

"妈，小美大了，就让她在您屋里睡吧……"

"呜，她长大了。你得老老实实告诉我，当年你跟叶菊是怎么搞上的对象？"

"这没什么好讲的吧？人人都一样呢。"

"不，人人不一样，你钢牙她铁嘴，你俩怎么就对上了象呢？天下打着灯笼也难找呀！"

汪链生吭吭哧哧讲述了恋爱经过，很费力。

"我们是在公共汽车上认识的……"

听罢，叶家老婆子幽幽笑了。小美抱着枕头到姥姥屋里去睡了。

"姥姥，我想吃葡萄，吃紫红色的……"

叶家老婆子倏地变了脸色："老天爷呀！你怎么又派来一个？"

入夜，年轻夫妇的屋中传出响动，就像铁与铁的撞击，震得空气发颤。

叶家老婆子坐在床头，咔咔咔嗑了一夜瓜子。

天亮，她叹了口气，说了声人啊人。之后坐在门槛上从牙缝里剔出一缕晨光和一个简单的故事：小美夜里闹牙疼了。

三

三火几乎天天往那个院子里跑。他是看中了汪链生屋里那套家具。

他目不转睛看着："好东西呀！"

当初的古铜色深化成紫黑色，扑面而来的是木纹深处散发出来的气息。这三件套的柜子本应亲密无间地摆成一排，而如今分化了——独立性极强地占据了屋子的三个角落。

另一个角落是那张很大很大的木床。

三火说："我要收购这套家具，您老人家开个价吧！"

大床上的人动了动，引起一阵很缠绵的嘎吱声。大床大得像个古战场。

"我呀，每到夜里就闹牙疼，真的，疼得撕心裂肺一样。"

三火俯身观察像个医生："张嘴，啊——"

那口腔，徒存四壁——空空荡荡好像当年被抄家的资本家卧室。

三火说："您这不是牙疼，是舌头疼。没牙了，您这辈子没有机会牙疼了，放心吧。"

"你说错了，我还差四颗牙齿没长出来呢。二十八加四等于三十二。"

三火乐了："那您就等着落实政策吧。"

于是无话可说了，像一个活人给一个死人开追悼会。

三火憋急了："您有多少古董我通通收购。"

"那你把小美也领走？不能只剩下她一个啊。"

"她是国家统购统销的东西，我三火可不敢贩卖人口呀！"

汪链生听了，闭目养神："那……你下个月三号再来吧。"

三火说行啊，一眼瞥见桌子上掉了嘴儿的茶壶："它可能是大明成化瓷呢！"

告辞走出汪链生的屋子，身后突然有人搂住三火，脖子上立即被咬出了一行红色牙印儿。

他只能用行之有效的办法："别咬啦！已经革命大联合了革命大联合了……"

小美果然安静下来，空空荡荡错动着喀喀作响的巧克力色牙齿，发出时代最强音。

三火脖子疼心里起火："敢再乱咬人，我让你吃二遍苦受二茬罪，让三座大山压你一辈子水深火热！"

小美笑嘻嘻："压不死压不死……我爸我妈。"

"把你做成个木乃伊，出口外国换汇！"

老经爷大声喝住三火："木乃伊是不许出口的，国家有明文规定。"之后他递给小美一块红烧排骨，再现旧社会保长风度说："小美别闹，话说多了掉牙！"

然后老人家哼哼叽叽念起了之乎者也。"齿为骨之余，肾主骨。人之寿夭，一时之康健在于肌肉，终生之康健在于牙齿……"

三火乐了："那耗子们肯定万寿无疆了。"

老经爷一脸郑重："小伙子你可不许滥用牙齿，你左边的那颗虎牙赶紧拔了吧。"

"您老人家好眼力！难怪当年日本人选您当保长呢。您要是现在移居日本，兴许还算是他们的三八年离休老干部呢，那样您就是活古董啦。"

老经爷嘴角一垂："三火呀，你要是总在这二三十年里找古董，我看非折了你的阳寿不可。你今年二十几？一九六九年出生的吧。"

三火被感动了："我看您是苦大仇深，说话特别贴己。"

"唐宋元明清，宋齐梁陈……"屋里汪链生发出感叹，"拔——

牙！”

老经爷说:“这二三十年间也真是出了不少古董，你就慢慢收购吧。”

鹿港手稿之三

这座城市里诸等建筑物,唯有东方大厦独尊。

早年有洋人,它是花旗银行的产业;人民当家做主,它成了省人委大楼,更加尊贵了,分明就像一尊狂傲的巨人立在小人国。

大楼此时却淹没在人海之中了。一瞬之间,喧闹声凝固了,静得出奇。

人们的眼睛,全都死死盯住楼顶那面小红旗,屏住呼吸。

燥热,人群中散发着人肉的味道。叶菊抱着小美,挤在粥一样的人群里。

小美不言不语,随着妈妈仰脸往天上看。这孩子浑身经络好像跟天上那面小红旗相连——嘻嘻哈哈笑着。不停错动着巧克力色牙齿。

一个人坐在一把椅子上。人与椅子被捆成一体。一根绳索从十三层楼窗缓缓垂吊下来——这人书写着一条全城最高最长的大标语。

这是汪链生。他被牢牢捆在椅子上,稳稳当当吊悬在空中。他脖子上插了一面小红旗,猎猎飘舞着。

人海“啊”了一声,是欢呼。

一个“向”字写出来,白灿灿落在十三层大楼墙体上。粗大的绳索徐徐下降,他又写出一个“资”字。

巨大的白色仿宋体大字，一笔一画全靠汪链生吊在空中荡来荡去书写出来。

人们抬头看着，渐渐觉得身上插着小红旗的这个人本身就是巨大的笔锋,他的肉体与墙体摩擦着,写出一条惊天动地的标语。

叶菊看得入了神。此时悬挂半空的丈夫在她眼里只是个小小的红点子,但是她仿佛能看清丈夫每根汗毛。她知道丈夫是在用心甚至用命书写着标语，一时间觉得自己也腾飞起来，双脚踩上云头。

她丝毫没有察觉身后有人，她的心思全在天上。

一声大喝，一个戴着“赤卫队”袖章的工人纠察队员揪住叶菊身后的作案者。

赤卫队员怒吼：“流氓坏分子！人家吊在天上写标语，你却在女同志身上搞破坏！”

流氓坏分子被揪走了，叶菊不知所措。裤子是彻底脏了。那个流氓坏分子竟然看中她的臀部。记得当年汪链生跟她搞对象时说过：“大肥腚，你肯定是个生孩子的好手。”然后就娶了她。

被抱在怀里的小美问：“妈妈，你怎么了？”

叶菊说：“不要问，长大你就懂了。你快看！你爸爸今天多光彩，这么多人看他呢。”人海发出欢呼，一幅自上而下的大标语竣工了。

汪链生随着绳索徐徐降到地面。这时候人们才发现被捆在椅子上的他，左手提着一只油漆桶，右手握着大标语的底稿，嘴里紧紧衔着书写标语的大排笔！

原来他是以嘴衔笔写出这幅大标语的。人们欢声雷动，完全因为他的牙齿。

汪链生依然衔着大排笔说：“我还可以再写一幅，一点儿也不累！”

他声音洪亮字句清晰，好像嘴里没衔着任何物件。叶菊挤上前去大声说：“链生你太神啦！”

有人忙着给汪链生拍照。

小美问叶菊：“妈妈，我爸嘴上那么多白胡子，湿乎乎的。”

“那是你爸爸的光荣，傻孩子。”

以牙衔笔悬空书写标语，而且独创这种“牙体”，气势磅礴直追颜柳，汪链生成了天津卫名人。一夜之间知名度超过市长和市委书记。

晚间回到家，叶菊打开衣柜找出结婚时穿的红衣红裤，郑重其事穿在身上。每逢重大日子她都穿上这身嫁衣，以示郑重。

她做好炸酱捞面，等着丈夫回来。果然汪链生雄赳赳走进家门。

叶家老婆子见了，自言自语：“今天他是吃了大力丸？走路一阵雄风……”

汪链生：“妈，今天我用牙叼着排笔写了一条大标语！”

“好！好！好！你的能耐比天大呀。”

他一步迈进屋，已被妻子扑上来抱住。叶菊搂住丈夫脑袋扒开嘴巴朝丈夫口腔深处打量着，忘情地盯着这排牙齿，宛若欣赏古董店里的玉器。

“你的牙真结实，真有劲头，咬山衔海啊！”

汪链生喜滋滋地说：“就连我自己也纳闷，我从来没练过这牙功嘴功，怎么干嘛嘛行呢？好像是从娘胎里带来的本事。”

叶菊：“这就是常说的先天呗！”

大杂院里乱了。一群小孩子登门告状。小美作了祸，大家一块玩“过家家”她突然咬伤了一个男孩子的手指，鲜血直流。

汪链生将小美逮了回来，问她为什么咬人家手指。小美大声说：“香——”

叶菊狠揍小美的屁股：“同是人的牙，你爸使它写标语立功，你使它咬人手指头惹祸，我缝上你的嘴才安宁！”

小美的屁股被揍得十分丰满。

四

三火去了一趟旧英租界旧货市场。他看见法国梧桐树下矗着一件很旧的柜子，不慌不忙凑过去搭讪。“多少钱出手？”

“你有绿票子吗？没有别问。”

“美金大大的有。我表舅在唐人街开窑子，有钱。”

“看你是个日本买主儿，拿一千美金吧。”

“您睡醒了吗？”三火反问。

“你知道这柜子是谁的吗？说出来吓你一裤子尿，趁没尿裤您赶紧打道回府吧。”

三火心里想:“这地方就是他妈的不一样，连尿盆儿都是慈禧用过的！”

他又转回西广开的“鬼市”,这里才是劳苦大众发财致富的地方。落霞与孤鹜齐飞,垃圾与珍宝并存,或许原本就是同祖同宗。

三火心里说:“要有历史眼光啊。”

他又到了老城厢大杂院,从怀里掏出人民币票子,要收购老经爷那两宗特殊朝代的东西:啤酒瓶子盖儿做成的象棋,X 光胶片做的扑克牌。

老经爷哈哈一笑:“这两件东西价值连城，我留着它们陪我进棺材,要当殉葬品呢。”

三火走进汪链生的东屋，大床上的人正在享受着越窗而来的阳光。这是稍纵即逝的夕阳。五十三岁的汪链生已然衰老出五百三十岁的模样,却依然专心专意等待那四颗尚未长出的牙齿。

“您这张大床挺不错,已经睡死好几代人了吧？”

汪链生一闭眼:“是我丈母娘传下来的。”

“人都是三十二颗牙齿？”三火问。

“嗯,都是三十二颗。”

三火说:“我给您瞅件古董吧。”说着从怀中掏出从旧货市场淘来的奇物,举给汪链生看。

汪链生两眼一亮。

“您,认识它？”三火有些惊讶。

“哎哟,天底下一样的东西多着呢。它未必就是这宗……”

三火突然觉得手里这宗东西是个宝。

大床吱吱响起,从床底下爬出一个肮脏不堪的小美。

小美站起身一脸郑重:“都革命大联合了,我还有什么事情可干,有什么武斗要打？看来我只能玩过家家当妈妈了。”

三火问:“你妈妈呢？”

“我妈被我爸爸咬死了。”

鹿港手稿之四

汪链生成了一只野鸽子,一连许多天在外边乱飞,就是不回窝。

他成了天津卫有名的“牙体”书法家,整天在大街上写标语,超过任何一台机器。

汪链生身价日隆,哪派革命组织都以找他书写大标语为荣。于是处处都在争抢这个“宝贝”。

他最终选择了“津东风”。这是个人强马壮的组织。他日以继夜为他们书写大标语,“牙体”书法艺术演化得颇有几分古怪:非篆非隶不楷不碑,看上去透出几分张狂,露了杀机。

写标语,除了吃饭睡觉嘴上总衔着大排笔,站在大墙下,时而仰脸甩头,时而侧目梗脖,一条条标语就这样写出来了。

“你怎么不用手拿排笔写标语呢?当心颈椎累弯了。”大街上有人这样说。

汪链生不睬。牙齿已然成为他身体最为得力的工具,其功能超过手脚。

叶家老婆子坐在门槛上嗑瓜子,使人觉得她多年焊在这里,对风雨阴晴全无感知。

天气重新热了,她依然半裸着上身,披着那条陈旧的大毛巾淌汗。

叶菊下班回家,浑身平添几分豪气,她脖后疤痕越发显出散乱,使人想起狡猾的阶级敌人的逃跑路线图。

叶菊胳膊上戴着“天津西风烈战斗队”红袖章,很威武,她见母亲依旧半赤上身,皱了皱眉头说:“妈,兴无灭资,移风易俗,您也该穿上件衣服了。”

叶老婆子被吓了一跳,抬头看见“天津西风烈战斗队”的袖章,怔了怔说道:“是啊,你到底随你那个匪性的爹。”

叶菊很威武地咕咚咕咚喝下一大碗凉水。

汪链生也回来了，左手提着一只盛墨汁儿的小铁皮桶，右手提着几只排笔。他身上穿了一件印有“津东风”的背心，也很威武。

“吃饭吧。”汪链生朝盛墨汁儿的铁皮桶里兑了些水，预备外出“夜战”写标语。

“吃饭？你们就自己吃自己的肉吧，省粮食。”叶家老婆子突然大声说。

叶菊怔了神儿，汪链生也怔了神儿。

“您今天这是怎么啦？”

“怎么啦？我这些年热天露着没有奶头的胸脯，就是为了镇一镇你们屋里的邪气，可还是没有镇住。”

看来叶老婆子本身就是一件镇宅之宝。

汪链生已经能够顶嘴了：“什么邪气？你说清楚我们屋里有什么邪气！”

叶菊也帮腔：“我咬掉你的奶头不属于敌我矛盾。那年我三岁是牙床发痒又不是故意的。”

叶家老婆子声音颤抖：“跟你那个死鬼的爹一样，匪性！他要不是滥杀俘虏也不至于暴死在河堤上……”

小美站出来看热闹：“咬架！你们咬架！”之后飞快地爬到树上去了。

叶家老婆子哭了：“我救不了你们，你们也救不了我，看来谁也救不了谁呀！”

晚饭，各人吃各人的。叶菊和小美吃饼干，咯吱咯吱嚼得满世界响。汪链生喝酒嚼黄瓜，同样发出牙对牙的响动。

叶家老婆子嗑瓜子。到了半夜里，她口渴喝下三瓶敌敌畏。临死前抱住那只古老茶壶，硬是咬掉壶嘴儿，双唇沾满了殷红的血。世界好像破碎成许许多多团块。

叶老婆子就这样莫名其妙自杀了。这四个人的家庭变成六条腿了。

小美没哭。小美占领了外祖母故居。她把自己的被褥铺在外祖母曾经停尸的大床上,招来一群男孩子来玩过家家。她还是老毛病,不停地错动一排牙齿,节奏鲜明声音响亮。

这群孩子迅速成长,好像焖在高压锅里的小雏鸡,一会儿就成熟了。

老经爷天天扫街,见到小美就小声问:“你的牙从来没换过吗?怎么总是巧克力色的?这太少见了。”

小美飞快地嗑着瓜子,继承着外祖母的光荣传统。

其实,小美的最大壮举是“拆”了汪链生与叶菊。她指挥一群孩子把三件套并排摆放的柜子挪位,来了一个家庭大改组。

“这只柜子是我爸的,东风,摆在左边!这只是我妈的,西风,摆在右边。”

位居于中间的柜子,小美说是她自己的。

三只柜子拉开距离摆在屋子里,看着好像老人牙床上三颗稀疏的残齿,孤独地耸立着。

“谁让我爸我妈两个人总打架呢!”

汪链生的“津东风”与叶菊的“天津西风烈战斗队”观点激烈对立,冰炭不同炉,水火难同器。夫妻下晚儿归家,两个人看到小美布置出来的新格局,都沉着脸无话。各人吃各人的饭:汪链生吃大饼,叶菊吃米饭,小美吃大饼加米饭。

吃着饭小美叫唤:“牙疼我!”

歇息,持截然不同观点的夫妻爬上同一张大床,先是背对背。这张大床已经睡了三代人,它本身就是家长。

入夜,这张大床还是要发出些许响动的,然而味道已变只是响动而已。就好比人类挪动物件时,不经意发出的碰撞之声。

突然间,响动越演越烈,惊动了左邻右舍,他们听到夫妻半夜大辩论。

“西风烈，这个名字有问题。东风压倒西风，你们西风代表反动派，迟早要失败的！”

“你放屁！西风烈长空雁叫霜晨月，这是伟大领袖诗词里的句子，革命！”

大半夜的夫妻辩论持续着，声声高，声声低，仿佛起承转合的乐章，大杂院的邻居们偷偷听着。

入静，蓦地战事又起。这已经不是相反观点的争论了，演化为无言无语的扑扯推搡——床笫之间难以描摹的响动，混杂着牙齿的声音。古老的大床上展开了夫妻之间的相互专政。

邻居们听不下去了，纷纷堵上了耳朵。

“东风压倒西风，我让你这个臭女人永世不得翻身……”

“什么东风压倒西风？我先折了你的旗杆再说！”

闪躲腾挪，声断声续，咳嗽呜咽，畸形的快感与混沌的惩罚同时进行。肉体仿佛变成砺石。蘸着人的精血磨亮了相互切割的锋刃……

老经爷实在无法忍耐，摸黑搬出那台手摇唱机，放起了革命样板戏。

李铁梅唱道：“咬住仇，咬住恨，咬碎仇恨强咽下，仇恨入心要发芽……”

李铁梅那强劲有力的唱腔穿透夜空，却难以湮灭人间活剧的响动。

汪链生似气力将绝：“我咬掉你的葡萄！”

人们立即想起叶家老婆子悲惨的人生境遇……心惊肉跳彻夜难眠。

小美一夜反而睡得安稳，好像没了听觉。大清早醒来，完全不知发生了什么事情。她看见老经爷扛着扫帚站在大杂院里自言自语：“千万不要再战了，折寿呀！”

叶菊黑了眼圈儿，脸色惨白，远看像一只斜眼的母熊猫，伤痕累累。

汪链生干枯了,弯了原本笔直的腰板,虚汗横流,失去了昔日光泽。

从那时起,以铁嘴钢牙闻名的汪链生不再外出衔笔书写标语,他开始闹牙疼了。

老经爷说:“叶菊你到底是个女人主动休战吧, 撕咬坏了什么都是损失呀。”

叶菊说:“我跟他是两种不同观点的斗争。”

“好吧,先说说你是什么观点?”老经爷问道。

叶菊一时语塞,结结巴巴说:“什么观点?反正我的观点跟他的观点完全相反。”

仿佛男与女天生就是一正一反的对立物。叶菊无意间说出宇宙间规律。

一天中午时分,汪链生摇摇晃晃走出屋来,朝着老经爷一笑。

阳光下,他的门牙闪出一道金光。“我用了一天一宿,这才完成哪。”

老经爷走近,戴上老花镜细瞧。汪链生龇着门牙幽幽地笑了:“这是微雕技术……”

“天呀! 绝技……这又是绝技。”只惊得老经爷瞠目结舌。

只见两行小小的金字,精妙地雕刻在汪链生上下两排门牙上,八个微型金字闪烁光芒:灵魂深处爆发革命。

这位久经沧桑的伪保长, 透过老花镜呆呆望着汪链生的雕刻绝技, 多么疯狂的雕刀能够在这如此坚硬的牙齿上刻出如此有力的楷体汉字。

正午阳光下,老经爷从汪链生口中闻到腥臊气味,噎得人难以呼吸。

汪链生笑了:“其实早就开始做准备了,今天完工涂上金粉,字体才显现出来。”

此时的汪链生累得没了人的模样:眼角下垂,鼻孔发黑,头发像败絮枯草……

当天夜里，战事大起。将自己武装到牙齿的汪链生，发出难以抑制的宣泄。

“灵魂深处爆发革命！谁敢抗拒？”男人雄浑的嗓音吼着。

叶菊发出的声音，只有下过地狱的人才能听到，人间绝无这种声响。

老经爷不敢大声说话：“万劫不复，万劫不复……”

小美从此成了无人管束的疯孩子，她天天在后夹道里跟男孩子做成人式的游戏，常常搞得鼻青脸肿却显得十分愉快。

全家人都处于战时状态，不像人家了。一个傍晚终于出现了奇迹。

汪链生与叶菊肩并肩，欢欢喜喜走进院子。邻居们见到此情此景，都惊异得屏住了呼吸。

丈夫下厨炒菜，妻子和面烙饼，家庭气氛极其喜兴。小美困惑地望着这个反常的场面。

邻居们也觉得反常，试探地走上前来。

“嘿嘿，我们两派实现革命大联合了。”夫妻好像召开新闻发布会。

邻居们明白了，连连说革命大联合好，革命大联合好。

一家三口喝酒吃饭。小美却忧郁地坐在父母中间，没话。

“为什么要实行革命大联合呢？不行！”小美突然发狠道。

五

三火一步迈进院子，老经爷迎上来说：“你是来吊孝的？咱们联手操持丧事吧。”

“谁死啦？”三火傻了眼。

汪链生刚刚咽气，一个人走了。

小美却嘻嘻笑着问：“我爸找我妈玩过家家去啦，是吧？”

三火觉得汪链生死得挺及时的。他走近停尸床，撩开尸布看了看死者面容说:“他到底没能等到那四颗牙齿长出来。咱们要找到他那串项链儿，那是件大古董呀！”

老经爷分明深知此物:“什么项链！其实是一串念珠，你真是不识货色。”

据说汪链生临死前已然脱得赤条条，躺在被窝里等候死神的到来。一丝不挂的样子活像刚刚落生的巨婴。

老经爷与死人打交道是行家里手，他给汪链生手里塞了个烧饼说:“你紧步走吧，一路小心饿狗！”

三火问:“他一颗牙都没有，还怎么吃烧饼？”

老经爷说这是给黄泉路上野狗预备的，防止野狗饿急咬了亡魂。

老经爷又在汪链生另一只手里塞了一枚硬币——三十年代“中国联合准备银行”发行的分量很轻的硬币，正面印有天坛图案。当时老百姓叫它“水上漂”。确实太轻了。

这种汉奸硬币却没有引起三火的古董欲，他知道这东西不值钱。

三火其实发了一笔小财。他制作一批仿古猿人牙齿化石，到海滨旅游区兜售，势头喜人。他赚了人民币同时认为自己弘扬了中华民族优秀文化。

应该给汪链生穿装裹了。三火打开那只柜门寻找寿衣，发现一件保存完好印有“津东风”的蓝色坎肩。这件坎肩覆盖着一只做工考究的小木盒子。

“汪链生早就给自己做好骨灰盒。你瞅瞅，这骨灰盒花边是他用最后一颗牙齿咬噬出来的。”

三火在老经爷的指点下，在柜子里又发现了一只骨灰盒，相同的款式。

在这只充分展现汪链生牙齿咬噬技艺的紫色骨灰盒里，睡着早亡的叶菊。

鹿港手稿之五

那是中秋佳节。傍晚一家三口人将饭桌摆在屋门外，太太平平侍弄着节日的胃口。

八月十五吃饺子是天津卫习俗。望着白灿灿热腾腾的“扁食”，叶菊脸色一暗。

“可惜我妈死了……”

汪链生宽慰妻子：“别难过，形势会越来越好的。吃吧吃吧三鲜馅的。”

小美“啊”了一声，她吞咽饺子时咬着了自己舌头，很疼的样子。

汪链生条件反射：“我已经拔了四颗牙了，这假牙吃东西就是不比真牙，不香。”

叶菊：“我们是要好好保护牙齿了。”

这是“革命大联合”之后的一个和谐的夜晚。中秋节的月亮，胖娃娃脸似的挂在天上。它像是用圆规画出来的，圆得令人绝望。

夫妻早早就熄了灯，安歇了。

月光如烟似雾，流泻着——轻柔而飘逸，如歌之慢板。散发着一种蜜饯的味道。

挺甜的。静间，传出床笫之声。

汪链生：“我，我这是怎么啦？怎么啦……”

叶菊：“已经大联合了，你倒过不惯和平的日子啦？别急别急，小学生考试还要复习一阵子呢……”

许久，传出汪链生绝望的低语：“我真的不适应这种和平的日子了。”满地月光，凝固了人的声音。

一块乌云吞没了天空明月。一个黑乎乎的人影跑进院子，立在窗前。

“叶菊，快起床吧！大联合完蛋了，津东风战斗兵团正在进攻咱们，头儿叫你快去烧开水烫人。”

月亮死了，天地之间现出纯正的黑色。

小美跑出屋子:“又打起来啦？太好啦太好啦……”

许久,夫妻屋中才有了响动,却不见亮灯。

“我不去了,链生你也别去了！”这是叶菊渴望和平的声音。

汪链生:“我一定要去！我不习惯这种不咸不淡的日子啦。”

难以描摹的激烈冲突在夫妻之间展开,如火如荼。

“咱们俩谁都别去了,好好过日子吧！”

汪链生斗争性极强地吼:“灵魂深处爆发革命,我要干到底！”

“你不要糊涂了！别在门牙上刻标语啦。”

小美似乎具有隔墙见物的特异功能,她站在院子里吮着拇指“现场解说”:

“现在我爸正在使劲打我妈……”

老经爷尖叫:“小美别说了,小孩儿折寿呀！”

激烈冲突瞬间静止,听到汪链生狂喜的喊叫:“我又能行啦！我又能行啦！”

片刻,汪链生披衣冲出家门,在院子里找到木棒,便跑出大杂院参加“保卫战”去了。

叶菊屋里无声无息,大杂院的女人们急了,结伴壮胆进屋探视。

“你们别进屋,你们是人就别进这屋！”突然听到叶菊大吼。

小美嘻嘻笑着,这孩子已经疯了。

第二天下午汪链生回家来了，头上缠了一圈白纱布，渗透着血迹。大太阳底下,他嘴里泛着一派金光。

他进了屋,看见叶菊依旧原样躺在地上,活像一丝不挂的女鬼。汪链生有些发慌:“你、你上床躺着吧……”

“我咽气的时候肯定上床。”叶菊坦然说道。

她是清晨被抓走的,送进市房管局大院里的“牛棚”接受审查。

“你说过西风压倒东风吧？你还说折了东风的旗杆？你半夜里说过多少反动言论,你坦白！”

不知是谁断章取义告发“夫妻内战”时叶菊呼喊的“反动言论”。

披头散发的叶菊只回答了一句话:“真没意思透了。”

之后她天天在“牛棚”里呕吐。汪链生偷偷跑去看她才知道中秋节之夜播下的孽种已经发芽。

汪链生平和地说:“有了,那就生出来吧……”

他话音未落就被叶菊啐了一口血痰:“生出来?生出来是人吗?以后八月十五是鬼节!”

汪链生只好带着小美过日子,苍老了许多。

叶菊在“牛棚”里用土法堕胎,死在自己的血泊里。死前她咬断一根手指,蘸着脏血在自己胸前写了几个红字:火化厂同志,我是人不是牲口。

该死的都在死去,汪链生的主要事业便是保护牙齿了。他患的牙疾很罕见,就连口腔医院专家也表示无奈。他的牙疼起来并无高潮,只在平缓间疼出一种隽永的力量,含蓄而缠绵。

他便年复一年向嘴外迁移病牙,直至拔得一干二净嘴里没了“金字”。

六

三火自告奋勇给汪链生守尸,跟死者亡魂度过最后的夜晚。老经爷跑来了,问是不是有什么响动。

三火说:“他躺在床板上挺稳重的,没事儿。”

“那,那我就把这宗物件传给你吧。”

说着,老经爷拿出一只铝质饭盒:“我刚刚从后夹道地下刨出来的,还让小美这丫头咬伤了大拇指呢。”

锈蚀的铝质饭盒里,小蛇似的盘着一宗物件。

它,或许是一串项链儿;或许是一串儿念珠;或许什么都不是。

二十八颗牙齿,由一根金黄色的丝线穿成一串儿,制成这件颇为狰狞的新时代古董。

三火捧在手里,那丝线就断了。这二十八颗形状各异的牙齿早已丧失洁白本色，包裹着一层人间烟火的锈色。

灵魂深处爆发革命？已然难以寻觅那八个字的微雕绝技了，一切都被蚀锈的时光覆盖，似乎酝酿着第二个周口店。

入土为安，汪链生安葬后的一天，三火领来一个腰缠万贯的个体户，此公口口声声要购买那套汪链生留存在人间的家具。

这是个肥猪体形的中年汉子，嘴里镶着两颗货真价实的大金牙——于上唇与下唇之间大放异彩。

他看着柜子四边上的花纹，说："好东西！好东西！"

老经爷告诉他这家具是黑木做的，此公的裤裆就开始泛寒气："上帝啊上帝。"看来还是个有信仰的洋教徒。

黑木，乃埋入坟内数年之棺木也。出土之后重新成为人间的木料，据说死气已渗入木纹里，形成永不消散的小气候。

小美围着这个身材肥硕的土豪转悠，趁机扑上去说："我啃了你这块大排骨！"

"她是什么动物！她是什么动物！"这土豪吓得魂飞天外，金牙碰得金牙响，狼狈逃窜了。

三火回到家里开始"搞科研"。他将这些牙齿泡在一种黄色液体里，锈色便脱了，渐渐露出八个金光闪闪的字体，灼人眼目。

他掏出那宗奇物：一只黄杨木雕成的形状有些像牛角的物件，上面布满印痕，深浅不一。三火分析了一阵子，得出结论是牙痕。人什么时候成了狗啊，总要咬着骨头磨牙？

三火用一根细细的铜丝将二十八颗牙齿重新穿成一串儿，八个金字依然闪光。

三火出现在旧英租界的地下古董市场。几乎没人搭理他，高端收藏家嫌他太土，不入流。

这时迎面来了一个黄头发蓝眼珠的外宾。他不远万里来到中国，是加拿大人。

三火说："哈喽！"亮出了手中货色。

洋人看得凝住蓝色眼珠。三火乐了。

当场成交，三火得了一笔不大不小的钞票："洋伯伯，欢迎您发扬国际主义精神再来中国考古！"

三火挺胸腆肚，行走在天津大街上，坚决认为伟大祖国潜力极大，处处都是宝。"我三火为国创汇的同时，也让汪链生的牙齿冲出亚洲走向世界，这是再好不过的事情啦。"

他去一家私人的口腔医院，给自己门牙镶了个金牙套，阳光下一笑显得无比辉煌。

"嗯，必须了解这段历史，必须提高自身素质，否则发不了大财。"

他拎了一只很肥的烧鸡，边走边吃边啃骨头，嚼得嘎巴嘎巴响，去料理小美的后事了。

嗯，人间暂时没有多少绝技了。

鱼仙

那年是凶年。没人知道会有地震。春天里卫津河边上呆立着一个哑孩儿。哑孩儿哑哑地望着那条哑哑的河，只觉得死是一种莫大的发泄，只知道敢死的人必是一条硬汉，只想死。

卫津河上一条满是皱纹的船儿，无主无宗。遍船生着暗暗的苔，水舔着船苔，涟漪便是水的口形，含着无形的噬力；水衔着船儿似拱起一具漂尸。这船寡情寡欲地荡——无所待。

船头上蹲着一个人。

世间少有这等瘦汉：似只剩下骨头架子而没了肉丝儿，一块压船石而已。伸出的钓竿儿看上去比他的肉臂还要光润些，其实是一柄晾衣竹竿儿。一根绿绳绳儿只拴了一个小得近乎没有的鱼钩儿，没有鱼漂儿。似独钓一河晚霞。

于是哑孩儿没有去死，迄今还耐心地活着。那瘦汉就是余子仙。生难，死亦不易。生死场上好歹认识了这"半个"活人。

余子仙人称“鱼仙”。

不是鱼成了仙而是玩鱼的人成了仙。

老根爷认识那“半个”活人余子仙。

只知睡得正酣，房子就成了狂涛中的小船儿。人似汤圆缩成团团在旋转的小天地里摇，心便成了没味的馅。一瞬间人类世界就失去了昔时的殊荣：巨人般的楼房趴落地上其状如可怜的侏儒；侏儒似的平房歪挺着身躯睥睨着高傲的苍穹。全没了人类的声音，净是鬼的哭号。有造化大的，脑袋里盛满稠乎乎的惊恐，踩着一波一浪的地皮窜将出屋上了街。这座城市留给人类的缝隙太窄，腿却晓得往宽敞地方迈去。人们赤腿露膊团聚一处，比赛着发呆。

一个愣小伙儿，发四十度高烧模样，张口打死腔，说出话来却是一口血气：“第三次世界大战爆发了吧？走！先宰了我们厂那几个头头儿，然后报名参军上前线！”

天地正在杀人，人却又想杀人，竟无人应承愣小伙儿的杀机。

集体发呆到东方渐起晓色，才悟出不是苏联向中国投了原子弹而是大地震。大地震抖散了西边那幢老楼。心渐渐成了明镜，懂得查点前后左右的人数了。蹭破脸的跌破腿的砸疼腰的撞伤乳的……只是单单短了余子仙老两口。人心就惶惶，眼窝里斟满了惧死的浓汁，一个劲儿往凶里猜想。

方才迸出杀人动机的愣小伙儿，贼大的胆子，硬要穿街走巷回去探个究竟。一个腰被砸伤的同类痛叫一声昏了过去。

老根爷捋了捋时年七十岁的飘髯，亮出满口赖着不掉的牙齿，审时度势道：“砖瓦都震活了，高处悬着。小心赶在脑门子上。”

人们就呆坐着，越呆坐心里越慌张。老根爷展展寿星眉，又说：“倒是没听见周遭有房倾屋塌的声响。我估摸余子仙就是舍不得他的宝贝热带鱼，这是舍命陪君子呢。”

地皮又是微微一颤。老话说有两条大鱼托着大地，大鱼总有心烦意乱的时候，就翻个身解闷儿——地震了。

“那两条大鱼翻身就能震死余子仙？”老根爷幽幽地笑了。

哑孩儿，永远难以长大的哑孩儿。他猫儿一样轻捷，趁着朦胧天色潜入巷子闪进院儿——去攀余家的窗台。只可惜，他是个哑孩儿，见仙见鬼都不会发出惊恐的喊叫。

闹一次地震，就有一拨哑巴张口说话。老根爷这么对他说。因此哑孩儿成了唯一欢呼地震的人。

片刻，哑孩儿便从巷里踅出，一脸大惑神色。他快步凑近老根爷，比比画画不歇手。唯老根爷识点儿哑语，锁眉静听。

避险的人们振动着双唇开始说话了，皆是经验之谈：有震醒了先钻床底下的；有举个枕头蹲屋角的；有越窗跳到巷里的……获生的喜悦溢于言表。

哑孩儿眼尖，停了比比画画。这时巷子里果然踱出个余子仙来。

一身长衣长裤，鸭蛋青色。那衣那裤，定是浆洗之后让热熨斗吻了数遍的，板生生，却含不住他一身骨架——硬是瘦出一个从容的男人来。

人们远里呆看近里惊看，众人目光糊死了巷口。

老根爷摘下老花镜细观：只见余子仙通身洒脱飘飘然，没有丝毫水痕。

不待众人询问不安，余子仙双眼一亮，淡而又淡地说：“睡得太死了……”

也就没人向他的鱼儿问安了。他太平，鱼儿必然无恙。

你好吗我好啊他好呀。素常日子里很少这种过话的契机。你我他问遍了，余子仙悠悠转身：“此时早点铺开门了吧？”

说罢就折了回去，身影镶进巷子里。

“这人世间，凡是沾了仙气的人物，大多不拿死当回事儿。”

“咱也不知道人家余子仙是怎么修炼成的……”

老根爷闭目养神，静听群人对余子仙发出的感叹。

哑孩儿哇哇呀呀叫着。没人知晓他那颗不哑的心:“还是该好好活着呀!你们这些会说话的人们……”

一辆自行车载着两个四十郎当岁儿的汉子,兀地定在街上。一高一矮,看着皆剽悍,目泛冷光。

“那个什么鱼仙,这次地震没伤着瓤子吧?”矮汉子头上缠着浸血的白纱布,张口问大家。

整个一群哑巴,没人言语。

“我们这地界,有人,没仙。”老根爷端坐答道。他老人家知道这二位是本地鱼市上的人物,行当里绰号“鱼鬼”,是专门经营名贵种鱼的二道贩子,伸手能从水里捞出银子来。

高个子鱼鬼比矮个子鱼鬼老道,跳下车子一躬身:“劳您尊口,余子仙还太平吧?”

“太太平平。”老根爷说。

矮个子鱼鬼听岔了:“他太太叫萍萍?”

老根爷认为对方耳朵上火了:“放心吧,房没倒,屋没塌,全家平安。”

“这就好,这就好。”高个子鱼鬼五官在位,两侧咬肌隆起:“劳您老给他捎个口信儿……”

这时候,余子仙左手拎着竹篮右手提暖瓶,步伐款款出了巷口,这肯定是去买早点了。

高个子矮个子两个鱼鬼转眼看见了。高个子鱼鬼上前拱手:“余先生,地动山摇不碍您肠胃,看这吃劲儿您得照着一百二十岁活啊。”

“马马——虎虎。”余子仙浅浅一笑,眉心那颗痣暗红,转而对老根爷淡淡说:“电停,水没停?”

这等于把两个鱼鬼晾在一边了,不再搭理。

高个子鱼鬼不甘心,抢先截住话头:“余先生,咱爷们儿就明唱了吧!五十块钱请您那对儿高鳍儿金边墨燕!这大难之下,五十块钱比一对老鱼值钱多啦,您算算能买多少个烧饼!”

“二位认错人了吧？无鱼，什么高鳍儿金边墨燕？我哪儿有得卖！”

“您老的底细我们知道。您的鱼会唱京戏，所以有情难舍。不过如今京戏全唱《红灯记》了！早没了《锁麟囊》。”高个子鱼鬼戏谑地说。

“西边有银行，你那五十块钱还是存了吧。”余子仙不屑一顾，右手提壶左手拎篮去早点铺踅摸馃子豆浆去了，还是迈着那永恒的四方步。

“告诉你，黄家老小姐砸在屋里还不知死活呢！”矮个子鱼鬼冲余子仙背影高喊。

还是不见回首。高个子鱼鬼也怒了，左脸庞刀疤骤紫：“这个老王八！真他妈的绝了，绝得没有活人气了。”

老王八？这又是个水族。人们听罢品咂着个中滋味，大半不解其意。

过了半个时辰，余子仙的胖老伴驱动着大胖身子扭到巷口水龙头前，一对秀气残存的眼睛中现出迷惘：“大伙还都是原样吧？没人伤着身子……”

她这么问，颇有屋里才一夜，世上已千年的味道。

人们在心中寻思着，这余子仙的女人也是个人物。

地震是个感情缠绵的巨怪。总听说还有余震余震余震……好比土地爷憋着个闷屁没放。就在恐惧里盼着土地爷把屁快放了。越盼人心越怕。

一时间，大街上搭满了窝棚，躲避地震的人们在窝棚里吃喝拉撒睡，图个平安。日子，继续过下去。

哑孩儿是永远长不大的哑孩儿，哑着永远的口；老根爷是永远的老根爷，讲着永远的故事；余子仙是原样的余子仙，照旧居住在自家屋里，当然不住大街上的窝棚。

还是来了矮个子鱼鬼，变得衣冠楚楚，使人想起马戏团里着装的狗熊。矮个子鱼鬼走进余家外间屋，眼前是个简单的世界：四面白色墙，脚下洋灰地，两只方凳撑着一张圆桌。他用眼角扫扫里间屋久闭不开的门，知道那里应当是鱼的王国。

“余先生，您老近来可好？”

老夫老妻环着圆桌相对而坐，专心包饺子。余子仙拿饺子皮包饺子馅，不时小声吩咐老伴儿：“必须匀实，必须包得匀匀实实……”

胖老伴儿便木偶似的随之点头：“匀实，不洒汤不漏汁……”

矮个子鱼鬼遭到冷遇，只得自寻话题：“这场地震砸死不少人呢。”

“区税务局副科长——那个秦什么，砸死在办公室里了，总算半夜里吧。”

余子仙的胖老伴儿抬眼瞅了瞅矮个子鱼鬼，又低下头包饺子了。

“再有，黄家老小姐也……”

余子仙的胖老伴儿侧眼看看丈夫。

“还有，我那位刀疤脸的哥们儿，昨儿冒险从楼里搬出一缸名种黑玛丽，赶上余震了，一个砖垛子砸中后心，当场就结了。”

矮个子鱼鬼说罢点燃烟卷儿，房里顿时起了雾。

“你，在我这儿吃饺子吧，素馅的。”余子仙终于抬起头说。

盛情来得实在唐突，矮个子鱼鬼无言，不由往后挪了半步，一时语塞。

余子仙的胖老伴儿慌忙为其夫伴奏：“我这就煮饺子去！”

矮个子鱼鬼没了强者风度，抬手摸耳，挪脚蹭地，憋嗓强咳……“那鱼，那鱼都太平吧？”矮个子鱼鬼问出这么句话来。

余子仙不复抬头——捏着手里饺子。矮个子鱼鬼等待回答。

终于等来了回答：“你怎么还这么问呢？我这里早就没了鱼……”之后又补充道：“你们这些街面上混事由的人，哪里懂得我真正喜欢什么。”

矮个子鱼鬼咬住鱼的话题不放：“为什么你还在水坑边捞鱼虫儿？没了鱼，你捞鱼虫儿喂谁？”问罢额头青筋毕露，瞳孔好似两个冰冷的枪口。

余子仙抬头平视，淡淡答道："喂谁？喂水呢。"

"喂水？水也懂得饿？"矮个子鱼鬼惊了心，狠狠吸下一口烟，这才静下神来。

鱼鬼终于用鬼声说："有道行！我刀疤脸哥们儿临死前还念叨您那对宝贝燕鱼呢。这笔买卖到阴间他也要跟您做成的！"

"我说大晌午头儿的，你还是吃了再走吧。"余子仙避开话锋，再度留客用饭。

"交情薄，还是您自个儿受用吧。"矮个子鱼鬼说罢转身出了屋。

"慢——走。"余子仙起了身，拍净掌中面粉，从怀里抻出一张嘎巴响的钞票，说："买一刀纸替我烧了，算是祭他了。"

"您这是从哪儿论起？"矮个子鱼鬼冷冷笑道，远着票子不接。

"他为鱼而死，也是一终啊。"

"人死成鬼，我刀疤脸哥们儿不缺钱花。我倒盼望什么时候能祭祭您老，我烧十刀纸。"矮个子鱼鬼说罢扬长而去。

余子仙转脸对老伴儿说："煮熟了吧？备醋，吃。"

"你可从来不吃醋呀……"老伴儿回身去看锅，已煮成一锅片儿汤。

继多年前"焖煳了一锅米饭"，今日老伴儿又煮烂一锅饺子。

余子仙凑近那锅，看水，看火。

"只、只得喝片儿汤了……"老伴儿似乎也想起了多年前"那锅焖煳了的米饭。"

"喝片儿汤？那当然，那当然。"余子仙率先盛了一碗，说："香。"

老伴儿鼻子一酸，竟在眼窝里酿起醋来。

这是一条毫无内容的小河，环绕这座城市很久了。

哑孩儿凝望着蹲坐船头上的余子仙。

船是人的小陆地。这小陆地，不见配有桨橹，空自荡着，全无靠岸之意。这就使铁心赴死的哑孩儿觉得天地间根本没岸。

一辆载满革命小将的大卡车从远处大道上呼啸而过。哑孩儿变了脸色。

余子仙动了动身形儿——下意识地一甩竿儿，钩儿上竟然挂了物儿——一条耀眼的红色鱼儿，三寸多长。出了鱼，这清汤寡水的卫津河！

哑孩儿仿佛盲了眼，只看见一河柔情的水在展开身姿召唤他，便想一跳了之。

余子仙分明被意外上钩的鱼儿惊得痴呆了。看看钩儿上的鱼，再看看岸上的哑孩儿；看看岸上的哑孩儿，再看看钩儿上的鱼，一脸茫然。他烟袋锅似的眼窝里眸子一暗一亮，显然是在感叹："哎呀呀！我怎么会钓上一条鱼呢？"

而且竟然是一条名叫"红箭"的热带鱼。

地球很小，钓竿巨长。天津卫小河里钓出了原产南美洲的热带鱼。善哉。

"来之自然，来之自然。"余子仙伸手摘下头上的人造革单帽，淘满了水捧在手上，那鱼就活在"水帽子"里了。他肃穆而立。

太阳嘣地掉了下去，只剩下一个昏黑天地。人便成了影影绰绰的东西。余子仙猛然一扭屁股，这条破船朝哑孩儿的岸边悠悠荡来。

哑孩儿哇地叫了一声跳进河里。

他不停地挣扎着，仿佛挣扎出一身稠乎乎的大汗。力气尽了，双脚触到硬底，这才不情愿地站起，水深及裆，上半身全在人间。呜——死很难呢。

一个悠悠的声音："天这么黑了，你还游什么泳啊？"

哑孩儿看到黑暗里发声的双唇好像雀翅扇动着，之后就挤了挤香火头儿似的眼睛。

他伸出竹竿儿搭在哑孩儿肩上，顽童似的一拨，哑孩儿就上了岸。他们好像二十年前就熟识，如今却显得陌生。

“走吧……”余子仙拽着哑孩儿，好似是他钓得的第二条鱼儿。

双手捧着“水帽子”离开河边，一路上走着“四个人”——两个是人，两个是影子。

“这叫什么鱼呢？真红啊真红。”余子仙走着说道。

哑孩儿当然不语。就这样一直进了余家屋里。

“又来了两拨‘红箍儿’，抄了两家！”已经发福的女人当头向余子仙说道。

他只字未听，举起“水帽子”递过去：“鱼！”

他女人凑到灯下观看，惊得小叫：“热带鱼！”

“可别死了它。”余子仙将圆柱形座钟罩提起，倒置摆在桌上。注了水，这鱼就有了一间玻璃小屋。

“原汤，原汤。”余子仙倾尽水帽子，鱼就活着进了玻璃新居。余子仙忘情凝视着玻璃缸里的红鱼——足足一个世纪光景，看得好似溶了四肢。

红鱼孤身在水里游着，武夫般拖着尾后蹿出的箭。“千里走单骑……这好像是一出红净戏，关云长啊。”很快心里的老戏便落下幕来——余子仙凄苦地合上眼皮。

大街上的高音喇叭在吼，召唤群众去开批斗大会。

余子仙这才活转过来重返现实世界，转眼定定地看着哑孩儿。“你两眼奇亮却是个哑子，你为什么想死？”

哑孩儿示出一连串哑语。

“连我都不想寻死，你却不愿讨活？傻呀！”

哑孩儿好像十分失望。

“噢——不许你胳膊上戴红袖章？”余子仙双手捧起“鱼缸”隔着玻璃亲了亲那条红鱼，小心翼翼珍藏在床铺底下，之后开导哑孩儿说：“你就在心里想象自己胳膊上戴着红袖章呢。这就跟真戴一样了。可能比真戴了还强呢。”

哑孩儿迷惑地望着余子仙。

余子仙随手脱了鞋，哼哼叽叽搓着脚趾。他患了“脚气”，可能是水边站久了吧。

人们惊恐不已，焦心地等候余震的到来，反而跟盼望亲人似的。好像余震是一笔难以躲避的债务，既然躲不掉，还了债倒也踏实了。等待余震到来，窝棚里成了清谈之处，好似两晋文士散淡古风复起，用的却是今日街言巷语。幸存者感悟免于死难，多有人生感慨。久而久之，渐渐少了听众，多去做活下去的营生了。老根爷依然不懈不怠，端坐其位拿嘴给哑孩儿述说人间道理。

要说这大地震动，必然震出很多明白人。这次若明白不来，怕是没有下拨了。人就是人，死了只能烧成灰。凡是活着就成了鬼的，那准是个奇人，凡是活着就成了仙的，那准是个泥人。

啧！你不信呀哑孩儿？等大灾过后吧，我续个老伴儿给你瞧瞧！搭伙过日子呗。

老根爷少打手语，哑孩儿多用心听。

该吃的，吃。该喝的，喝。该死的，嗯，也得死。你五十块钱把那对燕鱼卖给他们不就结啦。也难怪，一人一个活法。可“老王八”这词儿太难听了。你能忍，真是应了那句口头禅：“图个匀匀称称的。”余子仙在修行啊。

哑孩儿默默地听着。心儿好像容器，盛着一个小小十年。

余子仙早先迷上京戏，中学毕业肚里添了墨水，就更痴迷了。中华人民共和国成立前一年，他只身离家往山里走，说什么去“采风”。山里是解放区呀，时兴大秧歌。他沉浸其中，一转身就成了进城干部！没两年混成区税务局的什么副科长。那时节他高身量大块头，足有一秤半的分量。咱也不知后来他是怎么修炼的，如今只剩下一挂杂碎外加一把骨头架子。真哏儿！

哑孩儿憋着一泡尿，硬着小阳物儿耐心听着。真是好孩子，可惜不会说话。

好生生当官呗，不，他心里有好几出大戏。工作上遇见奸气的，他就说：“你曹操！”生活里遇见义气的，他就说：“你秦琼！”得，全都是戏里的人。就好像他整天在大戏里过日子，这哪儿成啊。

老根爷继续说：就这样没几年，他降成个科员，不过他倒挺美，一丝不改照样活着。咱也不知道他丢官的内情：究竟是自己辞的，还是让人家撸啦？反正外人捉摸不透。那个秦什么，就是地震夜里被砸死的那个秦什么，接任他当了副科长，一当就是这么多年，赛颗钉子钉在那里不动。他丢了官倒好，干脆跳槽改行——自愿下到河东京剧团去当什么编导。

哑孩儿啊，你听这两个字儿就不吉利。“编导编导，边倒边倒。”这是个民营京剧团，小戏班呗。可是他精气神儿特别大，像模像样地编了几出叫座的大戏，天天在鸟市小戏园子上演，后来还得了个“群文奖”。打那时候就有人咬他，说他那几出戏都是从元朝关什么卿那里抄来的。敢情老世辈子也有人干编导这行。这场糊涂官司没完没了。余子仙苦啊，吃冷饭睡凉炕点灯熬油写戏文。真有个忍劲儿，他好像心里头还有个奔头儿，就在酒馆里喝给自己鼓劲儿的酒。

哑孩儿听到这里抬手狠狠捏住自己喉头，好似有了发音的期盼。

他当副科长时，区税务局长出头包办，给他娶了这个媳妇——和平纸盒厂的会计。当年有点儿姿色，不胖吧，可是他瞧不见她有骨头；不瘦吧，可是他瞧着她那么软软乎乎。这媳妇不俗，找的是“上班坐机关，晚上双双把电影看”的郎君。可是她看错人了，余子仙丁点儿没有她选的路数，当副科长放着阳关大道不走，专奔小胡同里钻，她能不心悔？那就凑合着过吧。她是越凑合越胖，如今胖得走路都叉不开双腿了。他是越凑合越瘦，光剩骨头架子了。妻纤夫胖——夫瘦妻肥，两个人大换防。也算是匀匀称称的，互补。

他在小剧团里连年背运。有时让他补个龙套，他台上站错位；有时让他改剧本，他提笔忘字……后来团长贬他去拉大幕。后来，撤销了小剧团，安排他去看自行车……这次又当了官：存车处处长，听着比副科长官还大。

有时他还哼唱京戏：“耳边厢，又听得战鼓响。黑夜里闷坏了罗士信……”半夜清点自行车，一辆辆数，嘴里念白：“项羽的乌骓，关公的赤兔，秦琼的黄骠，唐僧的白龙……好一群良驹也！”后来听不到他念白了，好像转世投胎了。

那个秦什么，不温不火，有几分官员派头，行走坐卧都有格调。这家伙心思跟别人不一样，专爱别人的媳妇。他在小花园里把人家小媳妇感动得掉眼泪，连声说“我得换个活法了……”尽管这事儿没几个人知道。

前几年时兴搞外调，有个办案的找我了解情况，三言两语我就听出底细。乌龙院宋江杀了阎婆惜，那叫血性。要是媳妇被秦什么搞了，你却佯装不知道，这就是修炼了。我觉得凡人做不到，这种修炼余子仙是从娘胎带来的。

哑孩儿啊，我看你总捏喉头，说明命里有官，兴许将来能当上中国哑巴协会会长。

邻居们仍然在大街上睡窝棚，不敢回家过夜，最怕余震来袭屋毁人亡。巷子里只有一户人家不睡大街窝棚，稳稳当当睡在家里。人们心生敬畏，嘴里却小声骂着“找死呢”。

哑孩儿趁着朦胧的天色攀上余家窗台，地皮又是微微颤抖，身后有落瓦的声响，引起猫狗嚎叫。

余家的窗帘对这个哑孩儿极其吝啬，只露出寸许宽的缝隙由他偷窥。这是余家里间屋，灯幽光暗。哑人眼亮，撞进瞳子里的是四处泛光的世界。

里间屋摆着一只长方形玻璃鱼缸：赛着单人床的长宽，三岁孩子般高，两块长长的铺板被掀落了，交错地躺在地上。哑孩儿认为这双铺板平时是敷盖在鱼缸顶端的，人睡在上边便是床。

这是人与鱼的同床而眠。哑孩儿惊得几乎恢复了语言功能。

有两个人,并肩泡在这只巨大的鱼缸里,双腿盘坐的姿势。水面齐颈,只露出两个人的脑袋。这俩人面容平静,好似水陆两栖的诵经僧。有人的话语在水上飘散。

余子仙的瘦脸前亮着烟火儿,雾气升腾。人坐在水里嘴里吸着烟卷儿,也算是功夫不浅。

余子仙的声音:"此时若是落下砖头瓦块，咱俩就把脑袋往水里一沉。万物入水都泄力——没了劲头就砸不死人的。"

并肩而坐的老伴儿应了一声:"这水也是匀匀实实的，真爱人儿啊。"

烟火一亮:"人人都知道水来土掩,人人又都不知道土来水和,水一和,土就成了稀泥。人世间硬物易碎,稀软了你怎么治它?没治。"

"也就伤不着咱们了……"老伴儿应声附和。

"是啊,少是夫妻,老来是伴儿,这些年你总算懂了我的心。"余子仙伸手把胖老伴儿拢得紧紧的,特别恩爱的样子。

胖老伴儿活像泡在水中的"原木"。水悄悄渗入原木,人就得了几分元气,再次向丈夫悔罪:"我实在对不住你,那年一时糊涂……"

"哎呀,你怎么又犯了小媳妇毛病?那年不就是没留神焖煳了一锅米饭嘛,那根本不算个事儿。"余子仙认为老伴儿所说的"那年一时糊涂"是"没留神焖煳了一锅米饭"。

泡在大鱼缸里的胖老伴儿越发执着——恨不得将事情真相亲口向丈夫说穿。时间拖得越久,她越觉得只有说穿真相自己才会获得解脱。

但是，那层窗户纸就是难以捅破。她甚至觉得自己成了一堆土——遇水变泥,没了丝毫力度。难道丈夫这层窗户纸是用人皮糊成的,永远不破?

"天下本无事,庸人自扰之。不就是一锅焖煳了的米饭嘛……"余子仙吐掉烟蒂轻描淡写地说道。

胖老伴儿再次失败了。她心里永远压着一个矗在水畔的坟头。

“无论多名贵的鱼,也得让水养着。水这东西,妙不可言哟……”余子仙颇有心得地感叹道。

“泡在水里,好舒坦。”余子仙身子从鱼缸里渐渐长出来,小声问身旁老伴儿:“外边没余震了吧?”

哑孩儿透过光线阻障,看穿了水里的人,惊得从窗台跌了下去。他摸摸裤裆,知道吓得尿湿了裤子,不觉得尻骨跌得生疼。尻骨这地方祖先拖着一尾巴。

余子仙为了躲避革命小将的大搜查，悄悄在自家床下拓展出一个小天地,经常搂着玻璃罩子改制的鱼缸欣赏这条红鱼。他认为这是上天赏赐的小精灵。“西湖有花港观鱼的景致,我这儿有床下赏鱼的风光。”

人生途中喜得伴侣,他的一双眼珠子几乎掉进鱼缸里。人呢,就这样得道成仙了。

他的老伴儿心里很清楚这条红鱼的来历。你看大街上胳膊佩戴红袖章的革命小将们,走街串巷张贴“横扫四旧”的大标语,挨家挨户摔盆砸缸,取缔天津市民饲养观赏鱼的资产阶级生活方式。一时间,处处堆满被砸毁的玻璃鱼缸碎片,热带鱼们被倒进下水道里,顿时被污水呛死。当然也有善心未泯的市民不忍亲手杀生,半夜里偷偷跑到卫津河畔放生,水桶里盛满热带鱼哗地倒进河里,转身就跑。于是这些鱼儿好像漏网的阶级敌人，潜伏在半清半浑的卫津河里，不肯死去。久而久之,这些幸存者变成卫津河里的“土著”,竟然奇迹般生存下来。既然成了土著就要吃饭，这条饥饿的红鱼咬了余子仙的钓钩——人与鱼,鱼与人,萍水相逢了。

余子仙极其欣赏这条红鱼的世界观:好死不如赖活着。因此对它产生了异乎寻常的情感,几乎接近“人鱼之恋”了。他的老伴儿看在眼里,深知自己这辈子休想捅破这层窗户纸了。唉,一个女人想承认错误却得不到机会，她内心难以超度自己了。

余子仙在床下安装了小灯，长久照亮自己的小天地。他钻到床下就年轻了，感受到久违的生命激情。

他不知道社会上出现阶级斗争新动向，那些胳膊佩戴红袖章的革命小将接到举报，有人从卫津河里钓到热带鱼“红箭”，居然私自饲养起来。这消息传遍大街小巷。

余子仙的老伴儿是忠实哨兵，她跑进屋里扑到床前说：“又在查抄呢，已经进了黄家！”

余子仙闻声蛇样从床下窜出，起身跑出家门，人就窜上大街了。

黄家老小姐是个深居简出的老处女。早年登过中国大戏院的戏台，清唱《奇冤报》折子戏。她人到中年越发痴迷京戏，一头钻进象牙塔里自号“白云楼主”，津门名票却远离尘世，令多少人难睹芳容。

胳膊佩戴红袖章的革命小将查抄黄家小洋楼，使得余子仙得知“白云楼主”不光唱戏还醉心饲养热带鱼。她东躲西藏还是露了馅儿，引来铲除资产阶级生活方式的革命小将们。

不知为什么，余子仙感觉自己变成小伙儿了，一路急速奔跑，气不喘心不慌。接近那幢小洋楼传来撕肝裂肺的喊叫。余子仙断定这声音发自著名票友的嗓子。

然而，他还听出这位女老生的金嗓已然毁了，下意识伸手捂住自己耳朵。

他痛悔自己听到这种毁灭的声响，这样的话连同自己的耳朵也毁了。

革命小将们喊着响亮的口号，开始查抄黄家老小姐的家。这里已然没了清音雅乐，但是还有一缸缸名贵品种的热带鱼。

从前，余子仙经常踏着夜色踱到小洋楼附近，环绕着小洋楼散步。他晓得小洋楼女主人名叫黄莺。听着从窗户里传出独特的音韵，便觉得自己步入仙境，乐而忘返。他久听久醉，渐渐从行腔里听出一个人形来。

他在暗暗记录“白云楼主”的独特韵调，认为黄莺倘若登台面世，理应自成一派。他甚至孤傲地断定，人世间只有自己能够听懂小洋楼里传出的旷世绝响……

革命小将突然包围了小洋楼，好像一大群红翅绿鸟飞来，争相啄着这株枯树。他们从黄莺家里抄出三只大型玻璃鱼缸，受惊的“五彩燕鱼”在水里乱窜，尽失昔时雍容华贵。小洋楼外的下水井盖掀开了，黑洞洞好似地狱入口。

“这些名贵鱼种是从新加坡运来的，黄莺有海外关系！”革命小将们抬出鱼缸连鱼带水哗地倒进下水井，小瀑布似的溅起幽幽的臭气。

一个头发凌乱的中年女子扑到小洋楼阳台上，绝望地盯着吞噬鱼儿的下水井，身子渐渐蜷缩在栏杆里。

这景象，余子仙不敢再看，沉沉地垂下头去。又有玻璃鱼缸被搬出小洋楼抬到下水井前。这时小洋楼里传来喊叫：“厨房地板下发现金条！”

两个革命小将惊讶得脱手，玻璃鱼缸嘭地落地，碎出晶莹缤纷的景色。人们蜂拥而至观看金条，只剩余子仙孤零零站着。

失水的鱼儿们在旱地蹦跳着，拼死寻找着水源，它们三蹦两跳反而落入下水井里，随即被黑洞吞噬了。

两只五分硬币大小的墨色燕鱼仍然在旱地蹦跳着，令人想起人类的弃婴，渐渐它们跳跃不动，艰难地翻动着可怜的身子，好似两块黑炭。

余子仙看得四肢冰凉，恍恍惚惚觉得这垂死的鱼儿正是自己。他冲上前去，俯身趴下伸出脑袋凑近两条鱼儿，拱出嘴巴一吸又一吸，这两条小性命就被含进嘴里，口温是生命的温度。他起身撒腿飞跑。

一路狂奔，他幻然听到舌头在嘴里搭起小戏台，有两位名角正在演出大戏，这是《霸王别姬》。

疯子似的跑进家门，他狗般敏捷钻进床下，伸长脖子张大嘴巴使劲吐出，心也随着惯性冲到嗓子眼儿——只见两块黑炭掉进玻璃鱼缸里。

这时候，世界退得很远，只有余子仙急促的喘息声。许久许久，他几乎把两块黑炭看化了……

不消片刻，两条墨色燕鱼活了。

“她……她饿了吧？”余子仙环视床下世界，身边空荡无物。他无可奈何地伸出左手，用小指甲从额头摘下一滴汗珠儿，甩手投入水中。这汗珠儿立即失去含盐的身份，淡化为水。

他苦思冥想，终于认定只有献出自己的种子，方可喂活这对鱼儿。于是，他将手伸进裤子里，渐渐扭曲了脸孔。

“黄莺……”他缓缓抽出右手，看到手指间沾着多年失去土地的种子。水也是土地啊。他将几粒生命种子轻轻弹入水中，便凝成小米般的颗粒，徐徐下沉。

“白云楼主……”他死死闭上双眼，舍不得看。两滴冰冷的泪珠随之掉进水里。水中有了人味儿。

哑孩儿扑进屋来，哇哇呀呀叫着。不见动静，哑孩儿俯身床下寻找，看到余子仙抱着玻璃鱼缸睡了过去，好似得道升天了。

那个秦什么，独自住在办公室里，单身多年。他当了十几年副科长，最终死在永恒不变的位置上。

大地震夜里一根水泥檩条压扁了他的胸骨，当然也压扁了他的心。人们把尸体装进塑料袋埋了。为防次生灾害，十天后刨出来送往火化场，烧成骨灰。

人们从秦什么办公桌里找出硬壳日记本，只有一页写了字，好像一封书信的底稿。

“……你呀你，你若与我争斗，我肯定不惜所有夺取我爱，当然是指你的媳妇。可偏偏你是一潭死水。击打你吧，只觉得拳拳落空，无处着力。不击打你吧，我也疲软下来，反而掉进你这潭死水里，渐渐被泡得没有脾气。我真不知你如何修炼到这等境界。你的修炼是从娘胎里带来的吧？太可怕了。”

这个搞了人家老婆却充满失败感的大情种。他的硬壳日记本跟随着他的尸体火化了，人间没了任何证据。

大街上的窝棚渐渐少了，人们陆续返回家里过日子。大杂院里人味儿渐浓。

这天清早，余子仙破天荒抄起竹竿捅开多年关闭的天窗，放尽屋里陈年老味。然后对早已起床等候在外间屋的胖老伴儿说：“搬吧。”

胖老伴儿颤着高高的胸脯，应声道：“搬……”

余子仙租来的那辆老掉牙的“道奇”卡车已经候在大杂院门外了。

此时，嫁出去的闺女，还有成了家的儿子，通通没露面。余子仙认为儿女皆为身外之物。

记得老伴儿生闺女是难产，好像极不情愿为他下崽。到了生儿子时便不同了，熟练工似的完成了生产任务。

大杂院里稀稀拉拉站着邻居们，好像乱栽的树木。他们嗅出异常味道看出余子仙今天搬走，便结伙拥到门前说，余先生我们帮你搬家吧。

“我心领了，心领了。”余子仙谢退邻居们，一眼瞥见大院儿门外来了矮个子鱼鬼。

高个子鱼鬼死了。矮个子鱼鬼多年纠缠着余子仙不放。这种赤裸裸的执着成了日常生活。

余子仙如过无人之境——缓步走出大杂院上了街，昂头仰脸冲着太阳剔牙。迎面来了六个寻食的民工。他伸手拦了，亮出一巴掌价钱便把劳力引回家来。

邻居们怀疑这六个大活人是余子仙在外边孵出来的。

“动手，开工。”余子仙令出，他老伴儿动弹起来，木偶般可爱。

民工们先搬出一只小号方形玻璃鱼缸；又搬出一只中号方形玻

璃鱼缸；再搬出一只大号……一辈接着一辈，像一个庞大家族正在迁坟。余子仙喊着“轻起轻落”，民工们果然就像抬棺材似的。

玻璃鱼缸分量不轻，每只都盛了八成水。那鱼缸里的水，晃晃悠悠，一波三折，涟漪荡漾。水，在有形的管束下韧着性子变换着无穷的身姿。

邻居们议论着：看啊看啊，一只鱼缸一出戏呢。

民工们则低声抱怨着，玻璃鱼缸里不见鱼儿，搬运的是水。

邻居们继续议论：不是说余子仙养了很多热带鱼嘛，怎么他把鱼都养没了，光剩下水啦。

矮个子鱼鬼自言自语：“怎么不见墨色燕鱼呢？那可是黄莺家的遗物。”

一尊巨型鱼缸终于搬了出来，它单人床的长宽，三岁孩子般高。六个民工嘿哟嘿哟从里间屋抬出来，终于见了太阳。这巨型鱼缸里好似盛着个小太平洋，水面荡着圲环涟漪，令人想起生活里的怪圈。

众人看得呆了。哑孩儿哇哇呀呀叫了起来。显然他想起这水里泡过两个活人。

之后搬出简单的家具：一尊大衣柜；一对椅子；一张圆得毫无棱角的餐桌；一张硬木单人床……

“看来两口子没睡过一个被窝！”有人对这张单人床做出判断。

老根爷眯起一双老眼观察着。

外边风声更紧。余子仙气喘吁吁从床下爬出来，怀里好像抱着炸药包，其实是玻璃鱼缸——水里游动着两只墨色燕鱼。

“我怎么说，你就怎么做。”余子仙成了导演。

他老伴儿有些迟疑：“我说，这对墨色燕鱼比你的命还重要吗？”

余子仙点头笑了：“你问得好！这对墨色燕鱼比我的命还重要，就是我死了，它们也不能死。”

“你就不怕革命小将来搜查？它们真有这么重要吗？”

“真有这么重要！因为黄莺已经死了，它们要替白云楼主活着。”

他老伴儿哭了：“我确实对不起你，可是你也不必拿自己性命恋她啊……”

余子仙哈哈大笑：“你又提这事儿，不就是没留神焖煳了一锅米饭嘛，你怎么多年不忘呢！”

“其实是你多年不忘呢……”他老伴儿心里说着，只得接受丈夫的导演。

“你胖，没人怀疑的。”余子仙指挥她在屋里走了个圆场，突然有了重大发现：“你真有几分京戏身段呢。”

他觉出失口，立即闭嘴。之后轻声感慨：“我还是活在那出大戏里啊。”

这时候，大杂院里来了胳膊佩戴红袖章的革命小将。余子仙伸手拍拍老伴儿肩头，好像首长鼓励战士。之后他抖了抖身形，主动迎出屋去。

“你就是从卫津河里钓到‘红箭’的余子仙吧！好哇，别人都在放弃资产阶级生活方式，你胆敢把残渣余孽捡回来，你要复辟资本主义？”

余子仙木然站立，做好接受批判的准备。他老伴儿吓得发抖，却高高挺起胸脯。

“我们勒令你当场交代所有反动行为。一、立即交出你写的黑剧本！”

“我离开小剧团多年，哪里还有什么黑剧本……”

“你狡辩！有人揭发你写过《白云楼主传》。你坦白！”

“我企图写，但是没有动笔就被批判了……”

革命小将们继续审问：“二、立即交出从卫津河钓来的红箭鱼！我们要彻底铲除养鱼玩鸟的资产阶级腐朽生活方式！”

余子仙的老伴儿颠儿颠儿跑进屋里，手里捏个物件跑出来：“这不是嘛……”

她手里举着这块淡红色的鱼干:“前些天它就死了……”

这块淡红色鱼干仿佛干涸的血迹，光天化日下陈列在革命小将们面前。

“你坦白！你去河边钓鱼是不是抗拒我们的革命行动？”

余子仙木头人似的说:“我不是去钓鱼,我是去钓水……”

“什么钓水？你反动！“革命小将揪住余子仙,大步押进房间。他老伴儿吓得双手护胸,立在原地不敢动弹。

革命小将要彻底铲除余子仙腐朽没落的资产阶级生活方式,里里外外,犄角旮旯,天翻地覆,全面搜查。

没有发现与京戏黑剧本有关的文字，也没有发现与饲养热带鱼相关的物证。

革命小将们急了:“你养的热带鱼呢？坦白交代！”

“我不养鱼了,我养水。”余子仙的辩解,招来几个耳光。

余子仙的老伴儿吓得双手环抱胸前，好像自己将两条胳膊捆了起来。革命小将当然不知道,她胸衣里隐藏着重大秘密……

一只软皮罐头盒,镶嵌在她两只乳房间的狭长地带。此时软皮罐头盒里两条黑色燕鱼,小精灵似的歌唱着。这个女人被革命小将吓晕了,哪里知道自己已经变成“人鱼”。

革命小将撤走了。余子仙立即关门闭户，一把将老伴儿搂在怀里。他的手颤抖着抚摸着她胸脯:“躲过一劫,躲过一劫……”

他解开她的胸衣,轻轻从乳沟里取出软皮罐头盒,双手捧着。两条墨色燕鱼嘴巴伸到水面呼吸着,仿佛渴望接吻的样子。

余子仙丝毫不顾老伴儿的感受,捧起软皮罐头盒隔水亲吻着,不知是吻鱼还是吻水。

吻罢,他轻轻哼唱起来,这是著名京剧曲牌《夜深沉》。

“这是你唱给她的,还是她唱给你的？”老伴儿怯怯地发问。

“不论谁唱给谁听,这都是绝响啊！”

他的老伴儿嘤嘤哭了起来。

余子仙的全部家当装满“道奇”卡车。不知为什么哑孩儿发了狠，悄悄捡起石头投向卡车里。这就制造了毁灭。水，从破碎的玻璃鱼缸里流出，溅流地上，看着好似卡车流泪了。余子仙并不起急，抬手抚着额头说：“厉害呀厉害，这水胀破了玻璃肚皮……”

矮个子鱼鬼听罢，残忍地笑了：“你拿什么祭奠人家黄家老小姐！”

老根爷挪步上前把嘴送到余子仙耳前：“你搬家走了，我送你一言。”

余子仙侧耳恭听。

“你是个混账。”老根爷轻声道。

“噢……”余子仙颔首，许久才说：“承蒙——夸奖。”

老牌“道奇”卡车行驶起来，载走了余子仙。

人们拥入余家空屋，却不知要寻觅什么。

只见里间屋门框上遗下一副对联：上联：有声有色半缸水。下联：无影无踪几条鱼。横批：白云苍狗

余家新居是两间不见阳光的大屋，四层楼离天近了。正值清明节，春风吹得胖老伴儿起了说话的欲望，几乎不可抑制，只能对哑孩儿说话了。

“他的鱼越养越少，只剩下这两条墨色燕鱼，一雄一雌。只要雌鱼产仔，他全部倒进下水井，一条也不留……”

说话间走进余子仙。老伴儿好像跟他通着经络，戛然住口。

余子仙不睬哑孩儿，独自在屋里踱步，反复踩出这条无形的直线。

近午时分。“笃、笃、笃。”响起叩门声，开门进来矮个子鱼鬼。

“你来看鱼？”余子仙率先询问。矮个子鱼鬼嘴唇发僵，说不出话来。

“你要告诉我，你为何迷上我的墨色燕鱼，原因是什么？”

矮个子鱼鬼稍加思索：“原因？我为了赚钱呗。你根本不懂鱼，所以你赚不了钱。”

余子仙振起双唇说：“谁说我不懂鱼？嘿嘿，燕鱼正名神仙鱼，英文名称 Angelfish。原来生在南美洲，1911 年引进欧洲，被称为‘观赏鱼的皇后’。它体形俊俏，色彩高雅，风韵端庄，泳姿纤巧。欧洲首次人工繁殖幼鱼成功，是 1924 年在德国海德堡……”

矮个子鱼鬼静静听着，全不经意地说：“你说的比唱的还好听呢。”

余子仙又惊又喜：“你也知道我的墨色燕鱼会唱戏？”他仿佛遇见知音，满脸孩子般兴奋，“你请进里间屋吧，随便参观！”

破天荒获准进入余子仙的神秘世界，矮个子鱼鬼惊了，以为不是吉兆。

走进里间屋，满眼全是玻璃鱼缸：正方形的，长方形的，圆形的……一尘不染，通体通明，看着无水无鱼，空空荡荡。这“空”的感觉，让矮个子鱼鬼感觉自己被抽尽全身血液，渐渐双脚离地腾空变成一只大气球。

矮个子鱼鬼走近再看，每只鱼缸都盛满了水。这水的世界，又令矮个子鱼鬼难以忍受。

“我的鱼儿好不好啊？”余子仙手捧一只香烟盒般的玻璃鱼缸，幽幽问道。他的神情好像缸缸有鱼，等待访客评价。

矮个子鱼鬼开始怀疑自己的眼睛。所有鱼缸里都是有水无鱼，这分明是座玻璃空城。矮个子鱼鬼心生恐怖，吓得倒退两步。

“哈哈，我就是养水不养鱼啦。鱼总要死的，水却长寿啊，永不死的。”

矮个子鱼鬼转身奔出屋去，消失了。

余子仙似乎失了元气，手抚胸脯喘息不止。

胖老伴儿走进里间屋，伸手撩起白色布帘，露出墙壁凿出的神龛,里面摆着一只小巧玲珑的玻璃鱼缸。

“你看看吧！你看看吧！”胖老伴儿催促着。每次都是这样,只要余子仙全神贯注与墨色燕鱼对视,就会渐渐恢复元气的。

此时,余子仙望着神龛瞪圆双眼,嘴唇颤抖。

这对墨色燕鱼漂浮在水面上，一雄一雌宛若弥留人间的老年夫妇,终于同归于尽了。

“就这样结束啦？就这样结束啦？”余子仙满脸死气,喃喃问道。

从外面冲进来哑孩儿,手里举着五颜六色的糖果,嘴里哇哇呀呀手上打出一串哑语:老根爷结婚啦,七十三岁娶了个老伴儿吃喜糖!

哑孩儿报过喜讯,返回去喝老根爷喜酒了。

余子仙开始葬鱼了,他洗手焚香,然后亲手从鱼缸中捞出这两条会唱京戏的墨色燕鱼。捧在手里久久不动,像一尊石雕。

“你早早就走了,还没有鱼的寿命长呢。”不知余子仙在对谁说话。

余子仙的胖老伴儿知趣——连连自责说:“这都怪我，没有尽到护理的责任,让它们升天了……”

余子仙无动于衷地说:“你不就是焖煳了一锅米饭嘛，这不算什么过错……”

又是“那锅焖煳了的米饭”。胖老伴儿终于爆发了:“这句话你说了多少年啦！今天我要告诉你,不是我不小心焖煳了一锅米饭,是你存心熬了一辈子鱼汤！”

“原来是这样啊？”余子仙颇为诚恳地打量着浑身肥肉乱颤的老伴儿,笑了。

胖老伴儿不愿看下去了,拎起菜篮子佯装去了菜市场。

傍晚时分,胖老伴儿回家了。推门进屋,看见余子仙闭目哼唱着京戏《霸王别姬》的戏文:劝大王……

失了的声音,尽都招回了,在心中畅响。

老伴儿推门进屋,看见老头子正在面对鱼缸闭目养神。

“怎……怎么样了？”她见老头子面泛红光，就悸悸地问。

余子仙徐徐睁开双眼将目光缓缓移向饭桌。桌上一只喝空的酒盅散发着残存的酒气；一只吃净的餐盘里是散乱的鱼骨，那鱼骨上还挂着红烧鱼的汤汁。

“味道不错。”余子仙静静地说。

老伴儿不言不语，摇了摇头说：“这墨色燕鱼红烧不好吃，你应当熬成鱼汤全都喝到肚子里去。”

说罢胖老伴儿还是忍不住哭了：“你这一辈子啊……”

洁魔

一

那天清早起床，妻子还是忙着先去洗漱：绿地牌香皂蓝天牌牙膏白云牌面巾和她这个人。那么小一张面孔弄脏那么大一盆水；那么大一支牙刷弄净那么小一张嘴。看上去完成清晨洗漱是个艰巨任务。

我觉得今天是个开玩笑的好日子。“你怎么没洗洗眼睛？”

镜中的她仔仔细细把一道真眉描成假货，向我反问：“洗眼睛？”

我说人身最脏的地方是眼睛。脏东西，手不去摸它，脚不去踩它，但是眼睛不能不去看它。那些真正的洁癖都要用蒸馏水洗眼睛呢。早先我们团圆巷的李太太就是这样的人。

妻子把两道真眉通通描成假货，转身惊奇地瞧着我：“你怎么知道我小时候跟外祖母住在团圆巷？”

“怎么成了你呢！我小时候跟外祖母住在团圆巷，大地震过后才搬出来的。”我认认真真地说。

“你……你是不是成心气我？”妻子睁圆了双眼。

“我真的在团圆巷住过和外祖母。”

“我真的和外祖母在团圆巷住过。”

她言我语，经过激烈论证终于明了：我还是我，她还是她，只是曾经居住的小巷同名而已。结婚三年了,我们却不知道居住在两条同名小巷的我们睡到了一张床上,而且还会孕育出一条同名小巷。

依仗着好天气,我们各自大谈团圆巷。谈着谈着渐渐变了脸色,认为事情真真蹊跷。

“我的团圆巷里住着李太太和李先生,两口子很讲究卫生。”

“我的团圆巷里住着李太太和李先生,两口子最厌恶肮脏。”

“团圆巷口住着个邋遢鬼丁虎。”

“丁虎那邋遢鬼住在团圆巷口。”

“李太太和李先生先后去世死了。”

“是啊,丁虎还活着呢。”

我盯着妻子,妻子盯着我,都觉得对方熟悉的面孔有几分陌生——不知是因为她描了假眉还是因为我没洗脸。妻子很不自然地笑笑。我也笑得很不自然。好像我们有着一个共同的故事:那令人魂牵梦绕的团圆巷……

人与人相近是个大欢愉;人与人相同是个大恐惧。况且我与她分明合成一个人。妻子猛地扑到我怀里颤颤地说:“我怕!”

“那时候我乳名叫猛大。”我小声解释说。

她近乎哭腔地说:“那时候我乳名叫白丫儿。”

还有一只大木盆;还有一个外祖母。

二

“这些衣裳并不脏,李太太就送来洗了。阿弥陀佛,她是让我这老太婆从清水里搓出钱来呢。”外祖母洗着说,说着洗,搓衣板上堆出一团白雪。

“白丫儿,明天你去给李太太送活计,人家准会多给钱的……”外祖母抖动着满脸皱纹嘿嘿地笑。白丫儿听得心儿怦怦跳。

拆拆洗洗挣些零钱贴补家用,外祖母的大木盆洗净了一个团圆巷。一条晾衣绳悬挂在院子里,一件件湿衣裳任凭阳光舔干。

外祖母给白丫儿洗手洗头洗脚，换上干净鞋干净裤干净袄，她几乎被装扮成古代童女，就要送进深山祭祀吃人的妖怪。对白丫儿来说李太太家是个神秘的世界，她心头掠过莫名的惶恐。

“李太太爱干净爱得出奇；李先生也是出奇地爱干净……”外祖母三叮咛六嘱咐，八岁的白丫儿抱着包袱走出家门，前往李太太家送活计。

小巷深深。她沿着石板路，悬起心，高抬脚，选择干净地方走。

迎面碰见丁虎，这邋遢汉子交了酒瘾。衣兜里没钱买酒喝，鼻孔下会拖出两条黄乎乎的黏龙。他说这是自己饲养的两个小动物，馋酒的时候就爬出来。白丫儿知道，团圆巷里数丁虎最肮脏，肮脏得没了人样子。

丁虎却经常说：“脏人命大，酒鬼命长。”于是越发脏得没了身份，脏成了一团臭气。

丁虎身上散发出噎人的气味，一耸鼻子召回黄乎乎的黏龙，瞄着白丫儿问道：“你去给谁送活计啊？你得了工钱借给我吧，我三天没喝酒了。”

白丫儿说你以后不要喝酒，大家都讨厌酒鬼呢。

丁虎看到包袱皮上绣着那朵荷花，大梦初醒似的说：“你去李家？我就没这福分，不敢去哟。”说罢就伸出目光死死盯着那朵荷花，痴痴的模样。

素常丁虎也有过这种痴痴的模样，大多是闲时站在团圆巷里，仰脖仰脸望着二楼李太太家的窗子。那窗子很干净，干净得好像没了玻璃。

有时有人走出团圆巷，就拍拍手惊醒丁虎，说：“你又看月宫嫦娥呢？高处不胜寒！”

有时有人走进团圆巷，就干咳几声招回丁虎的魂儿，说：“当心你那眼光看脏了人家玻璃。”

一律都是尖刻口吻。丁虎有时忍耐不住，便硬声硬气回应：“李家也太爱干净了，这成何体统！”

在丁虎思想深处，人爱干净反而不成体统。这就是他肮脏的逻辑。

白丫儿别了丁虎，抱着包袱慌慌地走进李宅。这是一幢灰色二层小洋楼。走进门厅沿着楼梯走上去，白丫儿小心翼翼来到楼梯拐弯处，有一扇隔门。白丫儿仔细打量门缝镶嵌的胶条，极严。钻不进丁点儿风丝儿。

楼梯上泛着月光，幽幽可鉴人影。白丫儿想起了外祖母的话，遵嘱脱掉鞋子放在楼梯门外，却忘了按响门铃，穿着布袜推门上楼去了。这扇门吱吱呻吟着，好像有些痛苦。

二楼的楼梯口放着一双黑色皮鞋，男式的。楼梯栅栏上挂着一件黑呢上衣，白丫儿想起外祖母的叮嘱：“二楼的楼梯口是李先生脱衣换鞋的地方。”

她知道进了李先生的国界。李先生的“干净国”比李太太的“干净国”地盘大。

二楼客厅四白落地，白得像雪洞。唯有客厅顶棚刷成淡淡蓝色，仿佛四片白云拱起一片蓝天。蓝天虽小毕竟蓝，蓝就是晴天。

客厅地板上铺着浅褐色地毯，柔软似沃野，形成无尘的小天地。小天地里只缺少几分绿意。

外祖母说李太太从不侍弄花草，她受不了花粉刺激。

客厅房间的门都是奶白色的。白丫儿暗暗对号：左边的门通往李太太的卧室，她是个在家闲在的太太。右边的门连着李先生的书房，他曾经是天津第六建筑公司总工程师。中间的门里是李氏夫妇的餐室，只有吃饭时摆放餐桌。

一尊三足大衣架立在左侧房间门外。一双绣花拖鞋摆在门边，鞋尖儿指向白丫儿。她听说这三足大衣架是李太太的界碑。李太太的“干净国”比李先生的“干净国”地盘小。

一件肉皮色的风衣挂在大衣架上。平时听外祖母讲鬼狐故事，此时白丫儿产生了幻觉：李太太外出归来剥下外皮挂在大衣架上，然后放松气息，钻入自己卧室里去了。

白丫儿耳畔响起外祖母的声音："李太太整天不拾闲，那架德国座钟一天不知擦多少遍。擦完座钟就去洗手，一天不知洗多少遍手，她把手都洗瘦了。"

是啊，这里太干净了。空气好像被什么魔法过滤了，散发着莫名的幽香。白丫儿鼓足勇气敲门，黄铜门柄干净得令她不敢伸手。

房间里传出低沉的声音，这是李先生的北京腔："求求你，每天的清洁你就让给我来做吧！请你相信我能够做好的……"

李太太凄婉的女声："那我做什么呢？你总得让我活下去啊。"一口吴侬软语，依然悦耳动听。李太太平时很少外出，团圆巷的邻居们难有耳福，都觉得她住在一本很少打开的画册里。白丫儿觉得她是画册里最美丽的女人。

越是这样想，白丫儿越胆怯，她轻轻把包袱放在客厅木凳上，顺着楼梯奔到楼下，迷迷幻幻跑回家去。

外祖母生气了："李家又不是鬼屋凶宅，你怎么怕成这样呢？"

白丫儿抹了眼泪："我的鞋还忘在她家楼梯门外面呢……"止住泪水又说："我听见李先生和李太太说话，两个人争着做清洁呢。"

外祖母听了哈哈大笑，表情活像女巫。她老人家继而叹气说："也真难为他们了。早先两口子都在楼下客厅里脱外套换拖鞋。后来李太太的地盘越缩越小，收缩到自己卧室门口。她太爱干净了，有朝一日非得缩到自己床头不可。人哪，不能活得太在意了……"

"李先生的地盘却越扩越大——他扩到楼梯口脱外套换拖鞋。我看将来非得扩到小院门口不可。李先生心大，可惜不走时运。"

外祖母说着一拍大腿："哎呀！你鞋子忘在李太太家里，人家会嫌咱们脏的……"

白丫儿慌了，呼地站起身来："姥姥！我怎么办呀？"

丁虎悄无声响地走进我家，身穿胶布雨衣，手里拎着个大纸盒子。

“你这是给我家送礼来啦？”外祖母不解地问道。

“李太太把大纸盒子放在门厅外边台阶上，让我给白丫儿送来。”

我接过大纸盒子随手打开，我的两只鞋子放在里面，好像还喷了香水。

外祖母笑了：“这给李太太添了多大麻烦！明天我赔罪去，顺便把工钱拿回来。”

“刚才我看见李太太戴着白纱口罩呢。”丁虎说罢问道，“听说李太太在屋里还打着伞？这是真的吗？”

外祖母说：“去你的！你脏兮兮的家伙，整天盯着李家做什么？”

丁虎来了情绪：“李家这么爱干净，弄得邻居们都有气呢！”

外祖母哈哈笑了：“你有气从屁眼儿放出来不就干净啦。”

丁虎使劲吸了吸鼻涕说：“昨天我去粮店给李太太家驮大米，她赏给我三毛钱让我去华清池洗个澡。”

“你上辈子就不懂得洗澡，都脏到这辈子来啦。”外祖母讽刺说。

三

丁虎是团圆巷里的唯一闲人。李家有些粗活不好做，只得召唤他去。李太太在门厅外挂了一只铜铃铛，只要铜铃叮叮当当响起，丁虎就知道有活计了。李太太受不得这家伙的肮脏，丁虎只能在院里接受活计，出罢力气，赚得酒钱。

脏汉也有脏汉的精明。每次他都穿件胶布雨衣遮挡自身污秽，接受李太太赏赐时，立在门外绝不伸手，而是撩起胶布雨衣大襟，巧妙地做个布兜形状，李太太投来的赏金便落在里头，都是崭新的钞票。

丁虎不看钞票，总是盯着李太太白似玉雕的纤手，目光好比嗜血的蚊虫。

然而，他拿到钞票就变脸，走出李家宅院低声念叨：“哼！资产阶级……”

无产阶级的丁虎拿着资产阶级给的钞票奔向小酒馆，随即趾高气扬起来:“你们伙用的酒杯太脏,我用自己的。”

说着丁虎从怀里掏出个小罐头盒:“我用自己的酒杯最干净!”他用李太太赏给的崭新钞票打了二两老白干,立饮。

“这罐头盒是李太太家扔出来的。”丁虎颇为荣耀地咂嘴说:“李家特别干净啊,所以我用它喝酒。”

酒友们围上前来,打听李家的洁癖故事。李太太当然不会知道,她的洁癖已然成为市井闲人的下酒菜。

“听说李先生睡李太太,两个人中间还要隔着一层白被单……”有人问道。

丁虎咂一口酒:“这事儿我没见过。”

酒友们开始谈论李先生了。

一个酒友说,李先生的洁癖是李太太传染的,他进出公共场所从来不碰门柄,伸手抠住门楣,因为门楣没人触摸。有时碰巧有人推门出来,李先生就被撞个鼻青脸肿。

“应该撞个鼻青脸肿,应该撞个鼻青脸肿。”酒友们坚决认为,谁让你有洁癖呢,就应该被撞得门牙脱落才是。

又一个酒友说,李先生到诊所打针自带注射器,生怕护士脏了他屁股。李先生回到家里,总要不停地洗手。他洗过手不用毛巾擦手,一擦又脏了,他就不停地甩手,一直甩到干了为止。

丁虎急了,拦住众人话头说:“你们知道吗?李先生洗澡不用水,干搓。李太太担心李先生洗脏身子,因为人比水干净。”

“丁虎,你见过李先生洗澡?”一句话问得丁虎哑口无言,酒友们哄堂大笑。

落入尴尬境地的丁虎并不介意,继续向酒友们介绍李先生的事迹。

李先生的洁癖跟李太太不同。李太太的洁癖主要在家里,楼上楼下,厨房卧室,完全容不得脏东西。李先生的洁癖主要在家外,比如多次建议银行配备“钞票高效杀菌器”,让流通全国的钞票从此处经过就被清洁了。他还给中央领导写过信，请求把“除四害，讲卫生”的口号改为“除四害，做卫生”。他认为“讲卫生”停留在口头，太虚了。“做卫生”才是实际行动。

后来呢？酒友们关心李先生给中央领导写信后的命运。丁虎嘿嘿笑了。

“他盼望中央领导回信，每天下午都要等待邮差。没想到等来个老警察，好在老警察没有追究什么，反倒表扬李先生夏季灭蝇有方。他受到老警察表扬，回家就不停地洗耳朵。”

“洗耳朵干嘛？老警察又没骂他。”酒友们听罢表示疑问。丁虎只得改变说法：“老警察吃饭就大蒜，满嘴臭味呗！”

说罢，丁虎掏出李太太赏赐的崭新钞票又添了二两老白干，他给自己的胃口洗了个澡。

日复一日，年复一年，丁虎的酒一直喝到李太太摸电门自杀，这才断了财路没了酒钱。

四

谁都不会忘记那场大地震，震毁了坐落在天津旧日租界的团圆巷。

以前，团圆巷两侧小楼拥着窄窄的蓝天。人们报怨太阳太小。大地震过后，团圆巷变得天宽地阔——楼房全都趴在地上，站立的只是幸存的人们。

幸存的人们挥动锹镐从断壁残墙里刨出被困者，这场面很像人类给大地接生，恰恰又是难产。你根本无法猜测从大地子宫里掏出来的受难者是谁，认识或不认识。然而能够活着出土就是再生，除非你固执地放弃求生的权利。

只要从废墟里掏出一个活人，便引发阵阵欢呼。邻居们盼望能够挖出活着的李先生来。这孤老头子不能这样没了。

大地震的第三天，营救行动没有停止，人们盼望李先生平安出土——这位团圆巷的主角不能提前退场，人同此心，心同此理。

“都三天了还不见人……”大地震当天进入“不惑之年”的丁虎有些气馁，扔了铁锨歇了手。

“我姥姥早就说你是个半截子料！事事做不到底。”猛大身穿白大褂肩挎急救包，大声指责半途而废的丁虎。

丁虎不理会猛大，手里举着半瓶子白酒，吱地咂下一口迷魂汤，粗声大气地说：“喝酒提神！喝酒壮胆！喝酒抗震！”好像喝酒能够喝出来世界和平。

有人小声嘟囔：“李太太早就死了，鬼知道你的酒钱从哪里来的……”

丁虎察觉出大地传出几声呻吟，便支棱起耳朵细听……他嚯地站起身扑到断墙前面，发疯似的伸“爪子”刨了起来，这样子很像尚未学会使用工具的猿人。

很快，废墟下露出个脸盆大的洞口，丁虎更疯了。他从未这样疯狂叫喊：“李先生，我听见你声音啦！我是丁虎，我来救你啦……”

一群欢蹦乱跳的锨镐随即动弹起来，齐心协力朝着李先生呼救的方向挖去。

丁虎竖眉立眼，用不似人声的腔调吼道：“你们的锨镐会伤着李先生，我要用双手把他掏出来！”

这是钢筋水泥啊！不是棉花地。人们以为丁虎疯了。

丁虎果然疯子似的刨着，双手滴血却满面狂喜，嘴里念念有词：“李先生这下你尝到死的滋味了吧？大地震来了，你这爱干净的跟我这个爱腌臜的，九九归一！还得我丁虎来救你，你以后就邋邋遢遢活着吧，我给你找个好大夫把洁癖给你治了……”

丁虎好像在念经，这经文很长，似乎念了千百年，子子孙孙继续念。

必须扩大洞口，必须扩大到能够分娩出一个大活人来。丁虎大声祈祷：“土地爷啊，千万别掏出个死胎。”

“猛大，你把白大褂脱给我！”丁虎扑地朝洞口喷了一口烈酒：“李先生，以后你也该喝点儿老白干，这东西消愁解忧，喝了它就成神仙了！”丁虎俯身探进洞里，露着半截身子。

人们围住洞口，急于看到身有洁癖的李先生成为出土文物。他脏成什么模样了？他会不会因为脏就不愿意活下去了？

从废墟里传出“扑”的一声：“我喷口酒给您消毒，省得您以后活得不放心。”

距离废墟不远处搭着“窝棚厨房”，几个家庭主妇忙着午饭。大灾大难面前，天津人照吃不误。落生的饺子催生的面——只要李先生活着出来，立即下锅煮饺子庆生。

一声吆喝，一个被白大褂包裹着的人体被缓缓举出洞口。人们伸手接应，却被洞里的丁虎喝住了。

“你们不要伸手！这事情我自己做……”丁虎散发着醉人的酒气。一个用白大褂包裹的人体，被一身黑肉的丁虎举出洞口。这“白”与“黑”交融着，定格了瞬间。

“这是李先生吗？”人们不敢撩开白大褂，又急于看到真人。一个急性子邻居想要看个究竟，伸手去撩白大褂。

丁虎硬声阻拦了：“就你多生了一双手！”

人们还是瞥见白大褂里露出干枯苍白的手，这只手紧紧握着一只女人的绣花拖鞋。

丁虎声嘶力竭地说：“猛大，猛大，你们都给我滚开！”

“我去叫医疗队吧。”猛大气喘吁吁地说：“马上抢救李先生……”

这时候，那只干枯苍白的手竟然甩动起来。人们哇地大叫——这果然是李先生！团圆巷邻居们都知道，李先生多年以来不停地甩动右手，执着地要将沾染的脏东西甩掉。

“这大地震弄得李先生赤条条脏兮兮，即使把他救过来，以后他可怎么活呀！”邻居们纷纷表示忧虑。

丁虎起身发力将裹着白大褂的李先生抱进自家搭建的窝棚里，嘭地关上了柴门。

人们毕竟没有彻底目睹李先生真容，不甘心地围拢在窝棚柴门外,迟迟不散。

“丁虎!李先生没有危险吧?猛大去叫医疗队啦……”人们向窝棚里喊话。

“不用叫医疗队!给李先生灌些营养药就好了。”说着,他扔出那件变脏的白大褂。

邻居们发现,丁虎表现出强烈的排他性。

“丁虎在洞里撞见鬼,走火入魔啦!”人们议论着。

几个妇女凑过来说:“没有营养药,先给他灌点儿饺子汤吧?”

“你们浑身臊气,快躲远点!”窝棚里传出丁虎畸形的声音。

丁虎的独占行径引起公愤,人们对丁虎的行径颇为不满。

窝棚里又传出丁虎的笑声:“李先生震丢了老花镜,你不戴老花镜的样子,邻居们肯定认不出了……”

丁虎好像在宣告,他这个“脏癖”完成了对“洁癖”李先生的拯救。

“你们知道吗?李先生被困在地下室里了……”丁虎推开柴门走出自家窝棚,俨然成为李先生的新闻发言人,满脸得意地讲述起来,“这两天他喝自己的洗脚水活着,坚持到第三天我把他挖出来,这才不喝洗脚水了。”

“天啊!”猛大听罢暗暗感慨,“命运跟李先生的洁癖开了个天大的玩笑,偏偏让他喝了自己洗脚的高汤。

猛大的外祖母赶来了,她看见弄脏了的白大褂,急忙问道:“李先生还活着?我以为他至死不会喝自己的洗脚水呢。”

猛大说:“是啊,李先生也想活着啊。”

外祖母似悟出什么,响声大语地说:“只要他敢活着,这就成!”

猛大想起“不敢活着”的李太太,凑近外祖母问道:“死去的李太太和活着的李先生,他们是两种不同的洁癖吧?”

“jié pì?”外祖母听不懂这个词语。

“洁癖就是爱干净爱得过了头、出了格、越了界、玩了命。”

丁虎迎着外祖母说:“您看这事儿,李先生大半辈子洁癖,我呢是个吃臭肉放馊屁的邋遢鬼，末了末了，洁癖还是让脏癖给救了出来！嘿嘿……”

外祖母不言不语，世纪般沉默着。

五

白丫儿站在团圆巷里静静看着。

李先生偕李太太外出归来走进团圆巷，小巷路面漫着一片污水，散发着旧租界特有的味道。

李先生用手推了推瘦脸上的眼镜，颇费踌躇地望着脚下；李太太用手帕捂住了姣好的面庞，避鬼似的躲在李先生身后。

团圆巷邻居们悄悄推开窗户，一双双目光伸展过来，偷偷观看着。面对着这场洁癖夫妇上演的活报剧，团圆巷充满莫名的快感。

李先生俯身抱着李太太的细腰，李太太轻得像个纸人儿。纸人儿在丈夫怀里颤颤发抖，李先生鼓足勇气涉过污水。

演出就这样结束了。团圆巷人们颇为遗憾地叹了一口气。丁虎故意弄出来的污水，并没有引发出人意料的结局。李先生面对污水，超度了李太太。

时间似个赶路的疯人。李氏夫妇前脚进家，身后又泼来一盆污水。不知从哪里传来骇人听闻的小道消息：李太太以前是个交际花，就跟陈白露似的……

外祖母听了，望着白丫儿惨惨一笑：“怪不得她这么爱干净呢……”

丁虎听到这个小道消息，惊讶得不知天地元黄宇宙洪荒，他在团圆巷里窜来窜去。小巷却弥漫着喜庆的气氛。

从此，李太太的洁癖更严重了，她用白绸缎糊死所有临巷的窗户。

李太太依旧给外祖母派来活计，她的衣裳洗得更勤了，而且自带肥皂。李太太似乎不能容许来自外部世界的肥皂跟她的衣物发生丝毫摩擦。

丁虎坐在团圆巷口喝酒，借酒力发表自家宏论，指着面前酒菜说:“这臭豆腐臭到了头,臭到头就是香了。”然后指着臭豆腐上浇的芝麻香油说:“这香油香到了头,它还得佐着臭豆腐提味。嘿嘿……”

八岁的白丫儿呆呆听着这臭烘烘的哲学,不能理解丁虎的言论。

一大早儿,胳膊佩戴红袖章的革命小将们来了,冲进团圆巷李太太家里。

“打倒老右派李洁士!打倒臭妓女白明静!”团圆巷里大标语贴满墙壁。

革命小将口诛笔伐:“你们俩整天躲在家里,这说明你们心怀不满,认为我们的社会很不卫生!”

李太太绝望地捂住双眼;李先生痛苦地摇着头。

丁虎参加进来,站在巷子里喊叫:“李家太爱干净了,显得我脏得没了人样!”

革命小将从公共厕所弄来粪汤,通通淋洒在李宅门窗上,然后对蜷缩屋角的李氏夫妇说:“让革命的粪汤浇在你们肮脏的灵魂上!”

李太太神经质般点点头。

然后革命小将们打碎门窗玻璃,高呼革命口号:“让革命阳光照亮阴暗肮脏的角落!”

他们把李太太的肉皮色风衣踏在脚下泼上粪汤。李太太无声地昏死过去。革命小将们觉得无事可做了,就退潮而去。

李太太苏醒过来,冷漠地望着残破的小天地说:“今天我懂了,这没有玻璃的窗子才是最干净的窗子啊。”

她起身把自己房间打扫干净,仔细地把电门擦得一尘不染。李先生外出买吃的了,人活着毕竟要吃饭。李太太趁着家中无人便去了天国。

李先生没有哭泣。他认为妻子生前酷爱洁净,明智地选择了触电,因为触电而死是非常干净的,不见血污,瞬间超脱。

李太太创造了死亡的杰作。她临行前在手心里写下四个墨字:勿投凡胎。

李太太尸体蒙着白布单躺在木板上。头顶前方燃着白色蜡烛。没有风，蜡烛却犯禁似的东躲西闪，显出胆小的天性。死亡的白色衬着黑夜，对比强烈。李先生端坐屋角，为亡妻守灵。

见多了死人的外祖母来了，悄声对李先生说：“明早上路，我给亡者开光吧，就是净一净五官。”

“净一净五官？还是让她原貌原样走吧。”李先生推了推瘦脸上的眼镜，轻轻甩着右手。

外祖母无奈地点点头：“原貌原样，这样也好。”

李先生双眼微闭，缓缓说：“她体谅我呀，她知道我闲得发慌，同意每天由我做客厅和餐室的卫生。可是我心里明白，过后她要偷偷把房间弄乱，动手重新收拾一遍。我是想帮她弄干净，她却想自己弄干净。外人不晓得她的心思……”

李先生一分钟说出了十年的话。

脏汉丁虎溜了进来，李先生不言语了。

这是丁虎有史以来首次走进李宅内室。他望着尸床上的白色，表示要为李太太守夜。

李先生不说话，从樟木箱里找出妻子的手帕，一百多条一律素白色。就连李先生也没有想到，妻子会保留这么多手帕。她好像不愿将自己用过的物件随意丢弃，更不肯让沾有自己体温的手帕飘落肮脏繁纷的尘世。她分明就是一只自缚在雪白的茧里的雪白的蚕，坚决不愿化蛹成蝶，因为漫天飞舞即被污染。

猫腰搬过火盆，李先生把一条条素白色手帕投进火里，权作纸钱焚烧了。

这时候，手帕焚烧的灰烬腾空而起，一直撞向蓝色屋顶。这蓝色屋顶是李太太生前粉刷的“小蓝天”。此时“小蓝天”布满黄色星星，这是革命小将抛洒粪汤进溅形成的“银河系”。

李太太被送去火化了。李先生将亡妻骨灰装在白色瓷罐里。其实可以装进那只青花瓷罐里。他知道妻子生前喜欢素色，肯定不愿意睡在青花瓷罐里。

之后，李先生被勒令扫街，一日三遍。他抡起扫帚扫街的身影，远看很像一支正在画弧的大圆规。他似乎并不悲观，反而怀着放还山林的莫名喜悦，挥起胳膊描画着无比辽阔的人间。

有的好事者揪住李先生逼问："说！你为什么讨了交际花做老婆？"

李先生木木答道："因为她爱干净啊，我也就爱干净啦。"

好事者不能理解李先生话语的深意，悻悻地走开了。

从此，白丫儿再也不愿看到李先生扫街了，她认为能够说出深奥道理的人，不应当扫街。

黄昏时分，丁虎饮醉了酒。他摇摇晃晃走进团圆巷，含混不清说起来。

"我摸了她的手，她手比活着的时候还要白还要嫩还要水灵！我这辈子没白活呀……"丁虎说罢就吐出肉虫似的舌头，下作地舔着嘴角油污。

六

李先生在丁虎的窝棚里躺了七天，终于出世了。人们看到他贴身穿了崭新的白色衬衣，外面套着皱巴巴的蓝布中山装。白色衬领与皱巴巴的蓝布外套反差明显。丁虎亲手打扮出来的李先生，人们看着有些别扭。

李先生依然不停地甩着右手。看到这个经典动作，邻居们才觉得不陌生。

丁虎只让李先生见了见太阳，就将他搀回自家窝棚里了。人们觉得丁虎好像亮了亮自己的宝贝，已经成了收藏家了。

三天后，李先生失踪了。丁虎怒火难熄，狠狠打了老婆一顿。他老婆是这场大地震的遗孀，丈夫被砸死在床上，她迅速改嫁跟了丁虎。

"你打吧！你把我打死好啦，我早就跟你说过，人家李先生跟你过不到一起。你关也关不住人家……"丁虎的老婆戳穿了丈夫的心思。

逃掉了李先生，丁虎好像丢了魂，整天蹲在窝棚外发呆。

天气冷了。仿佛经历了百年时光，猛大三寻九觅终于找到李先生。谁也不会想到孤老头子的栖身之所，居然酷似科幻电影里的高智能建筑，令人心生“世纪之感”。

一个料场的角落里躺着一截直径不足两米的水泥管道，三米长。它本应是这座城市地下排水系统的一员——承载着日夜奔流的污水。不知为什么被闲弃在料场角落，成了鳏夫李先生的家。

水泥管道那端用砖头和泥巴垒死，这端安装柴门，颇具洪荒时代先民色彩。

李先生外出归来，看见门前蹲守的猛大，佝偻着身子问道：“你……”

这位大地震的幸存者好像忘了猛大这个同类动物。他瑟瑟从怀里掏出个物件捅开锁，引着猛大钻进水泥管道的家。

猛大只能弓身立着。李先生却端坐“书桌”前连声说：“坐，坐。”

这“书桌”本是李先生睡觉的木板。猛大找不到搁屁股的地方，就蹲着。

“你……抽烟。”李先生瘦脸庞留着几根胡须，更像一只老年米老鼠。猛大掏出香烟，给自己点燃。

地上摆着一只塑料小桶，它的味道自诉“我是溺器”。与这只溺器并列着铝质饭盒，里面盛着昨天或者昨天的昨天主人吃剩的粉条白菜汤。

“你……喝茶？”尽管无茶可喝，他还是礼让着。猛大意识到此时李先生是在精神世界里招待来客，连忙说我不喝茶。

李先生哦了一声说，不喝茶你可以喝咖啡嘛。

猛大这时看清了，李先生穿的不是黑皮夹克，而是穿着泛着油光的黑棉袄。他空荡荡露着脖颈，粗糙的皮肤充当贴身衬衣。

李先生已然说尽待客词语，转而打量着“书桌”前的纸包，这是他刚刚外出取回来的。

剥开一层报纸，里边包裹着一层报纸；剥开一层报纸，里边又包裹着一层报纸……

李先生就这样“简单的重复”着。猛大扭脸望着那面玻璃镜框，里面镶着一张宣纸，宣纸空空如也，没字。然而宣纸下端一行小字落款：丙辰冬月李洁士自勉。

李先生仍然不停地剥开报纸。猛大移动目光，看到“书桌”底下堆着一沓子草纸。

李先生终于剥尽包裹的报纸，露出蓝布模样，他剥开蓝布，眼前现出一册精装大书。他从兼任睡床的“书桌”下边摸出小茶缸子，小步颠儿颠儿出去了，片刻又小步颠儿颠儿返回“水泥管道”，轻轻询问道：“请你帮个忙好吗？”

猛大接过盛满清水的小茶缸子，看到这水清得像没有水。

李先生勘探似的从角落里掏出一块古老的香皂，开始搓手，他搓得很慢很细很雕琢，竟然搓得水泥管道里充满香气。

他终于说话了：“水——”

猛大愣了愣，随即端着小茶缸子，徐徐将涓涓细流斟到他的掌心，李先生搓洗着双手。就这样小瀑布似的冲洗着，渐渐呈现一双崭新的手。他的眼睛骤然转亮，仿佛有两颗星星在眼镜片后面闪烁。

李先生甩尽水滴，举起双手重新俯身“书桌”前，嘴里丝丝吸气，然后伸出右手食指轻轻翻开这册精装大书，忘情地咂着嘴。

“夏天这管子里热吧？”猛大竭力寻求话题，冬天里询问夏天的事。

“提桶清水泼在脚下取凉。只是水汽蒸发就过于潮湿了。”李先生似乎重返昔日时光，操着工程师口吻说话了。

“其实不要惧怕潮湿，我们人类祖先本来就是水生猿。”李先生口中再现学术色彩。

猛大伸出目光窥探那册精装大书，瞥见上面印满怪异的蝌蚪文。猛大知道自己只认识青蛙。

他从角落里捏起一页写满汉字的草纸，论文标题赫然在目：《论

POA净化理论于人类和地球生物圈之应用》。猛大感觉这论文标题很大很狂很豪壮，当今能读懂这篇论文的学者可能尚未出世。

猛大分明受到强烈震撼，脱口说道："李先生，您要多多保重身体。"

"那当然，那当然。"李先生目不离书，眉宇间似有清风徐来。

七

妻子说："咦，你是猛大？"

我说："我是猛大你是白丫儿？"

我们有着共同的故事，或许大家都有共同的故事，于是就难解难分了。

妻子说："李先生去世以后，那面玻璃镜框宣纸里……"

我说："对，死者临终前亲笔写下四个大字：'再投凡胎'。"

我有些感慨："李先生毕竟是李先生，他没有空空荡荡而去。"

妻子突然对我说："二十年前我好像见过你，那天革命小将来了，你还跟随着吐痰呢。"

"是啊，二十年前我仿佛见过你，那天乱哄哄的……"我回忆着说。

我们似乎又闻到了粪汤的味道。我们似乎又见到多年不洗澡的丁虎。

妻子说："听说那个叫丁虎的人继承了李先生的遗墨，他借钱开了个小酒馆，把"再投凡胎"这副镜框悬挂堂前，他的小酒馆生意火红，每天都要多卖出几坛掺了水的白酒。

我与妻子走出家门，她去看她的那个丁虎；我去看我的那个丁虎。说不清人世间到底有几个丁虎。

小酒馆前我俩站定。酒馆里传出划拳酒令声。我对妻子小声说："不像是这个丁虎呀。"

"嗯，不像是那个丁虎呀。"妻子也小声说。

这件事情总会搞清楚的，有这么多炎黄子孙的智慧。

我和妻子，妻子和我，走入长街的朦胧天色里。

天堂来客

没人说得清大白猫属于这座大杂院里谁家的宠物，城市那时没有“宠物”之说，连自家孩子都是野生散养的，没得可宠。

这座大杂院坐落在天津东南城角的天堂巷，毗邻旧日租界闸口，也算是有历史的地方。

这只大白猫不属于哪家哪户，前天吃张家食，昨天钻李家屋，今天赵家吵架，它自然成了“出气筒”，被老赵媳妇撵得满院乱窜，好像她的私房钱是大白猫给偷去喝酒了。

那时人不允许四处流浪，自然没有“流浪猫”之说，就这样，大白猫成为这座大杂院的“公众动物”。

天堂巷里的大白猫没有归属感，依然心仪此地，极少外出。它的耿耿忠心，并未被大杂院居民看重，反而认为它赖着不走。

当然，这座大杂院里还有株香椿树，也不知当年何人栽种。如今高过房脊，碗口粗，它孤儿似的站着，好似怀念着主公。

铁打的大杂院，流水的人家。随着住户们迁进搬出，大杂院面目更加模糊。好像每家每户都是断代史，五代十国南北朝，两汉唐宋元，谁跟谁也连接不起来。这里既没有历史亲历者也没有后辈见证人。仿佛一堆时光碎片，令人难以归拢。

跟大白猫身份极其相近的是老曲，没人说得清他是大杂院里谁家的访客。然而这不妨碍此人光顾，而且成了常客。

既然常来常往又不是谁家的访客，老曲身份显得有些笼统，令人联想起那只没有归属的大白猫。

最为出彩的季节是夏天，而且是夏天的傍晚时分。老曲推着那辆荷兰产“鹿头牌”自行车来了，未见其人先闻其声。

“开——山！”一声长长的拖腔，只待“山”字落地，老曲迈步走进院子。这情景很像京戏名角出场，这座大杂院自然成了大舞台。

操着地道天津口音的老曲，乐观开朗，表情生动。他大背头的发型，梳得光光亮亮。花格子衬衣，要么黑红格子，要么蓝黄格子，要么紫白格子，多种多样的格子。

常年西裤。黑色的，蓝色的，灰色的，驼色的，米色的，多种多样的颜色。当然，就在西裤与衬衣衔接处，永远系着那条棕色皮带，从来不见更换。他经常指着这条皮带说：“挠赛的！挠赛的！”

这应当是句外来语，要么英语，要么日语，要么蒙古语，反正不是汉语。这究竟是什么意思呢？这家伙也不给解释，久而久之，人们便不追问，基本认为他在称赞自己的皮带。

他的皮鞋也不更换，常年古铜色三接头，擦得锃亮。这使人觉得他的钱全都花在衬衣和西裤上，皮带和皮鞋，三朝元老了。

老曲五官端正，方脸膛，鼻直口阔，目光有神，只是身材不高。举凡高个子男人，往往容易驼背。老曲身材偏矮却有些驼背，明显违背人类规律。当他微微驼背稍稍端肩地走进大杂院时，这身形反而显出适度的谦逊，不但不讨人厌烦，还意外地满足了不少人的自尊——你看，这家伙衣着光鲜推着进口自行车，却丝毫没有炫耀的迹象。因此，老曲起初并未受到大杂院的明显抵触。

住在大杂院里的男人们，五行八作，神仙老虎狗，有家具五厂的油漆工、第三铝品厂的冲压工、自行车厂的电镀工、变压器厂的锅炉工、红旗运输场的起重工……社会主义处处有亲人，大家都是阶级弟兄，还是难免出现小矛盾。大杂院十二户人家，超过魏蜀吴的三国演义。

一个归属不明的男人经常光顾这种大杂院，毕竟让人起疑。天津有句俗语：无利不早起。尽管老曲傍晚时分光顾，仍然逃不出“无利不早起”这句俗语的猜疑。

老曲的手表是山度士牌的，名气不比大英格，毕竟大三针瑞士产。别人左手戴表，老曲戴右手。

夏天里，一声吆喝落地，黑红格衬衣米色西裤的老曲走进院子，啪地立稳自行车，然后掏出手绢抽打抽打裤脚浮土。这动作对乱七八糟的大杂院而言，显得很特别。

大杂院孩子们围观这辆擦得明光锃亮的自行车，那只黄铜的“鹿头”标牌，远远盖过“飞鸽”和“永久”。

老曲不是哪家哪户的客人，也就没有哪家哪户出面接待。他便将大杂院当作小广场，做出访问大众的姿态，从衣兜里掏出烟卷。

他的烟卷是精装“大前门”，包装有锡纸内衬，比简装的贵三分钱。这里没人吸得起“大前门”而且是精装的，这体现了老曲的分量。

只要有男人走出家门，老曲很大方地递烟说：“淡巴勾！淡巴勾！”这句又是外来语，要么英语，要么日语，要么蒙古语，反正不是汉语。

“你是中国人怎么说外国话呢？”住在南屋的老边满嘴河南口音，他不懂得天津男人讲几句舶来语属于码头幽默，因此拒绝接受老曲的“淡巴勾”，坚持吸自家旱烟。老边贫农出身是天津麻纺厂的保全工，他不光爱喝酒还有很高的思想觉悟。

“你没事就往我们这里跑，请问到底来谁家啊？”老边道出广大群众的疑问。

“我不来谁家，我来看看你们大伙。”老曲使用捻轮式打火机，烧汽油。啪地点燃“大前门”然后甩手关闭打火机，动作很帅让人想起电影演员蓝玛。

“你来看看我们大伙？这可成建制啦！你是要搞军训吧。”世界上没有无缘无故的爱，也没有无缘无故的恨。麻纺厂保全工老边暗暗认为，像老曲这样的男人，要么图财，要么贪色。这座又穷又破的大杂院里肯定有吸引老曲的地方。

老边坐在家里揣度说："老曲啊，你是半夜喝面汤——不知道是烫的还是浪的？"天津流行的歇后语，那内容很损的。

这就是夏天傍晚的老曲。他轻轻松松吸着"大前门"，跟邻居们漫不经心地聊天。他说"正阳春"卖生鸭肝两毛钱一大碗；他说"祥德斋"卖点心渣子，免收粮票；他说西马路卖光荣牌酱油瓶子，不用街道开证明……这种消息当然引起女人们的兴趣。

他还说评书演员张连仲转回东兴市场，要听就去听夜场；他还说散装白酒不凭票供应，必须起大早排队……这类消息当然受到男人们关注。

有时他也讲讲国际大事，比如美国总统肯尼迪遇刺身亡至今是个谜，还有中国首颗原子弹爆炸吓坏苏修美帝外加印尼排华势力……

就这样，大杂院仿佛水塘，老曲好似浮萍，四处漂荡，说说话，聊聊天，风吹而动，风止而安。一旦天色晚了，也有邻居挽留晚饭，不论烙馅饼还是汆汆汤，他一律哈腰谢绝，推着"鹿头"走出大杂院，沿着宽宽的天堂巷骑走了。

老边坚信"无利不早起"的津门俗语，抓住机会还要追问。"老曲，如今你说来大杂院是看看我们大伙，那么起初你来这里是找谁家啊？"

老曲想了想说："那时候我还年轻呢……"

"现在你也不老，没四十岁吧？也就三十七八。"

"起初，我是来找养鸽子的大忠，认识了住东屋练摔跤的小勇，大忠小勇先后搬走了，我认识了住北房的三皮，就是会做木匠活儿的二皮的弟弟，后来三皮也搬走了……"

老边性子很急："你这故事正月十五之前能讲完吗？我怕我活不到那天。"

老曲表情郑重地说："老边你不要悲观，社会主义是桥梁，共产主义是天堂,你只要活着就能赶上。”

从大忠到小勇到三皮,尽管这过程比较曲折,老曲毕竟道出自己的来历。老边仍然不释疑心:“如今大杂院里哪家是你朋友?就像当初大忠小勇三皮那样的。”

“你们都是啊,你们都是啊。”老曲抬头望着那株香椿树。

老边操着老家方言说:“我在山里打猎,没见过你这样的花脸熊。我到河里摸鱼,没见过你这样的三条腿蛤蟆。你让我大开眼界啊。”

老曲知道对方损他,不但不急不恼,反而眯起眼睛回忆往事,“唉,大忠太可惜了,他不该走那么远的。小勇练得太苦,你进不去专业队就算了,三百六十行,行行出状元。三皮要是不参军的话,兴许也做了木匠……”

初步掌握了老曲的来历,老边决定暗访大忠和小勇以及三皮的线索,从而精细掌握老曲此人的来龙去脉。然而,有时访人就像寻找沉入湖底的石子,你变成潜水员也不管用。

老曲依然时常光顾这座大杂院。只要他进院站定,那只大白猫便围绕他裤脚蹭来蹭去。老曲任它蹭来蹭去从不驱赶。老边认为老曲是来看望人的,不是猫。

那么这人是谁呢?老边难以发现蛛丝马迹,便绞尽脑汁思考着。图财?老曲走进院子就散发烟卷,光出不进,不像图财。贪色,大杂院里只有祁玉是个老姑娘,身材高挑皮肤白皙,也没见老曲跟她过多搭讪。老边思考得头都疼了,半夜睡不着觉。

功夫不负有心人。几经走访老边初步掌握老曲的基本情况。

人们叫他老曲其实不老,三十六岁单身汉,本名曲正才。他是南开区房屋修缮公司四级瓦工,工资五十七元八角五分。这月薪足够养活五口之家。老曲单身汉没负担,生活很富裕。

老边的行为被祁玉看在眼里,略含贬义地笑了,“老曲既不是苏联间谍也不是台湾特务,你吃饱了没事儿盯着他干吗?”

“他是不是看上你啦?动不动就往这儿跑。”老边立即追问。

祁玉红了脸："你既能胡思乱想，也能胡言乱语。"

老边绝不放弃，坚持将老曲的点点滴滴记录在小本子里，因此他写字水平有所提高，显得有文化了。天津麻纺厂清整车间领导及时发现人才，将他选拔为甲班小组长，提干了。这意外收获令老边惊喜不已，一时难以认定老曲究竟是自己的命中贵人还是命中冤家。

事实也是如此。只要老曲到来便会改善大杂院的沉闷气氛，因此黄昏时分成为这里的良辰吉时。

夏末傍晚，小雨初歇。正在喝酒的老边嫌小刚放屁败了他酒兴，抄起扫帚追打儿子。小刚飞快地攀爬香椿树，赛过小猩猩。

这时一声"马——来"，人们知道老曲来了。老曲有时吆喝"开——山！"，有时吆喝"马——来！"这都是京戏里孙悟空出场的拖腔。他说杨小楼的最好，李万春的也不错，都是从黑胶唱片里听来的。

老边听到老曲的吆喝"马——来"，随即扔下打人的扫帚，倒背双手回屋了。他不愿在老曲面前失态，这是麻纺厂清整车间甲班小组长的尊严。

老曲的到来，无形中碍了老边的事，也无意间救了小刚的屁股。小刚溜下香椿树，朝着大恩人说声谢谢，跑了。夏天里，老曲乐乐呵呵的笑容好似薄荷糖，给大杂院带来几丝清凉。

初秋的早晨，老边夫妇上班去了，这种家庭叫"双职工"。老边的儿子小刚突发高烧，背起书包走出家门，一头歪倒在香椿树下，一时没了声息。那只大白猫不停地叫唤，好像在替小刚呼救。

国棉二厂挡车女工祁玉下夜班回家，这个大龄女青年走进大杂院看到小刚昏迷，抱起孩子跑到第六医院。第六医院让送到甘肃路传染病医院，当即确诊为脑膜炎。

小刚保了命，可惜烧坏了脑子，见人眨眼不说话，成了呆傻的孩子。小刚妈哭得昏天黑地，反复抽自己嘴巴，骂自己只顾大家不管小家。保全工老边首先想到祖国江山革命大业，说小刚接不了工人阶级的班，今后反而给国家增添负担。

下晚儿时分，多日不见的老曲露面了，他的“鹿头”后架捆着硬壳大纸箱，立稳自行车不慌不忙打开硬壳大纸箱从里面抱出那台老式日本收音机，颇为满意地说：“这回总算修理好了，能收听三个台啦。”

祁玉闻声迎出门来，连声说谢谢伸手抱过这台高龄收音机，小声告诉他小刚得了脑膜炎后遗症。

老曲听罢急声急语说：“只能看中医！只能看中医！”

祁玉小声说：“可惜晚了……”

“人间万物没有早也没有晚，只盼奇迹发生吧……”老曲鼓足信心，主动来到老边家门前。

老边不买老曲的账，雄赳赳从屋里走出说：“西医保命效果好，中医屁用不管！”

“那就先这样吧，我按月拿五块钱，专给小刚吃好喝好的改善伙食。”

每月五块钱？这超过一个人半月的伙食费，大杂院邻居们惊了。

“这孩子已然傻了，吃好吃歹他不觉知啊。”祁玉大声发表不同意见。棉纺厂噪音很大，这挡车女工养成说话大嗓门儿的习惯。

老曲低调地说：“那就给小刚买玩具，每月换新的，不重样儿。”

祁玉继续发表见解：“这孩子傻了，玩好玩歹也没有差别的。”

“你这是存心阻拦我吧？干脆我把钱给他爸他妈解心宽！”老曲忍无可忍了。

老曲的慷慨显然刺伤了老边的自尊心，麻纺厂清整车间甲班小组长歪着脖子说：“你以为你是党和政府？救济困难群众也轮不到你头上。”

老边媳妇拉住丈夫说：“人家没有损你，你别拿好心当驴肝肺。”

“你闭嘴！”老边推开媳妇说：“除非毛主席他老人家下令救济我家，别人的我一律不接受！”

祁玉仗义执言道：“老边你这话说得太大了，毛主席他老人家多忙啊，我看你是屎壳郎打哈欠——怎么张得开臭嘴呢？”

“是啊，你就别给全国大好形势添乱了……”老边媳妇拉着丈夫回了屋。

老曲固执地站在老边家门前说：“老边你要乐观，俗话说坏事变好事嘛，以前治好我大脑炎的中医，打成右派下放农村了，我打听一下他的下落吧……”

这时从屋里传出老边的声音：“我不会要你那五块钱的，每月！”

“五块钱你不要，我就给四块九吧。”老曲以天津男人的幽默方式，努力改善着敌对的气氛。

屋里没再传出什么响动。老边不是天津人，不知他能否理解老曲这种逆向思维的幽默方式。

老曲使劲儿清了清喉咙，站在老边家门外讲述他的故事。

“这事儿有十年了，那时脑膜炎叫大脑炎，我被这病毒给逮着了，浑身红疹，脖梗僵硬，高烧不止。我的朋友大忠送我去第二医院，西医大夫说即便保了命，人也成了傻子。我让大忠去金刚桥医院请中医。好哇，老郎中开出大药方，一剂药煮一脸盆！”

大杂院人们饶有兴趣地听着，认为不用去南市“三不管”花钱听张连仲的评书了。就连老边也踱出家门，假装低头抽旱烟，大灰兔似的竖起耳朵听着。

老曲啪地点燃“大前门”继续讲述：“我一连喝了三十天汤药，一天一脸盆。那煎药剩余的药渣子呢？我是坚决不扔！白砂糖拌药渣子，咔嚓咔嚓吃到肚子里。一连吃了一个月，我获得百分之百药性。你们看！我大脑炎没落后遗症，不呆不傻不痴不茶，现在是房屋修缮四级瓦工，还是中医中药救了我。”

“你那叫恨病吃药。别说白糖拌药渣子，现在把小刚泡在汤药里也没用了。”祁玉悲观地说。

老边哼了一声，转身回屋对媳妇说：“老曲说咔嚓咔嚓把药渣子都吃了，我还以为是羊吃草呢。”

“你说得对！老曲是属羊的，现今三十六了，本命年。”老边媳妇迎合着说。

“老曲他属什么，你咋这么清楚？”老边酸了，从河南人变成山西人。

老边媳妇连忙解释：“前些天有人要给老曲介绍对象，所以我听见了……”

“不会要把祁玉介绍给老曲吧？”老边突然嘿嘿笑了，“我听说祁玉当初跟一个叫大忠的小伙子搞对象，俩人都谈成了，那个大忠突然给送进青泊洼农场劳教了……”

“那个大忠是谁呀？”不知老边媳妇是关心祁玉还是关心老曲。

“你也要半夜喝面汤啊？”老边没好气儿地说，“我哪里知道大忠是什么人！反正听说后来转到宁夏农场去了，就连祁玉也没有他的音信。”

天气转冷了。大杂院的人们缩回屋里，只有大白猫是室外动物，继续挨家流浪，磨损着残存无几的自尊。

越来越冷的星期天。下晚时分老曲穿了件墨绿色皮猴，不慌不忙走进大杂院。没人懂得老曲穿的是著名的“美国皮猴”。1945 年秋天美国海军陆战队在天津塘沽登陆，这些盟军被老百姓称为“美国兵鬼儿”，他们喝酒嫖娼大肆消费，没钱了就脱掉军用皮猴抵账。于是留给天津不少美军用品。二十年过去了，当年的美国兵鬼儿可能死光了，美国皮猴依然健在，风风光光流传到老曲身上。

“你的鹿头呢？你的鹿头呢？”大杂院的孩子们眼尖，首先发现老曲没了自行车。

“鹿头犯了错误，我给它关了禁闭。”老曲乐观开朗，跟孩子们相处融洽。他笑着露出门牙走到老边家门前，响声咳嗽着，表示自己的到达。

老边媳妇迎出家门。老曲当即问道：“老边呢？我有事儿找他。”

老边媳妇连忙说：“今天厂里加班，老边没歇。你有事儿啊？”然后打量着老曲的“美国皮猴”。

老曲被对方打量得发窘："总算打听到右派老中医的下落了……"说着从"美国皮猴"衣兜里掏出一沓厚厚的钞票，"这是盘缠钱，你们带小刚去山西阳城治疗大脑炎后遗症吧。"

"啊……"老边媳妇惊得瞪大眼睛，木呆呆地望着老曲。

小刚走出屋来，面无表情。老曲上前摸了摸小刚头顶，随手将这沓钞票塞进他的衣兜，说了声"救孩子要紧！"转身走了。

老边媳妇一屁股坐在地上，哇地放声哭起来。"老曲，你是我家今生今世的大恩人啊……"

没人知道老曲去天津南市华楼附近的委托店，当场典当了鹿头牌自行车，抵回二百八十元人民币现金。

二百八十块人民币对天津百姓人家来说，无疑是笔巨款。一传十，十传百，从天堂巷传到南斜街，从南斜街传到南马路，纷纷传说"雷锋回来了。"

老边在工厂加班抢修机器，转天中午回了家。小刚妈妈主动让他喝酒，竟然还炒了鸡蛋下酒。

老边疑惑地喝了二两"直沽高粱"，不相信懒妇变成贤妻。

"你不是做了心虚的事儿吧？我五年没吃炒鸡蛋了……"

"我跟你说你可不要激动。"老边媳妇比较甜蜜地说："老曲给了二百八十块钱……"

老边听了呼地站起，噗地吐出嘴里的炒鸡蛋，伸出筷子直指老婆审道："怪不得这几天我右眼总跳呢，老曲给了这么多钱！你跟他到底什么关系？"

"你放屁！人家老曲怎么会看上我……"她眯起小眼睛咧开大嘴巴，再次哭号起来。

晚间时分，老边弄清了事情真相，反而疯狂起来。他冲出家门抬脚猛踹院里那株香椿树，大喊大叫。

"我是工人阶级不用你怜悯！我一连三年先进生产者，我家生活有困难依靠组织，党委江书记，工会曾主席，还有车间郭主任，麻纺厂领导永远是我靠山,你老曲算哪棵葱哪头蒜?我不要你油头粉面的臭钱……”

老边肺活量极大，时断时续骂到半夜，勒令媳妇明天还钱给老曲,一分钱也不许留。

南大道大酒缸胡同。这是刘云若小说《小扬州志》描写过的地方。老曲正在民房工地修缮房屋,满头大汗给墙壁抹白灰。

大冷的天气里,老边媳妇惊异地看到,老曲依然蓝黄格子衬衣灰色西裤古铜色皮鞋,浑身上下,不溅灰点,脚穿那双古铜色皮鞋,锃光明亮,这个泥瓦匠好像在真空里干活儿,近乎一尘不染。

这真格技术尖子啊。老边媳妇颇为感慨,“我原本以为你下了班把自己倒饬得油光水滑,敢情你上班也是这身打扮。”

老曲平淡地说:“是啊,我干活儿从来不穿工作服,上班下班一个样子。”

“我头一遭见到你这样的工人……”老边媳妇大开眼界。

工友们看见女子来访,小声起哄说老曲总算搞了对象,弄得老曲满脸通红,连连作揖请求他们闭嘴。

老边媳妇把手绢包裹着的钞票塞给老曲，一五一十道出实情:“这钱老边坚决不要,他说不能丢工人阶级的脸。”

“老边属于工人阶级,我也属于啊!”老曲不解地说:“工人帮助工人,这怎么是丢脸呢。”

老边媳妇感慨道:“你这个工人跟他那个工人大不一样。”

“我又不是阶级敌人。”老曲执意不收对方退还的钞票。

“你就别说了,谁让我家小刚有个浑蛋透顶的爹呢。”老边媳妇掉眼泪了,“你要是不收回这笔钱,老边就认为咱俩有不正当男女关系!他说有谁会白送二百八十块钱？合着半年的工资呢。”

“什么——?”老曲惊诧得瞪大眼睛:“老边这是什么思想!他还算是工人阶级……”

老边媳妇再次把包裹着钞票的手绢塞给他，突然压低嗓音说:

“我管秀英没见过你这样的大好人！如果真有来世，下辈子我坚决做你媳妇，好好伺候你！”

老曲听罢愣住了，呆呆望着她越走越远的身影。

工友们好奇心盛，围拢过来发表评论，有的说这女人腰粗，有的说这女人屁股大。老曲摇了摇头说：“你们这是折自己的寿呢。”

工友们被镇住了，呼地散开干活儿去了。老曲找到没人的墙角，一声不吭蹲下了。

临近下班老曲渐渐缓过神来，抄起抹子继续干活儿。工友们吃惊地发现，历来干干净净的技术尖子，此时肩头竟然落满白灰斑点。看来他走了心思。

滴酒不沾的老曲下班走进鼓楼西小酒馆，独自喝着“直沽高粱”。“如果真有来世，下辈子你管秀英还是做老边的媳妇吧，我看你俩挺合适的……”

老曲继续自言自语说：“我没结过婚，不懂夫妻的事情，但是我从大忠身上看到了真正的感情……”

大杂院的傍晚，纺织女工祁玉下班了。她快步走进家门想听天津人民广播电台长篇小说连续播讲《火种》，里头有个人物很像大忠。

大杂院邻居们拦住她介绍老曲捐款助人的事迹，还说他的鹿头自行车不见了。

祁玉认真听着，连连点头。“好啊好啊，大忠当年没有看错人……”

“大忠是谁呀？”人们好奇地追问。祁玉想了想答道：“一个在这里住过的人……”

邻居们私下议论，说老曲跟祁玉挺般配的，只是两个人从来不靠近，就这么隔着。

时光好似流水。很快就要过年了。人们忙里忙外，擦玻璃、扫房、做新衣裳、添置新碗筷、筹办籼米白面……无形中分散了注意力。到了腊月二十八，终于有人想起老曲很久没露面了。

老边媳妇小声说：“有三个多月了……”

然而大白猫还在,只是明显瘦了。人们说猫的习性是活着在你面前,死期将至便消失了,它必须死在没人的地方。是猫就要闹春。可是大杂院的人们从来没有听到大白猫发情的嚎叫。它好像为了生存磨灭了动物本性,坚忍地成为这座大杂院的顺民。

这天老边公休在家,兴致高涨找邻居借来笔墨,挺身站立香椿树下说:“你别看咱没文化,革命春联自己写!”说完钻到屋里了。邻居们认为他在屋里憋宝呢。

一袋旱烟的工夫,老边双手拎着两条红纸对联走出家门。上联:工人阶级干劲大,下联:祖国建设跨骏马,横批:破旧立新。

大杂院里响起稀稀拉拉的掌声。老边大声说道:“我知道我的字儿不行!可是我们厂江书记说,不怕不行,就怕不敢。你胆怯,就现眼。你胆壮,就露脸。

说罢这套话,老边扭身再进屋去,不消片刻又拎出一副对联。上联:自力更生艰苦奋斗,下联:下定决心不怕牺牲,横批:革命到底。

邻居老赵走过来说:“我出词儿,你写!上联是:大杂院处处破四旧,下联是:小家庭人人立四新,横批:移风易俗。

这时候,老边媳妇左手挎着包袱右手牵着小刚,不慌不忙走出家门,她满脸堆笑跟邻居们致意:“我带小刚回娘家过春节,就提前给大家拜年啦!”

丈夫老边沉浸在创作革命春联的热情里,全然不顾及母子去向。

祁玉追到大杂院门外,关心地询问娘儿俩为嘛不在家里过年。

“从前我是井底蛤蟆,没见过天。打从结婚我就拿老边当男子汉大丈夫看待……”她大发感慨地说,“经过这次对比让我开了眼界,敢情老边小心眼儿是假爷儿们!我这辈子呀!”

“是啊,你不知道大忠吧?他从前住在这里……”祁玉深有同感说:“天底下男人很多,可是真爷们儿少啊!”

“所以你至今单身不结婚?妹子我告诉你,你这样做就对啦!男怕入错行,女怕嫁错郎。”老边媳妇说罢领着儿子小刚走了。

祁玉望着母子背影说:“你还有娘家可回,我呢?”

老边脚步噔噔噔跑到大杂院门口，大手挥动毛刷给门框两侧涂满糨糊,兴冲冲贴对联。

上联:四海翻腾云水怒,下联:五洲震荡风雷激,横批:兴无灭资。

祁玉小声说:“老边,你把过年包饺子的白面全打了糨糊啊。”

“我们厂春节加班,江书记送饺子到班组!宁让汗水漂起船,也要任务提前完!”

春节期间,老边果然连续加班没回家,汗水肯定漂起了船。过了年又过了元宵节,还是不见老边媳妇带着小刚回来。老边公休日独自在家里喝闷酒。

大杂院的邻居们暗暗猜测，认为老边媳妇要跟老边分居而不是老边要跟老边媳妇分居，这次是女方高屋建瓴了。消息很快得到证实:老边媳妇要求大家不要叫她老边媳妇了,她本人名叫管秀英。

莫非管秀英在外边有人啦?有的女人就是骑着老马找新马,到时候抬屁股换坐骑。但是有人认为管秀英不是那种骑着马找马的女人。

老边抽烟喝酒眉头紧锁，苦苦思索家庭危机的原因……夜深人静。他梦游般踱出家门,嘴里念念有词。

“老曲啊老曲,你二百八十块钱换得好名誉,我反倒落得坏名声,你噼里啪啦就把我比下去了,你让我媳妇开了天目,我在她眼里成了臭肉,我臭了你也不露面了,你这是存心毁我呀……”

老边围绕香椿树转圈儿,“我是大国营企业的技工，你是小集体企业的瓦匠,我怎么会让你给比下去呢?你不就是比我乐观开朗嘛,你不就是比我爽快潇洒嘛,可是乐观开朗爽快潇洒也不当饭吃啊!我他娘的要是查出是你勾走了管秀英,我保证让你百世不得翻身!”

一个身影来到香椿树下,轻轻叫着老边。“你不要毫无根据就猜疑别人,当初大忠栽下这棵香椿树苗时说过,既然彼此相信就别相互猜忌,大忠领养小白猫时还说过,既然自己小气就别抱怨别人大度……”

平时大声说话的纺织女工此时变得低声细语，这令老边极其意外，“你说的大忠到底是什么人？他还说过什么话？”

“他去青泊洼农场前说过，只要这座大杂院还在，我们就都是过客。”祁玉轻轻说罢，轻轻走开了。

噢，只要谈到大忠祁玉便回到青春年代，那时她还没有变得大声说话，自然轻声轻语了。

然而，老边并不服输。第二天邻居们发现，他放弃旱烟改吸烟卷，天津产“大婴孩”牌的，一盒两毛二分钱，简装的。

天气渐渐热了。大街上也火热起来。有的地方贴了大字报，有的地方刷了大标语。革命形势风起云涌。学校成立“红卫兵”，必须是革命家庭出身的学生参加。工厂企业成立“赤卫队”，必须是“红五类”才能入选。天津麻纺厂工人“赤卫队”有老边。他佩戴“赤卫队”红袖章走进大杂院，满脸表情严肃地说：“这是两个阶级的大决战，我们誓死捍卫无产阶级革命司令部。”

大杂院邻居跑去给管秀英报信，说你赶快变回老边媳妇吧，人家已经是赤卫队员了，胳膊上缠着大红箍！

这个曾经自称管秀英的女人，突然紧紧搂住痴呆的儿子说：“小刚小刚，你说咱们回去吗？”

小刚眨着无谓的大眼睛，一声不吭。

终于，老边彻底迎来逆转。南开区房屋修缮公司公布赤卫队名单，竟然没有老曲。这简直就像晴天霹雳在头顶炸响。

乐观开朗的老曲彻夜难眠。他脱掉花格衬衣换成圆领汗衫，忧心忡忡找到公司领导说：“我父亲是小王庄育婴堂长大的孤儿，没有共产党就没有我们曲家，我从瓤儿到皮儿都是红的，工人赤卫队怎么会没有我呢？”

老曲曾以白砂糖拌药渣神奇治愈自己的“大脑炎”，成为左邻右舍啧啧称奇的人物，此时他却无法医治自己的心病。

“曲正才同志，你父亲确实是小王庄育婴堂的孤儿，可是倘若组织上深查细究,你爹究竟是谁家的弃婴呢?假如你爹是资本家大少爷跟女佣所生,然后悄悄丢弃给育婴堂,那样性质就变了。”

老曲不能接受这种假设:“你说的是曹禺的话剧《雷雨》吧?我爹肯定不是周朴园,我妈肯定也不是侍萍啊!”

“当然当然,组织上还是认为你属于红五类的,只是你平时穿装打扮不太像工人阶级,有点像是上海小开、天津少爷、北京八旗子弟,所以第一批赤卫队没你……”

“你是说还有第二批?”老曲极其沮丧地说,“那样我曲正才不就成了残次品嘛……”

老曲请了病假,一连三天把自己闷在家里,无声无息抽得满地都是烟头儿。半夜里,他不断地自言自语:“我不是正品,我成了残次品。我不是正品,我成了残次品……”

一贯乐观开朗的老曲,几乎成了“祥林嫂”,不停地念叨这句话。

据说是黄昏时分,老曲用那条从不更换的棕色皮带把自己吊死在引河桥小树林里。引河桥是天津通往首都北京的必经之路。

人们在那棵生了虫子的柳树上发现了上吊的老曲,红蓝格子衬衣,驼色西裤,棕色三接头皮鞋。这家伙至死没改装束。

一个人用皮带吊死自己,这颇有几分操作难度的。老曲临死还干了件细活儿,这如同老边媳妇所说,他真是个技术尖子啊。

祁玉赶往停尸房,确认这条棕色皮带正是当年大忠留给老曲的纪念物,然后转到宁夏农场去了。

祁玉终于放声大哭:“曲正才!你有话装在心里,怎么至死不说出来啊!”

工人赤卫队领导在老曲衬衣兜里找到遗书,共有两条遗言:

一、当年大忠代我受过,让我保住了工人身份。我俩迟早会在天堂相会的,我要加倍偿还他。

二、大白猫是大忠遗留的动物,香椿是大忠遗留的树木,祁玉是大忠谈过的女朋友,我当然要经常来到这座大杂院……

自杀前两天，老曲曾到大杂院找过老边，仍然吸着精装“大前门”。他可能要当面向老边解释自己没有入选工人赤卫队的原因吧。不巧老边不在家,错过了两个人最后见面的机会。

老曲还带来了老边媳妇退还捐款时包裹钞票的手绢，当场请邻居老赵替他交还给她。

大杂院居民得知老曲死讯,人人害怕说错话,一片哑音。佩戴工人“赤卫队”袖章的老边站在香椿树下说:“哎呀,当时我要是做做老曲的思想工作,让他正确对待没有入选工人赤卫队这事,他就不会走上绝路了,可惜可惜,一个多好的四级泥瓦匠啊。”

老边不遗余力地将老曲身份最终定格为小集体企业的瓦工,以此表明自己跟老曲的截然不同。之后,老边大义凛然前往丈母娘家,展示胜利者的胸襟说:“惩前毖后，治病救人，你们娘儿俩跟我回家吧！”

“那条应当系在腰间的皮带,老曲怎么系在脖子上啦?”这个名叫管秀英的已婚女人发了句感慨,领着儿子小刚跟随丈夫回家来了。走进大杂院有人告诉她,很久没见大白猫的身影了。

老边媳妇毫不犹豫地说:“它肯定死在外边了呗。”

那只无所归属的大白猫,终于成了这座大杂院的过客,就像老曲一样。

老边媳妇似乎想起了什么,连忙问道:“你们说猫有来世吗？”她表情好像求知欲挺强的。

祁玉低声说:“猫比人强,它有九条魂呢。”

邻居老赵把老曲归还的手绢交给老边媳妇，说这是老曲特意叮嘱的。老边媳妇接过这条洗得干干净净的手绢,一时不知说什么好。

祁玉望着这条印有牡丹图案的手绢说:“老曲就是这么认真啊。”

老边手里拎着酒瓶子大步走过来对自家媳妇说:“咱家中午吃面！打三鲜卤,豆芽菜面码……”

大杂院里人们说东道西,谈论着与天气有关的话题。不知他们是否记住了曾经乐观开朗的老曲留下的“挠赛的”和“淡巴勾”这两句外来语。反正这座大杂院再也没有老曲这样的访客了。

纺织女工祁玉仍然单身住在天津东南城角天堂巷的这座大杂院里，直至公元 1976 年 7 月 28 日唐山大地震，严重波及天津这座城市,天堂巷房倒屋塌,她也成了这里的过客。

人生赌局

一

清末民初的天津卫，是一座国际知名的大都市。说起国际知名的原因，主要还是由于“庚子之乱”，义和团聚众攻打坐落在紫竹林的英法租界，烧教堂杀洋人，这对西方社会震撼极大。于是列强纷纷派遣舰队驶入中国的大沽口，武力干涉。近代的天津与天津人随之出名。1860年的开埠以致庚子之后“九国租界”的出现，天津华界进入半殖民时代。“英、法、俄、日、德、意、美、奥、比”这九个国家在天津设立的租界，则完全是一派殖民时代的景象。

我要讲的就是天津殖民时代的故事。为了叙述过程中轻而易举获得亲切感，我将小说里的主人公虚拟为我的祖父。我的祖父当然姓萧，他的名字叫萧梓久。是的。叙述还没有正式开始，我心中的亲切感已经油然而生。如此这般，我也就为自己找到了祖宗。

庚子那年我祖父尚未出世，庚子是西历1900年。在此之前的1899年，篮球已经传入中国。我祖父参加教会学校的篮球队当然是多年之后的事情。我祖父出生的时候已经1912年了。八国联军入侵中国的硝烟散尽，但大清王朝在这场巨大的战争赌博里输得很惨。被迫开埠的天津，开埠之后就不是从前的天津了。九河下梢，华洋杂处，中国鸭子外国鸡，使这座北方商埠成为一座不伦不类不今不古的大码头。

外国租界里有教会学校。我祖父考入坐落在法租界第二十二号路上的圣保罗学校。他开化很晚，若与现在的孩子们相比，他这种样子就显得傻了。然而无论多大年岁，只要你进入学校就是学生。我祖父进入圣保罗学校成为学生，我在这个故事的叙述中也只能对他直呼其名——萧梓久。

萧梓久同学其实是很幸运的。以前他生活在天津附近静海县的一座寺院里。他是小时候被这座寺院和尚抱养的，估计是个来路不明的弃婴。因此，没人知道他的出处。他人生的最初十六年住在庙里，生活素净但并未落发为僧。寺院里素净的生活使他心静如水，这对他的自学成才极为有利。同时他又具备了疾风暴雨般的思维速度——天上呼啦啦飞过一群鸽子，他立即就能告诉你这群鸽子里有多少只白色的多少只灰色的多少只黑色的。这位在庙里长大的孤儿六岁就学会中国象棋，十岁那年，与本寺和尚对弈已然没人能成为他的对手。没了对手怎么办呢？他只能等待前来挂单的游僧。

十二岁那年，庙里终于来了一位赤脚游僧。萧梓久与这位赤脚游僧弈棋，十盘十和。赤脚游僧告诉萧梓久说，中国象棋的最高境界不是赢棋更不是输棋，而是和棋。后来，萧梓久向这位赤脚游僧学了两年，一下子成为有学问的人。赤脚游僧向寺院里的住持建议，说到了十六岁就让这孩子离开寺院吧。果然，十六岁那年住持允许他融入社会。寺院住持出家前俗世姓萧，因此就给他取名萧梓久。就这样他离开自幼生活的庙宇，前往天津卫求学。

他以俗世姓名萧梓久进入天津圣保罗学校读书，一入学便是初中生。他入学的时候默默无闻，然而期末考试成绩一公布，他门门功课能够挤进前三名，当然是全班的前三名而不是全校的前三名。尽管如此，萧梓久仍然属于那种毫不显眼的人物，更没有人知道他的特殊身世。学校当局也将他划入普通学生的名册。

萧梓久在圣保罗学校的初中生涯，用“胸怀大志而郁郁不得志”

这句话来形容，还是比较贴切的。既然胸怀大志而郁郁不得志，那么他初中毕业自然不会留在圣保罗学校念高中。是的，他离开圣保罗中学考入坐落在天津华界的私立育梁学校高中部。育梁学校在天津卫是座名校，曾经与南开和扶轮齐名。

萧梓久在育梁学校读高中，仍然属于芸芸众生之列。他读书不算用功，但绝不懈怠。尤其是英语这门课程，他是从不放松的，因此口语不错。他呱呱呱讲出一串英语，英国人是绝对能够听懂的。

就这样，穷苦学生萧梓久熬到高中毕业的年头。这时候，正是公元 1931 年。这一年的“九一八”事变，日本人占领了东三省。萧梓久当然知道此事，他没有上街参加游行，他认为自己的主要任务是读书。

萧梓久就读的育梁学校，校董是天津著名银行家魏查理先生，社会名流。魏先生说一口地道天津话，却信奉天主教。为了鼓励学生们好好念书，魏查理先生设立了“金质奖章”，已经连续评选了八年。也就是说一年一度的全校会考总成绩第一名，即可获得魏查理先生亲自颁发的金质奖章。金质奖章的获得者，毕业之后直接进入魏查理先生的太平洋银行工作，这是多么体面而优厚的待遇啊。

萧梓久的同班男生高链琦跟萧梓久关系不错。高链琦时年十八岁已经订婚，未来的岳父是一家陶器店的老板，生意很好。高链琦为了获得“金质奖章”并且进入太平洋银行工作，一年四季苦苦读书，孜孜不倦，期待着自己美梦成真。

1931 年的高中会考，对高链琦来说是个考验，因为会考之后他便高中毕业了。如果这次不获得会考状元的金质奖章，他再也没有机会了。高链琦夜以继日，决心牢牢把握住这最后的机会。

当时大街上流行着一首童谣，很能说明问题：“读书乐，读书苦，乐乐苦苦人生路；读书苦，读书乐，苦苦乐乐奔前途……”

萧梓久则不然。他并没有陶器店老板女儿这门婚事，因此也没有高链琦那样巨大的心理压力。面对令人心惊肉跳的全年会考，萧梓久只是认真对待而已。有时，他还偷偷溜进学校旁边的侯记食品店，喝上一瓶汽水。育梁学校的校规很严,不许学生随便购买学校外面的食品。萧梓久属于大错不犯小错不断之类的学生。偷偷去喝汽水就是明证。

会考之后,学校沉寂了几天。萧梓久趁机喝了几瓶汽水。很快就要张榜公布会考成绩了,气氛蓦然紧张起来,尤其是高链琦在等待张榜期间,已然熬得形销骨立,脸色煞白。这种形象使别人误以为他吸食了白粉。

育梁学校张榜的日子终于到来。一大早儿,学校门前便显出与往日大不相同的异常景象。望子成龙的家长们早早就聚集在学校门前——嘈杂的人群里发酵着美好的期待。

学生们尤其男学生们则聚集在学校大门西侧的侯记食品店门前。他们聚集在这里并不是想花钱购买零食,因为除了这里他们实在难以找到落脚之处。此时的萧梓久与同学们挤在一起,他的身旁就是高链琦。这时,萧梓久突然感到情况异常。他清清楚楚看到,三五成群的男人,有高有矮有胖有瘦,一拨接一拨,连续不断走进侯记食品店,显得形迹可疑。

光天化日之下,大家其实都看到了这一拨拨男人走进侯记食品店,但并没有引起任何人的警觉。只有萧梓久发现了问题。那一拨拨形迹可疑的男人走进侯记食品店之后就没了踪影。于是侯记食品店便成了一只巨大的容器。一个个大活人进了侯记食品店仿佛就变为一滴滴水珠,迅速被蒸发了。

萧梓久心头倏地一紧。在他的心目之中,侯记食品店一下就成了一个神秘莫测的地方——黑洞。

萧梓久的脸色蓦地变得煞白。他不由自主朝着侯记食品店走去。人流一拥,将他推向侯记食品店的大门口。一个头戴巴拿马草帽的汉子压低声音说了句什么话,大意是催促他加快步伐,否则就晚了。

高链琦则被人流推向相反方向,他眼巴巴看着萧梓久的身影拥进侯记食品店,没了踪影。

人流猛然变得很稠，一涌一涌。人的命运也形似一股胶水，四处粘贴着，随着人流而蠕动。这时候萧梓久发现自己已经进入侯记食品店大堂，远远脱离了同学们聚集的地方，更看不见好友高链琦的身影。他感到身前身后身左身右，全是一群陌生的面孔。这群陌生的面孔拥着他进了侯记食品店的后院。

我祖父在殖民时代成为著名赌徒的序幕，就这样猛然拉开了。

二

我倘若不是从祖父留在人间的《萧梓久自传》里读到当时的场景，我不会相信当年的天津居然存在地下赌场，我更不会相信育梁学校旁边的侯记食品店地下室里居然存在那样惊心动魄的赌局。

事情是这样的。

萧梓久挤在人流里，他实在难以主宰自己的双脚。他被身后的人流拥进侯记食品店的深处。这时候他发现店铺虽小，却狭长，颇有纵深的感觉。稠乎乎的人流，好似一锅热粥，拥进侯记食品店的后院。

头戴巴拿马草帽的男子小声嚷嚷着，使劲往里挤往里挤！今天赌榜的大庄家在地下室里呢。

赌榜？萧梓久被人流推搡着，蒙头蒙脑沿着后院楼梯拥进地下室。他蓦然感到一股强烈的燥热迎面扑来，自己分明变成一滴水珠，正在被蒸发着。

果然别有洞天。地下室很大，仿佛是一只巨大的胃口，毫无限制地吸纳着人流。一盏十分刺眼的白炽灯高高悬在头顶，照耀着人们激动的面孔。

一个黑脸汉子大声喊叫着，样子显出几分霸气。事后，萧梓久得知这个黑脸汉子的名字叫袁二金。

袁二金虎着面孔，大声告诫大伙，谁也不要大声喧哗，谁要是引来警察抓赌，就连老婆孩子也得跟着吃官司。

地下室里顿时安静下来。萧梓久终于明白了,自己被人流卷入了地下赌场,即将成为赌徒。

袁二金站在一只高凳上,大声宣布说,今天赌局的赌注,押的是育梁学校会考状元的姓氏笔画。赢者,押一赢十,就是押一块银圆赢十块银圆;输者,押一输十,也就是押一块银圆输十块银圆。现在开始的是第一轮押注,押的是笔画。你要是认定今年会考状元姓王,三横一竖你就押四画,你要是认定今年会考状元姓李,十八子你就押七画呗!

头戴巴拿马草帽的赌徒说,袁二金你真啰唆,你说的这一套我们没有不懂的!

袁二金不慌不忙,说虽然咱们这赌局年年开张,可年年都有小雏儿加入,因此必须把押赌的规则交代得一清二楚,这就叫公平合理。

萧梓久突然大声发问,你说这是第一轮押赌,那第二轮呢?

袁二金朝着萧梓久投来一瞥,看出这是一个新近入局的陌生面孔,就笑了。

第二轮押注的规矩其实跟往年一样。第一轮你不是押了笔画了吗?无论是三画还是五画,反正你押的是数目字儿。第二轮押注,押的是姓氏笔画的首笔是什么?俗话说张王李赵遍地刘,你可以押首笔横起,也可以押首笔竖起,还可以押首笔点起,更可以押首笔是折起,点、横、折、撇、捺,这首画的第一笔你押什么都行,就看你的运气啦。不过,这第二轮押注的码子更大!你要是赢了,押一赢一百,你要是输了,押一输一百。大伙都听明白了吧?

人们纷纷朝着袁二金点头,说听明白了。

头戴巴拿马草帽的男子急了,说这一套我十年前就明白啦。

萧梓久这才知道,这个地下赌局已经有十年的历史了。

黑脸袁二脸色一沉,面露杀气说:既然大伙都明白,就不要办糊涂事儿。赌得起就赌,赌不起的现在就给我滚蛋!无论赌赢赌输都是命里注定,谁要是敢在这儿跟我滚赌,可别忘了这儿不是人间,这儿是阎王殿!

萧梓久下意识地朝着袁二金点了点头。这时候他仍然没有意识到自己身上所蕴藏的赌性正在被袁二金的话语渐渐点燃。他只感到周围的空气非常炽热,内心感到焦渴。

赌徒们十分自觉地排着长队,准备下注押赌。萧梓久排在头戴巴拿马草帽的男子后面。一个身穿长衫的男子排在萧梓久后面。

小伙子你还是个学生吧?念书的学生也来押赌,他妈的这年头真是没有好人啦。身穿长衫的男子大发感慨。

头戴巴拿马草帽的男子扭头反驳说,他妈的这年头根本就没有好人。

袁二金站在高凳上狞笑着。他说这年头只有一个好人,你们知道这个好人姓什么吗?姓钱。

地下室里的赌徒们发出哄堂大笑。

萧梓久面对这样的火爆场面,仿佛一个蒙童。他左顾右盼,环视着四周。这时候他发现,聚集在地下室里的赌徒,什么模样儿的都有,身份也各不相同。这是一个令他感到万分陌生的世界,可是这个世界里的人们,又令他感到似曾相识。

萧梓久摸了摸自己兜里的那几张钞票。

我在多年之后读到《萧梓久自传》,书里是这样描述当时赌徒们投赌押注的场面的。

袁二金宣布开始投注,场面便寂静下来。偌大的地下室宛若严肃的课堂。赌徒们排着长队,显得十分规矩。人人手里都拿着一张赌票,有人已经填写了押赌的数字,一派成竹在胸的表情;有人则犹豫不决,皱眉思忖着。

长队的尽头是一张方桌,两个记账先生模样的男人坐在桌前收银计账,为赌徒们办理着押赌的手续。赌徒们押赌之后,便迅速离开地下赌场,跑到育梁学校门前等待看榜去了。

地下室里,排在萧梓久身后的那位身穿长衫的男子手里拿着一本《百家姓》飞快地翻着，满脸犹豫表情。长长的赌徒队伍朝前蠕动着。身穿长衫的男子一时拿不定主意。

萧梓久心里很同情身穿长衫的男子，便小声询问对方贵姓。身穿长衫的男子看了看萧梓久，回答说姓朱，朱元璋的朱。然后，身穿长衫的男子颇为感慨地告诉萧梓久，今天他要孤注一掷将全家财产通通押上。

今年育梁学校会考状元的姓氏究竟是几画呢？这时候萧梓久猛然想起，自己原本是站在学校门前等待看榜的，没想到居然被这股神秘的人流裹挟着进了地下赌局。既来之，则安之。萧梓久受到内心深处的赌性驱使，只是一个瞬间，他便从一个等待看榜的学生变成一个等待押注的赌徒。多年之后，萧梓久对自己的这次骤然转变并不感到意外。他认为人人心里都埋藏着极大的赌性，只不过有的人一生也没有遇到蓦然迸发的机会罢了。

头戴巴拿马草帽的男子终于排到了高凳前，抬起头来与袁二金对视着。站在高凳上的袁二金低头看见头戴巴拿马草帽的男子，立即装模作样抱拳行礼，称对方为“苏大夫”。

人们立即认出头戴巴拿马草帽的男子——天津骨科名医苏铁之先生。

苏铁之大夫表情谦逊地朝着袁二金摆了摆手说，久违了。袁二金走下高凳，朝着苏铁之拱手行礼，以示敬意。

袁二金亲自陪同苏铁之大夫走到方桌前，请这位骨科名医优先押赌。苏铁之摘下头上的巴拿马草帽，表情一下子感慨起来。

苏铁之说，光阴似箭，我已经三年没来这里押赌啦。

袁二金说，是啊，您已经三年没来这里押赌了。您这是三年不飞，一飞冲天，三年不鸣，一鸣惊人啊。苏大夫您请吧。

苏铁之空洞地笑了笑——这是赌徒的典型笑容。

身穿长衫的男子挤到桌前，十分镇定地说我押一百块大洋，六画。

袁二金接过一百块大洋的银票，说，张王李赵遍地刘，今年会考的状元要是姓猪八戒的猪，朱三韭你可就得输个精光啊！

身穿长衫的赌徒名叫朱三韭。朱三韭冷着面孔，死盯着袁二金说，我前年输去年输，今年还输啊？

朱三韭从袁二金手里接过写好的赌票，十分自信地说我是朱元璋的后代，朱是六画，我就押六画。洪武爷一定会保佑我的！

萧梓久听到了朱三韭的这一番话语。

终于轮到萧梓久押赌了。坐在方桌后面的记账先生撩起老花镜看了看这个学生，说你年纪轻轻的就进了赌场，真不简单啊。

萧梓久从怀里掏出十元钞票，告诉记账先生说，我押两轮。

袁二金审视着萧梓久说，以前我怎么没见过你呢？

萧梓久笑了笑说，以前我也没见过你啊。

袁二金看到面前的这个学生娃娃押两轮，脸上掠过一丝喜色。长江后浪推前浪，赌场自有后来人。袁二金伸手接过钞票，亲自操笔为萧梓久填写赌票。

排队等候填写赌票的赌徒们小声嘀咕着。喂，我听说学校里的内线放出绝密消息，说今年会考状元的姓氏出自中国南方，要么姓洪，要么姓韦，要么姓汤。

人们议论纷纷，说这是假情报，年年都有假情报四处扩散，诱人上当受骗。

萧梓久第一轮押了十一画，五元钱。

袁二金注视着萧梓久，十一画儿？这第一轮你若是赢了，连本带利可就变成五十块大洋啦。这五十块大洋够你娶个媳妇的啦！

场内赌徒们发出一阵哄笑：赢了能娶媳妇，输了可就连裤子也赔进去啦！

萧梓久第二轮押的首笔横起，还是五元钱。此时他已经将全身所有的十元钱都押上了。他知道，如果在第二轮押赌获胜，五块大洋就变成五百大洋。

萧梓久手里拿着赌票,转身挤出好像一锅稠粥似的地下室。只有他自己心里清楚,他押的十一画儿,横起,就是一个“萧”字。他并不认为自己能够获得今年的会考状元,尽管自己今年读书暗中十分努力,但他相信运气,他认为有时候运气是能够改变一个人的命运的。因此他押了自己的姓:萧。

祖宗会保佑我的。萧梓久这样想着,心里感到踏实。

袁二金呆呆注视着萧梓久渐渐远去的背影,问有人认识这小子吗?

地下室里无人应声。

记账先生十分轻蔑地说:这是个生胚子,雏儿。

三

我祖父走出侯记食品店,颇有“洞里才半日,世上已千年”的隔膜感。他懵懵懂懂注视着学校大门,手里还拿着那张赌票。

高链琦大步走上前来,一眼看到萧梓久手里的赌票,表情惊诧。萧梓久的头脑随即清醒起来,连忙将赌票塞进衣兜儿。

高链琦告诉萧梓久,学校马上就要发榜啦。

这时候,一辆黑色小汽车吱的一声,停在学校门前的马路边。人们平时很少见到小汽车,呼啦一下围拢上去。小汽车里走出本市第一美女魏曼蓝。

萧梓久引颈观望着,心头一颤。他认为魏曼蓝果然貌若天仙,这样美丽的小姐被称为本市第一美女并不过分。

魏曼蓝在两个保镖的护送下,走进育梁学校的大门。

高链琦注视着魏曼蓝的背影,小声说今天是发榜的日子又不是选美的日子,魏小姐跑到育梁学校来干什么啊?此时此刻无人知晓魏曼蓝此行的目的。她的父亲魏查理是育梁学校的校董。今天魏曼蓝代表父亲专程前来参加会考发榜仪式,以示郑重。

魏曼蓝的闪亮登场，使得一九三四年的育梁学校门前再度掀起一个小高潮。然而怀里揣着赌票的萧梓久心里清楚，今天真正的高潮只能发生在侯记食品店的地下赌场里。

我祖父此时并不知道，育梁学校的校长顾培昌与教导主任钱端友先生正在学校二楼的会客室里接待魏曼蓝小姐。顾培昌校长恭敬地请魏曼蓝小姐在沙发上落座。自幼接受西洋教育且性格外向的魏曼蓝并不领情，她径直走到窗前，远远朝着学校的操场望去。

会客室里，教导主任钱端友先生试探着问道，不知魏小姐光临本校有何见教啊？

魏曼蓝转身笑了笑说，我父亲是你们育梁学校的主要赞助人，他告诉我今天是贵校会考发榜的大好日子。我是专程前来看榜的。其实我也只是想看一看热闹……

校长顾培昌认为，每逢会考发榜的日子，学校门前总是热闹非凡的，这说明教育事业在我国已然深入人心。

魏曼蓝生性活泼，表示她非常希望本年度会考状元是个女生。

学校女佣阿践端着瓷盘走进会客室，为贵客奉上一盏热茶。

顾培昌校长说，育梁学校的应届毕业生里颇有几名出类拔萃的学生，王平章啊李卓然啊还有何元庆以及陈玳玮同学，都具有很强的实力。他们几个人均可称为今年会考状元的有力竞争者啊！

女佣阿践将一盏热茶送到魏曼蓝面前，然后退下。

钱端友告诉魏曼蓝，今年会考的成绩单此时还密封在保险柜里，半小时之后就会揭晓了。

我的祖父此时站在育梁学校门前的大树下，蓦然感到自己已经被分裂成两个人：一个是等待会考成绩的学生萧梓久；一个是等待押注结局的赌徒萧梓久。尽管这是两件截然不同的事情，然而结果却是写在同一张榜上。

学校的女佣阿践走出会客室，立即加快步伐朝着校长办公室走去。她早已探明，全校只在这里有一部电话。

女佣阿践推门走进校长办公室，抄起电话迅速拨了三个号码，电话随即就通了。

阿践喂了一声，话筒里响起一个男人浑厚而迫切的声音。阿践对自己丈夫的声音当然十分熟悉。她为了让丈夫在赌场发财而甘愿来到育梁学校卧底，充当女佣，就是为了获取有关会考状元的情报。女佣阿践低声对电话里的男人说出四个极有可能获得会考状元的姓氏：王、李、何、陈。

阿践说完，立即放下电话。这时校长大步走进。阿践故作镇定，手持抹布擦拭着校长的办公桌。

此时我祖父并不知道高链琦是害人精。他在高链琦的几次追问下，不得不对高链琦讲出实情。他说他是被人流裹着进入地下赌场的，那里是一间很大的地下室。他在地下室的赌局里押上了自己五年以来勤工俭学的全部积蓄——十块银圆。

正午十二点钟，学校终于打开大门。人们高声喊叫着："张榜啦张榜啦。"此时人群里已经混杂了大量赌徒。赌徒们对育梁学校本年度会考成绩的期待，甚至远远超过了前来看榜的学生家长。拥挤的人群里出现了杨白丁的身影。这个杨白丁是学校女佣阿践的丈夫。他接到妻子电话之后，当即决定孤注一掷，将全部家当押在"王、李、何、陈"四个姓氏上。

我祖父此时对地下赌局的风云变幻，一无所知。他站在学校大门前，一心二用，等待张榜。

四个校工大声吆喝着，前面开路，身穿长袍马褂的教导主任钱端友先生手里拿着一卷儿黄纸——人们知道这就是今年的会考成绩榜。

人们拥上前去——无论是学生家长还是赌徒。萧梓久脸色苍白地挤在人群里，挣扎着。

教导主任钱端友先生在两个校工的协助下，将一张黄纸写成的大榜贴在学校的大门上。

脸色苍白的杨白丁挤上前去，急不可待地大声问，第一名姓什么？第一名姓什么呀？

钱端友先生不知道杨白丁就是女佣阿践的丈夫，更不知道附近存在一个地下赌局。因此，钱端友先生十分不解地看了看杨白丁。

朱三韭也奋力挤到榜前，伸长脖子看着。

一个个赌徒挤在人群里，纷纷询问："几画儿？"

钱端友先生越发不解。几画儿？难道你们都是来这儿查字典的？钱端友先生被两个校工搀扶着，颤颤巍巍站在高凳上大声宣布本年度会考第一名的名字：

萧——梓——久！

人群一片静寂。片刻，混杂在人群里的赌徒们开始骚乱，咒骂声声，哄然四起。

杨白丁心里计算着。萧？十一画儿。他妈的，原来不是王李何陈啊！我的身家性命，今年全都输光啦！

杨白丁大声喊叫着，转身冲出人群。

朱三韭表情呆滞，看上去仿佛一尊石像。他妈的，今年的会考状元怎么会姓萧呢！

乱了。人群发出一阵阵尖叫。

高链琦挤到萧梓久面前，目光里充满了难以掩饰的敌意。

萧梓久我问你，你这样的学生居然获取了会考状元？天啊！今年的会考状元怎么会是你呢？这真是不可思议，不可思议。

萧梓久尴尬地笑了笑，说我真是没有想到今年能够考取全校第一名，我现在仍然不相信我获得了今年的会考状元。

高链琦脸色很像一块煮熟的猪肝。

几个同学挤上前来，大声说萧梓久祝贺你。

萧梓久满脸通红，不知如何是好。

一大群同学拥上前来，合着节拍大声喊着：萧梓久，祝贺你！萧梓久，祝贺你！

教导主任钱端友先生站在高凳上大声说，请获得今年会考第一名的萧梓久同学现在就到顾培昌校长的办公室去，有贵客接见。

教导主任钱端友先生四处寻找着：萧梓久同学呢？人家贵客魏曼蓝小姐可在校长办公室里等着他呢！

这时候，萧梓久却被一股人流裹挟着，满脸大汗。（此时，我的极具数学天赋的祖父心里非常清楚，他已经列出一张清单：第一轮押五元，一赔十，获胜之后得五十元；第二轮押五元，一赔百，获得之后得五百元；两轮获胜总计五百五十元。总计五百五十元。这对于一个年轻人来说确实是一笔不小的数目。）

高链琦大声呼喊：萧梓久！萧梓久！

四

顾培昌校长的办公室里，萧梓久受到魏查理校董的特派代表——魏曼蓝小姐的热情接见。萧梓久显出几分羞涩。这是一个穷学生在富家小姐面前的通常表情。魏曼蓝很大方，伸手对这位新科状元表示祝贺。

这次握手使得我祖父懂得了什么叫大家闺秀。魏曼蓝小姐的手，果然绵软，胜似羊脂玉。

魏曼蓝显然是受西式教育长大的，显得很开放。她见面就问萧梓久获得会考状元之后有何感想。萧梓久一时语塞，便以“更加上进”一句回答了这位千金小姐。魏曼蓝通知他，明天家父将出席育梁学校举办的颁奖大会，届时魏查理先生将亲手向新科状元颁发镀金奖章。

萧梓久朝着魏曼蓝小姐深深鞠了一躬，表示谢意。这时候，我祖父的心里充满矛盾。他在获得会考状元的同时，还赢得了地下赌局的五百五十元赌金。然而，去不去地下赌局领取那五百五十元的获胜赌金呢？我祖父心里思忖着。不消片刻我祖父便拿定主意。他认为那五百五十元是列祖列宗的赐了——我押了自己的姓氏“萧”，我果然胜出。这是一笔天经地义的银圆，应当稳入自己囊中。

萧梓久离开校长办公室。这时候他负荷着两个身份：一个是本年度会考的新科状元，一个是本年度“赌榜”的大赢家。

我祖父的命运就是在这样极端的矛盾冲突中走向不可知的未来。

萧梓久在学校的操场上见到了脸色惨白的高链琦。萧梓久朝着这位名落孙山的同学笑了笑，然而他的笑容显得很不自然，这可能与赌博有关。萧梓久的这个带有自我批判色彩的笑容，恰恰伤害了内心极其脆弱的高链琦。高链琦向萧梓久报以微笑，萧梓久并不知道这是魔鬼的微笑。

育梁学校门前的人群已经散去。人们都知道了今年会考状元名叫萧梓久。这个名字传播出去，立即成为家喻户晓的人物。

萧梓久走出学校大门，并不知道高链琦不远不近跟踪在身后。新科状元萧梓久在一股强烈的欲望驱使下转身走进侯记食品店。食品店老板侯七注视着这个白面书生，压低声音说你今天金榜题名赌场大胜，这可是双料冠军啊。

萧梓久敷衍地笑了笑，走进侯记食品店的后院，沿着楼梯走进地下赌场。

我祖父永远也不会忘记这个场面。地下室里挤满赌徒，居然悄无声息，使人觉得这里存放着一群人工制作的蜡像。

苏铁之大夫坐在一把宽大的藤椅上，嘴上衔着一支粗大的吕宋雪茄。这位天津骨科名医的视线很低，久久注视着萧梓久的双腿。萧梓久当然不懂苏铁之目光的含义，径直走到袁二金面前，从怀里掏出赌票，双手递给这位地下赌场的经理。

身穿长衫的汉子朱三韭挤上前来说，今天有一千多人下注，十九个人赢了第一轮，两轮全胜的只有你一人。你小子初入赌局就大获全胜，真是大福大贵啊。

萧梓久自谦地笑着说，其实我只是押了自己的名字而已。

袁二金大声说，这就是大福大贵。

记账先生拨拉着算盘珠子，报出萧梓久两轮获胜的总数：五百五十元。五百五十块银圆在民国年间算是一笔不小的数目。

地下室的人群里发出一声声赞叹。萧梓久从声声赞叹里品味出几分不祥的感觉。他的脸色渐渐变得惨白。这时候我的祖父十分镇定地对记账先生说，请您把这五百五十块银圆写成一张支票，最好是英租界的汇丰银行。我懂英语。

苏铁之大夫吸着吕宋雪茄说，你年纪不大，懂得倒不少。古语说，福为祸所伏，祸为福所倚。我的话你明白吗？

萧梓久朝着苏铁之点了点头，然后从记账先生手里接过支票，看到日本横滨正金银行的字样。他并不坚持"汇丰银行"，拿起日本银行的支票揣进怀里，转身就走。

我祖父恨不能立即离开这个地方，永不再来。

朱三韭的神经似乎出现错乱，大声喊着，好小子，那五百五十块钱真够你娶两房媳妇的啦。

萧梓久听到这句话，怀里仿佛揣着一只兔子，走出地下室便奔跑起来。他心里想着，明天上午十点钟，育梁学校举行年度颁奖大会，届时著名银行家魏查理先生将亲手为我佩戴会考状元的镀金奖章……

五

育梁学校公布本年度会考状元之前的一个小时，天津英租界宋公馆的二楼会客室里，赫然摆开赌局。

会客室里，东南西北摆放着四只硕大的沙发，面面相对。四只硕大的沙发里分别塞入四只尊贵的屁股——三公一母。三位男宾是：身穿长袍马褂的前清遗老呼近贤；身着长衫的陆军次长之子曹四公子；西服革履的英国律师汉斯先生。唯一的女宾则是天津法国租界著名交际花温丽莎小姐。

这是四位超级赌徒。举凡超级赌徒在这种时刻大多不言不语。沉默是金。既然超级赌徒下了注,无论输赢只能听天由命。这正是超级赌徒的超凡脱俗的境界。

女仆悄悄走进会客室,送上四盏清茶。女仆当然知道,茶几中央摆放的四只镀金的小盒子里,已然投放了四位超级赌徒的"码子",这堪称年度超级豪赌。

会客室里无声无息,仿佛坐着四尊石雕。汉斯先生毕竟是外国人,他终于坚持不住,低声操着生硬的华语向女仆询问。女仆摇了摇头,表示一无所知,然后端起茶盘,转身欲走。

温丽莎突然发作,满脸神经兮兮的表情。我是不喝茶的,即使英国茶我也不喝。我是喝咖啡的,我从来都是喝咖啡的,这是无人不晓的事情!

三位男宾无动于衷,越发成了三座石雕。

那位女仆面无表情,随即端来一杯热气腾腾的咖啡,轻轻摆在茶几上。说了声温小姐请吧。

著名银行家魏查理手里夹着青烟袅袅的雪茄,满面微笑走进会客室。他十分绅士地朝着温丽莎小姐躬身致意,然后侧身说了声请——那位宋司令哈哈笑着出场了,大步走到四位超级赌徒面前。

这位宋司令是宋公馆的主人。人称宋司令,其实下野赋闲多年,早不是什么司令了,多年住在英租界别墅里充当"寓公"。

身穿长袍马褂的前清遗老呼近贤起身朝着宋司令拱了拱手,询问育梁学校今年会考状元的消息。宋司令果然武夫出身,两掌合拢啪啪连击两声——他的副官闻声走进会客室,双手呈上一只黑色公文包。

温丽莎目光蓦地一亮。呼近贤也像一只嗜血的蚊子受到人肉的吸引,趋身向前。英国律师汉斯兴奋地脱口而出"叶——似"。只有曹四公子闭目养神,好像真的成了石雕。

宋司令一屁股坐在茶几旁边,随手打开黑色公文包说,你们既然选举我老宋当证人，那我就做主啦。

曹四公子睁开眼睛，看了温丽莎一眼。温丽莎脸色倏地变白，下意识点燃一支女士雪茄，神经兮兮等待赌局结果。

宋司令从黑色公文包里拿出一只黑色皮夹子，打开黑色皮夹子，露出一张叠成长方形的黄纸。人们的目光齐刷刷投向这张黄纸，超级赌徒们知道这张黄纸里写着今年育梁学校会考状元的尊姓大名。

赌博现场的空气猛然紧张起来。宋司令毕竟曾经是司令，当年战场上杀人如麻，如今担当赌局公证人，显然游刃有余。他抻出黄纸看了一眼，然后毫不犹豫地大声说，育梁学校门前已经张榜公布，今年会考状元出来啦！

四位超级赌徒屏住呼吸等待着。

宋司令大声说道，这位会考状元姓萧，他的名字叫萧——梓——久！

宋司令念出我祖父的名字，好像是在军事法庭宣读处决逃犯的名单。

身材高大的宋司令读罢这页黄纸，伸手将它押在茶几上，转动身躯询问魏查理，字典里这萧字几画儿呀？

魏查理手持粗大雪茄，思忖着说，萧字，应当十一画儿吧。

全场一派寂静。

宋司令环视着四位超级赌徒，笑眯眯问道，请问诸位有谁押中啦？

汉斯先生首先打开自己的镀金小盒子，满脸沮丧表情。我押的四画儿，我认为今年会考状元应当姓王。王，这在你们中国属于非常普遍的一个姓氏。

宋司令哈哈大笑说，可是，我们中国历朝历代的皇帝，没有一个姓王的。

呼近贤将大辫子朝脑后一甩，嘿嘿一笑说，中国南北朝的时候，齐朝和梁朝的皇帝全都姓萧，你们知道《昭明文选》吗？那本书就是萧太子编纂的。

温丽莎对呼近贤搬出这堆故纸毫无兴趣,站起身来说,宋齐梁陈有两朝皇帝姓萧。这萧姓并不偏僻,我想今天肯定有人押中了这个姓氏。

曹四公子说,很难。今天学校门前谁要是押中这个姓氏,我定要见识见识此人的。

英国律师汉斯看了看手表说,依照赌局规则,今天谁押的笔画距离十一画儿最接近,谁就小胜。好啦好啦,咱们结账吧。

曹四公子说,我押的是桂姓,十画儿。最为接近。

呼近贤问道,姓桂?海军总司令桂永清的桂?

曹四公子笑了笑说没错,就是桂永清的桂。

副官大步走进,躬身俯在宋司令耳前,低声报告着什么。

宋司令哈哈大笑,说地下赌局里有人押中今年会考状元的姓氏,不但押中姓氏,而且还押中了首画儿——横。

曹四公子抢先发问,这个人是谁呀?

温丽莎与呼近贤异口同声问道,这个人到底是谁!

汉斯操着生硬的中国话,这个人到底是干什么的?

宋司令笑了笑说,这个人也姓萧。

魏查理放下手里雪茄,表情惊异,这个人也姓萧?真是怪事儿。

曹四公子站起身来大声说,诸位请结账吧,我现在就去寻找那个姓萧的赌徒。这家伙一出道就是大赌徒,我估计他不出几年就会成为一代赌王的。

温丽莎与汉斯面面相觑。

六

萧梓久怀里揣着那张五百五十元的日本横滨正金银行支票,快步走在大街上。我祖父有生以来从未拥有如此数额的巨款,他心情激动，脑袋里空空荡荡。

萧梓久身后悄悄跟上两个鬼鬼祟祟的男人。这两个男人是地下赌局老板袁二金的杀手，他们今天的任务就是抢回萧梓久的银行支票。袁二金身为黑社会头目，只认钱不认人，他怎能容忍这样一个青年学生从他手里赢去五百五十元呢？他绝对不能容忍。我祖父的性命危在旦夕，但是他浑然不知。他手里的五百五十元银行支票相当于如今的数万元人民币。

两个杀手悄悄跟上来，距离萧梓久只有几步。一个杀手从腰间抽出匕首，另一杀手拿出的凶器是一根短棒。

手持匕首的杀手使劲咳了一声。萧梓久闻声站住，回头看着刀光闪闪的凶器。我祖父看到了匕首脸色变得惨白，下意识地摸了摸揣在怀里的银行支票。

手持短棒的杀手怀着急于求成的心理，一步蹿上前来。他要一棒击碎萧梓久的头颅。

萧梓久不知所措，呆呆注视着脸色狰狞的杀手。这时候，一辆黑色小轿车从身后驶来，停在萧梓久身旁的马路边。

魏曼蓝小姐摇下车窗玻璃笑吟吟说，我们的会考状元，我可以用车子送你一程吗？萧梓久注视着坐在高级轿车里的魏曼蓝，一时说不出话来。

两个杀手惊慌起来，快步朝前走去，然后拐进一条小巷里，没了踪影。

萧梓久终于说话了。他对魏曼蓝的邀请表示感谢，只是连连摆手。

魏曼蓝无奈地叹了一口气，命令司机开车。这辆黑色轿车疾驶而去。我祖父望着远去的黑色轿车，吓出一身冷汗。

高链琦远远站在一棵大树后面，观察着萧梓久的去向。

萧梓久双腿软弱无力，瘫坐在便道沿上，艰难地挨过这段心惊肉跳的时光。

天色渐渐黑了。杨白丁疯疯癫癫从大街上跑过，嘴里不停地念叨着：身家性命啊身家性命，我全都押在王、李、何、陈四个姓氏上了！真没想到会考状元姓萧，萧何月下追韩信的萧……

杨白丁的精神已经失常，他喃喃自语，从萧梓久面前跑了过去。

女佣阿践披头散发，哭泣着从后面追来，呼叫着自己的丈夫。我祖父坐在殖民时代大马路的便道沿上，亲眼看见了这个赌徒家庭的崩溃。

天黑得很彻底了。朱三韭沿着大街走来。他看到萧梓久坐在便道旁的路灯下，立即变得满脸喜色。身穿长衫的朱三韭请我祖父一起喝酒。我祖父将朱三韭视为援军，随即答应，起身就走。

朱三韭拍着萧梓久的肩膀说，你必须一五一十告诉我，你怎么会押中萧姓呢？南北朝的时候，齐朝和梁朝的皇帝，确实都姓萧。

萧梓久笑了笑说，我姓萧，我押的是自己的姓氏。

朱三韭终于明白了。噢，你敢保证今年会考自己的成绩名列第一。多年之后我祖父在《萧梓久自传》里说，其实这也是瞎猫碰上死耗子。

当夜，大难不死的萧梓久与萍水相逢的朱三韭开怀畅饮，这个喝惯了墨水的学生，居然喝得酩酊大醉。

第二天酒醒，萧梓久就变成另外一个人了。

这就是在殖民时代里，我祖父离奇曲折命运的开始。

七

第二天酒醒的时候，萧梓久躺在一个陌生的地方。这是天津贫民窟里一间简陋的平房。这间平房的主人是江湖艺人吉友三。

吉友三的女儿名叫吉灵芝。她跟随父亲在南市"三不管"打把式卖艺，打得一手好弹弓。

弹弓并不是一种兵器。它是江湖艺人卖艺的器具。吉灵芝手持弹弓射出的弹丸百发百中。

我祖父深夜醉倒街头，被吉友三救到家中。事情经过就是这样，跟通俗小说里描写的一模一样，陌生人就这样相识了。

萧梓久醒来，喝了吉灵芝为他煮的醒酒汤，头脑渐渐清醒起来。他喊了一声糟啦，爬起来就要走。

今天上午十点钟，育梁学校将举行颁奖大会，届时著名银行家魏查理先生将亲手为我佩戴会考状元的镀金奖章。

望着萧梓久不辞而别的背影，江湖艺人吉友三只得轻轻叹了口气。吉灵芝则不言不语，手里摆弄着那只卖艺的弹弓。

我祖父朝着育梁学校跑去。其实，我祖父是急急忙忙朝着他的镀金奖章跑去。

大街上。一个报童大声吆喝着。看报啦看报啦，会考状元萧梓久昨天银行门前险遭凶手杀害！一辆黑色轿车疾驶而来，解救了萧梓久性命啊！

萧梓久听着报童的吆喝，一头雾水。他掏钱买了一份报纸，横看竖看，还是看不明白。我昨天遇到杀手的事情怎么会登上今天的报纸呢？

我祖父当然不会知道这是高链琦暗暗做的手脚。他将这份发行量极大但消息往往极不可靠的报纸夹在腋下，继续朝着学校方向跑去。

育梁学校的大礼堂里已经爆满。贵宾席里，坐着本市著名银行家魏查理。萧梓久气喘吁吁找到自己的位置，慌里慌张坐在高链琦身旁。高链琦脸色铁青，冷漠地注视着萧梓久，并不言语。

萧梓久此时仍然没有意识到情况异常。他很傻。他身穿的长衫已经被汗水浸透，使人觉得他去了一趟南海龙宫。

顾培昌校长走上讲台，大声宣布开会。会场里蓦然安静下来，仿佛没有一个人。萧梓久内心一颤，远远注视着摆在讲台上的那枚金光闪闪的“状元奖章”。

萧梓久走神儿,听不见顾培昌校长讲话的声音。他的目光落在台上的贵宾席里,看到了光彩照人的魏曼蓝小姐。

魏曼蓝小姐的出现令萧梓久感到意外。

如果按照通常小说套路的发展,我祖父无疑与魏曼蓝一见钟情,这就是真正的"才子佳人"结构。然而,我祖父的命运并没有沿着这个轨迹发展。

顾培昌校长大声说,现在我们就请今年会考首名萧梓久同学上台领奖。

贵宾席里,魏曼蓝小姐朝着萧梓久投来火热的目光。萧梓久懵懵懂懂,竟然看到前清遗老呼近贤拖着一条大辫子,也坐在贵宾席里。

我祖父哪里知道,坐在贵宾席里的社会贤达们的真正心思并不是前来出席"会考状元"颁奖仪式,而是来见识见识他这个极具天赋的超级赌徒的真面目。

前后左右的同学们纷纷催促着懵懵懂懂的萧梓久:校长请你上台去领奖呢,校长请你上台去领奖呢。

萧梓久起身朝着台前走去。顾培昌校长朝着今年的会考状元发出会心的微笑。

萧梓久就这样走上讲台,从尊敬的银行家魏查理先生手里接过金光闪闪的"状元奖章"。会场里发出一阵欢呼声。萧梓久手捧奖章,连连冲着大家鞠躬致谢。

高链琦冲到台前,指着萧梓久大声喊叫:这枚奖章不能发给萧梓久,他是地下赌场的赌徒!他是地下赌场的赌徒!

顾培昌校长表情惊诧,一时不知如何是好。

高链琦气急败坏地喊着:萧梓久是个大赌徒,育梁学校不能把奖章颁发给他这样的坏学生!

萧梓久感到自己站在茫茫黑夜里,死一般静寂。

呼近贤坐在贵宾席里,不由得笑了。嘿嘿,后生可畏啊。超级赌徒呼近贤认为,赌徒萧梓久比会考状元萧梓久看着更有意思。

顾培昌校长手里捧着会考状元的金质奖章，大声宣布休会。萧梓久呆呆站在台上，注视着那枚渐渐远去的金质奖章。

八

《天天新闻》报道了有关萧梓久的消息，称他为“新生代赌徒”。此时，失去金质奖章的萧梓久，已经被逐出育梁学校学生宿舍，栖身一家鸡毛小店“平安客栈”后院的一间小屋里。

街上传来报童的叫卖声，大意是说“会考状元失去金质奖章，原来是个大赌棍”。萧梓久躺在小客栈的床上，混混沌沌仿佛一只失去知觉的动物。

他心里思念着那枚会考状元的金质奖章。高链琦为什么要在关键时刻置我于死地呢？我明明是被人流裹挟着进了地下室而买了赌票并且意外获胜，高链琦跟我无冤无仇，他为什么说我是大赌棍呢？

高链琦一定是羡慕那枚会考状元的金质奖章，因而加害于我的。会考状元的金质奖章是高链琦朝思暮想的。倘若他得不到它，也不允许别人得到它。这就是高链琦的逻辑。

有人笃笃笃叩门。萧梓久应了一声。房门开了，客栈掌柜小心翼翼走了进来，说真是有眼不识金镶玉，原来你是接连两轮获胜的赌场天才啊。

萧梓久不明所以，从床上爬起身来注视着客栈掌柜。

客栈掌柜告诉他，刚才有人送来请柬已经设立赌局，请萧梓久先生接受挑战。

萧梓久感到莫名其妙。我为什么要接受他们的挑战呢？

客栈掌柜拿出一张《天天新闻》报说，你已然是全市闻名的大赌徒。呼近贤派人送来请柬就是为了跟你决战一场。你知道呼近贤吧？他脑后拖着效忠前清的大辫子，他在天津卫是大名鼎鼎的人物。

客栈掌柜说着，将呼近贤的请柬递上前来。萧梓久伸手接过请柬，看也不看连连摇头，表示不接受这种挑战。

我祖父此时已被舆论认定是天津卫“新生代”赌徒的杰出代表。一个人的身份一旦为社会所认定，那是难以改变的。我祖父正是这样的例证。

呼近贤请你聚赌，这可是身价啊。你千万不要敬酒不吃吃罚酒。客栈掌柜说罢，转身走向房门。

萧梓久坐在床前，看着呼近贤的请柬。

我祖父无声地笑了。我怎么一夜之间成名啦？命运真是令人不知所措。堂堂年度会考状元倏地变成著名赌徒，人的身份转变只是眨眼之间。

客栈掌柜走出房门之前，扭身回头朝着萧梓久说，你要是不接受呼近贤的邀请，他会派人追杀你的。

我祖父听罢，面不更色。他自幼在寺院里长大，对于生死的看法毕竟不同凡人。我祖父并非故作镇定。

萧梓久就这样躺在小客栈的房间里不吃不喝，耐心等待着刺客的到来。只有在这种时候，他才明白自己其实是很看重那枚金质奖章的。那毕竟说明他是今年的会考状元。高链琦的现场举报，使得那枚金质奖章永远离他而去了。

黄昏时分，有人叩门。萧梓久终于体验到视死如归的感觉，躺在床上不动弹，只是懒懒地说了声请进，然后就想象着刺客的模样。

刺客一定是个彪形大汉，手里拿着一支短枪或者一把尖刀。

既然没有得到会考状元的金质奖章，既然已经沦为著名赌徒，那死就死吧。死，就是前往西方极乐世界，那里并不是个坏地方。

房门开了，一个挎着篮子的姑娘大步走进来。萧梓久从床上爬起来，注视着突然而至的江湖艺人吉灵芝。

吉灵芝眨着一双大眼睛说，我爹让我给你送饭来啦。说着从篮子里端出一盘包子，放在床前的小桌上，转身走了。

晚饭，我祖父吃的猪肉馅包子，感觉味道很好，这是真正的天津风味。我祖父吃得很饱,尽管他不知道吉灵芝前来送饭究竟意味着什么。

萧梓久睡了。他睡得很香甜,还做了一个美滋滋的梦。他梦见自己站在领奖台上，从校长顾培昌手里接过代表着美好人生的金质奖章。

他在梦境里流连忘返,迟迟不愿醒来。但是他必须醒来。两个身穿黑衣的汉子站在他的床前，将这位金质奖章获得者从美梦里拉了回来。

我祖父睁开眼睛,注视着站在面前的两个黑衣男子。看来杀手终于来了。

其中一个黑衣男子指着他的鼻子说:萧梓久,走吧!

我祖父从床上起身，极其镇定地穿好衣裳然后指着另一个黑衣男子的鼻子说,你们,前面带路。

萧梓久就这样,视死如归地走出小客栈。平安客栈门口已经聚了很多看热闹的人们。萧梓久并没有看到熟悉的面孔。

人们一致认为他是身怀绝技的超级赌徒。

九

地下赌场的袁二金派人跟踪萧梓久,街头刺杀未遂。这件事情很快被曹四公子知道了。曹四公子只是一个公子,但在天津势力极大。他随即召见袁二金。袁二金诚惶诚恐,站在曹四公子面前接受训话。

曹四公子抬手给了袁二金两记耳光。袁二金被打蒙了,捂着脸颊不敢言语。

曹四公子嘿嘿笑着说,有的人可以杀,有的人必须让他活着。萧梓久这样的天才赌徒,天津卫几百年未必出现一个,你居然胆敢派人杀他！你要是杀了他,今后我们跟谁去豪赌呢?

袁二金明白了。萧梓久这种人物奇货可居。他离开曹公馆立即派出这两名身穿黑衣的得力干将,将萧梓久从小客栈里请出,住进天津市著名的交通饭店，二十四小时有人门外守护。

我祖父弄不明白这到底是怎么回事儿，他住在交通饭店的高级房间里，仍然思念着那枚金光闪闪的金质奖章。

午餐，一位白衣侍者送来一份西餐。萧梓久看着沙律、牛排和面包圈，首先喝了一口啤酒。

味道不错。没有金质奖章的生活似乎也还美好。这种前景不明的软禁生活，增加了萧梓久的人生阅历。

当天晚上，萧梓久房间里的电话响了。在此之前他还没有使用过房间的电话。他拿起听筒很不习惯地喂了一声。话筒里传出一个女子的声音，清脆悦耳显得十分年轻。萧梓久不知对方是谁，一时不知如何应答。

萧先生，我对你很感兴趣，对你从会考状元变成著名赌徒的经历更感兴趣。电话里的女子显得很有教养，说罢却挂断了电话。

萧梓久思索着，心里似乎有了线索。他认为打来电话的女子应当是魏曼蓝小姐。既然如此大家闺秀都知道他房间电话号码，似乎可以说明自己目前的处境并非十分险恶。

那就洗洗睡吧。

第二天起床，白衣男侍送来早餐。牛奶、面包还有一小块黄油，总之与牛有关。萧梓久吃罢早餐，感到自己渐渐适应了这种被人饲养的生活。这时候房门被打开了。

这是殖民时代的一个清晨，四个男人大步走进房间，西服革履的装束。他们的目光直视萧梓久，仿佛是在参观动物园里的珍稀动物。萧梓久并不慌张。自从得知自己成为本市著名赌徒，他反而不慌张了，而是张口大声发问。

放肆，谁让你们不经允许就闯进房间的？

为首的男子扯了扯领带。萧梓久从这个动作看出此人只是仆人而已。西服革履的男子笑着，说只是奉命行事请萧梓久跟他们走一趟。

萧梓久正色问道，你们究竟奉了谁的命令？

曹家公馆。为首的男子说出此行的去处。曹家公馆坐落在英租界巴克斯道上。它的主人正是因贿选北洋大总统而闻名近代中国的天津人曹锟。

我祖父不言不语，脱掉学生装束，换上长衫皮鞋，跟随着这四个西服革履的男子，乘车离开地处繁华的交通饭店。此时他当然不会知道，今天他充当的只是一场超级赌局的一件活道具而已。

天津英租界的这个上午，一群人聚集在曹家公馆大门前，一个个满脸兴奋的表情，看样子都是闻讯而来的本埠记者。

萧梓久坐在汽车里心里琢磨着。不知什么事情会招来记者云集。萧梓久在曹家公馆大门前下车。记者们举起手里的照相机，不停地朝着新生代赌徒萧梓久拍照。

一位记者发问，请问萧梓久先生今天将如何表现。萧梓久哪里知道自己今天充当什么角色。于是他答非所问，说今天我的胃口很好，早餐吃得很饱。

记者们哄的一声全都笑了。

我祖父正是踏着这种莫名其妙的笑声走进曹家公馆的。这时候我祖父的身价，用后来股市术语来说就是再创“新高”。

这座曹家公馆里，门径很多，错综复杂，仿佛一个人的性格。曹家公馆的小花园坐落在后院。萧梓久沿着长廊朝前走去。前面是一扇月亮门。他朝着月亮门走去，四周静寂无声。蓦然觉得四周的空气变得稠稠的，他行走之中感到几分阻力。他停住脚步，回头看了看跟在身后的四个保镖——他们似乎并未感到情况异常。这令萧梓久感到惊讶。他认为自己对环境的格外敏感，一定是与早年的寺院生活有关。

因为，寺院是素净的，寺院与混浊的尘世完全不同。

我祖父的感觉极其准确，因为一场举世罕见的赌局已经在小花园里摆开了战场。空气渐渐变得黏稠，与这场赌局的巨额码筹有着直接关系。

曹家公馆小花园里的情景是这样的：

一张红木桌子摆在凉亭下，条案上摆着两只青花瓷盘，它显然出自元代。一只青花瓷盘里写着一个“左”字，另一只瓷盘里写着一个“右”字。

曹四公子站在红木桌子前，将自己的印章投入写着“左”字的青花瓷盘，然后将一只通红的苹果也放在青花瓷盘里。

这是一只令人窒息的苹果。现场一派静寂。

前来观看这场赌局的，居然不下四五十人。他们屏住呼吸，一起将目光投向另一位大赌家——前清保皇党呼近贤。

呼近贤起身，不慌不忙走到红木桌前，随手将自己的印章咣的一声投向写着“右”字的青花瓷盘里。然后，他也将一只通红的苹果放入这只青花瓷盘里。

这又是一只令人窒息的苹果。

人们随即发出极其低微的惊叹，惊叹今日双方投入巨大的赌资。这座城市里的超级赌徒都知道这个规矩，一旦将自己的印章投入并且配以一只苹果，就意味着押注了自己全部家产。这无疑是一场空前绝后的豪赌。

魏查理先生显然是这场赌局的看客。他小声告诉坐在身旁的女儿魏曼蓝，今天赌局的获胜者只有一人，要么姓曹，要么姓呼。

如何分出胜负呢？魏曼蓝低声问父亲。

一会儿萧梓久跨过月亮门，这就要看他迈出的是左脚还是右脚，迈出左脚赌局胜者是曹四公子，反之赢家就是呼近贤了。

魏曼蓝听罢表情紧张起来，伸出目光盯着月亮门的方向。

这场赌局的总监是英国人汉斯，他朝着月亮门方向招了招手，操着生硬的汉语大声说，有请萧梓久先生到场！

人们齐唰唰将目光投向月亮门，睁大眼睛注视萧梓久——这个活道具究竟如何走进月亮门的。

一位手捧照相机的记者，稳稳地将镜头对准曹家公馆月亮门的门槛。

多年之后，我祖父在他的《萧梓久自传》里写道："曹家公馆的那扇月亮门，看上去十分考究，就像我们在王府大宅里看到的那样。然而不知为什么我当时对曹家公馆的那扇月亮门产生了几分恐惧心理。

魏曼蓝的目光紧紧盯着月亮门的门槛。萧梓久啊萧梓久，你究竟是先迈进左脚呢还是先迈进右脚呢？

不知为什么，就在萧梓久跨进月亮门的一瞬间，他猛然产生了跳跃心理。正是在这种心理需求驱使下，他竟然双脚并拢跳过月亮门门槛，双脚同时落地。他的双脚同时落地，立即引起一阵惊呼。

萧梓久被人们的惊呼声吓住了。他不知道自己彻底改变了曹家公馆这场超级豪赌的结局。

这件活道具双脚同时落地。于是造就了一场没有输赢的赌局，这在上流社会赌场里意味着两个字：晦气。一个超级赌徒如果遇到如此毫无缘由而不分胜负的赌局，除了沮丧还会认为这是不祥之兆。

萧梓久站在月亮门里，望着坐在红木桌前的两位超级赌徒。当他得知自己充当了这场赌局的活道具时，只得无可奈何地说，你俩谁也没有获胜啊？曹四公子满脸怒气，注视着身材瘦高的萧梓久。你怎么知道我们在赌你的两只脚？

萧梓久如实回答，我也不知道自己为什么双脚并拢跳进月亮门的。这可能是天意吧。

呼老先生则是另外一种表情。他站起身来缓缓朝着萧梓久走来，目光显出几分痴迷。

你让我们的这场豪华赌局付诸东流了。我活了六十六年头一遭遇到这种不明不白的赌局。我看你是个很有来历的人物啊。

萧梓久不卑不亢，一派大智若愚的样子。

曹四公子指着萧梓久说，你不是新生代赌王吗？我本想让你充当这场赌局的活道具，没想到被你冲了我们的赌局。

说着，曹四公子命令手下的几个听差，你们赶紧把这个妨人精给我请出去。

魏曼蓝眨着十分好奇的目光注视着萧梓久，扑哧一声笑了。她觉得萧梓久确实是个不同凡响的人。

我祖父离开曹家公馆，得知交通饭店是回不去了。他只得重返鸡毛小店平安客栈。这时候他意识到自己的价值——已然是社会公认的新生代赌徒了。

萧梓久仍然念念不忘那枚金质奖章。人，就是这样的，举凡得而复失的东西，总是引人思念。因为那枚金质奖章毕竟代表着他获得的荣誉。

萧梓久留恋过去的生活，然而正是在这种阴差阳错的日子里，他失去了正常生活的权利。他被社会舆论塑造成为名声显赫的赌徒。尽管魏曼蓝小姐对他依然怀有浓重的好奇心理，然而此萧梓久不是彼萧梓久了。

是的，事情起了变化。

十

曹家公馆事件之后，曹四公子倒没遇到倒霉事情，呼老先生却病倒了。这个脑后拖着前清大辫子的超级赌徒，笃信算命先生。他在服了三十六服汤药之后，将全市闻名的“赛神仙”请到舍下为他占卜。

呼近贤咳嗽得厉害，却不停地吸着水烟袋。赛神仙坐在病榻前，注视着昏昏然的呼老先生。

您今年六十六岁吧？赛神仙问罢，脸上布满凝重表情。

年逢六十六，不死也要掉块肉。这是天津卫市井俚语，意思是说六十六岁是人生途中的坎坷年份，不可等闲视之。

呼近贤老先生从赛神仙的脸上看出不祥之兆，心情紧张起来。

赛神仙瞥见摆在桌上的银行支票，特意叮嘱呼近贤老先生，您在六十六岁生日的前一天，必须摆设一个大赌局。这个赌局选择的赌博对手,必须是小您四十八岁的相同生肖的青年男子。只要这场赌局获胜,您老人家就可以直抵八十四岁高寿,朝着九十八岁迈进。

呼近贤听罢大喜。六十六减去四十八,十八岁。他立即着手寻找生肖属牛的十八岁青年男子,然后与其设赌并且获胜,六十六岁的这道关坎就闯过去了。

六十六岁生日渐渐临近,大管家还是没找到这个人。呼老先生天天发火,好像死期将近了。

我祖父当年即十八岁,生肖属牛。当时他住在平安客栈,一日三餐啃窝头。一天有位身份不明的长者住进平安客栈。此公满头银发散乱地披在肩头,瘦骨嶙峋,很像一块采自深山的石头。我祖父不知道此人正是行走江湖的“铁爪功”高手“筷子李”。“筷子李”训练弟子的方法很简单,就是两根筷子而已。

萧梓久为了打发时光,跟随同屋而居的江湖高手“筷子李”学习“铁爪功”。他天生手掌厚实,显出几分天赋。这天上午,萧梓久手持一双筷子正在苦练基本功,有人登门来送请柬。

萧梓久看了看请柬内容,哭笑不得。他本来对赌博一窍不通,不明不白就落了个新生代赌王的虚名。此番曹四公子派人送来请柬,就是请萧梓久赴维多利亚大酒店,以赌会友。曹四公子颇为大度,表示“赌无定法,赌具悉听尊便”云云。

萧梓久本来就不是什么身怀绝技的赌徒,只得请曹府当差给曹四公子捎话,表明婉拒之意。这个曹府当差冷笑着说,萧梓久先生你不要昏了头脑,我家曹四公子的请柬也是你能拒绝的吗?

萧梓久苦笑着说,我连扑克牌都不会打,曹四公子要我去赌什么?

曹府的当差去了。“筷子李”注视着萧梓久不无羡慕地说,曹四公子派人请你,看来你真是个大人物啊!

萧梓久清瘦的脸上挂着几分苦笑,说这是天大的误会,我哪里是什么大人物,一个落魄学生而已。

“筷子李”宽厚地说,那你就学会一技之长,就学“铁爪功”。

萧梓久觉得此话有理,可又觉得此艺绝非一日之功,心情仍然不得好转。

我祖父处于人生的两难境地。他已经不是什么念书的学生了,社会舆论一致认为他是超级赌徒。于是他不是学生也不是赌徒,身份彻底失落了。

当天下午,一个女人来访。她是育梁学校的女佣阿践。她满脸愁苦表情,来意却十分明显,请萧梓久将赌博绝技传授给她丈夫杨白丁,挽救那个精神崩溃的男人。

萧梓久啼笑皆非,一时不知如何回答。

我祖父反复表示,他只是个走出校门的普通学生,没有什么赌博绝技传授给杨白丁,千万不要将他这尊泥胎当成真佛。

突然间,阿践的歇斯底里症发作,一屁股坐在地上大声号叫,面孔抽搐不已。

“铁爪功”高手“筷子李”目瞪口呆也没了主意。

两个身穿黑色制服的警察大摇大摆走了进来。高个子警察横眉立目,指着萧梓久大声问,你叫萧梓久你属牛你今年十八周岁吧?

萧梓久点了点头,说是啊。

高个子警察说,好吧,那你就跟我们走一趟吧。

萧梓久挣扎着,坚决拒绝接受警察局的邀请。矮个子警察笑了,告诉萧梓久是呼近贤老先生请他茶叙。

呼近贤?萧梓久说曹四公子请柬他不接受,呼老先生的邀请也要婉言谢绝的。两位黑衣警察二话不说,押着萧梓久走出平安客栈。

当天晚上,萧梓久被关进警察局小黑屋里。小黑屋名副其实,黑得伸手不见五根指头。萧梓久站在屋里大声喊叫。我到底犯了什么罪?你们为什么要把我关押在这里!

门外,一个看守的声音传进小黑屋里。你别喊啦,谁让你赌场获胜成了名人呢?你押赌如神,连胜两轮,如今成了天津卫的无价之宝了。

萧梓久无话可说。是啊，我在地下赌场押赌，没承想一下就成功了。真不知道这是老天救我还是老天害我。我押了自己姓氏又偏偏是会考第一名。这叫是福不是祸，是祸躲不过。

我祖父这夜并未合眼，他还在想着那枚金质奖章——这已经成了他心中的情结。不知为什么，他甚至认为自己今生今世最大的渴求就是获得那枚金光闪闪的会考状元奖章。

第二天一大早，小黑屋的门突然打开，两个黑衣警察走进来。萧梓久觉得他们身上的黑色制服比黑夜更黑。

萧梓久被带到警察局长办公室。他迎面看到呼近贤像一只老马猴坐在沙发里。警察局长则站在这只老马猴面前，表情透着几分恭敬。萧梓久明白了，这呼近贤老先生在天津卫势力很大，尽管他老人家的真正身份是个超级赌徒。

呼近贤指着萧梓久说，明天是我的生日，今天你要跟我玩一场。

萧梓久摇头反对说，明天是您的生日那是您的事情，我为什么今天要跟您玩一场呢？我不玩，我也不会玩。

呼近贤哈哈大笑说，我今年六十六岁，你是我大半辈子见过的最为聪慧的赌徒。你在地下赌场押赌，居然两押两中，这是天外高人啊。今天无论如何你也要跟我玩儿一场。

萧梓久表示不接受呼近贤老先生的邀请。警察局长啪地一拍桌子，扯着嗓子喊叫说，今天你愿意也得赌不愿意也得赌。你要是死心塌地不赌，我就让你在警察局小黑屋里住一辈子。

萧梓久看着警察局长，然后转脸注视着呼近贤。您老人家要我跟您赌什么呢？

呼近贤哈哈大笑说，年轻人就是明白事理。既然你答应了，那么赌什么不赌什么，今天就由你决定啦。

萧梓久知道自己不能去住那间小黑屋子。恭敬不如从命。既然呼近贤执意玩儿一场，那只得陪老人家玩儿了，反正人生如赌呗。

呼近贤与萧梓久将要大赌一场的消息不胫而走，随即传遍天津卫大街小巷。

十一

年轻的萧梓久坐在人力车上，沿途观赏着街景。呼近贤命令手下，萧梓久愿意去哪里就去哪里，只要不让他跑掉就是了。

呼老先生提出豪赌的要求，那么究竟以什么为赌题呢？萧梓久坐在车上四处寻找着赌题。

他当然希望自己能够打败呼近贤这个老赌棍，尽管这是个极大的难题。他知道自己并非赌徒，更知道自己那次在地下赌场的押赌获胜，纯粹出自鬼使神差般的意外。如果必须寻找他获胜的原因只能归为天意。就连袁二金也认为萧梓久的成功是玉皇大帝开眼。

我祖父坐在人力车上围绕天津城东游西逛。袁二金率领一批打手走上街头。萧梓久与呼近贤即将开赌的消息，天津赌界无人不知。袁二金决定借此机会报复这个新生代赌王，以解心头之恨。

这时候萧梓久乘坐的人力车，沿着南门外大街朝着南门脸儿的方向驶去。

天津城厢的南马路上，坐北朝南有一家点心铺，店名“八月香”，为什么起这么个店名呢？因为年届五旬的女主人名叫田桂花，店名取“八月桂花遍地开”之意。田桂花当年曾经在萧梓久居住的寺院附近开设小饭铺，他称田桂花为“桂花姑姑”。桂花姑姑已然多年没有见到萧梓久了。

就这样，我祖父乘坐的人力车驶到南门脸儿然后右拐朝东跑去，他的命运即将发生巨变。

袁二金率领一群打手出现在南马路上，一声喊喝拦住萧梓久乘坐的人力车。

萧梓久望着满脸杀气的袁二金，心里想正是这个赌场无赖将我塑造成今天这个样子的。

冤家路窄。袁二金走到人力车前,嘿嘿冷笑着。

萧梓久,你快给我滚下来吧。你以为从我手里赢走五百五十块大洋就这样算了吗？今天我要让你明白明白。

停在南马路上的人力车堵塞了交通。萧梓久只得抬腿走下人力车,怯生生面对袁二金的挑战。

那五百五十块大洋是我押赌赢的,这钱我赢得名正言顺。你要想追讨只能想办法从我手里赢回去。

袁二金笑了笑说,小子！上次让你撞上了大运,若是再赌你可就死到临头了。

两个打手听了袁二金的话,大步走上前来,使劲揪住萧梓久的胳膊。

这时候一辆豪华黑色小汽车疾驶而来,嘎的一声停在人力车前。袁二金看到这辆小汽车脸上立即露出惊恐的神色。

天津名士呼近贤推门走出黑色小汽车。一鸟入林,百鸟哑音。这位脑后拖着大辫子的前清遗老从天而降,现场变得寂静无声。

袁二金主动走上前去,十分谦卑地躬身叫了一声呼老先生,呼近贤虽然势力很大但不改名士风度。他指了指萧梓久,然后转脸质问袁二金为何拦路欺负人。

袁二金连连摆手表示不敢搅场。我若能够看到您老人家与赌坛新秀萧梓久的这场豪赌,那真是三生有幸洪福齐天。

呼近贤受到如此恭维,心里很是受用,嘿嘿笑着问萧梓久是否找到今天的赌题。

萧梓久不卑不亢地说,天下万物皆具赌性,天下万物皆为赌题。只是我们有眼无珠罢了。

好!说得好!呼近贤颇为赞赏地跷起大拇指,你果然不同凡响,说话很有哲理。

气喘吁吁赶到现场的《半夜报》记者听到萧梓久如此深刻的言

论，不由得大惊失色，强烈要求现场独家采访这位新星式人物。

呼近贤手下的几个保镖伸手拦住《半夜报》记者。呼近贤说，我好不容易把萧梓久这个宝贝弄到手，你们谁也不要破坏今天这场豪赌。

《半夜报》记者大声发问，你们到底要赌什么呢？你们到底要赌什么呢？

这时候，不远处的“八月香”点心铺飘然送来一股香气。

嗅到这股香气，萧梓久立即感觉饿了。

十二

八月香点心铺门前摆着一只铁皮大火炉，大火炉上坐着一口大铁锅。大铁锅里的油越烧越热，冒出淡淡的青烟。一个伙计端来一簸箕汤圆，准备制成油炸元宵。一个男孩子手里端着一只瓷花大碗站在油锅前面，咽下口水等待着油炸元宵出锅。

黑色小汽车停在“八月香”门前。呼近贤坐在车里望着那口冒着淡淡青烟的大铁锅。

一群记者气喘吁吁赶来，不远不近围拢在这口大铁锅四周。男孩子手里举着大碗扭脸看见来了这么多人，哇地吓哭了。

呼近贤撩起长袍下车走到大铁锅近前，命令手下领走小男孩儿。他脸上堆满核桃皮般的笑纹说，好啊，我今天就拿这锅油炸元宵开赌啦。

小报记者们听罢，面面相觑。

呼近贤转脸打量着萧梓久说，你看这油炸元宵的大铁锅，今天咱俩可以大赌一场吧。

萧梓久走到冒着青烟的油锅前面，苦笑了。他告诉呼近贤，这宗吃食在南方叫汤圆在北方叫元宵。那年八国联军打进中国，洋鬼子们在北京城里见到这种天衣无缝的中国甜食，一时弄不明白它的馅儿是怎么进去的。

后来洋鬼子们才知道这馅儿是滚进去的！呼近贤哈哈大笑，招呼手下搬来桌椅，摆开了露天赌场。

萧梓久注视着呼近贤，一时不知道他葫芦里装的什么药。

一辆辆小汽车相继驶来。魏查理、曹四公子、温丽莎以及汉斯先生，先后出现在八月香点心铺门前，好像闻见肉味儿的野狗。这时候萧梓久意识到，决定自己命运的时刻到了。

一张大桌子摆在大街旁边。呼近贤坐在主位上，前来观战的贵宾们坐在两侧，等待着这场新颖而别致的赌局的开始。

萧梓久坐在一把椅子上，看着突然而至的社会贤达们，表情显出几分迟钝。

几个身穿黑色制服的警察断绝了交通。很快围观者众，远远望着那口冒着青烟的大油锅。

今天这是要跳油锅啊？人们小声议论着。天津卫素有两拨混混儿争夺地盘跳油锅的传统。民国初年有混星子康小八，后来有了袁文会和刘广海。

我祖父在人群里看到那位淑女的身影，她就是著名银行家魏查理的女儿魏曼蓝小姐。

一位西服革履的中年男子走进场子，冲着四周拱手行礼，表示出职业性的礼貌。这是今天赌局的监场到了。这位身材瘦高的监场走到萧梓久面前，伸手指着油锅介绍着今天赌局的规则。

今天的博弈很简单嘛，当场押赌一决胜负，那么究竟押什么赌呢？就押油炸元宵到底是什么馅儿。

前来观战的贵宾们发出一阵哄笑。这位赌局监场正色道，大家都知道除去火眼金睛的孙猴子，天下没人能够隔瓜看瓤。今天，呼近贤老先生跟萧梓久后生玩儿的就是这个新鲜把戏，这叫隔着皮儿赌馅儿！

曹四公子起身大声说，隔着皮儿赌馅儿？好啊！我们专程赶来就是要大开眼界，请二位高手开局吧。

身材瘦高的监场邀请曹四公子现场充当公证人。曹四公子爽快地答应了。

这时候,萧梓久闭目养神。那样子好像睡着了。监场走到他的面前小声问道,萧梓久先生你要是赢了,呼近贤老先生输一万银圆,你要是输了呢?

萧梓久并不睁眼缓声回答说,我家无片瓦身无分文,今天若是输了只能押上这条性命啦。

你小子不是赢了五百五十元嘛,那笔钱呢?不知是谁高声喊道。

我把那笔钱捐给南大道的养病所了,那里有十几个肺痨病人。萧梓久不慌不忙说出款项的去处。

魏曼蓝小姐远远注视着我当年的祖父。她的目光里充满了异样的感觉。

二十世纪发生在天津的这场令人瞩目的怪异赌局,就这样怪异地开始了。

田桂花走出八月香点心铺,不声不响注视着这个场面。她想起当年萧梓久在寺院里背诵《心经》时的样子:色即是空,空即是色……

十三

身材瘦高的监场拿来两份赌约,请参赌双方当场签名画押。前清遗老呼近贤用毛笔签字画押,萧梓久用的是自来水笔。没人知道这支自来水笔的来历。

八月香点心铺的伙计端着盛满元宵的簸箕,接受身材瘦高的监场的询问。你们这里的元宵总共多少种馅儿?

端着簸箕的伙计憨厚地笑了,说什锦元宵总共有十二种馅儿。

你这只簸箕里的元宵是什么馅儿的?

十二种馅儿的什锦元宵,这簸箕里什么馅儿的元宵都有,枣泥馅儿的,豆沙馅儿的,红果馅儿的,橘味的,菠萝味的,白糖桂花的,蜂蜜桃仁的……

现场鸦雀无声，一问一答，人们听得清清楚楚。

呼近贤起身离开椅子叫了一声好，说既然如此那就放进油锅里炸吧。

得令！开炸，今儿的赌局开场啦。身材瘦高的监场大声宣布。

这时候，我的祖父站起身来，朝着呼近贤缓缓走去。他的目光直视这位脑后拖着大辫子的前清遗老，表情显出几分从容。呼近贤望着走上前来的年轻对手，有些不知所措。

萧梓久从从容容地说，这场赌局我要是赢了，我不要您的一万银圆赌金。

呼近贤感到意外，干巴巴笑了。我押的一万银圆赌金你不要，那你到底想要什么？

萧梓久说，我要是赢了就要回那枚今年会考状元的金质奖章。因为那枚金质奖章本来就是属于我的。

人群里，魏曼蓝小姐目光充满深情，她似乎在为这位年轻人的沦落感到几分惋惜。

呼近贤不解地说，那枚金质奖章其实是镀金的根本不值几个钱。我那一万块大洋能抵上几百枚镀金奖章呢。

萧梓久固执地表示，一万银圆在他眼里没有什么价值，他就是要赢回那枚会考状元金质奖章，今生死而无憾。

现场围观的人们再度发出阵阵哄笑。你押的是自己的性命，你死了那枚金质奖章又有什么用处呢。

萧梓久固执地坚持获胜讨回金质奖章的要求。呼近贤无奈只得同意了。

该办的事情都办了。剩下的事情就是下油锅了，当然下油锅的是元宵而不是人。

伙计端起簸箕站在油锅前。为了避嫌谁也不得手触赌物。就这样，一只只白色元宵滚入油锅里，顿时发出一阵烹炸的声响。手里端着大碗的男孩儿仍然挤在人群里等待美好甜食的出锅。

赌博的空气，极其霸道地充满了现场，被围观者纷纷吸入肺里，开始躁动着人们的心灵。

一张桌子摆在大街中央，呼近贤与萧梓久相对而坐，目光对视着。呼近贤十分大度地笑了笑，说萧梓久你虽然押上了自己的性命，即使你输了我也不会让你去死的，我收你为家奴就是了。

萧梓久坚定不移地说，我就是要赢回那枚原本属于我的金质奖章。

人群里挤进来高链琦，此人的目光里充满仇视。多年之后我祖父回首往事，居然对高链琦表示宽谅。我祖父认为当强烈的嫉妒心理主宰一个人心灵时，魔鬼必然加害于人。我们痛恨的应当是灵魂的魔鬼而不是肉体的高链琦。

三十几只白色元宵在油锅里滚动着，表现出物质的痛苦。那伙计手持长长的铁筷，不停地翻炸着锅里的元宵。元宵似乎被赌博的气氛熏制出焦黄的颜色。伙计抄起一只铁质漏勺伸进油锅，一勺勺将炸熟的元宵捞出，然后盛在一只很大的瓷盘里。

身材瘦高的监场端起盛满元宵的瓷盘，轻轻摆在八仙桌上。呼近贤与萧梓久隔桌对视，双方均不言语。身材瘦高的监场将一只白色小瓷碟摆在桌上，抄起一双银筷子从大盘子里随意夹出一只炸成焦黄色的元宵，放在这只白色小瓷碟里。

今天是流水赌。二位请押吧，这只元宵是什么馅儿的？

萧梓久打量着身材瘦高动作熟练的监场，看到赌局器具如此齐备，似乎早有准备。这样想着，他扭脸看了看站在八月香点心铺门前的田桂花姑姑。是啊，姑姑是个居士，常年食素。我的这支自来水笔就是当年告别寺院时姑姑送给我的礼物。

身材瘦高的监场见萧梓久走了神，就重复一遍说，今天是流水赌。请二位押注吧，这只元宵是什么馅儿的？

呼近贤闭目养神，突然睁开眼睛说，我押这只元宵是白糖芝麻馅儿的。

这位前清遗老出手如此迅捷。现场静得没有一丝声响。

身材瘦高的监场转向萧梓久说，你押什么馅儿呢？

萧梓久表情茫然，他抬头朝着远处围观的人群看了看，然后他扭脸看了看“八月香”的招牌。

这时候“八月香”的店主朝前走了一步，不言不语望着坐在赌桌前面的萧梓久。

多年未见田桂花，萧梓久发觉姑姑老了。她的目光里充满悲悯。色即是空，空即是色。

身材瘦高的监场催促着萧梓久。这是流水赌局，你到底押什么馅儿呢？

萧梓久注视着桂花姑姑，抬头望着身材瘦高的监场说，我押这只元宵是白糖桂花馅儿的。

曹四公子急不可耐走上前来，大声说，验——！

身材瘦高的监场举起白色小瓷碟，做出祭天姿态大声说，神目如电！有真无假。说罢将白色小瓷碟重新摆在八仙桌上，抄起小刀将这只油炸元宵切开，登时变了脸色。

身材瘦高的监场声音颤抖说，这、这只元宵是白糖桂花馅儿的！

嗡——！四周人群发出一阵惊叹声。曹四公子伸长脖子盯着白色小瓷碟，连连摇头啧嘴。真他妈的神了，你小子火眼金睛啊！

呼近贤闭目养神，人们等待着前清遗老发难。萧梓久神色茫然，似乎没有想到赌局出现如此结果。

呼近贤终于睁开眼睛，重重叹了一口气。我认赌服输，付给你一万元银票。

身材瘦高的监场大声宣布，上账，萧梓久先生首局获胜！今天是流水赌局……

萧梓久盯着呼近贤说，我说过我赢了也不要您的一万元银票，我要那枚全市会考的金质奖章……

呼近贤颇具名士风度，颇为散淡地摇摇头说，你说的那枚金质奖章不归我管，我只管付你一万块钱，现在接着跟你赌……

我读到的《萧梓久回忆录》真实地记载了当时的情景，流水赌局进入第二轮，呼近贤仍然率先押赌，他押出"红果馅儿"。我年轻的祖父心里念叨着桂花姑姑保佑，第二轮仍然押"白糖桂花馅儿"。他又再度获胜。

第三只炸得焦黄的元宵摆在白色小瓷碟里，呼近贤脸上倏地掠过一丝冷笑，他似乎顿悟了，两眼放光。

呼近贤起身围绕八仙桌子转了一圈，然后弯腰注视着萧梓久。

萧梓久闭目养神。

呼近贤突然大声说，萧梓久啊萧梓久，你蒙骗我一次又蒙骗我第二次，这第三次你蒙骗不了我啦！

萧梓久瞪大眼睛注视呼近贤说，这个赌局是您事先安排的吧？天津卫从来没有大热天儿卖元宵的！真难为您想出这么个赌题。

呼近贤变了脸色。萧梓久继续说，您事先安排了赌局，怎么还要反诬我蒙骗您呢？

说着，萧梓久起身朝着站在八月香点心铺门前的女店主说，苍天在上，请您说句公道话吧。

田桂花不慌不忙说，昨天有人登门订货，非要我今天卖油炸元宵不可……

呼近贤名士风度并不赖账说，这油炸元宵的赌局是我安排的，可是这元宵馅儿我没作假啊！

田桂花点了点头说，这元宵是什么馅儿，呼老先生并不知情。

哈哈！呼近贤脸色悦然道，既然如此，我全然明白啦，这油锅里的元宵都是白糖桂花馅儿的！

呼近贤派人订货，八月香点心铺连夜赶制元宵。田桂花并不知道呼大辫子的赌博对手是谁。当她看到萧梓久的时候，当即决定将清一色白糖桂花馅儿元宵投入油锅。她名叫田桂花，她坚信心有灵犀，况且萧梓久当年在寺院得到过住持的点拨。果然，萧梓久似有神示，他令呼近贤一败涂地。

曹四公子走到桌前，指着萧梓久说，萧梓久！这第三轮你要是还押桂花馅儿的就证明你事先做了手脚！

桂花姑姑走上前来反驳说，我八月香点心铺做的是正派生意，你们拿我的元宵开赌局，怎么还说有人事先做了手脚？你们赶紧散伙，不散伙我叫警察啦！

曹四公子乐了。天津警察局长是我盟兄弟！老板娘你赶紧给我一边待着去。

那第三只油炸元宵摆放在白色小瓷碟里。现场空气重新紧张起来。

呼近贤终于得意地笑了，倒背双手大声说，第三轮我押白糖桂花馅儿的。

身材瘦高的监场指着萧梓久说，现在轮到你押赌啦！你说它是什么馅儿？你说它是什么馅儿的？

这时候魏曼蓝大步走出人群，无意间摆出女学生演讲的姿态说，萧梓久同学，你是今年会考首名，这跟你是否是赌徒没有任何关系，所以我认为你应当得到那枚金质奖章！天津市只有我父亲能够决定金质奖章的归属，我会请他做出公正裁决的！

萧梓久望着挺身而出的魏曼蓝，低声说了句谢谢你，然后抬头望着站在远处的田桂花姑姑，然后缓缓抄起筷子，从白色小瓷碟里夹起这只决定命运的小精灵。

他毕竟练过几天“铁爪功”，手持筷子紧紧夹住这只油炸元宵，眉头紧锁地思考着。

曹四公子催促着说，你就不要故弄玄虚啦！你要是再押白糖桂花馅儿的，你就有作假的嫌疑。

这时候魏曼蓝情不自禁走上前来大声说，萧梓久你能赢的！你能赢的！

萧梓久想起了童年的寺院生活，耳畔响起一阵阵诵经声……他手持筷子紧紧夹住这只油炸元宵，然后孤注一掷说，我押这只元宵没馅儿！

围观的人们轰地发出一阵声浪。

呼近贤发出一声冷笑说，你押这只油炸元宵没馅儿？萧梓久这次你输定啦。

这个时刻，一声弹弓响起，一只疾速射出的生铁弹丸朝着萧梓久手里用筷子紧紧夹着的这只油炸元宵飞来，砰地击穿了这只元宵。于是，萧梓久筷子夹着的元宵便成了一只没馅儿的东西。

来自南市三不管的民间侠女吉灵芝手持弹弓，不动声色站在远处。

吉灵芝的弹弓铁丸极其精准地射中萧梓久筷子夹着的元宵，元宵馅儿便被射飞到九霄云外去了。等于这成了一只没馅儿的元宵。

萧梓久惊魂甫定，瞪大眼睛注视着被弹丸击出空洞的元宵说，你看你看！这只元宵果然没馅儿，这只元宵果然没馅儿……

呼近贤也被吉灵芝精准的弹弓射击技艺惊呆了，一时无话可说。曹四公子似乎害怕弹弓射来的铁丸击中自己眼睛，本能地抬手遮脸保护着自己的脸颊。

萧梓久终于没有输掉自己的性命，他也没有接受呼近贤老先生的银票，因为他认为自己不是赌徒。既然不是赌徒就不会接受获胜的赌金。

两年后，萧梓久与吉灵芝结婚。萧梓久是我的祖父，吉灵芝自然就是我祖母了。因此我身上具有江湖侠女血统。我祖母十年内陆续生了七个孩子，可惜只活了两个。三十年之后，也就是中国粮食奇缺的公元一九六一年，那个时时想加害于人的高链琦在寒冷的冬天被饿死了。

公元一九五〇年秋天曹四公子被人民政府收监。他在被捕前夜竟然偷偷找到萧梓久，极其固执地要求萧梓久与他押赌，第一轮赌押他被枪毙那天是单日还是双日，第二轮赌押他被枪毙是上午还是下午。

不知为什么，萧梓久听罢曹四公子的赌题就哭了。曹四公子当场跪地请求萧梓久同意押赌。他连声说这是他人生最后一件大事了。

曹四公子最终被镇压了，他的罪名很多却没有赌博这项。据说被押赴刑场时他心情极好，一路上突然高喊“我赢啦我赢啦！”无论阴历还是阳历，曹四公子被行刑那天都是单日子，而且枪声响起在上午。曹四公子确实赢了，而且赢的赌金是一颗子弹费，这笔钱他委托萧梓久交给人民政府了。

魏曼蓝小姐终生未婚。魏曼蓝于弥留之际将她父亲魏查理先生遗留给她的一只红木盒子托人转交萧梓久。这只红木纸盒子里存放的正是那枚一九三一年会考状元的金质奖章。我祖父萧梓久得到了那枚记载着他青春时光的金质奖章。

吉灵芝代表萧梓久接过这只红木盒子说，这是念念不忘啊。

人活着就是要有念念不忘的东西。没了这种念念不忘的东西，就只剩下无穷无尽的时光。

我的祖父萧梓久也没有被称为赌徒，尽管他一次次被高链琦举报。然而，他老人家毕竟赌过而且赌胜了。当然，这跟那枚金质奖章毫无关系。

萧梓久晚年喜欢写作，模仿《史记》体例写有《赌徒列传》，其中对曹四公子评价最高，认为其人赌性深入骨髓，终生财富皆为赌金。呼近贤先生次之，因为他的赌性流于皮相，只是留着一条大辫子的前清遗民而已。

于是，随着故事结束我就拥有了这个虚拟的祖父。有时我产生幻觉，甚至以为人世间果真存在那枚会考状元金质奖章，而且是24K金的……

其实，这枚虚拟的金质奖章也是赌博赢来的，所谓年度会考何尝不是一场青春豪赌呢？